杨袭 著

我是技校生

I am a
technical school
student

人民文学出版社

图书在版编目（CIP）数据

我是技校生／杨袭著 .—北京：人民文学出版社，2023
ISBN 978-7-02-018061-5

Ⅰ．① 我… Ⅱ．①杨… Ⅲ．①长篇小说—中国—当代 Ⅳ．① I247.5

中国国家版本馆 CIP 数据核字（2023）第 108888 号

责任编辑　付如初　马林霄萝
装帧设计　刘　远
责任印制　宋佳月

出版发行　人民文学出版社
社　　址　北京市朝内大街166号
邮政编码　100705

印　　刷　三河市龙林印务有限公司
经　　销　全国新华书店等

字　　数　305千字
开　　本　880毫米×1230毫米　1/32
印　　张　13.25　插页3
印　　数　1-8000
版　　次　2023年7月北京第1版
印　　次　2023年7月第1次印刷

书　　号　978-7-02-018061-5
定　　价　49.00元

目　录

每个技校生都是一颗钻石，
你看不到他发光，可能是角度不对。

1．宣判

一道线。

一道刺眼的钢线。

一道把世界分成两半的刺眼钢线。

我盯着这道钢线，心里喊，不要跃过它，退回来，转身回去。那笔钱，当时被锁在那张枣红色办公桌右边柜子里，那是祖父"怕有万一"准备好的一大摞钱，五沓捆成一捆，六捆放满了那只瓦楞纸板箱。

我如果搬着它跨进圣约翰高中那座两边耸起尖顶的哥特式大门，读一年半基础学科，拿到4.5以上学分，就会有专门的留学代理老师为我申请欧美相应的大学，过去学一年语言，已在这所学校的我的初中同学王嘉仪告诉我，这期间"花点钱"拿所在国绿卡，再回头申请国内像样的高校的研究生 —— 多么让人振奋的阳关大道。

王嘉仪说，也就花俩钱儿而已。

我也想，对于我父亲，这"俩钱儿"也伤不了筋动不了骨的，不算大事。

可谁知，我最终还是站到这条钢线面前了。它的北边，连着几间值班室，伸缩大门完全缩在钢线南端黑暗的门洞里。

现在，我对着那个门洞，最后一点希望的泡泡破灭了 —— 来的路上，车过小清河桥时，我看着桥边几家门口竖着虾酱、咸鱼招牌的海产店，脑海里突然蹦出个念头：我父亲，说不定是故意吓唬我呢。也许，开到门口，看着我绝望的眼神儿，会突然说，知道错了吧？知道了就回吧。

此刻，我的父亲、成功先生正坐在他靠生产贴牌轮胎迅速积累起的财富购置的宾利后座上，我竖起耳朵，等待着从窗玻璃裂开的那道缝里传出我想要的那句话。

分贝不用太高，口气是满含嘲讽的，我甚至做好了迎接兜头一句恶狠狠脏话的准备。

——顶破天，也就是个工人了。

半天，我等来了父亲的话。

那是一股在胸腔中堵闷了许久的气流，从轻蔑的鼻腔和牙齿缝里逃了出来。

我仿佛跌进冰碴子，在九月的艳阳下对着东海技师学院闪亮的铁轨打了个寒战。

那天，看见我的人，或许好久都忘不了我脸上与年龄极不相称的冷硬，再细心些的人会发现我微微红肿的眼睑，那是前夜的绝望和无奈。我想如果祖父尚在，绝不允许我的父亲、他的儿子这样绝情地把他至爱的孙子送到城东郊区这个破破烂烂的地方来。但祖父有肺病，一到冬天喘得像架漏气的风箱，任凭儿子腰缠万贯，也无法在西北风里喘口松缓气儿。本来，我还想他可能与过去的每一年一样，喘到过了年三月里就会好些，谁知道年初三我们刚从老家过年回来，进了门还没稳住神儿，我进了房间，摁开电脑，初始化都没完成，就听父亲接了个电话后喊我赶快回家。

那一箱钱，就是那天祖父当着全家人的面交给我父亲的。二叔得到了祖父住的刚翻新的二层院子，姑姑分到了一只上了年岁的箩。祖父说，她小时候，可爱用它筛豆子面了。我还记得办完丧事后，姑姑拿着箩，找到父亲不解气地说，大哥你听懂了没有，和小时一样，咱俩一样一样的，不受待见。你那钱，是给他那心尖子良良上学用的，再说还不是你拿回来治病没花完的？没准儿存了多少呢——哼，我这箩，回去裱上点金叶子，就成了传家宝了。

大儿锄豆溪东，中儿正织鸡笼，四十五岁的父亲捏了把四十三岁妹妹的脸。妹妹接着说，最喜小儿无赖，溪头卧剥莲蓬。父亲摇了摇头，说，天下无不是的父母啊。我看到姑姑白了我的父亲、她的大哥一眼，撇了下嘴。

姐姐为了说服父亲让我去读私立高中，从医院请了假跑回来磨了两天，看到父亲的决绝后说她可以拿出结婚时的彩礼钱给我交学费。父亲问她，你爹是出不起这个钱吗？

父亲说，你爷爷打年轻就有痨病干不了重活儿，我和你姑姑上学时，中午下了学得满村里蹿着要口吃的。你姑姑是女孩，脸皮薄，抹不开面儿，站在道儿上等，都是我，大爷大娘爷爷奶奶地满门里要，要上几口，你姑姑跑回家给你爷爷奶奶送下，再返回我要饭的村里，我们俩分几口垫垫肚子接着再去上学——

姐姐问，小叔呢？

父亲说，还在吃奶呢。老生子儿，宝贝疙瘩，就是能跑，你奶奶舍得他去要饭吗？看，这就惯瞎了！姐姐说时代不同了，不能再拿着艰苦环境中的标准来衡量现下了，国家各方面都发达了，人也应该有更高的追求了。但父亲说，不管国家多发达，一个家庭多有钱，孩子自己不努力，让父母拿钱买前程，买来买去，也是一场空。那天，父亲告诉姐姐，他绝不能惯着我，把我惯成小叔那样的人。父亲的原话是，惯着惯着，他吃你看着。

那一刻，我也相信，父亲就是不想把我惯坏了，从未作他想。

因为，自我第一次从七月下午一堂闷热的历史课上逃遁，这位眼睛细长、下颌宽阔的成功先生便拒绝与我说话。起初，我们常常会在那座母亲过世后，我与姐姐坚决不肯搬离的老旧楼房里和楼前花圃前遇见，他会猛然移开他像笼罩万物那样落在我头脸上几乎称得上是慈和的目光，厌弃地把脸转向别处，像躲避蝇群般快步上楼或钻进车里。而后不久，他搬离了那座旧楼，彻底消失在我和姐姐的生活里。

不知道他是突发奇想彰显做父亲应有的风度，还是心神不安地又一次梦见了亡妻，又或是罕见地接纳了某位亲人的建议，这天竟然屈尊腾云驾雾地送我到校门前。只不过就在他的司机、我自小亲近的国华叔叔摁开后备厢，伸出一只脚想下车帮我提下行李时，他优雅地在后座椅上抬起搭在中间宽大扶手上的左上臂，同时轻轻竖起食指和中指。后者甚至都没有回头，凭着多年形成的奇怪默契，将刚刚踩到地上的脚缩回驾驶踏垫上。

临时被安排来校门前路段执勤的瘦高交警在九月的炎热中，在成功先生听似漫不经心、实则字字如弹头般残酷无情的判词中，将工作中极少表现的怜悯，大度地洒在我身上。

那位交警叔叔在我身后，甚是温柔地说，提着点，看在门轨上别坏了箱轮儿。

校园广播里，那支不知名的舒缓的钢琴曲，在不知疲倦的蝉声、路上隆隆驶过的行李箱、聒噪的人群里细若游丝，仿佛已经嗅到了不久之后即将把树叶撕扯得漫天飞舞的第一阵秋风。

一切，都没用了。

就算是现在，父亲那句话还时不时响在我耳边：顶破天，也就是个工人了。

对父亲来说，这可能只是决绝和失望。

对我来说，是宣判。

除了跨过那道钢轨，我别无选择。

对一个十五岁的少年来说，他还没有与时代正面相撞，父亲的决定，是他唯一的命运。

我背起背包，拖着箱子，迈过钢轨，习惯性地回身挥手道别。我身后，路边停泊和行进的车辆中，却再也找不见父亲的那台伸着河马般长嘴巴的车了。这一刻，中考出分数以来一百多个日日夜夜的愧疚不安焦虑，唰地烟消云散了——眼角的湿润，也须臾被一股悲愤烤干。

我被这个世界抛弃了。

抛在这个叫东海技师学院的鬼地方。

人声嘈杂，我心悲怆。进门后通向报到小广场上的小路狭窄弯曲，两旁叶片上尚未在季节里熬炼出红斑的楸树在半空里抄着手，像随时准备发力要把走在其下的哪个人一把摁倒在石板地上。

别的同学都有家人陪着，大包小包的，隆隆重重的架势。只有我，拖着简单的行李，形单影只，孑然独立。

我加快脚步，一只手拖着箱子，一只手举着入学通知，很快进了各自专业的报到队列中。有些难兄难弟已经报到好了，抓着一大沓入学材料与家人道别，一个个身上挂满了大小的包，疙疙瘩瘩的，特别是个儿小的女孩们，像一只只刚被拔出地面的榨菜头。

报到台前用隔离带分成单向通行，进的这边挤得严严实实，出的那边就清闲很多。两位目送各自孩子的母亲停在另一边说话，看样子是来送孩子刚刚认识的。染着棕黄色头发的母亲说，这都是命，就差两分，两分啊，人家二中说啥都不要啊，说上级部门督查得很严，不能坏了规矩。另一个是短头发，圆脸，说话声音很细，嘤嘤地说，就是，啥法儿呢，人家说这是国家政策呢，就是要让一半的孩子读书学知识，另一半做工搞技术。这不，咱孩子不争气，到了河西了，唉——

棕黄头发的母亲就说，人家念书念得好的，上好学校，毕业了当官；咱们这些不中用的，毕了业弄电焊，钣金，旋螺丝，扯电线，养着人家。唉，赚不了几个钱，媳妇都娶不上的，睛着打光棍儿吧。另一个就说，你也别这样想了，老话说得好呢，艺多不压身，学门技术——

学门技术，学门技术，学再多门，也是技术，还是被人管着的。棕黄头发的母亲自嘲地说完，挥了挥手，转身朝校门走了。另一个母亲叹了口气，回身眯着眼朝栅门那边看了会儿，大约是看不到自己的孩子了，回身朝校门口走去，手里抓着的一只帆布包一荡一荡的。

我前面有两位父亲，在等待的过程中相视笑了一下。戴着眼镜，穿着白衬衫，头顶上毛发稀疏的先开了口，说，唉，万般皆下品，唯有读书高啊。另一个剃着寸头，穿着一件深蓝T恤的说，但总有不中用的，都当了官儿，谁搞运输，谁种菜，谁盖楼呢？戴着眼镜的说，劳心者治人，劳力者治于人；治于人者食人，治人者食于人——吃人哪，说得怪吓人的。剃着寸头的问，你是老师吧？文化人。戴眼镜的笑笑，摆摆手，说，卖弄了卖弄了，不过，孟子这话说得不假，我们这些孩子，将来都是要供养别人的了，唉。

戴眼镜的转过身去，等自己的孩子报到完从另一边往外走，经过我时，突然转过头，盯了我一眼。

我不知哪来的怒火，也狠盯了他一眼。

我看看身后，正在和父母告别的同类们在比着心，摇着手，打着飞吻，或潦草地转身而去，一拨拨的，在通往西北和西南方向的路上缓慢移动。刚刚在校门外或惶惑或留恋的表情很快被好奇和茫然取代，四肢和肩背也生出平素没有的技能和力量。看着父母走远了的家伙们，在满身大包小包和身后一两个行李箱等诸多负累中神奇地腾出一只手，不知从什么地方掏出手机，飞快地在屏幕上划来划去，脸上不时显出愉悦愁苦或呆傻的表情。

我身后有两个扎着马尾的小女生在低声说悄悄话，我隐隐听到在说，昨晚我妈给我收行李，都伤心得哭了，说起早贪黑的，把我供到技校来了。另一个说，啊，我爸妈——嘘——唠叨了好长时间了，自从知道我没法上高中了，就好像我成残疾人了一样。有什么了不起的，人家德国砌砖的打扫卫生的都收入很高呢，我姑姑说的。她在德国开餐车，我想学面点，毕业后去找她。起头说话的那个说，是吗？那你带我一起去好啦，不过，我是学护理呀，不能和你一起卖早餐了。啊，说学面点的女生说，护理在德国工资也很高啊，说不定，我会找你借钱哟。两个女生还谈到了将来要养只小猫，生两个小孩。

女生还真是奇怪的动物，听着并不是一个中学的，也不是一个班的，竟然这么快就谈起理想和未来了。

我所在的队伍因地上不知什么时候出现的一条毛毛虫发生了不大不小的骚乱，那个将要在几次不快后跟我成为莫逆之交的小子挤到我前面，并在躲避中狠狠地踩了我一脚。他本能地回过头，腰身不易觉察地缩了一下，嘴角稍稍上扬，看得出是要道歉的样子，但很快，在感受到我目光中浓烈的厌恶后向半空里翻了下眼球，又飞快地转过身去。

这小子出奇地干瘦，不可理喻的细长脖子和薄 T 恤下突出的肩胛骨让人感觉它的主人命悬一线。他一直抬着头，像执行爆破任务的战士紧盯着敌人碉堡那样望着办公楼前广场报到处，后脖颈上半截粗黑的头发楂子倔强地向后呲着，像一根根随时准备发射的枪管。

最让我不解的，是他肩背和身前身后没有包裹和行李箱，只在垂至膝处、骨节突出的长手指间，抓着两根帆布包带子。于是我认定，他望着的，一定是在前方什么地方亲朋替他看守或放置的行李物品。

——所有的人，都有人关心和照顾。

除了我。

我低下头，心底涌出对这个瘦得可怜的小子大股大股的妒忌。很快在人流再一次向前涌动之时，有意无意地在他脚后跟上踢了一脚。但他浑然不觉，并没有回头看我，或者往前挪脚，依旧岿然不动地对着他的碉堡。

我不知道他在看什么。我抬头望了下天，有两只小鸟，往上飞呀飞呀，在空中停了一下，开始滑翔，滑到我头顶的半空里，突然一顿，又向上飞去。

做一只小鸟真好啊，不用操心谁供养谁的问题，也不用来这么个破地方待三年，想飞到哪里就飞到哪里。

四下花里胡哨、破马张飞的报到宣传画让我如梦初醒，我向前跨一步，扔掉手中的箱子拉杆，站在仿佛整张面孔都巧妙地隐藏在一副黑框眼镜后面的男老师面前。

男老师身后不远处的办公楼上，挂着巨大的迎新海报。海报顶端是一行大字：时代选择我们，我们创造时代。

我心里骂了一句，个破技校，调子起这么高。

闪闪，闪闪。

我刚递出通知书，就听到后面有人喊起来。一个戴着墨镜、着黑T黑短裙、高扎马尾的女生，背着黑色鼓形小漆皮包，身后拖着个黑镜面箱子挤过来。与她隔着好几个人，在人群中伸长脖子喊的，是个穿着白色运动服、个子老高、托举着一只篮球的男生。

哇，好帅的欧巴！哇，好美的女孩，真的是脖子底下全是腿呀！

周围小女生喊喊喳喳一片。

闪闪，闪闪，知道你今天来，等你好久了。

那男生让篮球在手指上转着，两眼放着光。

喊——长腿女生朝后看了眼，仰起下巴，我来不来，关你什么事！

说着把墨镜推到头顶，三下五除二在报名册上划拉一气，接过新生入学材料，拖上箱子，扬长而去。

高个子男生看着女生背影，挠了挠头。

我对狗血剧情没兴趣，转过身，再次核对了下班次：智能制造系电气一班，没错。我把报到花名册拉过来，准备填写个人信息。

智电一班，核对一下，你叫什么名字？

这哪儿的口音啊，拉天扯地的！

和我一桌之隔的老师，中等个头，脸有点黑，尖下巴颏儿，鼻梁上架着黑框厚底近视镜。我脑子飞快转了几圈儿，终于和一个在电视里唱歌的叫阿宝的调调儿对上了号。

　　这一刻，他扯着他那一张嘴就冒出一嘟噜洋芋味儿的陕北普通话，拿后来专业课上对着一柄新式铣刀那般无限深情的目光望着我，伸出爬着一道细长伤口的食指在签名册上拖出一道纹路。

　　看看哪个是你。爸妈呢，自己来的吗?

　　他看着我的身后问。

　　我转头看向旁边，那里是农建系在篷布帘上扯着霓虹字的条幅：农建农建，真抓实干。配图是一群身着工装、头戴安全帽、脖子上搭着擦汗白毛巾的工人同志。我又将头转向另一边，那里是烹饪系的精致的立体展板，上面详细标注了新生入学流程、宿舍安排和注意事项，右下角用异常严肃的加粗宋体齐齐整整地标着：同志们，我们将要干的，是天大的事! 字下是三张大图：一只额上点着红点的猪头大馒头、一大盆猪肉炖白菜、一头拿着筷子吃饭的大肥猪。我又仰头看向天空，那里空空的，鸟也没有了。

　　我心里也空空的，但眼里，却有东西了。我拖过名册，捋着那页，从下而上，又自上到下，终于又在最下面找到自己的名字。签完字，我把名册推回去，不由自主地吸溜了下鼻子。

　　他看着我，有点倔强地等着我的答案。

　　我抬头对着天，说，我就愿自己来，管得着吗?!

　　我眼角的余光捕捉到了黑框眼镜后面刹那间的愣怔，心底生起些许邪恶的快意，接着转身拖起箱子朝栅门走去。

　　报到场地北边，一群身着橘红色安全服帽的人正在搭建一个简易的台子，我不知道那是第二天我们开入学教育动员大会时的会议台，更不知道，三年后，也是在这里，我会作为优秀毕业生代表，在潮水般的掌声中、在激越的《拉德斯基进行曲》中、在金黄色的秋风里，从系主任手里接过烫着金色大字的任教聘任书，成为东海技师学院历史上最年轻的留校任课教师。虽然时间不长，我就辞职去了与学院合作的企业做了首席技师。因为当老师，传道授业解惑，离亲自操纵机械、加工出想要的东西，终究隔着一层。

我的右前方有块巨大的电子屏，上面两行镶着鲜花、糖果和钻石的大字：张华考上了北京大学，李平进了中等技术学校，我在百货公司当售货员，我们都有光明的前途。

后来我知道那是一九九八年版的《新华字典》中，关于"前途"释义中的例句。

旁边报到台前，吃饭的大肥猪旁，一个身着黑底小白点连衣裙的女孩正俯身在报到桌面上签字，长头发散落在腰背上，一白一黑两只猫蜷在桌脚边，须臾间，我感觉这情景熟悉无比，好像在哪里出现过。

这时候陕北大哥追上我，递给我入学材料，说，智电一班，欢迎你，我是班主任，张大为，有事——

我在恍惚的思绪中收回目光，朝他脸上的黑框框斜了一眼，说，你不欢迎我也不会去死！

我拖起箱子，扬长而去。

其实，从我口中说出的话，也把我自己吓了一跳，我对黑框眼镜，根本谈不上讨厌，甚至还有点亲切，我不知道我为什么要说这样的话。但一股奇特的获胜感让我脚步轻盈，我拖着箱子，再次穿过花园小路时，发现自己竟然哼起了一首不知道名字的歌：微风伴着细雨，像我伴着可爱的你。

那个得意的少年，在一片咕噜噜的行李箱轮声中掏出材料袋，在简单的地图上找到自己所在的宿舍楼，穿过花园小路向西，再向北，踩在近午阳光赐予他的一截扁墩墩的影子上，摇摇晃晃。他没有意识到，他反复哼着的那首歌是他母亲在世时做家务时喜欢哼唱的邓丽君的《微风细雨》，在东技深一脚浅一脚的日子就这样开始了。刚刚蜷在桌下的两只猫，这会儿在路边灌木丛间钻进钻出，白色的长得强壮，黑的那一只瘦小。

　　好吧，既然别无选择，那就留下来好啦。

　　你们能吃了我吗？谁怕谁呀！

2．把牢底坐穿

不得不说，东技，真是个将学生自治发挥到极致的学校啊。

报到那天，除了报到台前有个带队的老师，分发材料和物品的、两边社团宣传的，还有整理花园的，都是穿着校服的高年级学长。学院将"自己的事情自己做"这句话重新诠释和计划安排了。

校园里密布着"之"字形和"S"形的小路，这些曲里拐弯的小道把教学楼、宿舍楼、食堂等各处之间的路程拉成直线距离的几倍。这是我入学很长时间一直想不明白的地方，设计这些路的人，是脑子进水了吧。

从办公楼前广场向西过了栅门，向西北和西南两个方向，不断分散到各个住宿区的新生们，和我一样，不一会儿，就在大太阳下的波浪式前进中汗流浃背。刚刚报到的时候尚能强撑住场面的家伙们，此刻在大小包裹和热流之下开始伸腰拉胯，看得出有意志不坚定者已经转身四顾，脸上流露出欲哭找不到怀抱的委屈。不断有戴着红袖标、举着一杆因无风不能招展的小旗子在各"紧要处"迎接的高年级学长们，接过"超载"的新生们的行李往前送，或者接过面露迷茫者手里的简易地图，给他们指出宿舍的准确方向、标注上最省力的路线。还有几处饮水点，一把大阳伞支在路边显眼处，一张桌上摆满瓶装水，任我们自取。一路随行的，是舒缓的钢琴曲，让我乱糟糟的心情慢慢平复下来，后来，我知道那是久石让的《菊次郎的夏天》。

我又看到那个瘦竿竿了，他手里并没有多了行李啥的，还是提着刚才我故意踩他时的帆布袋，明显短一截的裤筒下露出黑而细的脚杆。

我们一个班的。

走着走着，细脚杆突然回头对我说。

我愣了下。我说我是智造电气一班，你也是吗？他点点头，挺生硬地说，我叫马纯，你叫什么名字？我是423宿舍，你呢？你知道学校里有没有小卖部吗？我想买牙膏牙刷去。

应该有吧，你问问那个戴红袖标的吧。我指着前边拐角处站在一张摆满了纯净水的桌子后面的学长说。他问的问题太多啦，我选了最后一个答。

他快步向前走过去，泛黄的帆布袋被他紧紧夹在腋下。我知道我们一个宿舍，我心想，我倒要看看这个细脚杆包里装着什么东西。

我忍着闷热，气喘吁吁地攀上校园最东北角那座男生宿舍楼的四楼，401、402——我一路拖着箱子向西数，看到那个后来戴维（我们给张大为老师取的英文名字 David 的音译）描述中青年干部标准模型的林幸哲从东楼梯口提着箱子现身了。

最耀眼的是他雪白的衬衣，长袖的。再加上与西裤搭配的藏蓝色领带、梳得锃亮的小分头，没让我一眼认定他是个什么学院团干部的，是他手里提的横款牛皮公文包和身后的巨型银灰色钢质包角行李箱。我想，这可能是哪个在回大学前送不争气的弟弟入学的哥哥吧，虽然脸色确实有点稚嫩。穿搭和气质，特别是腕上的银色钢链手表——后来知道还是机械的——与学校的整体风格简直是格格不入啊。

戴维后来跟我说，在林幸哲报到那天，和他一起坐在报到台后面的金万乘老师说事出反常必有妖，东技懂吗？不是北大，也不是清华，更不是政治学院，打扮得跟个青年干部一样，嗯？这样的家伙你在咱学校见过多少？见过吗？瞅着吧，油头粉面的，不知肚里兜着什么坏点子呢。而戴维则认为他的学生为什么不能是花样男生，谁能保证他将来不是个优秀的团干部——他感觉周围的老师——特别是金万乘——无端的猜忌，全都是因为嫉妒。特别是，戴维坚定地说，老金那大背头，全世界最油。

我仿佛能感受到，可怜的戴维被我捶瘪的胸口，终于在看着林幸哲在签名后朝他深鞠一躬时舒缓了。林幸哲还告诉他，他在远处就认出他了，说来之前就在学院网站的优秀教师展示栏中看到了他的照片和简介。

那天，这个在报到那天见到他的老师们眼中只可能出现在电视选秀节目和青春偶像剧中的花样男生，和我在421门口的楼道里擦肩而过，我猜测可能是我眼中不由自主流露出的惊讶之色让他侧过脸，朝我微微点了点头，像电视剧中突然在转角遇到不太熟悉的下属的总裁。

我✕。

我心里骂了一句粗话，拉着箱子站到了423室门口。

我看着门框左上角伸出的白底蓝字的标识牌，再看看刷着灰色墙裙的楼道，看着室内铁架上下铺和蓝白方格床单，心想，这就是我的囚室了。我一路蹦蹦跳跳的心情嗖地如坠冰窟，我要在这里，开始我遥遥无期的徒刑了。

这是父亲对我的宣判：顶破天，也就是个工人了。

任何一个有逻辑感的人都听得出来，这里面还包含着戴罪立功的意思，表现良好才可以。

那，东技，不是我的监狱，又是什么呢？

我怀着满腔悲愤，拖着箱子径直走向东边靠窗悬空的上铺。我认定了它是我的，不是因为它是这个房间唯一没有整理过的铺位，而是它袒露着惨白的床骨架，散乱堆积的床单被褥像一个被打伤、身上裹满了布片的人的残躯。这一切与我乱糟糟的内心，太符合了。

没等把箱子放好，我就在床铺侧板上贴着的小纸条上发现了我的名字。

宿舍比我想象的清凉洁净许多，小块地砖泛着无数摩擦过后的光泽，老旧推拉铝合金窗玻璃和窗台不着一丝灰尘，更让我嗅到了管制严酷的牢房的气味。靠近门口两边的床都只有上铺，下面各放着一张书桌，桌下是几套洗漱盆桶。我打开箱子，把洗漱用品拿出扔在空着的盆里，把箱子填入我这一侧最靠近地面的壁橱。待我爬上铺，把床垫拉向床头时，赫然发现和我对头的上铺上那个熟悉又突兀的影子。

我×。

这回的粗话脱口而出，我真想不明白，明明是去买牙膏了，怎么还赶到我头里了？

细脚杆正在套枕套，半蹲在床上，像个松了线的、细脚伶仃的木偶，细长的脚边是那只我打量过几次的帆布袋。

我在他又一次回头看我时疾速收回目光，好像怕被他窥到什么不好的心思似的，心跳了几下。

屋顶一只摇头风扇的风过一会儿就在我后背上扫一阵，我在间歇性的清凉中发现"狱友"们已经熟络了，包括和我对头的细脚杆。我在进门时并没有回应他们的注目礼，错过了与他们迅速建立亲密关系的机会，现在也只有硬着头皮冷酷到底了。

收拾好床铺，我趴在铺上透过楼宇间隙看着南边的操场，看着东南边的教学楼、楼宇间的花园、食堂、种植园，还有西边远处仅露着一道细细闪着银光的建筑顶部。望着楼宇间的花草和树木，心想，这里，就是我接下来几年放风和参加劳动的地方了。

我胡乱铺了下床，躺下来，松了口气。不管怎样，这个世界上总算有个地方，暂时性地属于我了。

我翻个身，望着屋顶，听到自己在不由自主地叹气，最终，还是落到了这么个地方。他们在用我听不清楚的气声说话，窸窸窣窣的，我突然怀疑他们在议论我。

我爬下床，重新拉出刚填进壁橱的箱子，将生活用品和衣物一件件扔出来，边收拾物品边暗中观察423的"狱友"，企图在其中辨认出谁是老布，谁是汤米，谁是万能的瑞德。当然，在整理好床铺，仰卧其上，望着洁白的天花板时，他放弃了，他让自己像个饱经风霜的老人那样想：人心，不是那么好看透的。

"狱友"们大约早就来了，已经打理好了"狱"中的一切，似乎在满怀希望地等待着开启新生活。听他们言语间的欢快，我知道他们都没有被自己的父亲宣判过。

那一刻，我心里满是虎落平阳、与犬为伍的悲戚。

我的"监狱"生活，就这样开始了。

我的"狱友"们，见面不到几分钟，已经像处了多年的老友那样开始在各自床铺上畅谈起理想和未来。"文豪"彭浪说，这三年，他要谈一场恋爱，写一部书，名字都取好了，就叫《风月无边》；王一凡说话慢吞吞的，他说反正上不了大学了，干什么都是没用的；白白胖胖的陈浩南眯着眼"嗯"了好长时间，神秘地说，他想赚好多好多钱。他的话让我们发出一阵又一阵嘘声，赚钱是每个人的梦想，这不算，大家说。他又想了半天，唱道：如花美眷，似水流年——

王一凡说，也写书吗？

陈浩南说，写不了，哪有那才华。

王一凡说，瞧你那点出息。

陈浩南就反驳，说谈个恋爱就没出息，写本书就有出息，这算什么标准呢？

于是，大家就由着这个话题谈了半天恋爱与文学的关系。但也没谈出啥来，后来不免无趣，就接着说理想。

黑瘦黑瘦的、眼里无时无刻不闪烁着光芒的朱子康说，我就一个目标，有模有样地打一场架，他妈的，在家管得太严，不敢打，憋坏了。

我天，这也算理想，太野蛮了。彭浪说。

细脚杆马纯这会儿坐在上铺墙角，支棱着耳朵听大家说话。在路上时，我以为他很健谈的，一口气问了那么多问题，但轮到他时，他却支支吾吾了半天，说，没啥理想，学个技术，毕了业能混口饭吃，就行了。

马纯的话让大家不约而同叹了口气。他说到我们每个人内心的痛处了。说理想可以飘啊飘啊，反正不用花钱买的，但一说到将来的生计，学个技术，混口饭吃，这对技校生来说算不上理想，而是无比现实的问题。

理想让人快乐，让人感觉自己可以飘起来，飘到云上去。

但看一眼窗外发黄的树叶，想想自己没能进入普高的分数，想想三年后何去何从，就飘不起来了，要坠进泥土里去。

你呢，成良？

终于，轮到我了。

我抬头看看屋顶，那里有块羊皮样的水渍。

大约是楼上地面污水从灯线孔中浸泡得久，羊皮层层深浅灰褐，像掩藏远古秘咒的经卷。

把牢底坐穿！

我说。

所有人都沉默了，屋里静下来。

我仰面躺在床上，羊皮的边边角角在我长时间的凝视下似乎动起来。我揉揉眼，翻身朝墙，墙上有行刀刻下的字：该死的吕梦涵！！！名字上打了大叉号，涵字可能是因为笔画多，中间部分抠掉了块墙皮，我费了好半天劲才认出来。

这大约是这床铺的哪一任主人由爱生的恨吧。不知道前主人后来怎样了，有了怎样的未来的生活，吕梦涵是不是继续让他恨得牙根痒痒？

"当你进了牢笼，门闩锁上，你才明白这是玩真的，眨眼间，一生就毁了，只留下无穷悔恨。"

我拿手指肚摸着这几个字，心里突然想起《肖申克的救赎》中的这句独白。心里咯噔一下，接着听到门外有人用气声说，快，快起来，你们班主任来了。声音很轻，但异常清晰。

这声音显然来自哪个老生，或者说学长。

学校是个奇怪的地方，师生是种奇怪的关系。

特别是现在，学校连学费都不收了呢，老师自有国家发工资。

可以说，老师和学生，没有任何利益关系，师者父母心，老师对学生，只有一个目标，就是要你好，要你好，要你好。但是无论如何，师生，都是猫和老鼠的关系。就连一个不相干的学长，看到我们班主任来了，都会探进头告之。天下的学生是一伙的，都长着一条自己削割不掉的老鼠尾巴，都知道老师是专割尾巴的，但割尾巴很疼，都不愿意被割——每个学生，都知道这样的痛苦。同病相怜。

我本能翻身把腿搭到床栏杆上，但刹那间，我又想，班主任有什么了不起。想着，我把腿脚又伸向床尾，还未安放妥帖，就看着班主任的半个头，沿着接在一起的两张上铺栏杆，嗖一下划到了我床前。我来不及躲闪的目光和他在半空里刺啦撞了下，我似被电击，一股莫名的强大的力量，让我一下子在床上坐起来。

后来，我发现，东技学院每个班主任，眼里都能放电，只要他愿意。哪怕看起来平时慢悠悠的陕北洋芋。

在心理上落了下风，我有点懊恼。我把腿耷拉在床头没有栏杆的空当，硬着头皮不下床。陕北洋芋往前站了站，打量完了我那五位"狱友"，又转身重新把我打量了一下。我摇荡了几下腿，看着窗外，楼下是个小花园，中间有个五角凉亭，连接着一小段花廊，廊柱上爬满藤本月季，开得明明灭灭，无精打采，一只黑猫在亭下灌木丛间闪烁——

——问你呢，想啥呢？

等我缓过神儿，看到戴维正转身盯着我，盯完我的脸，又盯着我头上的棒球帽。

嗯？

我的茫然很快被彭浪捕捉到了，他看看陕北洋芋，冲我说，班主任问你领到军训服了吗？

哦——我看看身后透明塑料袋包装得整齐的迷彩服，点了点头，说，不是领的，来就在这儿。

——我不能被他拿捏了。

本来，在来的路上，想到离开家还有点得意，但父亲的宣判给我的满心悲怆使我自觉比其他"狱友"具备了某种分量，让我如安迪一样，可以冷眼看着身边的世界，不要轻易陷入谄媚或惊惶。

再说，我都这样了，保留点尊严，也是必要的吧。

我看到彭浪朝我飞快地挤了下眼，然后迅速调整后一脸郑重地看着班主任。

就算到现在，我也一次次感叹，这个世界上，班主任和学生的关系，绝对是仅次于夫妻这种说不清道不明拉扯不尽的关系之外的最复杂的关系，没有之一。

班主任是敌人吗？是坏人吗？是对我们这个群体有害的人吗？还是某种可疑的人？都不是。那为什么入校第一天，刚刚还被我怀疑敌视我的"狱友"朝我同盟般地挤眼，还有，连名字都不知道，还谈不上半点情谊的同学，会在奔回宿舍的间隙，擦过你宿舍门口时用气声发出警示：班主任来啦！

洋芋上下打量了我几眼后转过身去，掏出腋下的点名册，大声说，点名！

王一凡、马纯、彭浪、朱子康、成良、陈浩南——

欢迎大家来到东技17级智造电气一班，洋芋合上点名册，大声对我们说，我是你们的班主任张大为，以后无论生活上、学习上，还是别的，无论遇到什么事，都请第一时间拨打我的手机——

洋芋说着走到门口，又转身朝里走，边走边举起自己的手机说，当然，请大家把手机交给我，每次节假回家前，我会再发给你们。

每个宿舍留一部手机，哦，对，谁来当舍长？

洋芋把点名册装进透明的塑料文件袋，夹到腋下，不着力的胳膊抬得老高，折弯下来，尽头的手落到脑袋上，抓挠几下，又滑下去挠了挠尖下巴颏，眨巴了下眼，神情举止一点不像个手握对我们来说巨大权威的班主任老师，我甚至不由得想滑下床，和"狱友"们站成一排了。

没人吭声。

舍长算不上班干部，却要处理好多细碎得上不了台面的工作，上过学的都明白这个，所以谁有兴趣呀。但留一部手机与谁来当舍长一起说起来，傻子都会明白这是个非常实惠的特权。

"狱友"们你看看我，我看看你，各自心里打着小算盘。

唉——彭浪轻叹一声。

我原本以为，最先开口的，一定是朱子康，看他的眼神儿时刻闪着灼热的光。我看着彭浪，看他后面要耍什么花招。

我的是老年机。

说着他从裤袋里掏出一个黑色的按键小手机，又叹了一声。他的意思好像是，要不是他的是老年机，他就自告奋勇当这个舍长啦。接着是竹竿儿马纯的，王一凡的，朱子康的。洋芋打开文件袋，把手机装进去。

陈浩南攥着手机，划开屏幕，点一下，抬头看看洋芋，脸上浮现些许谄媚，再看看众"狱友"，然后又低头，刷一下。

你想做这个舍长吗？

洋芋突然转过身冲着我说。

我从床上拿起我的手机递过去，说，我能力不行。而后我把脸转向窗外，小声说，破技校，还这么严。

嗯——洋芋显然听清了我嘟嘟哝哝的话，但他还是忍住了，他"嗯"了下，回过头朝着陈浩南，谁都看得出来，这时候，陈浩南眸子里刹那迸射出希望的火花。

——拿来吧。洋芋从陈浩南手里将手机抽过去，陈浩南脸上的小火花一下子消失得无影无踪了，我不知道别人怎么想，反正那一刻，我在心里，是有点同情他的。

洋芋低下头，从文件袋中扒拉一番，拿出个手机递到朱子康手里，就你了。

我装作不经意地打量了朱子康一眼，不得不说，这个瘦而紧实的半大孩子，真有点当官的样子。

洋芋最后四下打量了一遍，床铺、地上的桶和盆、桌上的水杯和小物品、床下的鞋子，然后把点名册夹在腋下，点了下头说，孩子们，记住，自己的事自己做，自己的事一定自己做好，从现在开始，为自己负责。我说明白了没有？

明白了，明白了。"狱友"们纷纷表态，一个个煞有介事的，也看不出真心还是假意。

张大为——

洋芋走后，彭浪念叨着他的名字，说，真是叫什么来着，实至名归。这么土的一个人，这么土的一个名字，你们说是不是太土啦？

得到附和后，彭浪说，但是呢，有个现成的洋名儿，不知道大伙满不满意？

什么洋名？王一凡在试穿军服，把人造革腰带扎紧，试着鼓了鼓肚子，说，结实，还行。什么洋名？

彭浪大手一挥，说，算了，不卖关子啦，也没啥关子，他本来就叫David嘛，本名，戴维，洋了点吧？

大家又纷纷说，嗯，洋了点，洋了点。

朱子康在抱怨新被褥有味儿，一边怀疑是工业垃圾棉做的，一边又自我安慰说，算了，洗洗吧，洗洗可能就好啦，一边鼻子里哼了几声，说，你们听着洋啊，拿外国，可能啊，这名儿比张大为土一百倍，要不是叫的人多，能传咱们这里来？

我有点对这个黑瘦子刮目相看了。

但不管怎样，彭浪为班主任取了个自以为十分贴切的英文名字，得意扬扬。

第二天，我再见这个浑身洋溢着洋芋味儿的陕北老男人时，想到他的英文名，他整个人看上去精神时尚了很多。尽管他自己并不知道拥有了新名字。

那天，戴维强调了好几件事，听起来最重要的一件是军训。他说，这是我们入学第一项载入班级评比的工作，是我们的起跑线。我们当然明白，他这话的意思就是我们不能输在起跑线上。

让我有点意外的是，自始至终，戴维都没有对我表现出什么特别的情绪。我不知道是因为他的记性不好，还是特别大度，好像我在报到时从来没有对他不恭过。或许，他是个老谋深算的人，装作不动声色，实则在等着某个恰当的节点，将我一举击溃，让我知道他的厉害。

但不管怎样，我是不怕他的。我谁也不怕，我已经是被宣判过的人了，已经走进这座牢房。并且我知道，外边的人，谁也不会为保释我而动半点心思。

我的一生，就要毁在这里了。

我不会有安迪的幸运，没有芝华塔尼欧。

3. "狱友"

戴维走后我们去吃了午饭，回来后我爬上床，继续盯着屋顶的羊皮，我在想，我真的沦落到这个地步了。

看看窗外渐黄的树叶，对面楼宇墙上的枣红色砖块，两座楼间透出的一小块天空，很蓝，蓝得不太真实。半天前，这里的生活对我来说是永远不可能的。像死亡一样，活着的人永远不可能拥有，一旦拥有，就再也回不去了。

"狱友"们在断断续续地谈论上午的话题，彭浪已经在构想找个什么样子的女孩。几次三番被逼问后，他说他看上午报到时见的那个一身黑衣服的女孩就不错。

啊哈哈哈——

423爆发出掀掉屋顶的浪笑。

王一凡说，不是，哥们儿，你有没有数，你这身高得比她矮一头，你要和人家啵一个，是你跳起来呢，还是要人家蹲下呢？哈哈哈。

陈浩南说，打人不打脸，骂人不揭短，你这是瞎说什么大实话，哈哈哈，追到追不到的，人家就想想，犯法吗？

还别说，只单看彭浪这志向，就知道他，是——真——的——浪，哈哈哈。不过，这是个好现象哈，林志玲嫁了日本人哪，志玲的爸爸说，中国的男人，没有高攀的勇气。你们看，他说得不对嘛，他不认识我们的浪浪啊。朱子康笑得上气不接下气。

陈浩南趴到马纯的上铺让他发言。马纯憋鼓了一通，说，看着，不像能过日子的样儿。

我心里突然有点沮丧，知道他们原来都注意到了那个女孩，但我的脑海里，闪过一件黑底白点的裙子，和挂在肩上的长头发。

她有男朋友了。我说。

哎！彭浪大叫了一声，说，你说的那个篮球帅哥吗？明显四肢发达，头脑简单嘛。再说了，人家不说了吗，好看的皮囊千篇一律，有趣的灵魂万里挑一，你们咋就——

你快省省吧，陈浩南打断他，你咋一眼就挑中了个千篇一律的皮囊呢，你一眼就钻到人家灵魂里去瞅瞅了？

呃——

彭浪卡壳了。

要到点了，我们得走了。朱子康自觉发挥了舍长的功能。

我们把迷彩服穿戴齐整，下了楼，到教室开班会。

宿舍在校园东北角，教室在南大门东侧，我们循着报到时走过的弯弯曲曲的小道往东南走。校园里的小路上，走着一伙又一伙穿着尚未服帖、看上去扼扼挲挲的迷彩服的同学，大多以宿舍为单位，匆匆穿过楼宇间花园中的小道。我们边走边打量路两旁上午进来时未好好看一下的建筑，有图书馆，有食堂，另一边是操场、两座实验楼，远处，越过坐落在对着南大门中轴线的行知楼和另一侧的广场、池塘，有座半圆形透明顶建筑，不知道是做什么的，半圆形建筑四周，散落着另一个操场、一些宿舍楼。

陈浩南猜透明顶的建筑是电影院，被我们一阵嘲笑。想得太美啦，王一凡说，你以为你上的是清华吗？

我们技校生，就不配有电影院吗？

陈浩南的反问，没有人回答。我们收回目光，沿着"之"字形和"S"形的小路继续往南。

往南的小路有五六条。我们看前边三五一伙的新生们前后排列着往前走的样子，尾巴甩来甩去的。陈浩南说，你们看，像不像贪吃蛇？

不待我们回答，前面的同学突然跑起来，我们不知道发生了什么事，也跟着他们跑。原本我们在池塘边要往东南跑，但也一起跟着前面的同学往南跑。

我们穿过花园，跑过一座楼顶上竖着"创客楼"三个字的三层彩色楼房，跑过两座农建系教学楼，穿过一个小广场，终于随着人群停在一座宿舍楼前。

楼下的空场上，两个穿着白色西装的男生在吹萨克斯，我不知道吹的是什么曲调，两个人闭着眼睛，很投入的样子。他们旁边，七八个穿白色短运动服的男生排成一排，扯着一面白色红字条幅，上面一行字：我爱汪闪闪，汪闪闪是我的！

我×！我×！不停聚拢过来的男生们大声用粗话宣泄着兴奋，女生们则毫无新意地哇哇尖叫。

我在那排白运动服的男生中搜寻上午那个篮球男生的影子，没找到，在刚想骂一句时却看到他了。这回没举篮球，而是穿着长袖黑色燕尾服，打着领结，手里举着一束粉白的玫瑰花，朝着楼上喊，汪闪闪！

他一喊，那排白色运动服男生也一起喊起来，我爱汪闪闪，汪闪闪是我的！

真他妈的，好幼稚啊。

我踢了马纯一脚。

走了，走了。

马纯不情愿地扭了下身子，但还是转身跟着我迈开了步。走了走了，马纯也喊了两声，彭浪和陈浩南从人群中退出来。

没劲。彭浪说，也不见姑娘下楼，自己在那喊的啥劲。

陈浩南嘿嘿地笑了两声，说，浪啊，这你就不知道了吧，人家这兄弟是怕像你这种喜欢万里挑一的有趣灵魂的主儿再一不小心瞅上闪闪姑娘那千篇一律的皮囊。宣传工作，一定要做在头里。好啦，你就甭惦记啦。

喊！彭浪撇了下嘴，这家伙太幼稚，闪闪不会喜欢这样的。

哈哈哈，我们一起笑起来。彭浪说，不信走着瞧，当然，我从没说要追她哈。哎，她是哪个班的？

我们又一次笑彭浪的时候，后面同学拥了过来，嘻嘻哈哈打着闹着往前跑。有人边跑边说，人家说汪闪闪早就穿着迷彩服，从另一侧楼梯到教室去了。唉，另一个跑得气喘吁吁地说，那这帅哥，喊了个寂寞啊。

我说得没错吧。彭浪一下子来劲了。我说，别说了别说了，看都跑呢，可能快迟到了。

果然，我们刚认着楼号找到我们教室所在的智造教学楼，满校园响起上课铃声。

幸好，戴维还没到。我们稀里哗啦拥进教室各自找位子坐下，每个人都在小声表达着对汪闪闪事件的看法，有的说他们青梅竹马，家都是黄海县的；还有的说他们本来在一个班，汪闪闪父母为拆散他们硬生生给女儿报了一年病休，谁知道也没学好，还是齐齐到这里来啦。我前面有个男同学说，那个穿燕尾服的男生，叫梅生，是学生会主席。

他这个主席，是当不成了。说话的男同学说。

戴维进教室，走上讲台，清了好一阵嗓子，教室里热烈的氛围才平复下来。戴维说，别讨论啦，信传学院已经在开院办公会，讨论梅生同学的处分问题了。

接下来，照样首先是例行欢迎，再就是强调入学教育注意事项。戴维叮嘱我们，接下来一个月入学教育，要求特别高，训练特别艰苦，大家要特别注意，要打起十二分精神，争取拿第一。

最后，戴维问，同学们还有什么事吗？没有的话——

有，有。陈浩南举起手。

浩南同学，请说。

戴维这句话，把我震了一下，他已经记住陈浩南了，浩南同学几个字，说得那么亲切自然。

请问班主任，在咱们学院，刚才，刚才那个同学的行为，会受什么处分？

教室里哄一声笑了，但须臾像关了开关一样静下来，大家屏住呼吸，等待戴维的答案。

戴维先是一惊，而后想了想，摇摇头说，不确定，没有这样的先例。

但是啊，戴维举起黑板擦说，这种行为，坚决不能发生在咱们班里。而后，他想了想，又说，当然，也不可能发生在咱们班里。

我没来之前，就听说技校怎么怎么样的，说什么学生们特社会，拉关系、拜把子、打群架，云云。所以我踌躇再三，还是没舍得把额前那几撮彩发剪去。

一整天了，我都戴着帽子，先是戴着棒球帽，而后趁"狱友"们不注意赶紧换上迷彩帽。

报上到看了入学教育指南，我真庆幸自己有先见之明，幸亏没摘下来，要不让戴维看到，一定是一剪刀给剃了，说不定还让我当全班同学面检讨呢。所以我得藏严实了，那是在这里"混社会"的一种保障，我想，借此，大哥小弟们会把我认出来，当我是自己人，我的日子，就不至于太难过。

我祖父在世时，经常说，鼠有鼠道，蛇有蛇道。在技校混，得有在技校混的道儿。而我的道儿，就是这几撮彩色头发。一共三撮，一撮是紫的，一撮是蓝的，一撮是红的。它们张扬地翘在我前额右侧，使我的额头看起来像半边美洲鹦鹉，将是我的招牌，贼拉风。以前，网吧里的女孩，不管把《英雄联盟》打得多起劲，只要我一进门，纷纷抬头看我。

我得保护好这些头发，不能让任何人看见，这关系到我在这里以后的日子。习是学不好了，前途是没有了，顶破天，也就是个工人了，但是总不能工人还没当上呢，先让人打了吧。

戴维走前，指定几个同学去搬书发书。坐在教室等书的我们，先是延续了会儿课前的话题，猜测那个叫梅生的学生会主席，会受什么样的处分。

学生会主席，不以身作则就不对了，还这么张扬，就是不想混了呗，唉，色令智昏哪。

我的前位，一个下巴上有颗小黑痣的男同学说。

不过，这真带劲儿，就算是开了，也值了。

我循着熟悉的声音望过去，说这话的，竟然是朱子康。

我这才想起来，刚才看热闹时，朱子康没有跟我们一起离开，戴维进来后，他才跑进教室的。

我记得他说过要有模有样地打一场架，说在家管得严不让打。难道，在家管得严，也没让他谈恋爱？

一切都有可能啊。

我的脑海里，又飘过那件黑底白点的裙子啦。

搬书的同学很快就回来了，不一会儿，我们每个人的桌上堆起两大摞——一大摞课本，一大摞作业本。

不是，我上的是技师学院啊，不是到车间开动车床，铣个零件啥的就行了吗？为什么还有这么多书？又不考大学，搞这些幺蛾子干啥？

看来，有好多同学和我想的一样，教室里很快分成两派吵起来。我派以彭浪为代表，说搞这么多形式主义的东西，浪费时间浪费精力，拣自己喜欢的技术来一门不就行了吗？另一派以青年干部林幸哲为代表，说任何技术，没有理论的指导，学起来不免盲人摸象，甚至会误入歧途。

我派说古代那师傅带徒弟，都手把手教，没见哪个先让读课本做作业的。另一派说，所以，古代制造业不发达，也发达不了，现代工业的兴起，首先是制定了整齐划一的标准和规则。中国近代的落后，就是农耕文明与海洋文明在工业时代对决中的落后，这是个系统性的问题，我们要想摆脱农耕习惯走向智造强国，必须要有严格的，甚至是严酷的工业标准。

真有学问！我派陈浩南阴阳怪气儿地说，你不去北大清华深造下，真是白瞎了这么个人儿了。

林幸哲反问道，你怎么知道我不去？我现在不去，就代表永远不去吗？

陈浩南被噎了一下，低头嘟囔道，癞蛤蟆打喷嚏，口气不小。

林幸哲说，当然，感觉理论课毫无必要的，可以不学嘛。没人逼你，逼你也没用，是不是？

我派后来我知道他叫王赫的男同学边划拉着手机边回过头说，听你讲话，真的是，咋说呢，我可不是想抬杠啊，就是真心认为，你这样的叫啥呢，该叫青年才俊，和我等坐到同一个教室里，我们感觉有点，有点啥呢，有点配不上你。这真不是农耕文明与海洋文明的关系，这是人与人的不同，我和你好像不是同一个物种。

我派有几个同学鼓掌鼓励。

林幸哲摇摇头，轻蔑地笑了下，说，这是另外一个问题了，各位，请便。

说完，坐回座位上开始翻看课本。

我百无聊赖了，翻翻课本，没一本看懂的。翻到底，抽出语文课本，翻翻后面，看有啥有趣的故事啥的。一个下午，就这样过完了。

下课回到宿舍，回忆这一天，有点小惊喜，又有点小失落。小惊喜是燕尾服带来的，小失落呢，感觉事先设想的自己的那种酷、帅、个性，一点没发挥出来。没进来之前，我以为和别人不一样，和那男同学说的那样，我以为我就是因为家庭变故放任了自己，考试时没考好才来了这里，这个学校，这些同学，都配不上我。但一天下来，又找不到任何一点自信。

咋想，咋有点泯然众人矣之感。

我想着想着，竟然歪在被子上，睡着了。

我是带着一点伤心和失落被"狱友"们喊起来吃晚饭的。待我确认自己真的清醒了，捂紧头上的棒球帽坐起来，看到狱友们身着齐整的迷彩服站在地上，不自觉地一个个昂首挺胸的，像待检阅的队伍。走啊，彭浪抬头朝我招了下手，和大家一起出去了。我想滑下床去，但感觉浑身无力，拿手撑一下床铺，胳膊和面条一样，我索性又躺下来，反正，三顿五顿的，也饿不死人。

楼道里是杂沓的脚步和叫闹，节日般。

不快乐的人只有我一个。

我不由得摸摸左胸口，那里有一张小小的纸片，是母亲的照片，这一刻，我是多么想她。

从小到大，具体一点，从六岁开始上一年级到初二，我就一直是母亲的骄傲。每次大考，几乎从来没落下过前三，年底班主任老师手中那沓奖状里，一定有我"三好学生"和"优秀班干部"的两张。当然，谁都知道，虽然名目不同，奖的主要都是学习成绩。我考得好，也没感觉费什么力气，当什么事成了一种习惯，就习惯了，不觉得有什么额外的付出。

可母亲每回都接过奖状，郑重地看上半天，脸上的光芒都让我有点睁不开眼，母亲笑得眼睛眯成一条缝儿，说，我们家良良最棒啦！

到这里，我彻底明白了，我和姐姐的那些奖状，不过是我的母亲聂秀芳女士的母性光芒之余辉。当我初二下学期期末考试前，这层光辉一朝尽失，我的世界，就此陷入无底黑暗。

那时候，母亲在我心里，就只是母亲那么简单。不像别的同学的母亲，同时是某个单位或部门的干部，某个公司的财务或工人，某个店的老板。我母亲，除了必要的去菜市场、看望祖父母和外祖父母，平时很少出门，就是在家等着我放学回家。原来，还等父亲和姐姐，父亲后来越来越忙，基本住在公司，姐姐外出上了高中、大学，后来参加工作，母亲等的，就只有我了。

失去母亲之后，我才知道，母亲是她老家村里第一个大学生，毕业后分配到县工商局，在工作中认识了当时在别的公司跑业务的父亲，还谈起了恋爱，在外祖父母一家人的反对中，嫁给了父亲。我父亲很快独自创业，橡胶公司风生水起之后，应父亲的再三要求，母亲辞职，做了全职主妇。

记忆中，父母从来没有像别的同学的父母那样，因为忙于生计而耽误了接我放学。幼儿园和小学时，看到有的小朋友滞留在学校传达室，我就想，怎么回事儿，爸爸上班，妈妈到哪儿去啦？幼儿园和小学离家近，母亲骑自行车接送我上下学。上幼儿园时，我出了校门，母亲一定会站在学校大门左手边第三棵梧桐树下等我；小学时，往校门口右边走，转过路口，母亲在路口小小的花园中间巨大的石头前。我从学校奔出来，远远地喊着妈妈奔过去，从母亲手里接过白色的小玻璃奶瓶，在母亲"慢点喝慢点喝"的嘱咐声中咕咚咕咚几口喝完，然后转过两三个路口（往西拐就是三个，往东拐就是两个），在转角的牛奶店前跳下自行车，跑进店还瓶子，再跳上自行车，和母亲一起回家。母亲出家门之前，就已经熬好了稀饭，电饭煲里米饭也好了，肉菜在炉灶旁边一两只锅里，一两个素菜也已经洗净切好码在盘子里，只等我放下书包洗手洗脸的工夫，母亲就炒好菜开饭了。饭后我写作业，母亲则收拾碗筷，打扫下卫生，检查我作业，然后，洗漱休息。

日复一日，这就是我和母亲的日子。

不出意料，再过四年，考个985，再次点211，平常事。

只是，突然有一天，不等下午放学时，我就被小姨从学校直接接到了县医院，看得到医院东北角低矮的太平间了，小姨才告诉我，母亲离开了我们。小姨的原话是，良良，你妈妈，不在了，心肌梗死。

那一天，看着躺在太平间存尸箱里脸色灰白的母亲，我脑子里一片空白。小姨摇了下我的胳膊，说，叫，叫妈妈呀。

我叫不出来，不知道为什么，我什么都说不出来。我刚进去时，太平间一下挤满了我进来之前看到的三五成群站在前面空地上说着什么的人，但他们很快又出去了，我还是站着，我不知道该说什么。死去的母亲，像一下子缩了水，又瘦又小，薄薄的一层，紧贴在盛放她的金属盒子上，早晨送我去学校时穿的浅灰色运动服里空空荡荡。右手食指肚上的创可贴一头翘了起来，左边的嘴角上不断冒出白色泡沫，这让我想起酩酊时的父亲。我怀疑小姨的话有误，母亲只是喝醉了，很多时候，爸爸喝醉了酒，就是这样。

我看了眼小姨，小姨朝我点了下头，乞求地盯着我，我知道她在说，叫妈妈呀。

但自始至终，我没有叫出来。

这几年，我一直在想，一个人活着和死去，是不是还是同一个人。到现在也没有想出眉目，这样的问题对于我来说，显然是过于深奥了。但可以肯定的是，有母亲和没有母亲的我，不一样了。母亲在时，不用想那么多，吃饭睡觉上学打游戏，都是一种习惯。每天听着母亲在餐桌上收拾早餐，我就醒了；听着母亲在卫生间洗漱，我就睡了；看着母亲拿着我的试卷暗暗皱下眉头，我就知道该加把劲儿了。母亲像太阳，我只随着她转动，一切都那么简单。

失去了母亲，我的世界整个地乱了。我整宿整宿瞪着大眼，茫然地看着天光从帘缝里一丝一丝透进来，恍恍惚惚到了空荡荡的学校，才想起是周末。不是周末的日子，看着老师一走上讲台，我的眼皮就沉得抬不起来，有时候连着睡三四节课。刚开始老师是心疼我，后来就懒得搭理我了。

成绩——都来东技了，有什么好说的呢。

我不想说我失去母亲的伤痛，因为失去过的人不用说；没有失去的人，说了，也不会懂。

"狱友"们有说有笑地从餐厅回来了，看他们欢快的笑脸，好像永远不会有当工人的一天似的。他们沉浸于对自己英武的想象和即将开始的军训新体验，我则默默地将世界上的人分成了两类。一类是有母亲的，而另一类，是没有母亲的。

他们是有母亲的，而我，是没有母亲的。所以，即使我们都一样要在刑期结束后进入另一个刑期，他们仍然比我快乐。

你怎么不试下？不合身明天可找戴维换。

我抬起头，看到一张圆圆的笑脸探在我的床头前，灯光打在后脑勺上，映得头发微黄。这是第一个向我表达友谊的同学，遗憾的是我一句话把本可以迅速建立起的友谊毁得一干二净了。

我说，用你管！

我看到床头前的笑脸上两只瞳孔疾速放大后慢慢黯淡了，他甚至窘得不知道该怎么转过身去，就那样在我床头边停留了好大工夫，直到凑到壁橱前翻检藏书的彭浪说，快来，快来，看看这是个什么东西！

那只浑身长满腿的蚰蜒，或者说只有两条腿的彭浪，救了陈浩南一命。陈浩南跑过去看了一眼，回身从他壁橱里撕了块卫生纸，将手和头都探进彭浪的壁橱，用卫生纸垫着把蚰蜒抓了出来。

钱串子，有毒！

陈浩南大声说着跑出宿舍，我们都知道他是去把蛐蛐往公共卫生间扔了，只是去了很久都没有回来。

我话一出口就后悔了，但硬着头皮没道歉。

"受了惊吓"的其他三位"狱友"又重新开始讨论起刚才的话题——军训教官会不会体罚我们。一个说不会，我们是来上学，又不是犯了罪蹲监狱，凭什么打我们？说得义正词严，慷慨激昂。另一个说一定会体罚，说不定还会动手打人，军训不是上课，教官也不是老师，虽然不是蹲监狱，但做不好体罚也正常啊。他们的话差点让我笑出声，但我没笑，是我突然意识到他们谈话的刻意，虽然我还没有听他们说过多少话，但那一刻我清楚地意识到，这几个人，这几句话，不是在随意聊天，其实是在努力化解由我造成的尴尬。虽然我是冲着陈浩南去的，但是造成的尴尬不适，是大家一起承受的。

等陈浩南回来，这种感觉就更强烈了，除我之外，其他四个人都或多或少地同陈浩南说了几句。谁都听得出来，大家都想让陈浩南高兴一点。虽然直到入睡，陈浩南也没高兴起来。

但当年的那个少年，并没有为此感到惭愧。相反，他感受到了邪恶的快乐，内心里有种报复世界后的满足感。虽然这个屋里的人，此前没有一个对他有敌意。他甚至跳下床，到壁橱里找出个新软皮笔记本，把这一切详细地记了下来。而之前，他从未写过日记。他也没想到，这种由邪恶生出的芽苗，在此后很长一段时间里，枝叶越发繁茂葳蕤，在他心灵上的高岭深壑、雨雪风霜、毒沼瘴霾中长成参天大树。

想想这些，真让人后怕。

东技的第一个夜晚来临了。

外面零星的蛐蛐鸣叫，破碎而惊心，稀薄的月光被帘缝切割成一道细线，从窗台一直爬到地板中间谁的一只鞋子上。

我睡不着，瞪大两只眼，盯着已经看不到羊皮的屋顶，我无法把自己同"一个工人"捏合在一起，白日的忙碌喧嚣暂时驱赶了我的恐惧和不安，但现在，它回来了。它像一股气体沁入了我的心灵，在我胸腔里翻滚膨胀，让我无法合眼。

在室友们渐渐均匀的呼吸中，我从蚊帐里钻出半个身子，撩起窗帘一角——我听到外面猫叫，咪呜咪呜，叫声里满是让我听起来异常别扭的欢乐与安适。

这些可恶的小东西。

校园的夜，很安静。后来，许多个寒冷或闷热的深夜，我从校园东南角的教室走回宿舍，走在柔和的路灯光里，踩过鹿鸣广场上一块又一块青灰色石板，踩过雁栖湖边有些硌脚的鹅卵石小径，踩过我们六号宿舍楼西边无名花园草地上错落的汀步石，踩过楼北青砖拼铺的弯道，转到楼东边，进入与南边七号宿舍楼之间连廊中间的月亮门，往北走约二十米，就进了我们六号宿舍楼。楼门口外东边，隔着连廊玻璃，刚刚我走过的地方，会看到贴着路边枝丛间，几块灰白的太湖石，剔透玲珑的石窟窿里，住着貂蝉和吕布。

入校园的第一夜，我就从窗帘一角看到了貂蝉吕布，和与它们嬉戏的一高一矮两位保安。自始至终我都不知道他们两位的名字，高的太高，大约得一米九吧，高而瘦，就算是独自站在夜晚的路灯下，也显得过于瘦削高挑。矮的也并不多矮，也得一米七几的光景吧，白天里，我从他身边走过，以自己的身高暗暗估算过。高的站着，肩头趴着那只白猫，矮的蹲着，伸着手，拿什么吃食喂那只黑猫。

两人边喂边说着话。一个说，吕布这几天不大吃东西。另一个说，貂蝉好像是怀孕了。一个说，我看石头边有火腿肠，怕是被这些家伙们撑着了。另一个说，你看你看，肚子是不是大多了？一个说，别是吞了吃了药的老鼠吧？另一个说，不知道怀了几个，你说，是白的还是黑的呢？

我趴在床头边，听了老长时间才听出，高个子喜欢吕布，矮个子喜欢貂蝉，吕布是那只白的，貂蝉是那只黑的。

他们自说自话，各自说着心上的猫。边说边走，猫蹿到他们伸开的胳膊上，蹿上他们肩头，而后像片羽毛轻盈落地，把身体抻得老长。人摇摇晃晃，在路上走走停停，猫探头探脑，在路边的花丛间进进出出。

两人两猫，永远也不会知道，他们身后六号宿舍楼四楼的一道窗帘缝里，一个少年冲他们的背影哼了一声。自此，关于他们的许多个场景，在好长一段时间，不时出现在少年的脑海里。

人在决绝之中，常有极致之行。

如果非要找点什么理由的话，那就是这个夜晚的画面过于温馨，对少年牢狱心境构成了嘲弄。一窗之隔，两重天地。十五岁的少年，从窗前缩回上身，脑海里难以自控地出现了鲜血、白骨、挂在树枝上的猫尸——想起这些，我与战争中多行残暴者通了心气。

任何暴行，本身都是悖论。是所有希望破灭后的宣泄罢了。邪恶，由此，成为它本身的内容和目的。

想想这些，真让人后怕。

4. 虐猫事件及军训

想象中对两只猫的残虐让我兴奋不已，黑夜如飞蛾，扑闪着薄薄的翅膀飞过窗前。晨光乍起之时，我似从冥幻降临人世，我仰躺在床，惊慌地摸到滑落到枕边的棒球帽，坐起身，头疼欲裂，浑身无力，对暴力的想象和由此带来的热血澎湃把我消耗得疲惫不堪。

陈浩南边穿戴边不停吆喝着快点快点，快耽误了。

我溜下床，扯开迷彩服包装，胡乱套在身上，抬起棒球帽舌，把迷彩帽掴到头上，随着大流下了楼。

新生欢迎仪式暨入学教育动员大会就在东操场进行。未等走到操场，就已经看到队列整齐的老师和站成一排的院领导们了。

先是一个穿着棕色运动服、短头发的女老师代表老师们致欢迎词，说什么热烈欢迎我们入学，希望我们在这里成为栋梁之材。在我听来，都是些官话套话废话。而后是新生代表一上台，操场上立即爆发出哦哦的惊呼，原来是那个汪闪闪。汪闪闪穿上了迷彩服，长头发在迷彩帽下盘成一个丸子，手捧一本册页夹，站得笔直。

尊敬的老师、教官，亲爱的同学们，我是管理学院护理专业二班的学生汪闪闪。今天，很荣幸能代表新生——

汪闪闪一开口，清脆圆润的嗓音立刻在操场上空回荡开来，迷彩队列发出更加热烈的惊叫，哇，太正啦，迷彩服天花板，闪瞎了

我的狗眼 —— 男女同学们纷纷表达着自己对汪闪闪的迷恋和崇拜。

我听到彭浪小声和身边的王一凡说，她也没那么高啊。

我们宿舍的几位，低低地怪笑起来，惹得队伍旁边的几位老师转身扫了我们一眼。

汪闪闪说她的志向是成为一名优秀的护理人员。她说她的栋梁之材的理想，就是国家和社会哪里有需要，这个国家的人们缺少什么，我们做什么，就是有用之才；我们能做好什么，就是栋梁。中国已经进入老龄化社会，社会上需要大量优秀的护理人员。在三年的学习中，她一定要认真学习，掌握护理知识，苦练技能，争取毕业后能为人民的健康和幸福尽微薄之力。

可惜了的。王一凡摇了摇迷彩帽。

可惜了的。陈浩南也摇了摇迷彩帽。

嘁！陈浩南前边的同学发出尖细的声音。

你是女生？

陈浩南手拢在嘴上问，我们班有女生啊？

前边的女同学又不屑地"嘁"了一声，说，用你管，漂亮女生就不能做个栋梁之材？当个花瓶就好了吗？幼稚，无聊。

陈浩南说，你这就不懂了，她这样的去护理，有那心脏不好的老爷爷，搭一眼，会犯病的。

神经病。女同学说。

陈浩南探头看看前面的女同学的侧脸，嘿嘿地笑了两声。

接下来上台的，竟然是林幸哲。但和汪闪闪不一样，他没了白衬衣和领带，一穿上迷彩服，真看不出有哪儿不一样了。但周围还是发出一片惊呼，虽比不上汪闪闪带来的响亮，但这些小女生们太没见过世面的样子，还是让我反感得很。

林幸哲慷慨激昂地说，有人喜欢探索宇宙原理，有人喜欢做木工，有人喜欢打篮球，有人喜欢造汽车，没有什么好与不好。最重要的，是社会能为不同的人，提供好的发展平台，教育能为不同的人，指引更好的方向。总之，最适合的教育，才是最好的教育。找到最适合自己的方向，才是人生最好的开始。

真他妈会说。我心想，你要能考六百八，开学时就不会说这样的话了。

最后是院领导讲话，书记常玉生一张嘴，用他那浑厚的男中音向新生们致意。书记说，刚才两位同学讲的都是他想说的话，他希望我们每个人，都能在东技找到合适自己的事，能在这里找到人生的方向。

但是——常书记话题一转，对着话筒大声说，但是，同学们，你们之所以来到咱们学校，自己心里要清楚，不管什么原因，在以往的人生中——你们——大多数——不够努力！

偌大的操场，鸦雀无声。

一刹那，连呼吸声都听不到了。

常书记说，在我十几岁的时候，如果考不上高中，就回家去放牛、割猪草、锄地，不到二十岁就找个同样没考上的人结婚生子，可能半辈子都到不了县城，一辈子都坐不了一次火车飞机。穷其一生，守着一头牛几亩地，披星戴月，生老病死。可是你们赶上好时代了，有了我们这样的学校，有了更有保障的"兜底教育"。

常书记又说，但是现在，同学们，国家和社会更富强了，有能力设立职业技术学校，再给我们一次成才的机会，我们要好好珍惜啊！

成个屁才，我心说，顶破天，不就是个工人吗？别他妈瞎××了。

动员会结束，各班整理队列，朝各自的场地走去。

我们的两位教官已经在场地上等了。从斜睨的目光和不停点着地的脚尖中看得出，他们有点不耐烦。我的目光越过教官，越过暗红色带着白色条纹的塑胶跑道和篮球架、足球门、花圃，在操场的外围，四五个由十几个人围成的其中的一个圈中，我认出了穿着横条纹衬衣的戴维。

我刚才一直扑腾着的心，竟莫名地安定了。

曾文远、路梓桐、朱子康、孙翔、郑仁杰、马纯、胡亚南、张大志、王一凡、吴楚、彭浪、陈浩南、王赫、成良、杜子远、林幸哲——

好家伙，清一色的爷们儿啊！

黑脸的教官点完名，看着队列说。

哎，他歪头围着队列走了半圈，纳闷地说，听你们班主任说有个女生啊，在哪呢？

大家伙儿就左右前后地互相看，终于有一个低下头，抿着嘴害羞地笑了。紧挨着的陈浩南指着她说，她是女生。唯一的班花不满地剜了他一眼，用你多嘴！男生们嘻嘻地笑起来，陈浩南小声说，头发那么短，谁能看出来是女生。但禁不住，又往班花脸上多瞧了两眼。班花拿眼角斜着他，鼻子里轻轻地哼了一声。陈浩南咧开嘴，笑了。

黑脸的教官在整队后，大声宣布接下来要完成的训练目标、内务标准、训练纪律。最后说，啊，我还没有自我介绍呢。说着很郑重地清了清嗓子，站得笔直。

接下来，我们就知道了他已经连着六年在东技的开学教育军训中任教官，拿了三次入学教育汇报演出比赛的一等奖，其中两次是第一名。他说，我们班，这次一定要拿下第一。

你们拿下第一，当作退伍礼物送给我吧。

他攥紧了拳头，挥着说，有没有信心？

有！

我们的队伍大喊，哗啦哗啦的，像条大河。

我才不跟着他们一起哗啦——我和你又不熟，凭啥一见面就要承诺送你礼物？

接下来，他又同样郑重地介绍了朱明新助教，说他是西安交大的高才生，已经连续四年担任他的助手，配合默契。不得不说介绍简洁有力，但就是没有说自己姓名。不过我们也没有注意。是在当天下午在操场上休息时，我们听朱助教喊他韩连长，也跟着叫韩连长时，才被他纠正，应该叫韩教官。他突然想起了什么似的，说，啊，忘了告诉你们，我叫韩信，你们就叫我韩教官。

韩信？

他听到队伍里小声嘀咕，得意地笑了，说，对，就是那个"萧何月下追韩信"的韩信，战神韩信。

我×。

我在心里骂了一句。

就是重名而已，有什么可得意的。人家是大将军，你是个连长，有什么可比的。

看来不止我自己心里这样想，傍晚解散前，我就听到有人小声管他叫假战神了。

远处，戴维所在的人圈儿散开了。戴维站在原地朝操场上望了望，迈开大步朝我们这边过来。

我看到那个少年，坐在队列中间，望着自己的班主任，下意识地拿手捂了捂头顶的帽子。他头上，右额前，挑染了三簇头发，是蓝的，是紫的，是红的。他告诉自己必须谨慎，千万不要让人看到，学生手册上明确规定，禁止染发。

我可以一直戴着帽子。我想。

入校前我考虑过这个问题，犹豫着要不要去理发店把它剪掉。但到最后，我还是遵从了在心里对于技校学生所能拥有的形象的想象，染发的，打耳钉的，叼着烟卷儿踩在滑板车上呼啸而过的，在这个群体中，我只不过是最无力最柔软的那一个而已。我甚至想，这几簇彩发，是我必备的与这个群体和谐相处的入门券。虽然报到那天我就发现了我的这种想象和现实的巨大偏差，但我想，也许，他们只是暂时装装。

但后来一段时间，竟没看见一个染发的、一个扎耳钉的（连女生都没有）、一个抽烟的（连老师都没见）；老生中，也没见穿着亮闪闪发光的衣服的（我感觉那是时尚青年的标配），更没有烫头发的男生。更出我意料的，是绝大部分老生都穿着校服，偶见不穿校服的，也是极其普通的短袖 T 恤和运动休闲裤。我又想，这几届学生，个性真是欠缺。

假战神竟然让休息时盘腿坐在地上的我们脱帽，他说，拿下帽子，吹吹风，看把你们的脑子给泡灢咯。

还别说，也许是军训第一天，摸不清教官们的脾气，一个个的都像老实孩子，教官让休息，就原地坐下休息；不让脱帽，都乖乖坐着，一个摘帽的都没有；一让摘帽，又都欸啦欸啦摘下来了，摘下帽子，拿手划拉着汗透的头发，一个个地叫着凉快。两个教官拿帽子扇着风，围着队伍边转边说，是不，哎，摘下帽子才凉快嘛，一个劲捂着，还不捂出痱子，没准儿还中暑。言语间，好像让摘帽子是一种恩赐。

我也想摘，但我当然不能摘。那个朱助教眼尖得很，我坐在第三排，一眼就注意到我了。他在队列前面朝我伸出一只手，几根手指向下捏在一起，示意我拿下帽子。我装作没看见，偏过头去，我的左侧是朱子康，右边是马纯，他们谁也不理我，当然，我也没想和他们搭茬儿。我低下头，装作很困的样子。

朱助教转到我们队伍后面，我反手摸到后脑勺，怕他搞突然袭击，再一把从后面揪去我的帽子，我看他那瘦溜溜的样子，很像是干这事儿的老手。

摘掉帽子不凉快吗？

朱助教拿捏住鼻子的声音问我。

我头有点疼，怕风吹。我说。

哎哟，朱助教撇起嘴说，坐月子啊！

大家爆笑，朱助教得意地哼了一声，走到队伍后面不远处的花圃前，与韩教官和戴维说话。

军训第一天还有件值得说的事，就是我们班三十多个人，差不多有一小半在原地转向动作时转迷糊了。我原来知道我的同龄人好多分不清东南西北，到那时我才知道原来也有这么多人分不清左右，向后转时，有人从左边转 —— 你们在中学时不上体育课吗？老师没教吗？

但现在想起来，我就在心里笑四年前的我老鸹飞到猪腚上了。我们不但上了体育课，还上了语数英史地政物化生，那为什么有人考了六七百分上了一中，我就考了三百分来了技校？

五十步笑百步，有乐趣，但少得可怜。

把别人的缺陷和不足贴到自己身上，立马，世界就不那么好玩了。

看假战神在我们转得稀里哗啦时的一脸淡定，我就相信他说连着六年担任教官是真的。

最让我印象深刻的是站在最前排的彭浪，这个读书狂，竟然也分不出左右。他丝毫没有别人在看了教官的示范后脸上立马显现出"哦，原来是这样"的醍醐灌顶兼欣喜之感，两个教官轮番上阵，给他解释加演示向左转和向右转以及向后转时必须从右边转，我们看到他，起初认真听着，点着头，但听着听着，开始皱眉，眯起眼，脸上慢慢堆积出一疙瘩一疙瘩疑惑。

教官，你说这边是左，有出处吗？

出处？这需要什么出处，谁都知道，你拿筷子的手就是右手，这一边，就是右边。

这一边就是右边？彭浪举起他的左手说。

不是，是拿筷子的手。假战神举起他的右手说。

我就用这只手拿筷子。彭浪晃了晃他的左手。

×！假战神说，噢，那你是左撇子。

对呀，所以说，你说拿筷子的手这一边是右边，不对。彭浪举举左手。

这么说吧，大多数人，是用右手拿筷子的。假战神说完朝一边看了看。

戴维正从队伍后面转过来，假战神转过身，朝着在他身后站定的戴维。谁都看得出，戴维连嗓子都清了，是想说点什么的样子，但最后什么也没说，只是做了个请的手势。假战神得了援军的想法落空了，他转过身，对着大家，挠了挠头，把眼神投向队伍后面。

我知道，那里站着朱助教，真正的高才生。

这么说吧，左右啊，是种约定俗成，这就像管爸爸叫爸爸，管母亲叫母亲一样，是种约定，是人类文明必然的精神产物。高才生受了假战神眼神的命令，从队伍后面慢吞吞地转到前面，边思谋着边说。

约定，那就是对签了约的人才有约束，彭浪说，那没签的怎么办？

没签的，势必被排斥在文明之外。朱助教说。

那这么野蛮，没有容纳，还算得上文明吗？我们都看不出彭浪是真疑惑还是真捣蛋了。

按说，文明就是力争让每一个人都舒适，但是——朱助教也开始挠头皮。

这么说吧——戴维终于往前走了几步。

人类文明，不只包含公平公正、尊老爱幼，文明，还包含着它的对立面，不公正、不公平。这对立面中，人类文明程度越高，各种标准就会越多，把人群分得也就越细，也就越来越把老弱病残，把穷的弱的愚的人群，压制在社会底层。为什么我们要倡导文明，就是我们意识到了文明中的残酷之处，如果末位淘汰，长此以往，多少年后，人类势必就像条贪吃蛇，自以为优越的巨口从自己尾部慢慢将自己蚕食，文明最后就变成一个巨大的悖论。

如果你记不住这边是右，戴维朝彭浪说，你连基本的标准都达不到，就势必被文明压制在底层。是的，能记住哪边是右的人，当然会努力不让这个社会首尾相残，会努力把你从巨口中往外拖，就算你最终没有被吞掉，那别人也为你付出巨大的成本，你成了个累赘——

彭浪推了推眼镜，默默退了半步，回到队伍里。

说实话，戴维的话我没太听懂，当晚回到"牢房"往本本上记的时候，也不知道记对了没有。但是戴维的话，让我感觉这座"监狱"，在努力把我们从巨口中往外拖。

下午训练完成，我们从东操场越过学院中间的"三八线"往西边走，看到行知楼广场边上的宣传栏前挤满了人。陈浩南跑得最快，挤进人群中把消息带给我们，说那个扯着条幅示爱的梅生，学生会副主席，被处分了，解除了副主席职务（原来是副主席），取消了入党积极分子资格，公开检讨，严重警告。帮他扯条幅和吹萨克斯的同学，都被约谈了，公开检讨。

作是有代价的。

陈浩南嘶嘶地吸了口冷气，白了我一眼。

我知道，我伤害了他。虽然算不上处心积虑，但实在不能说是无辜。此刻看着他圆乎乎的脸，我很想跟他道个歉，但冷不丁说这样的话，是不是太假了？再说我不道歉，能怎么样呢？所以我硬着头皮，没有开口。

让我没想到的是，晚饭后竟然还有训练。一小时的内务，朱助教为我们示范铺床叠方块被，在我们勉强过关时，又被集合到操场，跑步十圈，原地队列一小时。

但一入夜，我又为这时的没道歉后悔了，我想我要是拍拍他的肩膀，跟他说声"哥们儿，都是我不好，对不起"能怎么样呢，事情不就好起来了吗？我为什么不说话呢，我的脸，有那么值钱吗？再说，伤害了别人，不做补救，就是有脸吗？

管他呢。最后我又想。

喵呜喵呜，那两只猫又在叫了。

我拉开窗帘，看到一高一矮两个保安又在喂它们了。两个保安蹲在路边，白吕布和黑貂蝉跳到他们肩上，高个子保安站起来，伸展开双臂让吕布从左爬到右，又从右爬到左，还扭了几下舞步。

他们压低的笑声那么惬意，让我心里很不舒服。

他妈的，掐死你们，再让你们这么得意。

我心里骂了一句，放下窗帘，退回蚊帐里。但我睡不着，一天的训练让我浑身酸疼，本来洗漱时冲了下凉，但现在头脸又被汗水浸透了。

瞪了会儿屋顶，我心里有了主意。我摸摸穿戴齐整的迷彩服，戴正帽子溜下床，站在下铺整理好了床上本来没敢打开的方被和床单，穿好鞋，偷偷溜出宿舍。

我早就注意到了，一楼朝北，有扇窗户对着的院墙里面的藤蔓上扔了只踩扁的纸板箱，作为同道中人，我一眼就知晓了其中的秘密。

我来到一楼，打开窗子，爬上窗台跳到外面，抓起纸板进入那条小道，反身又把纸板放回原处，分着藤蔓来到院墙下。借着月光，果然摸到墙面上凹进去的几块蹭踩处。我在草丛里摸索了一会儿，找出那根必然存在的光滑的棍子，吸口气，撑着棍子踩着凹处爬上去。

墙头上又宽又平，简直就是为越狱而建的。我松口气，墙外黑咕隆咚，但不像是很复杂的样子。我把两条腿伸下去，转身右手扒好墙，我想，咚的一声，我就拥有了自由自在的夜晚。

13！你是第13个了，我看见你的脸了，赶紧下来吧，登记好班级和姓名——

就在我胳膊努着劲，要往下跳时，树下突然有个声音响了起来。

接着，一束手电筒光笼住我的头脸。

嗬，迷彩服，新来的就这么大胆儿！

千钧一发之际，我吊在墙上转了个身，左手一把扒住墙，"嗨"一声又返回到墙上，看也不看跳了下去，连滚带爬钻进窗子，一口气爬上四楼，钻进宿舍关上门，听外面并没什么动静，这才爬上床去重新躺下。

太下作了，我心想，钓鱼执法啊，这技校，比中学水深多了。

嘿——我听到我的对头"嘿"了一声，原来马纯也醒着，他掉过头，小心翼翼趴在方被一边以防把被子弄歪，低声说，你是不是看到一楼那条小道儿了？

我问他，你也看见了？

马纯"嘿"了一声，说，不止我，都看见了，都知道是陷阱。

我×，咋不早说？我骂了一句，紧接着，就听四面八方哧哧地笑起来。

原来，没一个睡着的。

自以为做得神不知鬼不觉，原来在大家眼皮子底下出洋相呢。真是窝火。

睡吧睡吧，明早说不定几点起呢，听人说，这些教官们可变态啦。朱子康说。

我连羞带臊的，睡不着，趴在床头拉开窗帘往外看，又看到那两个保安和那两只猫了，人坐在马路沿上，各撸着自己喜欢的猫，说着话。

还让不让人睡觉啦！

我拉开窗子，朝外面喊。矮个子保安循着声音望过来，我赶紧把窗帘放下。两个保安站起来，向我们这边望了一会儿，喊道，几点了，还不休息！

你要作死，彭浪说，别让他们知道是我们屋喊的，会被整的。

不会的，这么多窗子，他们知道哪个是哪个呀。我看到两个保安继续往前走了，又拉开窗子喊，你们让人休息吗？

两个保安又站住了，慢慢回过身，朝这边看了会儿，嘀嘀咕咕了一会儿，转身走了。

朱子康说，你这是找事儿啊。

我说，就找事儿，咋地，你的理想不就是要打场架吗？打啊，弄死他们。

神经。朱子康说。

天还不亮，我们就被尖厉的哨音惊醒了。一个人从床上跳到地上，整理下一夜不敢脱下的迷彩服，再整整一夜不敢碰到的方块被，连脸都顾不上洗，匆匆下楼往操场狂奔。

整队、报数、喊口号、队列、跑步、仰卧起坐和俯卧撑，喊军歌，太阳刚从东边的林梢上冒出头，韩教官就喊解散了。于是，我们又往食堂跑，先在洗碗池里连头带脸地洗一气，再对着水龙头漱漱口，水龙头的水甘甜，我不禁吞下几口。

土豆丝卷饼、肉夹馍、肉包子、油条豆浆、油炸馅饼、鸡蛋面条，呼噜噜吞一肚子，赶紧往宿舍奔，再回去看一眼内务。上午我们在操场训练，教官们挨宿舍检查。

还没跑到宿舍楼下呢，就看到楼门口对着的花廊下堵得严严实实。我们不知道发生了什么，只朝前边喊快点，快，快。但走不动，我们分着人流往里挤，看到廊下，高个子保安把梯子支在地上，往上爬——

天哪！

我几乎喊出声来。

黑貂蝉和白吕布被齐齐吊在廊架上，身子抻得老长，随着风荡来荡去。看样子，早死了。

高个子保安阴着脸，正想把它们解下来。

我天哪，不会是——

朱子康在我身边喊起来，我一把捂上他的嘴，揪着他挤进楼门口，一气爬上四楼，进了423，我才放开他。我说，你疯了吗？

谁疯了？朱子康说，难道不是你干的？

怎么可能，这么变态！

你说要弄死它们。

我那是吹牛×，太变态了。

我看到他们都来了，闭了嘴。但很明显，别的人，也在误会我，王一凡甚至走过我身边时往外闪了一下。

我们飞快地整理检查了下方被床单水杯脸盆牙刷杯啥的，确定没有问题了，又转身朝外跑。

走到楼下，看到高个子保安正在解廊柱上的麻绳，我赶紧低下头，贴着门口出去，虽然我知道不是我干的，可为什么心扑腾扑腾跳得这么厉害？

新生们边跑边猜测是谁干的，一准是个精神病，太残忍了，猫招谁惹谁了，这简直就是变态！

我知道他们不是在说我，又不是我干的，但我分明感觉自己脸红了。

再一次开始队列时，没有一个人转错。大约，大家都像我一样还记着戴维昨天的话，感觉半个身子，已经被什么吞了进去。

休息时戴维找我接电话，说我姐姐打了几遍了。

哎呀，终于接电话了，你知不知道，你们学校有人虐猫，我在视频号上看到了，你要小心啊，太变态了。你们学校真热闹，一会儿拉条幅瞎搞，一会儿虐猫，真是的，要不咱们还是拿钱上高中吧，太不让人放心了，我有钱——

我心里一热，我来东技，最伤心的是姐姐，她感觉妈妈不在了，是她早出去求学工作，没有留在家照顾好、管好我，才让我"废了"。

姐，决定了的事儿你就别再多想了——我的意思是，这种事儿，还是不能由着姐姐说了算的，虽然她对我最好——你想多了，就是闹着玩而已。再说，他们闹他们的，和我没关系。我安慰姐姐。

姐姐大约也意识到了，叹了口气，说，都在一个学校，一处住着，怎么没关系。这样吧，今天下午六点半，你在你们学校门卫处等我吧，我送个非智能机给你，有事好找我，太吓人了。

呀呀，我说，没事，现在都在拉流量呢，芝麻大的事儿拼命往大里忽悠。

不行，太吓人了。六点半哈，别忘了。

姐姐不等我拒绝，挂了电话。

我把手机还给戴维，无意间扫了眼我们队伍，发现他们竟然都在看我，发现我扫过去，齐刷刷低头或者转头看向别处。

真怪呀。我想起了朱子康对我的质疑。难道……我归了队，飞快转过身去，发现我身后的郑仁杰，飞快转过头去看向一边。天哪！我想，他们一定都认为是我干的。这些家伙——我在想，我的"狱友"们，把我出卖了。不，不是出卖，是把我诬陷了。

会是谁呢？

我第一个想到了陈浩南，因为我得罪过他，他一定对我不满，再说，他最爱说话。我扭头看向陈浩南，陈浩南正在和吴楚低声说着什么，吴楚突然捂上嘴，说，天哪，真的吗？太可怕啦！

　　真是他！

　　好不容易熬到解散。我尾随在陈浩南身后，不远不近地观察他。他先是紧跟了几步吴楚，低声说了什么，吴楚嘻嘻笑了一阵后，陈浩南又转身停下等走在后面的彭浪，等彭浪走到身边，他把手搭在彭浪肩上，说，我说得没错吧？彭浪没说什么，而是往身后看了一眼，转过头去小声嘀咕。我又听陈浩南说，你别不信，我们走着瞧。

　　一定是他。

　　我上前截住他。我说浪你先走，我找他有话说。

　　彭浪看看我，说，啥事儿啊，我还得回避？又看看陈浩南，咋了这是？

　　陈浩南耷拉下眼皮，看着地面，那，你就先走呗。

　　彭浪往旁边闪了闪，但并没走开，不过，我也不怕。

　　我一把揪住陈浩南衣领子，说，说吧，是不是你？

　　陈浩南没料到我这一招，往旁边闪了下，脸腾地红了，说，我怎么啦？我干什么了？

　　干什么你知道！我拽着他衣领往旁边一摔，陈浩南踉跄了一下，跌在地上。彭浪吆喝着"别伤了和气"把陈浩南扶起来，挡在我们中间。

　　有话好好说，彭浪死死抓住我的手说，你这就过了。

　　想不到，这个爱捣鼓书的小胖子手劲还挺大。但我还是扒拉开他，重新揪起陈浩南的衣领，我就问你，是不是你散布谣言，说我弄死的猫？

天哪，天哪，我×，我×！陈浩南叫起来，浪你快听听，他在说什么！

就说是不是你？我逼着他正面回答。在我看来，他这是在顾左右而言他，想蒙混过关。

彭浪说，说话要讲证据啊，小说里都不这么乱来的，你别冲动啊。你看，都围过来了，惊动了教官，有我们受的。

可不是，我四下一扫，看到身边已经围了一圈儿迷彩服。

我把手松开，说，好，这账，回宿舍算。

必须算。陈浩南咬牙切齿地说。

还是我尾随在他们俩后面进了宿舍，一进门我把门反锁上。

朱子康和王一凡在，不见马纯。

你们好好说，不许动手。彭浪还是挡在我们中间。

说吧，你怎么跟人嚷嚷的，坏种。我的手越过彭浪头顶指着陈浩南。

你弄死的猫？我怎么知道，再说，谁弄死的跟我有关系？陈浩南攥着拳头，看样子快哭了，你今天不跟我道歉，我就，我就，告老师！

那为什么都看我？我问他。这点出息呀，我心里不屑地想。

谁看你？什么都看你？我怎么没看见都看你，啥时候？彭浪在一边说。

我想了想，确实，这个不能成为证据。我就说，那好吧，你就说说，解散后你跟吴楚说什么了，她说天哪，真的吗，太可怕啦。你说了什么？

我，我给她讲了个鬼故事啊，怎么啦，关你什么事？陈浩南说得理直气壮。

那你说说，又跟他，跟浪，说了什么，还说别不信，走着瞧？

他说——彭浪刚开口，被陈浩南打断，别说出来，关他什么事。

不敢说了吧，我说，就他那嘴，我还不知道，就他说的，原地休息时，都在看我。

你——欺人太甚！我和你拼了。陈浩南也往我这边靠了靠，手指快碰着我鼻子了。

朱子康和王一凡也过来挡住我们。

不敢说了吧，有本事你让彭浪说出来，好话怕说吗？你没做亏心事，为啥不敢让浪说？

算了，我说了吧，彭浪转身朝向我，他刚才在跟我说，他一定能追上吴楚。

我×！

我一下子蒙了。

姓彭的，你出卖我！

陈浩南叫起来。

陈浩南气不过，还是把我告了。

第二天中午，戴维把我叫到他办公室，让我说说怎么回事。

虽然没对陈浩南正式道歉，但其实我已经后悔了一整晚了。我骂自己没脑子，就算是头猪，也干不出这样的事。本来从报到我不太搭理戴维，占了个上风，这回可好，彻底反了。

我不得不从头到尾，说怎样心情不好，看到保安撸猫心里不痛快说了几句狠话。

很好，够英雄。戴维说。

但真不是我干的，请你相信我。我上前一步，几欲伸手抓戴维的衣服。

坐下。戴维说，不要这么遇事就激动，谁也没说你干的啊。

但他们都认为是我干的，都在看我。我坐到戴维桌边的椅子上，一说话又站起来。

坐下。戴维说，谁认为是你干的？你怎么知道的？有证据吗？

戴维这样一问，我再回想一下操场上的情形，却感觉不太确定了，是都看着我吗？

我，我感觉出来了。我说。

感觉出来？嗯，挺好的，挺敏感的。但这么敏感的人，没感觉到楼后那个纸板有什么问题吗？

纸板？我抬头看着戴维，脑子乱哄哄的，我腾地又站起来，说，纸板，看吧，你都知道了，一定是他说的。

谁说的？陈浩南？坐下，坐下。戴维敲了敲桌子，你为什么这么爱激动？一发毛，人就没啥判断力了，逻辑全乱了，是不是？这样下去会坏事的。

过了会儿，戴维说，让咱们来分析一下，陈浩南为什么要说你呢，你得罪过他吗？

嗯。我点点头。

怎么得罪的？

听了我把那天在宿舍与陈浩南的不快说了后，戴维笑了，说，据我观察，陈浩南心大得很，并不是锱铢必较的人，说不定人家早忘了，你还记在心上。我们宿舍楼值夜的老师是白吃的吗？再说，吊起那两只猫的坏家伙几分钟就找到了，现在已经被家长带回家反省等待处理了，告示就在那里，没看见？戴维说着往外指了指。

是谁?

我问。

你去看公告。戴维说，反正，上面没有诬陷你，也没说是哪个同学告的密，校园里各个路口都有摄像头，用得着哪个告什么密?再说，我们学校，只鼓励互相学习，鼓励竞技，但从来不鼓励人互相揭发举报。

好吧。我彻底说不出话了，只好盯着桌角低下头。

嗯——戴维懊恼地哼了一声，从抽屉里取出个小黑手机递给我，说，你姐送来的，等不到你，只好请保安老师托我转交。

——那时候我被怒火烧昏了头，早把姐姐的话抛到九霄云外了。

我灰溜溜下了楼，先奔着行知楼而去，在楼前的公告栏右下角发现了那则消息。短短几行字，里面赫然一个名字:梅生。

多么明摆的事，真是侦探小说看多了。我转身往宿舍走，一边走一边想，人真是不可貌相，仪表堂堂的，受了挫，就干这种下作事。忽而又想到我自己夜里的那些不良心思，一下子感觉路上的人又都在看我了。

啊!

我恍然大悟，感觉别人都在怀疑我，其实是自己内心不安了。

回到宿舍第一件事，先向陈浩南道歉，我说，对不起，我太武断了，错怪了你，跟你道歉。

哼!

陈浩南背过身去。

我说，你要委屈，要不，你打我吧，摔我个跟头也行。

哼!

陈浩南又哼一声。

哎呀，好了好了，都是误会。彭浪又在鼓捣他那些书，从壁橱里拽出半截身子。

行了，快再整理下吧，一会儿教官们来巡检。

最怕这个了。对我来说，难的不是操场上的前后左右，正步跑步晒太阳我都不怕，我怕叠被子——软塌塌的一条棉被，非要弄得四四方方，有棱有角——这内务，搞得比站在大太阳底下还热，衣裳和帽子全被汗湿透，我甚至开始怀疑我右边的脸颊流着的汗成了彩色的，时不时拿手将一把汗抹在袖筒上，看看迷彩服的浅处是不是变了颜色。

说话间教官们来了，十来个教官鱼贯而入，眼睛剑一样欻欻欻向我们床上床下桌上桌下边边角角扫射，有个矮个子年轻教官还拿着把直尺，在我们被子上量来量去。

嗯，这个不错。一位方脸教官指着彭浪的床铺。

彭浪分不清左右，但方块被叠得标致。教官们纷纷夸了他，让我们多向他学习，然后离开了。彭浪稍微得意了下，又一头扎进壁橱他那些书里，鼓捣半天捧出老厚的一本。

嗬，全是外国字儿！陈浩南还真是心大，这么几分钟就忘了刚才的不快，努力抻着伸不长的脖子凑过去看了一眼感叹道。

皮儿上有中国字，我把它拿下来了，彭浪翻开书说，里面也是中文，唉，我要是能看懂英文，不，看懂西班牙文就好啦，就可以领略一下原汁原味的大师语言魅力。

唉，陈浩南这回走过去，拨拉开书，瞅了一眼，说，唉，你这何苦呢，冲个螺丝帽儿，换个火花塞，焊个灯箱架子啥的，用得到这么文艺？

陈浩南的话让彭浪脸上的笑容慢慢黯淡下去，但也就一会儿的工夫，又突地绽放出来，像一支在风口处眼见就要吹灭的蜡烛被轻盈地移进屋里。彭浪坐在床边的小凳子上，将目光埋进书里，全然不顾屋里的闷热与"狱友"们嘟嘟嚷嚷对方块被的攻击。

这一刻，我很想知道彭浪在看什么书。还从来没有哪一本书，让我看得像彭浪这样入迷。特别是看到彭浪不时陶醉地微微摇一下头，抿起嘴唇，无声地感叹着书中的某个句子。他全身心沉醉在别人无法搅扰的时光里，像条自由自在的鱼。

此刻，回忆起那时，我才明白了自己当初艳羡的心境里，已经生出了对自己的绝望和鄙弃。我蛮横无理地拒绝一切，不是因为心里的恨，不是因为对自己未来的绝望，更不是要把牢底坐穿的决绝，而是，我的潜意识里，是想拥有和彭浪那刻一样自由自在的时光。

但那时，我还没有能力理解到这一层，我只在心里长叹一声，我知道，所有人，都讨厌我。我也说不上喜欢他们，只是，人，哪怕是个少年，最终是需要交流的。我以我的轻薄邪恶无知，在"牢房"给自己造了个透明的罩子，和他们，连气息都是相隔的了。他们现在的说笑，已经不是当时安慰陈浩南的刻意了，是真正的会心和开怀，我在自己的罩子中，愈加寂寥。

我独自出门到操场去。

一路上，我用手掐断路边的花草，拾起小石子投掷停落在树枝的小鸟，对着深灰和砖红的建筑翻白眼，仿佛只有这样，才能缓解心底的不适。

我在操场上躺了好大一会子，同学们才呼啦啦跑来。

一下午的训练很艰苦，有一阵跑步时热得喘不过气，但没有人看我了，也没有人怀疑我，真好。

解散后，我还是独自去食堂，我感觉他们（我这样粗野地对待陈浩南，一定也会让别的人对我反感的）还没有真正原谅我。

我来得太早了，食堂还没有开门，我趴在玻璃门上，看到橱窗后面开放的操作间里，师傅们在锅边翻炒，在从蒸箱里往外端馒头和米饭笼屉，在一盆盆地往外端菜。那个在我们就餐时站在橱窗外给我们舀免费的绿豆汤的师傅，用平板车，推着两大桶绿豆汤（今天也应该是绿豆汤吧）从后厨通向餐厅的门里走出来，腰里系着长长的白围裙，平板车的扶手上，挂着两把巨大的勺子 —— 他们，才是饲养员 —— 我突然想起小时候母亲看着我和姐姐、父亲狼吞虎咽地用餐时，常笑着说自己是个饲养员的情形来。当我发现泪水隔着玻璃流淌成河，我愤恨地离开玻璃，一转身，却看到我身后的几条小路上，身着迷彩服的新生呼啦呼啦拥来了，我这才注意到餐厅的门不是锁着的，我赶紧推开门，跑到门边洗手池前洗了把脸，随着人流往前走，混进窗口前已经长长的队伍中。

我打好饭，坐到我们班的用餐区域。我们班的人，自动分成两伙：他们一伙，我一伙。我坐在班级区域的最边上。看着他们把饭放在桌上，齐刷刷地一只手抓下头顶的帽子，屁股刚沾到凳面，另一只手用汤匙拨的饭已经朝凑过去的嘴边滑了。即使是现在的我，仍然从心里羡慕他们：浑身有使不完的劲儿，永远生机勃勃，似乎能在生活的每一条细微褶皱里，体会到无穷的乐趣，摄取无限力量。

我为什么就不行？

看到戴维打了一个鸡蛋、一个馅饼、一碗粥端着走过来，我赶紧低下头，装作没看见。另一头，421的林幸哲站起来，惊喜地喊，老师这么平易近人！说着往旁边挪了个座位，把原本中间的位置空了出来。

他像个大人。我心里想，溜须拍马，溜光水滑。

现在的我明白了，当时，之所以在内心里对林幸哲这样的人拒斥，是因为自己不具备这种能力；之所以不具备这种能力，不是心眼不够多，不是不够世故，是不会表达内心的欢喜；之所以不会表达，不是心里没有足够的友好，而是美好的一切，被挫折，被屈辱，被恨覆盖得严丝合缝了，我太弱小，没有能力剥开这层茧子，把真实的自己袒露在阳光之下。

当时，我还以为，这是种审慎和成熟。

也许，直到现在，我父亲也没有意识到对我的"宣判"是种戕害。在他，也许是另一种关爱，是激将法，是恨铁不成钢。

戴维扑哧一声笑了，说，你老师是总理吗？

但看得出，戴维心情愉快，端着饭坐在林幸哲对面。林幸哲把一只小笼包塞嘴里，边嚼边说，我的意思是不有教工食堂吗？戴维说，入学教育这一个月，不止班主任，院系领导，都在学生食堂就餐。戴维指了指餐厅一角，说，喏，看到了没有？院长和书记都在那边。我们朝他指的方向看去，看到一个方圆脸穿着T恤的人，和一个长脸穿着衬衣的人端着饭正在找座位。我认出长脸的人，是那天开会时讲话的那位，想必就是书记了。戴维喝了口粥，说，大家可要注意了呀，光盘行动，看见没？说着朝旁边墙上张贴的宣传画说，谁知盘中餐，粒粒皆辛苦。吃多少，打多少，不浪费一粒米一片菜叶，厨余垃圾桶前，是有摄像头的，谁剩了饭，一清二楚。期末班级评比，这是个重要的指标，大家注意千万别扣了分。

他把我们当三岁小孩儿了。我心想。

我已经吃饱了，我想走人。但不知道为什么，我坐着没动窝。

陈浩南瞪起眼，一本正经地问，请问老师，扣了分会怎么样？

戴维说，扣多了分，期末评比，就会倒数啊，班级荣誉啊，我们班，个个都是好样的，甘心落后吗？

陈浩南嘴里鼓鼓囊囊地嚼着饭，又问，也扣钱吧？

戴维一气喝完碗里的玉米面粥，说，说对了，我们学校的奖惩，一向不玩虚的。期末评比的后六名，按级次调减班费，调给前六名，我的班主任补助，也相应调减。

陈浩南"哦"了一声，慢慢地把一小根油条送进嘴里，嗡嗡地说，戴，不，张老师，那我们做好了，就能给你赚钱哪？

戴维这才回过味儿来，说，你小子想啥呢，我还得买瓶好酒巴结你一下吧？还是直接给现金？

还有，刚才你说什么，戴？戴维歪着头问陈浩南，陈浩南尴尬地笑了笑，说，不是——

唉！戴维摇摇头，说，你们这些家伙，一茬儿一茬儿的，没啥长进，一点创意都没有，全是戴维，就不会起个别的好听的吗？

同学们笑起来，原来，所有的学生都叫他戴维呀。

陈浩南抓着头皮嘿嘿笑了一阵，说，还是直接给钱好啦。

林幸哲将最后一口包子送到嘴里，从桌子中间的纸巾盒里抽了张餐巾纸，慢条斯理地擦着嘴说，什么钱不钱的，读书人，不要老提钱啊钱的，有辱斯文。

哟哟，陈浩南咧起嘴，说，您老贵姓？问完站起来，替林幸哲回答，鄙姓孔，大号，乙己。一旁的吴楚笑起来，说，快在桌上划拉划拉，回字的四种写法。说着把剩在碗里的两口豆浆往旁边推了推。

众人笑起来，林幸哲有点尴尬了，但他很快展颜笑起来，说，孔老师是名人，我哪能比得了。大家嘻嘻笑到一半，发现戴维不说话，老半天，他两只眼盯在豆浆碗上。吴楚突然惊醒，吐了吐舌头，端回碗放在眼前，打了个嗝，看着戴维面露难色，说，很撑了呀，撑死了，都喝到这儿了。吴楚说着把手卡在嗓子上。学生们都瞅着戴维，要是个男生，也许他二话不说会命令他喝掉，但对一个女生，大家都看出他有点不好意思了。

我帮你喝。

正当戴维不知说什么好时，陈浩南一把将吴楚端着的碗抓在手里，仰起头把里面的豆浆灌进嘴，放下碗，咕咚一声咽下去，而后左右看看惊呆的老师和同学们，拿手背抹抹嘴，嘿嘿笑了两声，说，味道还行啊。

哦哦！大家起哄了。

这娃儿有病吧。吴楚撤回自己停在空中的手，小声地说。

陈浩南抹抹嘴，脸上挂起略微羞涩的浅笑。

戴维左右看看，抹了下嘴，说，吃完了到教室开个班会吧。

那天的班会时间不长，戴维早在黑板上给我们列了座次，我在最后面，很合意。戴维让代班长林幸哲点了个名，接着紧锣密鼓地宣读了几个通知。那两件后来让我心动的事，戴维说得热情洋溢，第一件事是我们全班都可以参加春季高考，戴维说，来东技圆大学梦不是梦。另外一件，是个人申请，学院内部考试选拔后，可以编入管理学院的升学班，参加普通高考。戴维说这个时甚至有点激动，他高举着一只手，食指点着某个方向，坚定地说，条条大路通清北。但我分出来了，他指着的是西南，并不是清北所在的北方。

感觉自己本事大得很，拼上小命往这里使吧。戴维把两份材料砸到讲台上。

喊，不知谁发出了鄙弃之声，要能学好，还往这里来？

这两个消息，对我来说，确实意外：我进了监狱，已经做好了把牢底坐穿的心理准备，你突然给我一架梯子？

5. 心动的感觉

有梯子当然是好事。

只是，这梯子对我来说 —— 相信对大家来说也一样 —— 就像上天偷桃的把戏，梯子这一端在我眼前，另一端在云霄里。谁有这样的好身手和勇气，往看不到尽头的天上爬呢？

乖乖地在牢里，还能落个全须全尾，不自量力往上爬，没劲了掉下来还不摔个粉身碎骨。只想想，我心里都害怕。

散会后回宿舍的路上，我心里别扭得很，戴维这样做，是成心不让人过安生日子。我快步往回走，在骤起的潮热的风里搓搓脸，努力让自己忘掉入校这阵子自己做的那些荒唐事。

哎 —— 这个同学 —— 你过来 ——

此刻的我喝着果汁，对着窗外校园的无边夜色，仿佛又一次听到姚曼老师喊我了。

在无数次回忆中，四年前东技学院九月的夜晚灯火昏暗，空气中弥漫着花草的清甜，那个即将拂动豆蔻丝弦的少年，皱着眉头，步履匆匆。

哎 —— 这个同学 —— 你过来 ——

少年停下脚步，向两边看看，近旁无人，于是微微伸起脖子，继续向前。

哎 —— 叫你呢 —— 就你 ——

这回他弄清了声音的方向，叫他的人，站在湖边假山旁两棵柳树下。他停下脚，向着那里指指自己的胸口。

对，就是你，过来过来。

他就过去了。

夜并不黑，只是假山和柳丝挡住了湖边的路灯，叫他的人缩在那团漆黑中。他小跑几步，凑到跟前，才认清是一个女老师扶着一个腿受伤的女孩。女孩头发很长，遮着脸，一条腿屈着轻点着地，同侧的手支在柳树上。另一个短发女孩紧靠着她站着，不停地甩着额前的头发，看着老师。

屈着腿的女孩在哭，声音让他想起了小时候在大姨家见的三只刚出生的小奶猫。

少年走上前，很自然地把姚曼老师搀着的手臂接到手里。姚曼老师向他们挥了下手，说，你们先去医务室，我去接杜大夫。说着接通了电话，连声说，你现在就到小区门口吧，我这就过来，十来分钟就到。

我至今记得女孩胳膊在我手掌中的感觉，细细的，无力的，同时又那么沉重，随着她的主人往前一跳，我就使上周身的力气往上托一下。

这样走得既小心又艰难，短发女孩在那边嘀咕老师应该多叫几个人的。

我来吧。

我说。

在我抱起受伤的女孩大踏步往前走了十来米之后，短发女孩还在硬生生拖着受伤女孩的一只胳膊，要不是我让她松开，估计她一路上都不会放手。受伤的女孩开始时拿手推了我一把，但很快就不由自主地拽住我T恤的袖子，没走几步，就拽得我露了半个背。

我真想告诉她松下手啊，担心再走几步真要把我衣服扯烂，但又不知道该怎么说，只好咬牙硬撑着往前走，好在不远。

医务室门外站着两个穿着白大褂的人，看样子应该早知道要来人，远远地看到我们就把门推开。我进门把女孩放在靠东墙的医疗床上，其中一个穿白大褂的人端着消毒用品，蹲在地上查看女孩的腿。我往旁边靠了靠，说，行了吧？另一个穿白大褂的人拿来一卷白棉纱布，边拆封装边白了我一眼，说，行了吧？啥叫行了吧？你这想走啊，同学受伤了，你连等会儿的耐心都没有啊？先等等吧，没准得送医院。

我们不是同学。

我想也没想，脱口而出。

受伤的女孩抬起头朝我看了眼，马上又低下头去。

——只是，这一眼就够了。

直到现在，我仍然无法用语言形容那是种怎样的感受。

天哪！我听到我心里喊了一声。女孩抬头的瞬间，我看到了那张带着泪珠的圆脸，很白，很小，下巴很尖，小小的鼻子，上嘴唇微微翘着，有几根头发沾在腮边的泪水上，她抬起眼睑朝我投来的目光那么锋利，像薄薄的刀片，把我的心割伤了。

我们不是同学。

我说。

说完逃也似的跑了出去。

没等跑出门，我就后悔了。

一种生离死别之感涌进我胸口，我想就此趴在脚下长满小草的镂空砖块地上放声大哭。但我不敢停下脚步，感觉后脑勺、背，如千万针扎着，一种别样的恐惧让我倏忽汗流浃背，风一吹，冰凉冰凉的。而当我穿过来，走过重檐小亭和一段花间小路，再一次到达湖边之时，我想也没想，直接跳了下去。

入水的感觉十分奇妙，如山般沉重又似羽片轻盈，我能听到溅起的水花哗啦一声落到水面上、莲叶上，落到突出水面的一块太湖石上，我的下颌栽进淤泥，腐臭呛进鼻孔，我不由自主张开手臂，瞬间被水下的狐尾藻和莲叶缠绕托举到水面。头露出水面的一刹那，我在水面的反光中看到了一大片碎光和荡出很远的波圈，我呛了水，一大股黏稠经由我的鼻腔进入气管，也许是肺里，童年时在城外野地上放风筝的画面一帧帧在我眼前闪过：姐姐穿着鹅黄色抓绒夹克，马尾扬得老高，边叫着我的名字，边牵着线往远处跑；母亲站在灶前炸肉条，一只手用长筷子在锅里拨弄，另一只手捏起盘子里炸好的肉块放在嘴边吹吹凉，放在我嘴里 —— 小学校门口那个卖竹筒粽子的伯伯刚推着车经过，香味刚刚飘进我的鼻孔，我就被从水里拉起来了。

几只手强硬野蛮地把我从水里拉起来，我这才发现，水刚刚没过我的膝盖。

我被一左一右两个人拽到岸上，一阵猛烈地咳嗽干呕过后，一个人捶捶我的后背，问，里面堵吗？

嗯。

我点点头。

他又转到我前面，拿手在我胸口敲了几下，这里堵吗？

嗯。

我又点着头，突然想起，我的帽子！

是，帽子，就在那丛睡莲旁边。

我的帽子，我的帽子！我喊着，重新跳进水里，踉跄着扑过去抓起来捂到头上。

刚才下水的两个人中的一个已经又跳了下来，看我往回走，就又爬上去了。

这边没有路灯，我侥幸地想，也许他们没人注意我染了头发。

我不知道是在我入水前还是出水后，湖岸上很快聚了二三十个同学，他们七嘴八舌地指责农建系，说他们春天整修这边的设施时，没有注意早已磨得溜滑的岸沿儿。一个人说，该换上花砖或火烧板，最好再装上护栏。又有一个人说，他们湖边就换了新石板，冲着路口的地方，还种上了花草和树。

每次想起这些，想象着雁栖湖装上护栏的模样，我都不禁发笑。不管是老师还是学生，不管是大人还是小孩，都太容易忽略极端事件的核心，而把其中能考虑到的周边因素，横加指责和干预。忘了不管是大人还是小孩，都该具备必要的生活常识，虽然什么样的年龄阶段该具备哪个范畴的常识，并没有严格的标准。比如，跳楼和跳水自杀的人的家属要向建筑所有者索赔，说他或他们没有尽到管理责任；在学校受到批评回家喝药自杀的学生家长同时向学校和卖农药的商户索赔；在商场电梯上嬉戏的孩子夹到手要向商场方面索赔——这些现象，有时候让我感觉这是因为我们进入了法治社会，但转而又想，法治社会似乎更应该注重公德，注重常识。特别是越过常识，去追求法律的答案，看起来严肃谨慎，细想又有些荒诞不经。

不知道我父亲知道了这件事，会不会为学校的管理失当追究学校的责任。当然，这只是想想，他不会知道的。就算是知道了，就算是追究了，也不是心疼我，而是出于商人的本能，追求利益最大化的心理。

这样想我父亲，有时候，我心里有点不安，但大多数时候，我都想，能看清自己的父母、自己的亲人，是一种能力；看清能容纳，是一种胸怀。虽然大多数时候，我感觉自己并没有做到容纳。希望我年纪再大点，比现在做得更好一些吧。

我站在湖边，被那么多人围着，有点蒙，不然我不会被他们拉着，又往医务室走。

但是怎么说呢，是不是这样，就算在我自己心里我都不肯承认，我其实，很想再回去。这是不是就是情感和理智难以调和的矛盾？尽管很难说清楚逃和回，两者受情感和理智操纵哪边多一些。

有时候对我们重要的，恰恰就是这些难以量化的东西。这也是教育与其他行业最大的不同吧，因前者涉及心灵，而心灵，该用什么单位标示呢？怎么计量呢？

还未走近，我就看到里面满满当当，姚曼老师（我终于想起她就是我报到那天见到的那个女老师了）、杜兰亭大夫、管学生工作的顾作新处长（当时这些人，我还一个也不认识），还有两个我一直到现在也没分辨出的年轻老师，和刚才接待我们的穿白大褂的学生助手，把受伤的女孩连同她坐着的床紧紧围住。我连她的头发丝都没看见一根，心却更猛地狂跳起来。我把住门框，拒绝被两个从水里抓起我的学长（往这边走时我看清了，他们比我大不了多少，但没穿迷彩服）带进门。

我说，我没事儿。

这可不行。其中一个学长说。

后来我知道，他是15级能源化工系应化三班的方平，一年后考进了曲师大，我们后来成了很好的哥们儿，现在经常在微信上联系。方平说，这可不行，池塘里水很脏，如果呛进肺里，会生病的。另一个点着头，附和说，是啊，是啊，稍等下吧，让杜大夫看看。不然，我们没法交代。

我说我不用你们交代，是天太热了，我自己跳进去的，我就是想凉快凉快。

我×，方平上下看看我，骂了句脏话，真的还是假的？你是哪个班的？

你是哪个班的，这句话，在学校里，常常不是一句好话，常常意味着你做了不好的事，意味着这件事，需要向老师、学管处、相关部门甚至院领导报告。

我须臾间意识到说故意跳进去这句话后果的分量。我飞快地转动脑筋，说，也不算是完全故意，我往南跑时，风把帽子吹进湖里了，我是下去捞帽子，不小心绊倒了。

捞帽子？

方平他们对视了下，方平说，一会儿东一会儿西的，我也不知道哪句是真的了。只是，水里是迈不动腿，泥很深，草也多，很危险哪。说着拍了拍我的肩膀，你自己有数，没事就好。

我让方平他们走，但我还不想走。我要走了，可能这辈子就再也见不到她了。

我回过头，隐约看到杜大夫蹲在床前，托着她的一条腿。我多么想隐在门外，偷偷地看她一眼啊。

又改主意了？方平问。

没，没。

我转过头，快速朝前走。

在宿舍楼下面的小花园里，方平伸出一只手，握着我的脏手，说，我在二号楼316，欢迎去找我玩。

另一位学长，叫赵树阳，也是应化三班的。当时他们下了晚自习，到图书馆复习功课。赵树阳在湖南读了一年专科后，由于家庭变故，辍学去广州一家电子厂打工了。

这是救命之恩哪！

走进六号宿舍楼四楼楼道时，我突然意识到，如果不是方平和赵树阳，我有可能会发生危险，因为我根本不会游泳，虽然水也不深，但我自己却没有勇气站起来。我捶了两下憋闷的胸口，感到后怕。

而这个后怕，我只想一件事，那就是，我要死了，就再也见不到她了。

尽管我还不知道她的名字，也不知道她为什么受了那么重的伤。我在心里祈祷她赶快好起来。我已经认清楚了那个女老师，我很快就知道她是谁，是哪个班的班主任（看起来是班主任），会很快知道她的名字。

但知道了又能怎么样呢？

当我回到宿舍，躲进卫生间脱下脏衣裳，洗了澡，洗完衣裳和帽子，穿着短裤和背心在蚊帐中躺下时，不禁感叹，真舒服啊。

我知道，刚才我在卫生间时，他们一定在外面笑我搞成臭猪了，并且猜测了很多原因。也许他们很快就会知道，因为这种糗事，传得格外快。让他们乐去吧，让他们误会吧，让他们都明白吧，我什么都无所谓，再说，谁敢当着我的面嘲笑我呢。

不敢当着我的面 ——

第二次，这句话闪过脑海。我突然想，他们为什么不敢？我会打人吗？还是能动用别的手段制裁他们？

天！我只敢用我的蛮横无知，让他们尴尬，对，只是尴尬，除此之外，我还能做什么呢？他们是不敢吗？不，他们是不屑于，是避之不及，是鄙弃。

我突然明白了女孩看向我的目光为什么那么锋利 —— 那是我的心，在看我自己。

这一刻我才明白，自从看见她脸的那一瞬间，我走每一步路，说每一句话，上每一级台阶，看每一个人 —— 我的举手投足，每一次心跳，每一次呼吸里面，都有她的影子。这个不知道名字的女孩，像病毒，侵入我的每一个细胞里。每想起一点自己的恶劣，那刀片，就割得我生疼。

—— 世上的所有的美好，很多时候，是一面镜子，反照着镜前人所有的不美和不好。所以我们感受到美的同时，也感受到了隐藏在背后的反面。这也许才是美真正的意义。

我闭上眼，努力忘掉她，忘掉她在我手臂上的重量，忘掉她的嘤嘤啜泣，忘掉她的目光，忘掉 —— 有那么一会儿，好像是忘掉了，蒙蒙眬眬的，要睡着了，但"嘭"的一声，又把我惊醒了。清醒后好半天我才想起，刚才那一声，是我跳进水里的声音，已经过去多时了。

回忆我刚入东技之后一年多的时光，我常常想我跳入雁栖湖，是个多么大的隐喻啊。也许是我潜意识里发觉到了自己的荒唐，想濯洗一净，只是越滚越污。明明只需要站起来就可以逃出来，我却得了精神的肌无力，像个软体动物，最后只能被拎到岸上，还要为自己的懦弱和荒唐掩上一把谎言的大伞——黑暗的心思、不良的言行经不起风吹日晒，更需要细致缜密的遮掩和保护。

但那时躺上床的我，还不会这样想，只是一阵阵感觉浑身发虚。脸上、后背、手臂上的皮肤阵阵疼痛，我甚至怀疑在湖里被什么割伤或划伤了，反复用手指肚抚摸检查。最后确定没有伤处之后，才又一次挣扎在女孩薄刃般的目光里。

我的身体是被洗净了，但我的所作所为，是多么肮脏，多么令人不齿。我为什么要和整个世界为敌，我有资格吗？我有足够的理由吗？

我躺不住了，坐起来时，早就歪在一边的帽子掉到我的腿上，我一把抢起帽子摀在头上，感觉额头在燃烧，那几簇彩色的头发，令我不安了。

我突然想，她如果看到我那几簇头发，会怎么想我？会感觉我很个性很酷？在一片黑压压的黑脑袋中别具一格，超凡脱俗？

……

我看到那个少年，第一次没有戴帽子站到了宿舍地板上。他轻声问，谁带剪刀了？

没人应，很静，别说鼾声，粗气都没有，没有人睡着，也没有人理他。

他去拍对面上铺的王一凡，你带剪刀了吗？

没有。

他去拍对面靠门边上铺的朱子康，你带剪刀了吗？

没。

他去拍对面靠门边下铺的彭浪，你带剪刀了吗？

没有啊。

他去拍——他在犹豫是不是要拍下去时，陈浩南说话了，我带了指甲刀。

好。

他凑到陈浩南床头边，弓起腰，说，好，借用一下吧，麻烦了麻烦了。

陈浩南不说话，起身蹲到最靠地面的壁橱前面，摸索一阵，把一只小小的指甲刀放到他手里。

他拿着指甲刀，出了门，走进三楼的公共卫生间。

他找到墙上的电灯开关，摁一下，不亮，再摁一下，还是不亮。他以前没住过校，没注意这是东技的宿舍管理规定，十点半准时拉闸。他以为是灯坏了，他这一次没骂，只是叹了口气。

他站在洗手池前边，对面墙上的镜子里，什么都看不见。他走到卫生间门口左右看看，东西楼道头上，还有外面的路灯光。但那里没有镜子。他想了半天，又回到卫生间，把厕间的门打开，勉强进了点灯光，镜子里，看出了他模糊的影子。他伸展开指甲刀，把帽子摘下来夹在两膝之间，趴近镜子，啥也分不清楚，看不清哪簇是紫的，哪簇是红的，哪簇是蓝的。他拿手轻轻捋着，试探着，是不是有不一样的手感，没有，啥都感觉不到。

没办法了。

他左手从右前额处抓牢一簇头发，右手拿着指甲刀贴在头皮上，一捏，没断，再一捏，还没断。太多了，他心想，然后重新挑出细细的一缕儿，右手凭着感觉把头发滑进刃口里，死命捏了下。我听到了嚓嚓的声响，那一细簇，贴着头皮断了下来。

成功的喜悦稀释了焦躁和时不时袭来的睡意，他把锯下来的头发小心地放在水池沿上，抬手低头又捏起一撮。

切断第三撮时，他才想，其实他根本用不到镜子。他把切下来的头发扔进便池冲掉，出了卫生间，找个窗户，盘腿坐在楼道里，开始一撮又一撮往下切。切了十来撮时，他总结出了经验：把头发分成细细的一绺，然后把它拧在一起，小心伸进刃口里，嘎巴一声，干净利落。

只是，他的头发，为什么那么密那么多啊。

后来，他凭着指尖的感觉，都能立时就分辨出哪些是染过的头发，哪些是没染过的。染过的头发，染前被漂过，手指肚触上去，没那么丝滑。

他剪呀剪呀，好不容易把摸上去不够丝滑的头发都剪净了，同时也发现，他的右前额处出现了一个大坑。

我看到了，少年的脑袋，成了一只被啃去一大口的梨。下牙的地方，参参差差。

鬼剃头！

他看到女孩看见他时惊恐的表情了，她瞪大眼，双手捂住大大张开的嘴，说，鬼剃头啊！

他躺在楼道里，伸展开身体，手、胳膊、脖子和腰都酸疼，腿也麻了，但他想，我还能坚持，我必须坚持。

晨光在小鸟儿的叫声中渐渐浮起，他切完了头上所有的头发。当他拖着酸疼疲惫的身体走进423，集合哨响了。他还了陈浩南指甲刀，真诚地道了谢，在"狱友"们惊愕的目光中，套上半干的迷彩服，戴上湿答答的迷彩帽，在响彻校园的进行曲中，飞奔到操场上。

这一次，中场休息时，敢大大方方地脱帽了，只是我太累了，上眼皮像坠着座山，不住地打哈欠。两位教官围着我转了一圈，韩教官说，到底搞什么鬼？朱助教说，出月子了？夜里喂奶，得起来好几次吧？看累的！

队伍哈哈笑起来，朱助教似乎很为自己对我的嘲讽得意，摆了下头，说，要在战时，你非被当成内奸不可。

笑声让我心暖，有种重回人间的感动。我特别注意了我们423的几个人，他们笑得很响，这让我心里特别熨帖。对于身边人的在乎，让我自己惊讶。内心深处某个地方，好像在慢慢变软，麻酥酥的，绡一样轻薄，水一样荡漾，我甚至不敢大声说话，怕一用力把它挤破。

我抬着头，迎着风，听着同学们的笑声，望着得意的教官，我竟然想，活着真好，上学真好，军训真好。

——竟是一种起死回生之感。

不管搞什么鬼，不管多难看，不管是不是内奸，我没有染头发，我没有违反校规，不能嫌我的头发难看，就惩罚我吧。

好，好丑啊！

没等我得意完，女孩在我脑海里尖叫了，我的心一下子沉下去。直到重新整队，我都没能在心里找出个稍稍能安慰她的理由。

我开始感谢训练，太累了，太紧张了，太折磨人了。但在稍息之后，我立即意识到，只有像刚才那样，在大太阳下喘着粗气大汗淋漓，我才没有去想她。

也许是因为原来对学院对老师对同学的偏见，我几乎被同学们训练中的拼命劲头吓住了。尽管所有人都和我一样，腰腿酸疼，脸皮晒伤，喊口号喊得早就哑了嗓子，但腿疼也跑，晒伤还练，哑了也拼上命喊。其他班陆续出现晕倒、伤着膝踝暂停训练的情况，我们班一例也没有。两位教官话里话外，已经是以汇报演出第一自居了，甚至已经向戴维提议演出后庆功的酒店了，韩教官说去蓝海丽港，说只有那里那么大个儿的龙虾才能看出戴维的诚意，而朱助教则想去如意楼私厨，那里每餐只接待一桌客人，茄鲞烧得跟牛肉一样香。韩教官说，跟牛肉一样香，不还是个茄子嘛，你们这些读书人，就是爱整这些虚景儿。

拿了第一再说。

戴维听着他们说了一大通，慢悠悠地说。

别大意，看看别的班，今天的晨会上还在议论呢，整体的精神头儿，比去年好太多。瞅瞅，戴维向旁边的班级看了看，都憋着劲呢，谁都不服谁，我倒想呢，要是弄个倒数第一呢，你们就是请我，我也没心情去不是。

戴维说得两位教官面面相觑。

你就不会念点好咒啊？韩教官说。

但是我们哪个不是憋足了劲儿呢，比准时，比齐整，比喊声，比内务，比唱歌，我们不输给任何人。

就是现在回想起来，也感觉和做梦一样。不知道两位教官用了什么"妖术"，用了不到两周的时间，把张牙舞爪的怪兽驯得虎虎生风，我们甚至都产生了给我们一支枪，就能解放全人类的错觉。

那段时间，紧锣密鼓的训练和汇报演出的筹备让我们忙乱得脚不沾地。从早晨睁开眼，到晚上训练完成，匆忙洗漱爬上床倏忽入了梦，几乎没有空闲时间，但我竟有那么多时间在想她。从早晨睁开眼就想，想到从操场跑回宿舍爬上床入了梦，有时候，梦里，都是她。有两回，我还在睡梦中——我羞于说这些隐秘的事，让我感觉自己空前地下流，虽然，我早已知悉相关的生理常识。知识是一回事儿，但情感上对自己的直接感受，是另一回事。

我看到花园里的花，我就想，我摘下来，送给她，多好；看到有的同学喝奶昔，我就想，这样带着泰迪熊的杯子，我送她一个，该多好；看到天空上荡荡悠悠的云彩，我就想，我要能采一把，放在她的面前，该多好；甚至我们班跑步时齐整的样子，录下来，发给她看，多好；我们在宿舍里开怀畅谈的时候，我就想，也请她来聊天，该多好——

我想把这世界上所有的好东西都送给她，我沉浸在自己想象的与她有关的各种美梦里，全然不去想到那时我其实算不上认识她。但是，认不认识，又有什么关系呢？

那天是周五，老生们的大周末，下午三点他们就离校回家了。傍晚我用完餐出了食堂，在少有的没有训练的晚上闲逛。校园空荡，以往这时候在湖边和广场上、花园间读书闲聊，追逐打闹的人少了许多，我的同级同学们，来去匆匆，目不斜视。我朝着教室的方向走，但并没有想好去哪里，我脚步很快，在走到湖边突然往西一转，还没反应过来就走到冲着医务室的小花园南边了。我站在湖边，曾经在此跃进湖水的地方向北望，医务室亮着灯，两张望得见的病床，洁白的床单，淡蓝色和白色相间的床头柜，一只移动吊架，孤零零地站在病床之间，看不到人，什么都看不到，我的意思是，她当然早已不在那里了。

她去了哪里？

她的伤好了没有？

啊，她怎么受的伤？哭得那么伤心……

一下子，这么多问题涌到我脑海里，比这些问题更让我痛苦的，是我突然发现自己当时竟然没有想到这些。

我站在湖边，又一次恍惚了。

我第一次意识到，这人间的每一种事物，都是有来处的。这湖，这楼，这广场，是谁建的，用的哪里的水泥和石板；这树是谁种的，树苗是哪里运来的，移栽的时候，根须弄断了多少根；哪个老师姓什么，家是哪里，成家了没，有孩子了没；哪个同学父母是谁，哪个学校考来的，有没有和他一样，灰心丧气——凡事都有来处，就像此刻我心里的这些痛苦，来自那天晚上，一个女孩和她犀利的目光。

她此刻，在哪儿呢？

她是哪个班的？

对了，她的班主任呢？我还记得她的样子，是哪位老师？

我什么都不知道。我对着几乎可以说是虚空的东西，白天黑夜，无限牵扯。可是，真的是虚空吗？不，不是的。

就算放弃这整个世界，我都要再见到她，哪怕我永远都无法知道她是谁，她是哪个班的，她的家在哪儿，她——会不会也记得我。

想了一大圈儿，我感觉，还是医务室最可靠。毕竟当时有两个值班的学姐，她们一定知道些什么。

但是时间太紧张了。我一连三天清晨早训后跑到医务室，都没开门，玻璃门后的淡蓝色窗帘拉得严严的，下午和晚上都加紧训练，只留出15分钟用餐的工夫，第三天下午训练完后，我决定不用晚餐，让彭浪帮我打一个馅饼，我则一解散就直接跑到医务室。谢天谢地，开着门，但里面没有病人，值班的也不是那天晚上那两个了。

上周四晚上？

值班的短发学姐听了我的话后整了整她头上的护士帽，大概是头围有点小，她两侧额际夹着两个用来固定帽子的彩色发卡。啊，上周四晚不是我们值班，她皱着眉说，不过，我们可以查一下就诊记录。

我的心咚咚咚跳起来。

说着她转到里屋，我紧跟了进去，她打开紧贴西墙的两组铁皮文件柜中南边那组的第三个，熟练地从里面抽出一个文件夹，翻开查看了一阵，说，上周四，是不是晚上？是不是踝骨骨折的这一例？你找谁，老师还是同学？找她们什么事？

踝骨骨折！我惊叹道，这么严重！

也不算严重，学姐说，休养一段时间就好了。你——

哦，没事，没事。我就是问问。

问问？学姐狐疑地打量着我，说，你认识她们？

我也不知道哪来的勇气，冲她笑笑，说，那天晚上，我从教室回宿舍，她们正在往这边走，疼得走不动，是我把她送来的，看上去挺严重，我就是想来问问情况怎么样了。

学姐听了开心地笑出来，说，哎呀，看不出来，还是个助人为乐的小雷锋呢。看这记录，得回家休养一段时间吧，虽然不严重，但毕竟伤筋动骨的，也不能大意。

那，那她该是回家了吧？我问。

嗯，应该是回家了吧，行动不便哪。这种情况，在学校，家长也不放心哪。学姐往后退了一步，打开柜门，我知道她要把文件夹放回去了，她笑笑对我说，放心吧，还算是小伤。

我能看看那个记录吗？我上前一步，指着她手里的文件夹。

那有什么不能看的，她把文件夹放我眼前，但并不松手，说，这又不是什么国家机密。

孟小小。

就诊人那一栏里，三个小小的字闪出刺眼的光。不用问，我也知道是她，孟小小，这三个字，和那个女孩，是多么美妙的相映。

孟小小，孟小小……

我快速往操场跑去的一路上，心里默默地念了几遍这个名字，突然想我为什么不多看一眼，看看是哪个班的呢？笨猪，我真恨不得踢自己两脚，不过，知道名字也很好啊。

我在训练场地等了会儿，彭浪他们才吃完饭返回。馅饼没了，彭浪把一只方便袋裹着的油饼塞我手里。

啥都很香，我打开袋子，三五口就把油饼吞下去了。

训练前，假战神咕咚咚喝下大半瓶水，说下周六就汇报演出了，我们接下来一周集中精力检视细节。

细节决定成败，细节！细节！

假战神站在队伍前头，一只手把军绿色的水瓶举天上说。林幸哲高声喊，教官，你这造型，手里再拿上把枪，就成了《让子弹飞》里的姜文，朝天上放枪，说，公平，公平，还是他妈的公平。过瘾，酷得人流鼻血。

谁让你说话了？

假战神恼怒地喊了一句，什么姜文葱文的，不就是那个假县长吗？

林幸哲左右看看，我怎么就不能说话了，又没开始训练。

哦，假战神醒过神儿来，那就开始训练吧，省得你们喳喳得我头疼。

还没到时间呢。林幸哲看看手腕说。

我×，假战神说，敌人都攻上来了，你还要看时间，军令如山，还反了你了。唉，这两年的学生，咋这么多话。

唉，陈浩南说，当个啥，也是假的。队伍中哧哧笑起来。假战神喊，都给我严肃点，丑话说到前头，到那天，谁他妈给我掉了链子，有你好瞧的。

怎么好瞧？吴楚麒着鼻子说，要拿狗头铡铡了？

铡？那可便宜他了，我要让他生不如死。假战神大喊，全体都有，集合！

那天的训练我们尤其卖力，接下来的几天，几乎全天在细雨里跑步，整队列，踢正步，摆造型，喊军歌，17智电一班，谁也没有尿。

我知道孟小小回了家，但一得了点工夫，还是不由自主地往医务室跑——整个世界，只有那里有她的点滴气息。那里是两个护理班的学生轮流值班，大约十来天轮一遍，还分白班和晚班，当晚那两个值班的学姐，我再也没见过她们。五六天里，我只得到了她的班主任是姚曼老师这一个消息。但是由此，我轻易地就知道她是文旅系烹饪专业面点班的，在现代服务系实践楼训练——在哪里训练不重要了，她骨折了，听值班的学长们说，最少也得在家休养一个月吧，回校，也得拄几个月的拐——我真是心焦得慌。

啊，面点班的，我鼻子里立刻充满了喷香的馒头味儿。

但是，她为什么选个面点班呢？在我印象里，面点就是个热气腾腾的馒头房，里面的师傅系着白围裙，脖子上搭着白毛巾，挽着袖子，把一笼又一笼的大馒头搬来搬去。我想来想去想不明白，她那小小的样子，为啥不选个护理班、文秘班，或者别的轻省点的专

84

业呢？这很让我费解。不过，馒头有什么不好吗？我们谁都离不开呀，我在心里为她的专业找了无数优势，到最后，在我心目中，面点班已经成了整个学院最闪闪发光的专业。

没等我在心里把面点专业美化到极致，汇报演出就开始了。

当天早晨，我们早早起来洗漱收拾，检点自己的行装，整理好内务，生怕哪点不好被假战神"生不如死"。

说是八点三十八分正式开始，我们七点多一点就赶到前一天"彩排"时划定的场地了。毫不夸张地说，我们17智电一班的每一员，都抱定了争第一的信念。但依前一天走场的情况看，每个班都不含糊，我们还是有点紧张，热场喊歌时，声儿都颤了。

我们班在操场东南角上，从南数第三支队伍，也就是说，我们是倒数第三出场。

这一天，从门口到运动场的路两侧插满了红旗。运动场最西边，看台前，是椭圆形的塑胶跑道，南北各有两个篮球场，运动场东部，是宽阔的人工草坪，我们所在的队伍，现在都暂驻在人工草坪上。

八点一过，各路媒体的老师们带着设备，踩着高昂的乐曲，紧锣密鼓地进场安装摄像机，找拍摄角度，几个无人机拍摄工作组，开始调试设备，快速飞过或停留在我们头顶的无人机加重了大家的紧张感。

我们的"再起程"新生入学训练已经成为华东六省同类学校的标杆教育模式。

说起再起程，还有个故事。这年的入冬，我们学院南大门宽阔的公路上，一夜之间停满了蓝黄相间的大巴，我们以为是上级部门来检查。上课后戴维告诉我们，是华东六省的同类院校来我们学院取"再起程"习惯重塑的真经。

哇！

好多人发出惊叹。可能他们和我想的一样，以为那些车都是来考试的。戴维很早就告诉过我们，我们学院是市里重点社会培训和考试中心，承担着很多培训和考场、监考任务。我们课下还讨论过这有什么好处，陈浩南说，证明学院工作做得好啊，这些高标准考场和培训场所有建设，政府都给钱吧。张大志说，证明我们学生的校园管理做得好啊，没几个学校像我们这样，把校园的各种管理工作直接交给学生吧，是不是证明我们的能力也很强？彭浪翻了翻眼皮，说，是证明学长们的能力强，不是你的。吴楚说，总之是好事，只这些人到了我们市，瞧吧，住宿、吃饭、购物，还有发圈儿宣传，得增加多少 GDP，是不是？彭浪指着吴楚说，嗯，这老娘儿们，小小年纪就有这经济意识，以后能过个好日子。说着瞅瞅陈浩南，我们就都不怀好意地哈哈大笑了。吴楚气得呸了声，扭头不再搭理我们了。陈浩南凑过去，说，甭和他们一般见识，一群心术不正之人。

这一下，我们笑得更响了。

戴维说他参与了经验总结报告的起草，"再起程"这三个字，是他提议的。三年前他就提议过，没被采纳，院领导、系主任和班主任几乎是一边倒地反对。理由是这个"再"字，几乎否定了孩子的过去。也就是，全面地对孩子们做了否定。这势必对学生心理造成打击，也可能造成不良的社会影响。

但这三年来，他坚持不懈地提议，终于——

戴维的理由很简单，就是，至少目前，选择来东技读书的，都不能算是好学生。

戴维敲着黑板，阴沉沉地说，孩子们，你们想想这话对不对，连这个都不敢正视，我们所做的一切，就都是在撒谎——李晓晨，郑仁杰，还有这边这几个，趴在桌上要睡觉的这些，你们说说，是不是？

正视自己的不足，面对现实，实事求是，才有进步的可能啊！

戴维说。

溃痈虽痛，胜于养毒。

戴维说。

当时，戴维的话让我们触动很大。是夜，我们423的睡前八卦硬生生开成了批评和自我批评大会。王一凡从五六岁时偷了他母亲两块钱起，讲到中考前一个下午旷课去网吧打游戏被班主任和爸爸提溜到街边一顿狂捶。王一凡说还是打得轻，打晚了，直到中考，26个字母刚刚认全。彭浪回忆起三四岁时他母亲去县城开会给他买的一本白描绘本小人书《孙庞斗智演义》，从此开启了他"人生就是一个故事"的广阔天地。一开始，他母亲逢人就得意地夸儿子爱看书，后来上了小学发现他除了语文啥都学不会才毛了，把三四年中给他买的书全卖了废品。但是他已经走上了读书的不归路，再也回不了头啦，一天不读书，比不吃饭还难受。但其实，读了那么多书，也没落下啥啊，彭浪说，连个高中也没考上，语文也刚过了及格线，他奶奶的。朱子康的经历特别简单，就是爱打架，但没劲儿，一个都打不过，全靠跑得快取得一丢丢气人的优势，要把这力气用在学习上，就好啦。陈浩南说他小学时经常考第一，后来他父母去了昆山打工，跟着奶奶后就不再学习了，天天和一帮小兄弟偷着坐上车，到镇街瞎逛打游戏偷鸡摸狗。后来初二时奶奶见约束不了他，电话把他母亲叫回来，但已经晚了，野马一样的心，收不回来了。

马纯是最后一个说的。大家让他说，他沉默了好久，瓮声瓮气地说，看着父母在你眼前咽了气，死的心都有了，还学习！

马纯的话，让我突然想起了报到那天他脚上的布鞋和帆布包，原来，他也没有妈妈，还没有爸爸。

我把原来打算说说我在母亲离开后在学校旷课捣蛋的事咽回去了。

不再有人说话，连一向热心又碎碎念的陈浩南，都没找到合适的话安慰他。

我们的年纪，还没有生长出对付这种场面的经验和智慧，只好在沉默中睡去了。

戴维一个关于"再起程"的话题，让我们423的六个人，在那个深夜，袒露出最脆弱的心底。

我们是不是，由此生出了更大的要看清自己的勇气呢？

6. 汇报演出搞砸了

那天到场的媒体，除了市里省里的，还有外省份的。这个，戴维已经在前一天通知我们了。他虽然没有说别的，我们都明白，我们特别要注意形象。我们是代表省里的形象。

假战神似乎也有点紧张，他在队前踱了会儿步，突然大声提议，再唱一支歌吧，学习雷锋，好榜样，唱！

这是我们唱的最后一支歌，戴维后来笑谈到，是假战神选的这首歌太不吉利了，我们真学了雷锋，把第一名让出去了。

当然，第二名第三名——第十名，我们都让出去了，我们是倒数第一。

一切，都是因为我。

我在汇报演出几天后，成了学院的名人，我的意思是，成了笑话。

在经过主席台时，我们头顶上的两台无人机，把我的糗相展示得淋漓尽致。原来是远景，看上去，我的表情和动作没网上传的那么生动逼真，后来，经过（据说是信息工程系一部分专业尖子的）后期制作，放大、拉慢了每一帧"精彩镜头"，我的傻相由此冲出学院，冲进了当年正蓬勃发展的抖音，配上了各种音乐和台词，唯美风，鬼畜风，灾难风，我成了各种风。但不管是啥风，最亮眼的还是我的喀斯特发型，其次，是我瞪圆的眼，张大的嘴，"被猛然刺中后臀式的五官骤缩"，悬崖失足式前跄步和菲尔普斯入水式前扑。

我的风头，一时无两。

连戴维走在校园中，都被指认，就是他，就是他的学生。连孟小小都受了连累。视频被截成好多细节，我的脖子、脑袋和目光，被高人以数学的方式画出坐标、角度，计划出了精确的落点（后来，作图的叫汪辉的信息工程系计算机一班的学长和我成了好朋友），就是坐在桌后的孟小小。骨折都没回家的她，因我这一出，打电话让舅舅接回家避风头了。

后果虽然很严重，但过程非常简单。

就是在我们的队伍经过主席台前，踢着正步向右看齐时，我的余光突然扫见那个小小的身影坐在看台下的一排桌后最边上，朝前伸着裹着白纱布的一只脚。她因骨折无法参加汇报演出，被安排做记分员。

这是件多么平常的事，但对那刻的我，像晴天霹雳。一往右甩头，我的眼就被灼得生疼，想也不想，我就知道那是她。

因为，只一眼，我就认出了那件黑底白点的裙子。

啊！

原来就是她！

后来视频中看到的我面部的表情，当时我根本没注意到。紧接着不知道我的左腿绊了右腿，还是右腿绊了左腿，还是谁的腿绊了谁的腿，我突然飞起来跌到地上，碰倒前边的马纯，绊倒了后边的王一凡、杜子远和左边一列的孙翔。

没有早一秒也没有晚一秒，我们班雄赳赳气昂昂的队伍，走到冲着主席台中央时突然烂尾了，稀里哗啦坍塌下来。紧接着前面的同学被响声惊动，暂停下脚步，林幸哲反应算快，大喊不要回头，跟上，跟上，但已经没救了。

我们班一共八个同学被歼灭在战场上，余部溃不成军。

那个内奸，就是我。

——不幸被朱助教说中了。

抖落三四个同学，从地上爬起来的我，真想大喊一声，我真不是故意啊，我一心要拿第一啊，真是见了鬼了。

她不是回家了吗，怎么会坐在那儿？

一切都无可挽回了。

更狼狈的是，我从地上爬起来，往前走了几步，感觉腰里松松垮垮，一摸皮带掉了。在我退回两步捡起地上那根悲伤的皮带时，先前东边的新生方队和看台上的老师们发出的惊叫变成了哄笑。我往前跑了几步，想尽快跟上队伍，慌乱中又一次跌倒在地……

你看，再一次回想起这个，我的汗珠子，又骨碌骨碌下来了。

我跟上队伍，回到我们的场地，两位教官脸是黑的，戴维脸是绿的，陈浩南说我的脸是紫的，同学们的脸，白惨惨一大片。我在一大群花花绿绿的脸中，感觉头脸像在灼烧，胸口发闷，干呕了几声后，下腹部一阵轰鸣，经过短暂又激烈的思想斗争，我连报告都来不及打，捂着肚子扭扭捏捏往最近的农建系教学楼挣扎，心里急得恨不能飞起来，但又怕用过了力铸成不雅事件。运动场东南角离农建楼约五六百米的路，我好像走了有一万年，怎么都走不到头儿了。我咬着牙，紧揪着裤腰，关键部位的肌肉紧缩成一团，真怕一松弛就不可收拾了，到了卫生间，轻松之后，我才发现衣服全被冷汗浸透了。当然，比衣裳湿透更严重的，是事后我才轰然发现，没带手纸。

叫天天不应，叫地地不灵。万般无奈之下，牺牲内裤成了我唯一的选择。

神经性急发腹泻，这几年成了后遗症，情绪一紧张就发作。看，一想起这些，我肚子都有点不舒服了。事后，我的情况说明中，也以急性腹泻作为理由解释了这一切。我感谢腹泻，虽然每次想起来都后怕。不然的话，我该怎样向戴维向教官向学院交代呢？我在这么多媒体面前失控，造成的严重后果，总得有个说法啊。

很多老师，更多的同学，目睹我扭扭捏捏朝农建楼跑去时悲怆难堪的背影，成为系务会上通过的没有惩罚我的根据和理由。我感谢戴维，我亲爱的伟大的张大为老师，他说，请各位领导、同人细想一下，他患的是急性腹泻，栽了跟头，只是栽了跟头，造成了失误，但是如果，如果啊，有更严重的情况——

——我们有足够的理由、我们忍心，惩罚一个被急症一锤砸倒在地上的孩子吗？

很惭愧，事实并非如此。

当时的我，心里抱着万分的侥幸，听到戴维转给我系里的决定，我几乎不敢相信。虽然现在的我，也弄不清楚戴维是真不明了内中真情，还是绞尽脑汁，剖开一万条绝路的缝隙，找到了这条让中央台、省台和各地市的媒体，让院领导、系领导，当然，也让他自己、让我，让每个人，都有台阶下的路。

所有的人都有路了，我们自己自然也就有了路。

不管什么情况，自此，再看到这个瘦愣愣的、戴着笨重的黑框眼镜、个子不高的张大为老师的心情和以前不一样了。他身上，他脑子里，有了些让我心里能感知到，却不能很好表述的东西。

入学教育完成后，新生有两天的假期，可以和老生们一起在周五离校，周日下午返校，我的五位"狱友"一扫汇报演出失败的颓相，哼起小曲收拾完行李，在楼下站好队随着戴维到校门口往家奔了。

只有我，孤零零的，在黄昏笼罩的校园里游荡。

少年攥着戴维发还给他的智能手机，一脚一脚丈量了校园内的广场、湖畔、花园和楼宇间的小路。最后走到西南角那片密实的小树林里，嗅着浓郁的侧柏香气躺在阔大的木椅上，他百无聊赖，先看了看B站，又点开王者，刚登录又感觉没意思退出来，然后点进QQ空间，看到他初中同学王桐辅发的一条视频消息。当然，王桐辅在QQ里叫二狗子他爹，他的配文惊到了他，他说，我×，这家伙有点像良子啊。

我看到十五岁的少年随手在屏幕上点了一下，接着腾地从椅子上站了起来。

那不是像他，那就是他，放大了的他，眼角画上线、计算了角度的他，配了文字说明的他，把他和离他三四十米远的孟小小，用一条直线和几个角度计算公式扯在一起的他，把跌倒在地的动作分解成若干个往复进退的鬼畜镜头的他，背景音乐配上"在那遥远的地方，有个好姑娘"的他……

那少年擦了把汗，想再看一遍，但不忍再看，最后还是忍着又看了一遍，又看了一遍。一遍遍看……

——怎么说呢，那是有糗大过的人才知道的一种感受，真是恨不能找条地缝钻进去，没法活了。

这不是往伤口上撒盐，而是泼汽油，泼上油再纵火，置我于死地啊。

那时候我还没刷过抖音，没有注意到左上角的抖音标识，几分钟的石化过去后，我第一时间想到是哪个带着无人机的王八蛋发到网上去的，我要宰了他。

　　但同时又知道，我杀不了他，不是因为害怕承担法律后果，是因为我知道自己根本没有胆量杀人。

　　我还知道，我也没有能力让发布视频的人在网上删除掉。作为一个十五六岁的少年，虽然知道有网监，但他在哪里，什么部门管辖，如果是强制删除已发布的信息，需要提供什么证据，向哪里提供，等等这些，我一无所知。

　　面对大到无边的互联网，我束手无策。但脑海中，还是迅速闪过头顶上那片航拍的无人机，是的，有好多架，但作为参加汇报演出的、一心要拿第一的学生，谁会去在意哪一架是哪个人操控的呢？就算分得出来，你知道哪一架拍下的这些镜头吗？就算是知道哪一架拍的，你能保证自始至终都是一个人经手存储、剪辑等后期制作的吗？就算是一个人，他把原视频发网上，有多少人看着"有趣"做后期的添油加醋呢——这无关国家机密，虽说有关我的隐私，不，这没有隐私，打死我也不能承认这里面有隐私，何况，人家最后都注明了是恶搞视频。我那右转因看到孟小小瞬间瞪大眼睛吊起眼角的小白眼，几乎同时弹跳起来向前俯冲下去的扎猛子步，在空中挖撑了几下像要抓住什么的捞稻草手势。人家想要表现我的眼神儿时，在鼻子和嘴的位置打了码，想要突出我大张的嘴时，又在眼睛位置打了码，而孟小小呢，自始至终，脸部都是糊化过的。

　　——难堪，不亚于现场，我一次次汗出如浆，树丛间似有百万双眼睛紧盯着我，我滚下长椅，两条腿呱嗒呱嗒面条般不听使唤，我坐在地上狠狠地把它们捶打一通——治不了他们，我还治不了你？然后在陡起的腹腔轰鸣中疾奔回宿舍。

怎么办？怎么办？

我蹲在卫生间，边揉肚子边急如热锅上的蚂蚁。

难道我要为这个去告他，去打官司吗？

或者，学院领导看到了，会不会重新对我的失误定性？

同学们看到了，会怎么看我？

她，孟小小看到了，会——

——好多好多乱七八糟的想法在我脑海里闪过，但就是没想到赶紧下个抖音查下原发（也不一定是原发）的抖音号。等我扶着厕所的墙站起来，然后扶着楼道的墙，一步一步挨回宿舍，等二狗子他爹在 QQ 上笑话够了我，说，这个洋葱大魔王是你一个班的吗？我才回过味儿来。

可是，还没等我下完抖音，有人在外边敲门了。

你不回家？戴维把我叫到宿舍楼下问，嗯，不回家就不回吧，正好我家里有点小活儿，你帮把手吧，戴维盯了我一眼，说，方便吗？

我没有理由不方便。

我跟着戴维往校门口走，出了校门口，他却向北，我知道他家在学校西偏南方向，所以就站下了。戴维走出几步，见我停了脚，指着远处，说，啊，我还没吃饭呢，这个点儿了，家里也没饭了，你先陪我去吃点饭？

我们在一家烧烤店外面的小方桌前坐下来。戴维接过一个看上去比我大不了多少、腰里扎着方格布围裙的男孩递过来的两页塑封菜单，看向我，朝着我身后抬了抬下巴，说，不先去收拾下？

我转过身，看到我身后，离烧烤店两个门面，是家理发店。

这是我一个月来第一次正儿八经地照镜子，人真是太容易适应和认可自己的动物了，我已经基本觉不出用指甲刀一刀刀抠出来的发型刺眼了。有点不好意思地说，我当时有一闪念，感觉只要脸还过得去，发型，真的不是那么重要——只要别秃了顶。

我看到镜子中的理发师，不管是脸形还是肤色，还是身上穿的本白色衣裤，都像极了刚从印度搬来的。他一手拿着喷壶，一手拿着剪刀，仔细看了看我的脑袋说，哎，你这是怎么搞的，长头癣了？

没有。我说。

没有？理发师把喷壶放在身边的小拉车上，将牛一样的大眼眯起来，向下扯起嘴角，满脸狐疑地拿剪刀尖扒拉一下我的头发，说，不对吧，鬼剃头？又好了？急性鬼剃头？

不是。我说。

理发师抬头在镜子中看看我，那怎么搞成这样？

剧情需要，我灵机一动，说，我们班里排话剧，我演了个疯子。

哦——哦——

理发师一阵茅塞顿开的轻松，我说呢，我说呢。说着重新拿起喷壶开始往我头发上喷水。

一个多月了，我第一次光头走在风里，阵阵清爽，真是久违了。

戴维面前已经堆了些肉串儿，看我走过来，朝肉串儿抬了抬下巴，我把帽子窝起来填进口袋，拈起一根肉串撸进嘴里。

也不知道是我陪他吃还是他陪我吃，反正那一会儿，我暂时抛却了抖音上的耻辱和将要临头的麻烦，只管把烤得吱吱冒着油花的各种串儿，用牙齿从扦子上撕扯进肚子里。也不知道他要了多少回羊肉串猪肉串烤馒头片烤软骨烤马步鱼烤辣椒烤豆腐皮烤大虾，吃到最后，我们俩面前的小方桌上，铁扦子竹扦子堆了好几大堆。戴维喝完最后一口啤酒，朝我抬了抬下巴，我喝下最后一杯水，点点头，他说，好，站起来去结账。

想起这些，我心里是无以言表的温暖，戴维也许是话特别少，或者不爱说话的人，但他是班主任，是任课老师，他要和系领导和同事和学生打交道，他必须说话，表达清楚。但人少的时候，特别是以后在我和他相处的那么多时间里，最多的是他在铣床前的时候，有时候，他半天都不说一句话，却又能通过细微的表情和不易察觉的动作，把他的意思向你传达得比说话还要清楚。我不知道这是戴维的能力，还是人与人之间的缘分。我愿意相信是第二种。

我打着饱嗝跟着戴维往家走。进了门，戴维换了拖鞋，看看表，朝一间小卧室指了指，意思是我住在那儿吧。我说，什么活儿？哦——戴维想了想，指了指沙发。戴维说的小活儿，是指把客厅里的沙发和电视柜、电视机调个过儿。

沙发是房东的老式实木框架带海绵的旧沙发，不算重，电视柜是个更老旧的三截高低柜，看上去一满墙，但分体的，也很容易挪动。费了些工夫的是家具底下的陈年老灰团，拖了好几遍，才把下面米色花纹的瓷砖本色显出来。

挪好后，我也没客气，就在他家住了一宿。一躺上床，大团大团的愁绪又涌过来把我淹没了，有那么几秒钟的时间，我冲动得想问问戴维该怎么办，都起来走到门边了，又转身躺回床上去了。奇怪的是，我关了灯，趴在枕头上，想孟小小，我一想，一只眼睛前边就出现了一个孟小小，再一想，一个孟小小就分成了两个，两个分成了四个，慢慢地，无数个排列得齐齐整整的孟小小在我眼前晃动、分裂、旋转，发型脸形和衣服不停地变幻着轮廓和颜色，演变出好看的矩形、圆形，慢慢形成一圈又一圈旋涡……我很快就睡着了。

第二天一大早起来，吃了戴维家奶奶煮的西红柿鸡蛋面，和戴维一起回了学校。进了校门，在朝向教室和宿舍的路口和他说再见时，又被他叫到培训车间，说要利用周末的时间维护机器，一待就是一天，我被他支使得团团转，几乎没有时间理一下满脑袋麻烦事。下午五点多时，他接了个电话，嗯嗯啊啊几声后，对我说，电视和沙发还得调回来，沙发这一边没有信号线接口，电视没法看。我又跟他回家调家具，然后又住他家。

那时的我，天真地以为帮了他好些忙，虽然心里感觉老师叫帮忙是一种荣幸，丝毫没想到是戴维在带队出校门时就发现我不在队伍里，不放心我一个人在宿舍、校园闲逛荡才叫我几乎整个周末都跟着他。

是的，和我想的一样，照戴维的脾气，他是不会轻易问我为什么不回家的。因为我和他想的一样，想说的时候，自然就说了。

周日一大早我醒来走到门口想离开，他正买了菜回来让我帮他择菜。我边掐着扁豆丝，边硬着头皮给他看了我夜里在抖音上找到的洋葱大魔王发的视频。

好玩。

戴维看完把手机还给我，把扁豆收进盆里接上水泡着，完全不顾我的窘迫和对他意见的急切，慢腾腾地打开橱柜门，从密匝匝的瓶罐中拣出一个，在我面前晃了晃，说，我露一手，给你炒个虾酱炒扁豆丝，腈着吧，能吃下三个大馒头。

我说，学院不会再处分我吧？

处分？

戴维打开瓶盖，取一只花瓷碗，用一把钢勺挖了两勺虾酱放进碗里，又往碗里加了点水，说，别理会。

我心里急着呢，听到这三个字感觉戴维丝毫不把我的事儿、不把我当事儿。但我有什么办法，他拧上瓶盖放回虾酱瓶，放下菜板，套上围裙把盆里的扁豆捞到菜板上，开始切菜了。

我只好退出厨房，到客厅坐下来等吃饭，看奶奶在擦茶几桌面，才想起要干点活儿，就到卫生间洗了拖把，开始拖地。

孩子，不用你干。奶奶转过身，看着我说，你干了，我在家就更没事儿干了。唉，都是我，把多好的一个媳妇，唠叨没了。

说着，奶奶示意我弯下腰，把灰白的头颅凑近我，悄声问我，你见他 —— 奶奶朝厨房抬了抬下巴 —— 在学校里，和姚曼说过话吗？

姚曼，天哪，天哪！

我被这个洋葱大魔王整糊涂了，怎么连姚曼老师都忘了，她可是孟小小的班主任哪，虽然那天，我根本没看清她的样子。

啊，我的大脑在飞快地转啊转，原来她是戴维离了婚的媳妇，啊，对，叫前妻。

我心里一阵阵惊叫。

我当然早就注意到戴维家不对头了，我第一次来时就注意到这个家没有女主人，门口没有女式拖鞋，戴维的卧室连个衣橱都没有。门口放着个防水布套简易衣架，拉链门耷拉着半片，客厅里一件光鲜的物件都没有。卫生间镜子前，只有一把深棕色沾满油污的木梳子，这显然是他家奶奶用的，既没有各种好看的护肤品瓶子，也没有发圈儿洗面奶啥的 —— 和姐姐出去上大学后的我们家多么像啊。

厨房里黑乎乎的大菜刀，卫生间老式的布条拖把，客厅进门处胡乱摆放的鞋，地垫不仔细看都分辨不出原来是红色 —— 所有的光影和气味都在说明，这是个没有女主人的家。

　　走到厨房门口，嗡嗡响的油烟机下，戴维挥舞着铁铲子翻炒着锅里的菜丝，又咸又香的虾酱味从风力严重不足的油烟机罩下飘了出来。看到戴维腰后耷拉着没系的围裙带子，真想过去帮他系上。

7. 我要表白

[l]——

英语老师李梅芳敲着黑板，强调说，这是个浊辅音，我们叫它舌边音，大家好好看着我的口型，英语发音，口型特别重要。

我相信班里所有人，都和我一样，都没好好看她口型，而是看她的发型，看她裙摆下细长的腿，看她和脸上的妆容一样素淡的表情，看她扫一眼全班微微蹙起的眉头。本应在初中就掌握的国际音标，在我们大多数人听来仍那么陌生而艰涩。我一只手托着腮，看着李梅芳老师向两边扯起嘴角，震动舌边发出这个在我看来与刀片，与铣床，与电机没有任何关系的音调时，我看到坐在教室中的十五岁的我，两眼盯着老师的嘴角，脑海里飞快旋转的，是孟小小藏在齐刘海下的模模糊糊的小圆脸。

我在想，她为什么伤了腿，却没有回家？

这个问题想了一小会儿，当李梅芳老师连发了几遍 [l] 音，然后在音标后面写下 look、list、school、love 等单词时，我的脑海里出现了医务室，出现了最近一连几天站在医务室南边花圃边的少年，有时候是晚上，有时候是正午，有时候是清晨，医务室前的所有时光，曼妙而安逸，我无法透过它透亮的玻璃门和淡蓝色的窗帘，窥探出关于孟小小的丁点信息。

那时候，姚曼老师仍然遥远神秘，距离我第一次与她正式交谈，还有两个多月漫长的秋季时光。黄河以南、渤海以西的暖温带季风气候，让我们校园头顶的初秋天空蓝得透亮，偶然而过的稀薄云丝加重了我心底的忧愁。我无法知晓实则无比确定的白天和黑夜，明天和后天在哪里，无法知晓三年后也就只能当个工人的人的前途在哪里。有时候我走在从教室回宿舍或去餐厅的路上，甚至好像无法知晓下一步我的脚会落在哪里。我似梦似醒，跌跌撞撞，有时候甚至忘了黑夜还是白天，忘了身在何处。

我从未这样过，那个叫孟小小的女孩，那个西南角浅灰色工字形教学楼中的我尚不知晓的、某个教室中挂着拐杖的女孩，像块威力无比的磁铁，把我的所有心神都吸走了。我失了重，无论怎样努力都不能让自己的双脚稳稳当当地站在大地上，一阵微风，就能把我从校园的石板路上，从花草间，从一张磨得发光的防腐木长椅上吹到半空里去。

初开的少年情愫，让我的心，如轻风中的羽毛忽而落上树枝，忽而飘到天上，无论如何，都无法安安稳稳待在该待的地方了。有时候，我咬着牙诅咒自己的轻薄和愚蠢，但更多的时候，我沉浸在无边的想象中，无法自拔。我跌入激流，心里明白危险无比，却又任由自己沉浸于旋涡，连偶尔片刻的挣扎，都是在做做样子。

有个傍晚，下课后到食堂的途中，我突然发现湖边的梧桐树，黄了叶子。我停住脚，看旁边的合欢，看流苏，看枫树，深深浅浅的黄和红。花圃中，是大朵小朵红的黄的白的菊花，几个值月的同学，有的在修剪树枝花卉和草坪，有的用小推车把修剪掉和落地的枝叶堆在广场的粉碎机边，有的正在操纵着拖在一辆电动四轮车后面平台上的粉碎机，更多的挥着铁锹，在把粉碎后的树叶混合进花圃中的泥土里，它们将在花圃里吸饱秋冬的雨雪，与土壤融为一体，在来年，化作花草树木充足的养分。

秋天来了，冬天也不会远了。

而我，什么也没干。

我坐在湖边的椅子上，远远地看着门卫值班处的两个老师在往屋里抬一张桌子，这两个人我从来没见过，看来陈浩南他们说的是真的，吕布和貂蝉死后，一高一矮两个年轻保安都伤心地辞了职，离开东技了。

夕照橙红，人来人往。我一步一步走在恐怕"也就当个工人"也难以成功的校园里。四周来来往往的人都有自己的方向，而我，突然忘了我想要往哪里走，要去干什么。我在旁边的椅子上坐下来，直到广场上劳作的同学散尽，看来来往往的同学有的去了教室，有的去了宿舍，看北边的食堂熄了灯，看校园的路灯唰一下亮起，看一团蚊蚋在我头顶嘤嘤嗡嗡，然后在一阵骤起的风尖上散得无影无踪，我想起，我是想到小超市，买作图用的铅笔和尺子。

没有晚一步，也没有早一步。我进了超市，看到一圈人在门里面的空地上站成一圈，热烈地讨论着什么，当我意识到我闯入了一场什么会议，赶紧停住脚，转身欲退出时却被叫住。如果把我比作一棵刚被移栽到东技的树的话，我由此生出了在东技的第二条根须，第一条，是我还未意识到的戴维、张大为老师，尽管在此后很长时间里，我都未意识到他对我在学院生涯、在我人生道路上的重要意义。

一个一眼看上去就是学生干部模样的学长往旁边站了站，给我在他和他旁边的一位老师中间留出个空当。我站在这个小小的、刚够容身的小空隙中，一点一点，明白了超市是由学生在运营和管理，明白了现在面临着受网购平台的冲击，营业额急剧下降，利润已经难抵参与学生的助学补助的困境。我还知道，在我们学院，不单单超市，还有医务室，还有校园绿化、校舍维护、食堂食材采购、校园网络维护——后来我了解到，可以说，几乎一切需要动用除教师工资福利以外的学院经费的校内开支，基本都是学生在运营和管理，最起码，都有学生的深度参与，这是我们学院社会化办学，增强学生综合素质的重要教学实践工作。

比如，我们除第一期校舍工程外的基建工程，三处教学楼，大小五处实践基地，专家楼，世界技能培训中心，都是相关专业的学生论证、设计，并参与施工的；农建系的三处种植实验基地，完全是学生在管理；我们学生管理运营的面点房、理发室、照相馆、熟食店、服装加工厂、电脑耗材和文具店等等，不但满足学院内部需求，有一些还向社会提供优质服务。更让我惊奇的是，我们的烹饪专业的学长们，陆续在东城区七个大的农贸市场开设了店面，并且经营良好，尽管发起的初衷不是为利润，而是为了练兵。

这一天，我因为购买铅笔和尺子，耽误了一两节晚自习，却误打误撞感受到了东技生机勃勃的生命力。当然，当时只是想，原来这个学校，还这么厉害。

啊，刚来的同学，那也听听，一起听听，很快就轮到你们啦。

我一进门时，把我叫住问了我的姓名和班级后让我一起听听的这个人，穿着一身藏蓝色短袖 T 恤和黑色运动鞋，和我印象中应该是衬衣皮鞋的系主任一点也不相符。一连好几天时间，我都在想，但愿他没有认出我就是汇报演出时糗大了的那个学生。

听了好半天，我才弄明白会议的主题，是校内超市受网络购物平台的冲击，连续三个月利润已经不足以抵付工作人员的助学补助金。后来我听说，这个会议，是院长因事误了食堂晚餐，来买方便面时发现好多货架都空了，迅速叫来相关的老师和学生临时开的一个会。我在当天的笔记里，记录了秦院长提出的两个问题：一是网络平台送货再快，有我们校内配送快吗？ 二是我们有没有力量，开发一款校内购物APP？

两周后，负责超市的师生用一款东技"小狮哥"APP回答了秦院长的问题。一个多月后，我们每两座相邻的教学楼和宿舍楼中间，都装置好了"小狮哥"语音点购机。最初，装置比较简陋，九十厘米高的柱状机器还是铝制外壳，焊接处还挺毛糙，触屏还是黑白的，人机交互的小音箱和麦克风还分在柱头的两侧。到这年入冬的第一场雪前，就换了银橙拼色的新型智能机器，不锈钢烤漆外壳、集成彩色电子屏和语音交互系统，旁边设置了以单号为取货凭证的存件箱，想买的东西，上课前下楼时在点购机上下单，用校园卡支付，记下四位数单号，下课时就可以取出由"小狮哥"们投递进存件箱中的物品啦。

后来，本市的好几家医院采购了我们的设备，作为住院部试用的院内餐饮点购系统。意外的是，在三年后的新型冠状病毒疫情下在住院部全面装设，很好地解决了严格的防疫制度要求下，住院病人及陪护不能自由进出各自病区时，餐饮和生活物品购买和配送问题。我们把这个看作是我们学院对本地社会服务的意外贡献。

当然，那一晚，我没想这么多，以我的经验，也想不了这么多。我只是觉得好玩，想不到这么多地方都是学生在经营，心里马上跃跃欲试。也许，经营两个字，意味着赚钱；赚钱，意味着成就感。这种转了几个弯的成就感，让我在会后主动给值班的学长留下了班级姓名，和基本不在我手机里的号码，表示了想要参与的意愿。我很快成为这个团队的一员，见证了"小狮哥"的诞生发展，并且从中获得了极大的主人翁感和自信。

但对那段时间的我来说，最重要的，是我在以志愿者身份（因为我们新生班级按规定还未到全面参与校园管理的值月工作中的时间）参与超市经营的过程中，有机会接触到了姚曼老师。

回望那个秋日午后，空气中涨满菊花的清苦，锦葵在渐凉的秋风中泛起浓重苦壮的墨绿。我们四个值班的"小狮哥"在超市前的空地上，往两辆电动三轮车里分放师生们点购的货物。本来，这批十二点过后点购的货物，我们可以下午下课后送达各处收件箱，但我们还是想不耽误上课的情况下，提高一下速度。那天，我本来负责东片区的配送，因为方平在旁边念叨单子时让我听到了姚曼的名字，我立即提出和他交换任务。

我破例打了姚曼老师的手机（本来按照规定，我们只是把货品放收件箱就好啦，没有额外送货上门的责任，即使她是老师；但是，也没规定不能送上去）。一接通电话，我不等她说话，就快速说姚老师您点的货品我帮您送到办公室还是教室？

货品？姚曼老师顿了一下，紧接着"啊"了一声，说，啊，还能送上来，太好啦，我在303，语教组办公室。

姚曼老师不在教室让我非常失望，但认识了她的班主任，也总算是离她近了一步吧。何况，姚曼老师曾经是戴维的妻子呀，看戴维家奶奶的样子，很为戴维的离婚、她失去了个好儿媳妇伤心。我压抑不住地兴奋着，在姚曼老师办公楼和教学楼中间的路口调转方向，拧着车把加快速度奔到了她办公楼下，然后搬着盛放着两支狮王牙膏、两包共四斤重的玉米干面条、两板1号电池、一袋六个装的大发面馒头的箱子，噌噌几步蹿到她所在的三楼，敲开303的门。开门的是个年轻女老师，后来我知道她叫庄春青，这个老师因为当时正在请姚曼老师坐在她座位上，帮她修改学院将要举行的"我为人师"全校教师演讲比赛的稿件，让我误以为那是姚曼老师的办公桌，从而把她误扯进戴维和姚曼老师两个人中间，闹了大笑话。

我放下东西，请姚曼老师验收，姚曼老师说，看你们这劲头也不会错的，然后连声感谢我，并站起来往外送我。我连声说留步，却在走出门口时不知哪里来的勇气，回头问姚曼老师，孟小小的腿怎么样了？

啊，好多了。姚曼老师说，但很快，微微皱起眉，偏头朝门框的某处看了看，好像在谨慎地确定位置，然后拿手扶住门框说，你怎么知道我们班的学生伤了腿？我看到四年前的自己停住脚，用轻松，甚至是洋溢着欢乐的嗓音告诉她，那天晚上，你在湖边叫住的人就是我呀，是我把孟小小背到医务室的。少年说这话时，挺直胸膛，仰起的脸上泛起愚蠢而期待的光芒，好像那晚的事是拯救了全人类。

啊，是你呀。姚曼老师笑起来，取下刚放到高高的门框上的手，往前走了两步，说，真是谢谢你，她好多了。你是哪个班的？

我是张大为老师的学生。

说完，我头也不敢回，急匆匆奔到楼梯口下了楼。

后来姚曼老师告诉我，我问孟小小的腿的时候，她已经模模糊糊地把我和在运动场上跌倒的学生对上了号。在我向戴维出示视频时他轻描淡写的态度，让我误以为视频事件很快就过去了。我一直不知道我在我们学院的师生中，被谈笑了好长时间。

到现在，我仍然不知道我这种性格，是属于外向型还是内向型，也不知道当时我哪来的勇气。想了很多回，这好像是一种事儿到了这种时候，就该这么办的心理惯性，看似冲动，实则内里有一种"到时候了"或者"箭在弦上不得不发"的深层理性支撑。这个，说不好，自己评论自己，很容易陷入美化的阴谋里去，人，都太好自我蒙骗了。

那天，直到在西片区楼宇间，把所有货品投递进收件箱，骑着电动车回到东片区放到超市前空地上，洗把脸往教室走去时，心还在怦怦乱跳。

那天下午第一节课，是工技课，戴维用一块软皮包住一大堆刀具放到讲台上，招呼我们全部到他近前去。戴维说，来，走近点，把我们的武器看清楚点，将来，我们要指着它吃饭的。

这些黑乎乎、长的短的粗的细的扁的方的、只尖端亮着一点斜面的金属棒棒，竟然叫刀，和我想象中的各种刀一点也对不上号。看来，同学们和我想法差不多，整个教室都是哦哦的惊叹声。

有的人说，啊，这么黑，像是废钢条头儿；有的说，哇，老师你看上面的漆都磨掉了；还有的用手掂起一把，说，这是铁的吗？吴楚，我们班唯一的女生，我们在军训时就已经喊她一枝花了，因为确实就这一枝，她也就大大方方接受了。一枝花走过来时，我们这些草们自动让出一条路，她走到讲台前，伸出纤细的食指在一把刀体的棱上摸了摸，说，欸，很凉呀。林幸哲穿着件藏蓝色老干部夹克，站在旁边，抱着双臂，一副见多识广的样子，听了一枝花的话，笑了，说，烧红了就热了。

废话。旁边的陈浩南翻了下眼皮说。

我站在最边上，看着讲台上这堆黑乎乎的铁棒，内心泛起阵阵悲凉，好不容易积攒了点的好心情一扫而光。我的余生，就是要同这些东西分不开了吗？就要指望这些东西活下去了吗？我没有勇气，哪怕是在心底，说句"我决不"这样的话。我现在可以说我当时的年纪，还没有生出足以支撑着自己选择想要的职业和生活的心智和勇气，只是看到了这些车刀的瞬间，"也就能当个工人了"的话由无法看清的天边一下子拉到了我鼻尖。

我想，我决不去碰这些东西，看上去那么丑陋、不祥，会把我原本黯淡的命运，牵引进无底深渊。

戴维在旁边默默地看着，也显得忧心忡忡，等我们欣赏议论得差不多了，他示意我们回到座位上。紧接着，他唰唰几笔，迅速在黑板上画了三把大小长短角度不同的车刀，转身对我们讲，同学们，感谢你们刚才提出的这些无比外行的问题，让我感觉自己真有学问，我也向你们保证，接下来我讲的这些，你们都听不懂——

一节课下来，前角、切削、主偏角、副偏角、主后角、刀尖角、基面——果真，我基本一样没听明白。下课后同学们再次聚在讲台前，拿着刀头左右端详，突然感觉这个小小的东西竟然有这么多学问，真是不可思议。戴维将刀具卷进一块皮革中，连同课本和讲义抱在胸前，说，纸上谈兵，怎么谈都隔着一层，我提过几次把专业课，无论是理论还是实操，都放在车间，但，学院一直没同意。戴维边往外走边说，这些东西，听着一大堆，放到车床上切一块板子，啥都门儿清啦。你们先纳闷着，我先走了。

说着，拿起讲台上的手机往裤子口袋里一插，转身下了讲台——

啪——

戴维一抬腿，顺着裤筒掉下来的手机被他一脚踢到教室门口去了。他紧走两步捡起手机，看了看，讪笑了，说，忘了裤袋开了底儿了。

赶紧回家让师娘给缝上去呗。一枝花大声说。

同学们都哈哈笑起来，戴维说，你们师娘已经把我抛弃喽。

那时候，我们班好多人已经知道戴维离婚了，但却没想到，他以这种方式，轻描淡写地"坦白"了。听得出无奈，却毫无悲伤和尴尬，甚至，还有点稀薄的喜感。

第一次，我感觉离婚这件事，也不是一件什么大不了的事，不像以前听到说亲朋好友谁谁谁离婚时的那种像天就要塌下来的感觉了。

但很显然我的狱友们不这样想，所以，当天晚上，423号宿舍掀起了一场戴维离婚狂想，虽然，以我们的想象力，跑不出什么婚外性、婆媳不和等老掉牙的套路。六个人的论坛搞出了众说纷纭的效果，连最不喜欢说话的马纯也加入进来，说他听建工系的一个亲戚说戴维和姚曼老师并没有什么大矛盾，离婚纯是戴维来自陕北农村的母亲看不惯姚曼的城里女人做派。这个我倒信了，和我听到的戴维母亲的话还是相符的。但我没有说出来，可能，我想要保存住几次到戴维家吃住过这点在423算得上是人无我有的神秘优越感吧。

那，我们帮帮他们吧。

听完马纯的话后，我提议说。

帮，怎么帮？彭浪说，离都离了。

离了可以再复嘛。陈浩南又来劲了。

就是，可以再复嘛。我说。

唉，朱子康作为舍长发话了。他敲敲床板，说，很晚了很晚了，再叨叨，一会儿楼层长就来敲门啦。你们想帮，先了解下他们各自谈了男女朋友没有吧。搞不清楚情况就乱作计划。

啊，舍长就是舍长啊，睡觉睡觉。

我们臣服崇拜了会儿，不再说话，慢慢地，有人呼吸粗重起来。我可以清静地，不受打搅地想一会儿孟小小了。但其实，我惊讶地发现，她的脸，在我脑海里开始变模糊了，眼睛、刘海、下巴，都不再像先前那样生动鲜活，所有的轮廓，都像长了一圈儿灰蒙蒙的白毛。我心里一阵阵难受，好像身体深处，有个部位正在被什么东西蚕食。我想，明天，一定要找机会去看看她，哪怕远远地看一眼也好。我要筑牢那道美好的堤坝，不让它被时间的洪水渗透、冲垮。

怎样才能联系上她呢？我轻轻抠着脸上的一颗粉刺，想不出好办法，直接找她表白，打死我都攒不出勇气。要是有个同盟就好了，我把粉刺抠开了，我的指尖感觉到了鲜血的润滑和黏腻，对，找个同盟，我脑海里首先出现了林幸哲的面孔，他像个大人，做事拿捏得稳妥周到，只是——还是算了吧，我想，如果他也喜欢上孟小小呢，或者，孟小小喜欢上他呢？这太不保险了，引狼入室的事儿，我不能干。

我朝床头摸摸，没摸着卷纸，又往床尾摸，也没有。我想不起白天时一直放在被角的卷纸跑哪儿去了，用手背擦干粉刺部位的血迹，确定它不再流了，才慢慢从狱友中筛选出陈浩南来。

陈浩南喜欢吴楚是一定的了，请他帮我是最安全的。

我拿定主意，徐徐沉入睡梦。砰——刚刚触摸到梦境的边缘，突然听到外边一声巨响。

接着有人在争吵，声音越来越大，好像是争什么东西。我支起耳朵，听到有人在说，对不起，我们只能拉走，明天到学管处去领好啦，这有点猖狂了。又有人说，算了，以后注意就是了。什么算了！这不是第一次了，好几次了，发现你们这屋不对，你们堵上门缝装睡着，我们都没计较——

怎么啦？怎么啦？

　　睡着的也都被惊醒了，我们出了门，看到黑黢黢的楼道里挤满
人，大部分都站在宿舍门口观望。说话声音最大的人，拿着手电筒
朝一个宿舍门里照着，说，搬出来搬出来，无法无天了。被照的宿
舍门口探出来个弓着的背，看架势像在朝外拖什么东西，宿舍里面
的人在低声说，下不为例，下不为例吧。弓背在门口停顿了下，接
着摇晃着又退去了。

　　班长？

　　陈浩南小声地说。

　　对，是他。

　　彭浪说。

　　接着我们看到那个弓背又出来了，这一回速度很快，拖着个巨
大的箱子，在手电筒照射下闪着耀眼的光，门外的几个人围上去，
其中一个搭了把手，和弓背一起把箱子拖过我们门口，几个人架着
下了楼梯。

　　×！

　　这一回，我们都听到了，是我们的班长林幸哲，借着外面路灯
光，我看到他穿着一回到宿舍就换到身上的灰色翻领开襟睡衣站在
门外，朝着楼梯方向空踹了一脚，骂道，×他妈的！

　　我们终于知道，报到那天，我们看到林幸哲拖的那个巨大的银
色钢质包角行李箱，不是行李箱，是定制在行李箱中的游戏机。据
他们宿舍的人说，是发烧友级的，好几万块。

　　于是，我们关上门，又开了次论坛。陈浩南说，这次的主题，

就是林幸哲的干部仪表和古惑仔内心分裂与统一的问题吧。

我们搜罗了少得可怜的与各种成功人士打交道的经验，或者远远近近看到的这一类人士的形象，对比了林幸哲比他们更板正的形象，以兹证明林幸哲要当不上个干部，那遇上他的人一定是全都瞎了眼；接下来我们又动用了我们丰富多彩的地痞流氓二混子形象储备，企图对比林幸哲极其狂放无羁的灵魂和作为黑社会老大的潜质。

我们一直对比到下半夜，但谁也不知道从哪里开始，是谁，以怎样的方式，把戴维的离婚主题又拉了进来。也许是我有点困了，也许是交流过于混乱，反正第二天我醒来想记下我入院以来最为深刻和混乱的夜晚时，怎么理都没有理清楚，也忘了是谁下的结论，第二个论坛的结论，是我们一定要找林幸哲加入进来，通力合作，把戴维和姚曼的幸福接续下去。

第二天晨跑过后，丝毫没把昨夜烦恼挂脸上的林幸哲被我们截在东操场花坛边时，习惯性地理了理他并不需要理的分头，说，说吧，有什么需要效劳的？

听了我们的想法，林幸哲把双手合拢搭在小腹处，说，他们离婚多长时间了？陈浩南摇头晃脑地说，好像半年多了吧。林幸哲说，离婚的原因你们清楚吗？婆媳关系不太对付，这我们都弄清楚了。陈浩南挺起胸膛，板起脸，摆出一副能干大事儿的样子。那他们各自又谈朋友了没有？林幸哲不愧是小干部，几句话几乎把我们琢磨了大半个晚上的问题都点到了。陈浩南说，没有，说完又想了想，反正我们戴维是没有吧，昨天你也听见他那话了。林幸哲说，说是说，做是做，成人的世界，很难说嘛。再说，对方找了没有，你们一点情况不掌握嘛。知彼知己——

林幸哲顿了顿，接着说，这样说吧，同学们，感情的事是很复杂的，他们是成人，有能力处理好自己的事嘛，我认为我们还是不要掺和的好。凭着道听途说的零碎去揣度，去干预，反而可能会坏事。

林幸哲像在念并不属于他的台词，但每句话我们都挑不出毛病。

彭浪干咳的意思，林幸哲比我们明白得更快，他抬头朝食堂的方向看一眼，我们让出一条道儿，他再次抹了抹头发，迈开方步。我们面面相觑，朱子康跑了几步追上林幸哲说了几句什么，停在原地。等我们走过去他告诉我们，他嘱咐林幸哲不要说出去。

不会的，陈浩南说，他机器要不回来，没心情说别的。

唉，陈浩南甩着手说，他说得对，我们确实连基本的情况都没有搞明白。

彭浪拉下脸，学着林幸哲说话的样子，说，那就去搞明白嘛，很难吗？比《红楼梦》更复杂吗？没有嘛！

咣——

彭浪话音未落。

我们齐刷刷转过身，看到操场东北角开了一扇小门，十几个穿戴着火红工装和安全头盔的人，从小门弯弯曲曲的小路向我们走过来。我第一次注意到校园东北角墙外树梢上，露出好几排看起来异常宽大的天蓝色彩钢屋顶。那时候，我还不知道那是校企合作的厂房，既是启达集团精密铸件实验室和厂房，也是我们学校的实习教学点。现在东技已经建了十四个这样的教学点，除了在学校本部的四个，在省内青岛烟台枣庄各一个，其余七个分别分布在浙江、广东、黑龙江、河北、天津、四川等省份。我入学的第二年，也就是二〇一八年，我们系好几个班的毕业生不等拿到毕业证，就被这几个校企合作的企业方高薪争抢一空了。二〇一九年注册到我们系的新生，比二〇一八年翻了一番。二〇二〇年学院网站系里的宣传标语，用红色的闪光大字写着：入学等于就业。

这时候，这些情况我还不知道，我只感觉这些从角门里进来的人身上的装备太扎眼了。等他们沿着"之"字或者S形的路朝我们这边靠近，听到他们议论着下午考试的事儿，我才知道他们是学院的学生。

我看着前面凹字形的路，非常不得劲。我说，你们发现了没有，咱们这校园里，就没几段直道儿，怎么这么别扭！

彭浪嘿嘿地笑了，说，我报到那天就发现了，早就问过戴维——问他，有什么玄机吗？我很不解。

那当然，一个学校的校园设计，一定是有讲究学问的，你猜戴维咋说的？

看我皱起眉，彭浪嘻嘻笑了几声，说，唉，你这个人，一点幽默感没有，戴维说，因为，通往真理的道路，都是曲折的。

我×！

我们一齐骂起来。

当时，我们其实也不关心路直路弯这事儿，我满心里想着别的。所以看着他们超过我们提前进了食堂，只是感觉他们身上的工作服和看起来无比坚固的钢盔，超酷。但再酷，不也就是工人装备吗，能高级到哪里。我心里一这样想，整个世界就凉下来了，刚才因林幸哲坚决不参与我们为了戴维要采取的行动生出的沮丧，也不算什么了。

那段时间，"工人"这两个字，魔咒般牢牢将我缚住。一听到，一想到，一看到，我就头皮嗖地一麻，感觉像有人握着一把长刀，贴着我的头皮削了过去。

那天上午，戴维到班里转了一圈，背在背后的手里捏着一张对折的A4纸，大半页黑字，底下盖着大红章。看戴维满脸沉痛的样子，我猜想他手里拿的是学管处对林幸哲的处理决定，但他走了好几圈儿，也没说一句话。直到英语老师李梅芳来上课，才朝讲台点点头，离开了。

当个工人，就不需要说英语了吧。我趴在桌子上，我们很多人开始趴在桌子上，李梅芳老师敲了几遍黑板让我们抬起头，见没有效果，停止讲解，看了看花名册，说，王赫你来，把这些单词领读一下。

趴着的王赫站起来，佝偻着腰翻书，全班的目光盯在他翻书的手上。他翻了一页又一页，然后又一页一页翻回去，李梅芳老师敲着黑板，说，这里，这里。

王赫抬起头，看了眼第一个单词flower，噢了一声，清了下嗓子，像下定了决心似的，放下书，大声念，法拉我——

哈哈哈——

哄堂大笑过后，我们看到李梅芳老师紧抿着嘴唇，转身朝向黑板，肩膀微微耸动着。教室里安静了，几个同学开始互相挤眉弄眼，我也在想，这下要被气跑了吧。过了许久，李梅芳开始抹眼睛，然后转过身，我们看到她左右颧骨处都是粉笔灰。李梅芳老师走到讲台下，说，同学们，这些单词，从上周三就开始读写——请你们告诉我，我该怎么做，你们才能认真学习英语？

我低下头，我们都低下头，再也不敢抬起来。我听到李梅芳老师在我们课桌间站了一会儿，走回到讲台上，听到她嚓嚓嚓地往黑板上写着，听到她抽了一下鼻子，听到她再一次敲着黑板，说，请大家无论多忙，也要把这些单词记住，周四第一节课，先听写。

李梅芳老师走了。

我们慢慢把头抬起来看向教室门。戴维站在那里看着我们，一言不发。

8. 孟小小的身世

周三下午下课后，我尾随着陈浩南下了楼，走过教学楼东边的小路，过了鹿鸣广场，好不容易在湖边等到他脱离了队伍，独自往西走。我也折向西，快步赶上他，跟着他一块儿走进超市。

食堂开饭的点儿，超市里人不多。我跟收银台前的两个同学，也算是我的同事打招呼的时候，陈浩南转身看到了我。

你要买什么？

我跟着陈浩南转过三排食品货架、一排洗化货架，转到墙边的体育用品挂架前时，他终于问我。

我想了想，装做认真查点货品的样子，说，什么也不买，就是转转，看少了什么，明天补货。

我已经比同年级的同学们快了一步，提前成为超市"员工"了。我摆出这点小小的优越感，跟陈浩南拉近乎。

哦，陈浩南拿起一副羽毛球拍翻来翻去看着，那是不是找你买东西能打折？

那当然，我直起腰吹牛说，唉，什么打折不打折的，你看上哪副，我送你好啦。

送我？

陈浩南丝毫不掩饰他的惊讶，你为什么要送我？很贵的，他看了看球拍商标上贴的价格签。

哎呀，我心里惊叫了一声，陈浩南拿的是超市最贵的尤尼克斯的球拍，二百一十块钱。我拿起旁边的红双喜，那副五十五块钱，旁边还有李宁的，九十块钱，我说，你选选，看上哪副，我送你。没有为啥不为啥的，我们一个宿舍嘛，再说——请你原谅嘛——我看他拿起我手上的拍子，看了看，又挂到挂架上，又歪头看了看李宁的，最后还是拿起尤尼克斯的那副，说，就这副了，吴楚说这个牌子的最好使。说着往收银台走去，这怎么好意思，这么贵。

我大话已出，只好硬着头皮，抢先一步走到收银台前，对值班的学姐朱欣欣说，欣姐，我拿副球拍，明天过来结账。

陈浩南对我可以明天结账的特权艳羡不已，说，还真有你的，不过太贵了，我回宿舍给你现金。

我说，真送给你的，我一直对……就那天刚开学那会儿，那事儿——

我拿手比画着，看陈浩南脸上尴尬起来，我说，我一直想正式跟你道个歉，又怕你不给面子——你看，要不，我再请你吃饭吧？

陈浩南只是有点大大咧咧，但一点不傻，我要再请他吃饭的话一出口，他就停下脚步扭头上上下下看了看我，说，欸，这个——你是有事儿求我吧？

我缩起脖子笑了。

我抱着他肩膀，悄悄说，我想请你替我送封信。

送信？

陈浩南疑惑地看着我想了一会儿，突然打开我的手，说，啊，我明白啦，你竟敢打吴楚的主意！

哈哈哈——想到这里，我心里又一次笑起来。我们班里只有吴楚一个女生，送信这句话，让这个和我一样情窦初开的小男生警觉并且愤怒起来了。殊不知，我正是看上他已经有喜欢的女孩这一点才敢找他帮忙的。

嘘，我把手指放在嘴唇上，不是吴楚。

噢——陈浩南慢慢松懈下来，展开笑颜，说，那也用不着送这么重的礼嘛。说着嘿嘿笑起来。

这时我才知道，平时大大咧咧的陈浩南，猴精猴精的。从小花园到食堂三百米的路程，他迅速敲定了他的援助报酬，果断地进入食堂，走到最贵的熟食窗口，请师傅给他拿了四只鸡腿。

饭后，陈浩南一只手抓着球拍，一只手背擦着嘴上的油，对我说，别误会，我要不这样，你会怀疑我帮你的决心和诚意。

我×！

我心里狠狠地骂了一句，这个奸贼。

但骂归骂，当晚第一节晚自习，我就把信写好了，虽然我对自己的措辞、情感表达浓度、文章结构等无一满意，但我现有的文字水准也就这样了，短期内是无法提高了。陈浩南也果然没白享用一副二百多块钱的球拍和四只鸡腿，下课铃一响，我把语文课本递给他，他熟练地，并且几乎称得上是流畅优雅地用食指准确地挑开书页，不动声色地把我折成一只纸鹤的信攥在手里，极其自然而又极其痛苦地蜷起身子，捂着小腹，夸张地呻吟几声，以与他微胖的体形极不相称的灵活敏捷，采用了弓字形路线躲闪开课桌椅和站在过道上的同学，一溜烟儿不见了。

接下来的一节课，我盯着语文课本封面上的浅蓝绿条纹和黑色的书名，仿佛已经看到孟小小拆开了陈浩南送去的信，并在娇羞生涩与局促不安中写好了回信交给了陈浩南。陈浩南已经揣着信，跑下那栋灰色的教学楼，穿过迂回的花园小路，穿过白云楼前的广场，然后往东南一溜烟儿跑上了我们教学楼，九十九次平静又难掩只有我觉察得出的兴奋跑进教室，同样流畅优雅地用食指挑开他的课本书页，把回信夹在里面，不动声色地回身放在我的课桌上。

那是一封带着淡淡的香味和鸢尾花纹的信笺，娟秀的小楷，字里行间都翻滚着火辣辣或软绵绵的情意，我可要小心些，不要让同桌王赫、前边的吴楚后面的朱子康以及隔着过道的孙英俊看见。或者，我干脆到卫生间看好了，厕格子门一关，最保险。但是我想起周遭的气味，当即否定了这个方案。我直接到学校东南角小树林的路灯下看好了，这个季节，虽然没有淡淡的花香，但侧柏密实，人迹罕至，给我留足了心花怒放心旌荡漾心怀不轨的空间。

第一节课后，陈浩南没有返回。

下课后我下了楼，转到楼北边通向校门口的小路边，我想说不定那个胖乎乎的身影正进了校门，看到站在路灯下的我就高高扬起圆满完成任务的小手儿。

没有。楼下是有几个人影儿，看样子都是值班的学长们忙着校园各处的事务，校门口一高一矮两位保安，在渐起的东北风里坚守在门外的值班台边。我不由自主地走到门口，抻着脖子，看着马路对面长长的电动伸缩校门反射着初冬清冷的光。半空里，有嘎嘎的鸟叫声，大雁早就南飞了，那就应该是乌鸦吧。我躲在教学楼西北角几棵高大塔松的阴影里，看着夜色中校园的明明暗暗，在被上课铃声催促着走进教学楼、爬上楼梯时，心里闪过一丝不祥。

我进教室时，发现戴维站在讲台上分发试卷。我在讲台前伸出手，戴维说，好，试试吧。

落了座，仔细看，才发现这是张"我们"文学社招聘编辑的答卷，上面有详细的个人情况表，应征的理由，最后面和反面，才是主题写作，题目是《口罩》。文学社的负责学长将通过这些情况和文章，选拔出他们需要的编辑人选。

我对这个一点兴趣没有，所以又把试卷还给戴维了。戴维没说话，接过试卷放到讲台上，说这张卷在周五下课前给他就好，还说我们东技这几年非常重视人文建设，戴维提高了声音说，一座没有人文气息的学校，是不可想象的。戴维还说，从现在开始，学院的各个兴趣组织要陆续吸纳新生力量了，让我们注意校门口，湖边花园中间和食堂门前的电子屏，或者到校园网上查看相关信息，当然，他届时都会在班里通知。说这既是兴趣培养、同好交流，也是世界技能大赛和国内各种赛事的前沿选拔小组，成绩突出者会选送到更好的平台学习提高。学院为了学生的发展，这三年时间在每个专业都设立了特长团队，让我们务必从现在结合自己的兴趣特长，慎重考虑下自己的选择。

如你有这些团队中没有的专长，放心，学院将会单独为你设立团队，单独培养。学院现有的老师没有能力指导你的，院方负责找别的学校，我们的宗旨就是，因材施教，不叫每一个追求上进、富有才华的孩子被埋没。

这一刻，我在脑海里迅速盘点自己有什么特长，可惜想到最后，就是一无所长，心里突然凄凄然起来，好像是捧着一大把钥匙，却没有一个保险箱。

陈浩南——

戴维说完学院的政策，鼓励我们结合自身情况踊跃报名后，顿了顿说，肚子还没好吗？

我明白，刚才有观察仔细的同学已经把陈浩南捂着腹部往外跑解读为闹肚子并告诉戴维了。

看上去大大咧咧的陈浩南，心思是多么缜密。真是人不可貌相啊。

更厉害了，他回宿舍吃泻立停了。

我还未说完，就看到前桌吴楚转身朝我挤起一只眼睛，伸长舌头，做了个鬼脸。

这个家伙，我心里慌慌地骂道，一定是把我的事告诉了吴楚，这个重色轻友的奸人。但我仔细前前后后想了下，陈浩南好像并没有告诉吴楚的时间哪。那一定是吴楚把陈浩南在我递过去的书里取信看在了眼里。

这么说，吴楚对陈浩南也有好感啊，不然，这么注意他做什么。

想到这儿，我定下心来，看着吴楚男孩子样的短发和穿着米白色长毛衣的背影，感觉有点像见到了一个战壕的战友似的亲切和激动。

林幸哲，你和我一起去宿舍看下陈浩南。

戴维把剩余的试卷卷起夹在腋下。

下课时我回去看了，喝了药，应该没事儿了。

我说完就后悔了，后悔自己不该一下子站起来。

哦？戴维看了看我，又看了看林幸哲，林幸哲拽了下他开着襟的老干部夹克，说，老师你跑了一天了，我自己回去看看吧，一会儿到你办公室汇报。

戴维没说话，林幸哲就出去了。我不知道他跟戴维怎么汇报的，反正，戴维也没再问，这事儿像是就这样过去了。

林幸哲位子在教室西南角，论说他不会像吴楚那样有可能看到我和陈浩南的小动作的。

每当回忆起林幸哲这一刻的表现，我除了充满感激，就是理解了当时的我，以及我的室友们面对林幸哲时内心的无限纠结。一方面，他一副干部模样，让那个年龄阶段的我们十分反感，这个反感中，有传统价值中既对权势保有仰望，同时又对追逐权力者的鄙视。后来，我和姚曼老师聊起这个，姚曼老师的话让我茅塞顿开。她说，我们为什么对官迷们有这种情愫，因为手中有权力，意味着对别人有了支配的能力，是一种威胁。年轻时，我们反感政治，反感对政治热衷的人，等上了年岁才发现，我们无时无刻不处于政治之中。政治是什么？无非是社会生活中人与人之间的关系。现阶段，也许永远，社会是必然有层级的；有层级，就必然有职位的高低，必然有权力不平衡，我们，特别是没有机会和能力在社会体系中获得更高一级权力的人，天然对权力拥有者有种抵制，是正常的。

好吧，我们没有机会获得更高一级的权力，但又常常需要面对更高权力的制约。因为我们好像无法避免地要常常搞一点小动作，比如迟到、旷课去做别的事，比如陈浩南这件事，又需要一个协调转圜能力强的人的帮助，我们对林幸哲这样的人，自然又爱又恨，又离不开。

就像这次，等了两天，陈浩南旷课的事儿都没有露馅儿，我就找林幸哲表达了感谢。林幸哲却好像忘了这事儿一样，说，哦，前天晚上，我走到半路感觉很饿，到超市买了面包吃，赶我回到宿舍，已经下课了。

看吧，其实他心里明镜儿一样，但却这样装糊涂，让你对他实在爱不起来，恨恨地对他笑一下，也不好再说什么了。可过后又感觉，和这种人交往，真的是很省心，也体面。

我这样说，也许是言重了，十五六岁的学生，不可能做这样的思想的。但现在，我二十岁了，成了一名教师，需要处理方方面面的关系了，再想这个，感觉非常有启发。

陈浩南没有带回孟小小的信，没有只言片语，因为他没有见到孟小小。但陈浩南脸上没有一丁点愧疚的样子。我们站在黑漆漆的三楼厕所里，我都能感觉得到他脸上闪着兴奋的火花。那时候已经十点多，宿舍楼门已经关了，他感觉无法说服值班的李老师放行，在花园里转了一圈，在专家楼前，把白天维修自行车棚顶用的梯子搬到楼后面，从窗户爬进来的。

明天千万要早起，把梯子搬回去，让老李看见，会把那个矮点的窗户钉死的。

你等等，陈浩南打开水龙头洗了把脸，说，孟小小去文学社参加读书活动了，我没见着，但是我同和她最好的同学苏文殊聊了一晚上，把孟小小所有的事儿都给你打听清楚了。我把你的信请苏文殊代为转交了，跟苏文殊说周末请她到素朴餐厅吃西餐，这个，你——

我说，我请我请，你快说。

先从她和林乐打架说起吧，陈浩南说，你不就是送她去医务室才——那啥的吗——

我说，你低点声儿。陈浩南看看外面，不屑地说，又不是国家机密，都睡了。

原来，孟小小的腿骨折，是被一个叫林乐的同班女同学打的。陈浩南绘声绘色地向我描述了他在现代服务系17级文旅二班听来的故事。

文旅二班有个女生，叫马筱慧，新生入学军训的队列中，排在孟小小后面。马筱慧呀，怎么说呢，陈浩南啧啧了几声，脑子缺点东西，不论跑步还是齐步走，老是踩孟小小的鞋跟，一天能踩下七八次，弄得孟小小很心烦。那天晚训，直接把孟小小给踩地上了，膝盖蹭破了，孟小小就骂了马筱慧。马筱慧这里，有问题，就感觉孟小小欺负她，哇地坐在地上哭开了。她们俩都个子矮小，在队尾，林乐个子高，在最前面，论说犯不着她啥事儿，但林乐听到哭声，听到马筱慧说孟小小骂她，二话不说，上去就把孟小小摁地上揍了一通。等教官和同学们反应过来，已经打完了。当时，林乐看到孟小小在地上爬不起来，还骂她真会装。直到姚曼老师来把孟小小架走，她才知道自己闯祸了，但她一点不害怕，对姚曼老师说去她办公室等着她。

还有这种混账东西？

我说。

别急呀，慢慢说，陈浩南说，孟小小被送到医务室简单处理后，按杜大夫意见去了医院，照了 X 光片，左腿胫骨轻微骨折。医生打好支撑，开了单拐。在医院，姚曼老师打通了她母亲的电话，商量是不是接孟小小回家养伤，因为学校的条件实在有限，她也实在没精力照顾，怕养不好。姚曼老师打电话还挺愧疚的，感觉没有照顾好她的学生。她母亲让姚曼老师把电话给孟小小，孟小小怯生生地叫了声妈，她妈在那边就爆发了，说，你怎么不被打死呢，还活着干什么？

她妈的声音很大，当时在场的医生护士和老师同学，都听到了。

孟小小从受伤到去医院，一直没有哭，这时放声大哭。姚曼老师蒙了。

后来才知道，孟小小家非常重男轻女，爸妈离婚时，都争抢着要她双胞胎的哥哥孟伟伟，都不想要她。无奈她母亲弱势，孟小小又是女孩，法院认为母亲养育比较好，判给了她母亲，但是在她母亲心里，她就是个累赘，回了娘家居住的孟小小母亲，几乎没管过她一天，都是奶奶在照顾她。初二时，奶奶病得厉害，她母亲不得已，好几个月才从打工的济南回家看她一次。后来，听说找了男朋友，回来得更少了。回来放下点生活费，话都不说，就又出去了。

我听到这儿，心都要碎了。我感觉我就够命苦的了，想不到还有这么悲惨的人，这个人恰恰又是孟小小。

我明白了，这就是那天在操场上，孟小小在主席台下计分的原因了。

林乐 —— 嗯 —— 我说，我记住了。

陈浩南说，你也别记住，林乐当时就在班里，我们特意从楼下小花园跑回教室后门，我看到了，一个很文静的女孩。当时，林乐被接回家反省了。咱们学校对这种情况，一般的程序是，先劝父母接回家反省，一般五六天或一周左右，父母就会联系学校，学校让班主任出面，让学生写个保证书啥的，就回来上课了。但是林乐回了家，一个多月，都不联系姚曼老师，是姚曼老师撑不住劲了，跑到她家里才知道，她已经跟着她婶婶到寿光蔬菜大棚里打工去了。林乐的爸爸是个盲人，母亲腿不好，前几年，政府的扶贫项目，刚帮着翻盖了原来要塌的小泥屋，一家人住上砖瓦房。因为父母的关系，林乐从小在村里，在学校都很受气，年龄大一点了，个子也蹿起来了，胆子也就大了，开始和取笑欺负她的同龄人打架。一开始，经常放学回到家，衣裳撕得东一块西一块，后来慢慢地就能打赢了，再后来，打遍全校无敌手了，经常有同学父母找到家里来要医药费，看他们这样子又叹口气作了罢，她家里人，一开始担心她受欺负，后来知道她开始欺负别人了，就更担心。这一回，她从学院回了家，对父母说，在哪里都一样，都欺负弱小，说她生不了这个气了，不如闯社会去，还能赚点钱，帮衬一下家里。姚曼老师自己开着车跑到寿光把她找回来的。本来想拿她一把，不承想却反被她拿了。

唉——

陈浩南长叹一口气，说，其实，当时林乐是感觉孟小小平白无故欺负了马筱慧，童年少年的经历刺激了她，她就出手了。

陈浩南告诉我，前段时间整个新生班级和部分老生班级都在做家访，是姚曼老师提议的，学院当一个大工作来抓的，因为我们的戴维旗帜鲜明地认为家访是"舍本逐末"，我们班成了全学院唯一一个没有参加家访的班。

我说，没想到戴维还这么个性。

陈浩南像个大人一样清了清嗓子，说，你不太和人聊天不知道，东技，像孟小小马筱慧林乐这样由家庭问题导致的个性问题，多着呢。咱们班啊，也许是因为戴维的脾气，暴露得不多，也许是我们恰巧赶上了这么个好班。所以说，你也别想报个仇啊啥的，她们心理有问题，你没有吧？再说，人家不想跟你八字有一撇，你复个屁仇，别跟她们计较这个。陈浩南抓抓头皮，说，你想想啊，这些人啊，都是弱者，也都是受害者啊，你一个男子汉，怎么能和她们计较这个呢？

这是你在说话吗？你是被林幸哲附了身吧？我瞅瞅陈浩南的脸。

嗛，陈浩南不屑地撇撇嘴，说，你这是瞧不起我。不过你放心，看在四条鸡腿的分儿上，我再找时间，一定把这事儿办妥了，你就放心吧。

再附赠你个秘密，陈浩南说，你猜我刚才在路上遇到谁了？

有屁快放，还卖关子。

林幸哲和 —— 汪闪闪，陈浩南得意地看着我，他们在路边的树下 ——

在树下干什么？我问。

说话呢。陈浩南翻了下眼皮，在路边还能干什么，你想什么呢。

我×。这个奸贼。

9. 家长座谈会

天下太平。

但我们老想找点事儿干。

因为有大把的时间没法打发。

说来说去，我们还是想帮一把戴维。

陈浩南刚洗了头，拿一块白毛巾把头扎成白羊肚，光着膀子在两排床铺间晃来晃去。他说，我看，我们不如想办法帮一把，反正大人有自己的主意，不会因为我们掺和一腿，本来不愿意复婚就复了。但反过来想呢，他们如果有意复婚，我们掺和下，只会让这事儿加速，横竖都不会造成损失，是不是？戴维脸皮薄，我们得帮他走出第一步。陈浩南说。

马纯谨慎地点点头，说，好像有一丁点道理。

陈浩南说，你们想要干，就想办法吧。写信我不行，但我能担任信使，我干这个，有经验。陈浩南说完，专门从他的下铺露出头来朝我挤了下眼，又回头说，不知道为啥，在初中时，男女同学都请我递纸条儿，有段时间，我都严重怀疑自己的魅力了。哎呀哎呀，不聊了，我要写数学作业了，要不明天，老于头儿脸上就不好看了。

行动的人，无论如何都有感召力。尽管谁也没说采取写信这个方式，但接下来，彭浪自告奋勇拿第一稿。彭浪说，无论怎么样，戴维还是够意思的，你看，一开始良子捅了那么大娄子，他顶住了，现在家访的事儿，也不小啊，八成也是他在坚持吧。这老兄虽然话不多，点子还是挺正的。我拿草稿，舍长吧，舍长抄一遍，我字太臭。

我的字也不行，朱子康说，一是我字不好，二是他们两口子这些年，难不成连笔迹都不认识啊，谁写都露馅儿，是不是？

舍长就是舍长，我们又臣服了一次。

彭浪钻进他的壁橱，扒拉出纸笔，坐在王一凡床铺下的长条桌前，草拟戴维给姚曼老师的情书——后来，彭浪宣称正式命名为"张姚战略"合作计划倡议书。

但没等实行呢，就让新生家长座谈会打乱了。

周五下班前，戴维宣布了个消息，说下周二院系组织召开新生家长座谈会。每个班限五位家长参加，全体同学通过教室里的有线电视，远程观看学习。

戴维还举起只箱子，说他已经把所有同学的名字做成小纸团放进箱子里了，点了第一排两位同学张大志、胡亚南上台去抽签，抽到的同学请自己父母中的一位参加。

全班四十个人，选五位家长，我想，八分之一的概率，我不会这么倒霉的。

成良、曾文远、孙翔、林幸哲、吴楚。

谁知没等我想完，戴维就第一个念我的名字了。这下完了。

姐姐给我个老年机，想的是我遇到危险或者啥难事儿找她，谁知道第一件事就是开家长座谈会。我想了半天，和姐姐商量能不能她来代开，姐姐也想了半天，说，恐怕不行。

没办法，我只好给父亲打电话。

我恨父亲，但他的手机号却想也不用想。

一听我说开家长座谈会，他第一反应就是我在学校闯什么祸了，说，就知道你干不出啥好事儿。我说是班里选五位家长，抽签决定的。听我这样说他"哦"了一声，说，那我还真是错怪你了。

从小，父亲对我说话就阴阳怪气。母亲都是告诉我应该怎么做、怎么做才更好，父亲从不把正确答案告诉我，都是先嘲讽我一通，再让我自己琢磨，搞得我无所适从。但他对姐姐就不这样，我要在外面打了架，不管对错，他先扇我几巴掌，但姐姐的待遇就不一样了。那时候我们家住镇政府，我妈上班时分的两屋的家属院儿，姐姐小学时和同院的孩子闹了矛盾，骑上人家墙头骂，父亲被叫去管教，谁知到了管教没有，倒兴致勃勃地看到姐姐骂累了从墙上爬到屋顶，顺屋脊回家，再从院墙上滑进家里。人家重男轻女，我们家是重女轻男。所以，姐姐从小像只小老虎，敢说敢干，我也想学姐姐，但就算露个虎牙出来，父亲都会怀疑地看我大半天。父亲的理论是，女孩子要惯着点，不然，长大了到婆家吃亏，男孩不行，男孩不管，早晚会闯个大祸，让你吃不了兜着走。

我最担心的，是怕戴维开完座谈会，会把我的斑斑劣迹，和老师作对、和同学闹矛盾、破坏入学教育演练、还因为一个女孩出尽洋相，一股脑告诉我父亲。那可有好戏看了，那他还不得当着全校师生的面抽我呀。我得想个办法，不行就先躲躲。

我想来想去，选中了学校西南角，就是女生宿舍楼角上的那块侧柏树丛，那小树林不大，但密匝匝的，里面藏几个人，是没问题的。

于是睡不实吃不安，忐忐忑忑地等，到了下周二一大早来教室，硬着头皮坐在课桌前，左看右看，那几个被选中叫家长的人都和平常一样，该说说，该笑笑，完全没一点紧张的样子。我心想，也对，人家不像我，惹这么多事儿。我看看黑板上方的康巴斯石英钟，8：23。

第一回，我十分殷勤地走上讲台，在讲桌柜里找到投影布遥控开关，把幕布放下来。

教室里出奇地静，我回身看看，这回可不是我的错觉，全班除了我自己，其他39个人全齐刷刷地盯着我。

嗯，可能，我以前从没主动擦个黑板、拖个地啥的吧，这么勤快的我，他们还没法适应。我回到座位上，正襟危坐，等着到点远程收看家长座谈会。

你是不是有病？

同桌孙翔小声说。

你才有病。

我说。

一眨眼，上课铃一响，数学老师于泽远夹着教案进来了。进来后的于老师朝黑板看看，说，遥控器呢？

我看看左边的孙翔，孙翔耷拉着眼皮，没想理我。我又隔着过道看郑仁杰，我说，不是看座谈会吗？

郑仁杰瞅了我一眼，没搭话，前边的吴楚回过头，朝我挤了下眼，说，座谈会晚上开。

晚上？我心想，怎么搞的？后来我想了想，确实也没听到有人说具体时间。

真是无事献殷勤，非奸即盗。孙翔说。

我只好走上讲台，从柜子里扒拉出遥控器，再把投影幕布卷上去。

喝醉了吧这是？同学们纷纷质疑。

这些奸贼，我心想，刚才怎么不说，现在落井下石，小人！

于泽远老师讲了什么，我一点没听到，当然，平时他讲什么，我也没听见。之后的英语课德育课语文课专业课，我也啥也没听到，我一心等着晚上戴维在座谈会告状之后，跑到小树林里避风头。

好不容易等到晚上，我一进教室，投影布早就拉下来了。上面有个 WINDOWS 操作界面在调试设备，而后是个空会场，老长的桌子，桌边围着三层会议椅，有个穿着校服的高个子男生拿着遥控器调试天花板上的摄像头角度，边调边看着墙上的大幕布。我认出那是信息工程系计算机一班的汪辉，那个把我的糗相画成透视图传到抖音上的家伙。靠墙桌前，有个女生在往几排白色瓷杯中分茶叶。还有两个女生，在茶桌旁边的桌子上拿起一摞纸质材料往会议桌上分发。

等我去了个卫生间回来，家长们已经在陆续进场。我目不转睛，盯着幕布，终于看到我父亲成功先生穿着件灰色羊绒衫，衬衣领子开着扣，端着他的老板杯腆着肚子进来了。进来后稍顿了下，环视一下会场，然后端着杯子直接到桌前第一排靠头上的椅子就座了。

我看看两边同学，我当然知道，他们不知道那是我父亲。

学院领导也陆续进来了，秦厚朴院长和常玉生书记进来坐在桌子一端，汪辉跑过来打着手势，示意他们往长桌中间位置。秦院长和常书记对视了下，后者摆摆手，指指面前的声麦，示意汪辉坐哪儿都一样。

马屁精！我在心里说。

会议开始了，功放打开了。会议主持是个理着平头的老师，首先各院系院长向家长们汇报了专业设置和调整，学生的日常综合表现，存在的问题。后来是三个班主任代表发言，其中一个是姚曼老师，姚曼老师也说了些班里学生的情况，存在的问题。最后，姚曼老师轻咳了一下，说，我认为，我们这样的学校，是接收了各位家长各式各样的问题，孩子一出生，都是一样的孩子，但渐渐地，有了各种各样的孩子，思维敏捷的，勤奋好学的，厚道肯干的，也有撒谎调皮的，逃学厌学的，甚至小偷小摸的。为什么分化这么严重，各位家长应该反思，也许有人认为，教育就应该是学校的事、老师的事，这是非常不负责任的想法。现行的教育体制下，大部分老师只陪孩子几年。但是家长不同，你为人父母，孩子是要陪你们一辈子的，我的意思不是指父母要为孩子负一辈子责任，是指孩子在十八岁，成人前，走向社会前，需要监护阶段，你是有重大责任的。各位可以想一想，我们是否有充足的做父母的准备，陪孩子是否耐心，是否关注孩子的心理成长，在孩子受到挫折时，咱们是怎么做的——

当然，姚曼老师缓了口气，我没有指责哪位家长的意思，我的意思是说，现在认识到，不晚。我们面临的是崭新的机会，全新的开始，希望各位家长和我一起，关心关注孩子们的成长，和孩子们一起成长。

姚曼老师的话换来稀稀拉拉的掌声，姚曼老师呷了口茶，拿手拍拍胸口。

接下来是常书记讲话。

常书记洪亮的嗓音在教室里嗡嗡共振，他先是简要介绍了新生入学后的各种情况，入学率，入学教育成果，宿舍、食堂和教室的安排。接下来重点介绍了学院的"学生自治"创新管理模式，说学院内的基础设施维修维护，包括建筑物、电网互联网、校内网络、食堂，园林绿化，各种校内服务设施，包括医务所、面点房、理发店、超市等的经营和维护，包括全校的物资采购，全是学生自己做，只有极少几位老师协助。

可以说，东技真正的主人，是学生。

常玉生书记说，下半年，新生们也会陆续投入学院的管理运行当中，希望各位家长也和我们一起，引导好孩子们，自己的事情自己做，自己的事情做好了，还要服务他人，服务社会，这也是我们的培养目标。

常玉生书记还宣传了几条让家长们听后就热血沸腾的消息。今年与往年的政策不一样，所有入学新生均可在半年后，也就是寒假后，决定自己是否要参加春季高考，或者转到管理学院升学班，和普通高中生一样参加普通高考。

常书记的话获得了家长们长时间热烈的掌声。

不过，各位家长，常书记又说，想参加普通高考，必须先参加学院的选拔考试，因为我们和普通高中毕竟还是不一样，不是全员参加普考，是有名额限制的。

接着常书记又补充说，即使参加不了普考和春考，还可以通过努力，考取全省职校的高一级文凭，我们比普通的高校，除了学历证书外，还多一个技能证书。这也是优势。

这一回，家长们沉默了。

毕竟，考不上高中的孩子，有几个有实力参加高考呢。

我看我父亲目不转睛地盯着常书记，不停捏下巴。他是在估量他的儿子参加高考的可能性有多大吧。

接下来是秦院长发言，院长简单讲了几句，说叫各位家长来，主要是想听取家长们对学院的管理，学生培养方面的意见，这样的座谈会，我们已经连续召开了七届，现在我们学院管理中好多经验，就是往届的家长们提出来的。大家手里的材料，是我们学院管理的情况说明，希望各位畅所欲言，多提宝贵意见建议，一起把孩子引导好，培养好。

说着，秦院长抬头看着各位家长。

没有人说话，有的在低头看材料，有的在小声和旁边的家长说话，还有的干脆抬头看着天花板，比如我父亲成功先生。

坐在角落里的一位家长站起来，说了句什么。

会议服务的同学立即上前递给她一个麦克风，那家长把麦克风拿在手里，说，我想问个问题，刚才常书记说学校除了发学历证书，还有个技能证书，我就想问一下，咱们学校三年制的学历证书或者技能证书，国家承认吗？

现场的家长们抬起头，连窃窃私语的家长都盯着常书记。

常书记"嗯"了一声，说，这个怎么说呢，按照教育部最新的规定，我们的学历证书和技能证书，相当于同级学力。比如我们的三加二高技班，学历证书就相当于同等学力的大专证书，我们三年的中专班，学历证书和技能证书，也相当于高中的毕业证书。

家长又问，那能不能拿着去考大学，参加自考，参加函授？

常玉生书记说，目前还不能。

家长就"嗨"了一声，说，那这个分明相当于不是嘛，是哄人的嘛，我们的孩子在这里不就浪费了三年五年时间，啥也捞不到嘛。

是啊是啊。家长们一下子附和起来。

常书记待家长们的热议稍微停了一点，说，这个事情怎么看呢，不管三年五年，首先，孩子们在这里学了技术，有了一技之长，毕业后无论再升不升学，有了养活自己的本事。还有呢，三年五年的时间也不是只学技术。比如有的孩子进了学校发现培养了特长，比如唱歌，舞蹈，编程，还有的孩子特别心灵手巧，比如剪纸，雕花，我们都有相应的特长培养师资。就算现在学校没有，但只要孩子有需要，我们都会高度重视。比如去年的新生中，有几个孩子喜欢舞狮，我们没有工具，也没有老师，但学校听了孩子们的想法之后，立即到庆云联系了优秀的指导老师来指导，这几位老师都是拿过国家级奖项的，现在，这四个孩子已经能外出表演了。我们的孔圣人说因材施教，我们就见贤思齐嘛，所以，真不能说暂时因毕业证的问题，就感觉浪费了时间。当然，这也并不是说就没有浪费了时间的，孩子们各种各样的，也有极少数什么都不想学的，但只要在学校一天，我们也不放弃。师傅领进门，功夫在个人，同样的老师，百样的学生，一母还生百般呢，是不是？当然，毕业后，如有需要，也可以随时返校找老师，找领导，我们都会尽力提供帮助。

是啊是啊。家长们又附和起来。

这时候，秦院长开了口，说，这位家长，不止你们是家长，其实我们，我、书记，还有各位老师，都是家长，为人父母，心情都是一样的。所有从事职业技术教育的人，都是为人父母或者将要为人父母啊，教育部的领导，人事部的领导，也都为人父母啊，我们势必会想，同样是上学，为什么别人家的孩子上高中，我们家的只能上技校；同样是建学校，为什么不多建高中。依现在的教育理论，现下我们的学校学生在校数量是非常不合理的，还有房地产的学区房炒作问题，这是另外一个大的问题了。当然，普高和职校，在当下，有分数层面的问题。但是，分数就是绝对公平的吗？是不是也有学习成绩很好，动手实践能力很差的孩子？应该也有不少吧。理论好和实践好，孰高孰低，也是个可以考虑的问题呀。再说一个国家，一个社会，需要的人才是多种多样的，都念书搞理论，不说别的，谁种粮食？科技这么发达，人类还不能靠营养药丸活着吧。但是，现在确实存在"万般皆下品，唯有读书高"这种言论，这里面有我们的传统文化因素影响，还有现下我们职校的毕业证和普校的毕业证，有好多环节不能同权的问题。这是现实存在的，更是我们职校人、职校的老师和学生需要共同面对，积极解决的问题，这需要我们拿出我们的成绩，获得社会的尊重，获得同证同权的资格。这里面有很长的路要走，但是我相信，不久的一天，会实现。

一个家长站起来接过麦克风，说，谢谢院长，你这些话很振奋人心，我只想问一下，什么时候我们的相当于同等学力的毕业证书，也能报考公务员和事业编制、政府机关、各个部门？难道只需要搞理论，只需要研究人员，不需要技术人员吗？哪个单位不需要记账，不需要电工？不也需要网络维护，不也需要档案管理吗？

秦院长笑了笑，说，这位家长说得太好了，这也是我们今年党组会上讨论得最多的问题，也是个非常复杂的问题，这在于我们的社会治理体系模式，不是一句话两句话说得清的。但是我个人认为——我们学院的绝大部分领导也这样认为——将来，不很遥远的一天，这些都能实现。

同学们已经开始交头接耳，有的开始骂脏话，有的在质疑这种讨论有没有用，还有的说，形式主义害死人哪，会让我们的爹娘重新有了希望，以为我们会考上985、211，到时候还不是更伤心？

我感觉这些东西离我们太远，太空泛，一个顶破天当个工人的人，不听这些也好。郑仁杰甚至拿出藏在桌洞里的平板，开始打《炉石》。

我则困得睁不开眼，要不是怕会后父亲会冷不丁来到教室门口，我早就趴桌上睡着了。

这时候我看到父亲举起了一只手，我睡意全无，瞪大眼看着他把麦克风握在手里后站起来说，尊敬的书记和院长，各位老师，刚才各位的讲话我都认真听了，我也在检讨，作为父亲，好多时候，好多事上，做得非常不够。我也听出来，我们的领导，老师们，这些年都在为职普的平权努力。但在这里，我毫不隐瞒地说，咱们的努力，是很可能没有结果的，为什么这样说呢？因为制定政策的人，是普高出来的，是大学出来的，这是其一。其二呢，我们传统力量太强大，万般皆下品，唯有读书高，不是句空话，而是有着深厚的社会、文化基础的。学成文武艺，货与帝王家。我们的教育设计、文化设计，很多都是按照这个设计的。学一身本事，在社会治理体系中谋一个职位，从而让自己与这个体系融为一体，变得强大，说狐假虎威也行，就是这个体系，短时间能变吗？其三呢，更现实的问题，就是养老保障的问题。公务员、事业编，与工人、小商户、农民的退休保障有多大差距，相信我不说，大家也清楚吧，在这种设计下，谁不往公务员队伍里钻？农民对我们这个民族、国家、社会贡献最大了，可以说，是最广大的农民托举着整个社会。可是呢，一个教授退休怎么也得一两万，一个干部退休也少不了多少，一个工人呢，一两千，一个农民呢，一两百。这种情况，让我们怎么心平气和地在这里讨论什么平权的问题？心脏有问题，还顾得上指甲发炎吗？

所以，父亲抱起两只胳膊说，我每天夜里只要一想到我的儿子在技校，我的心哪——父亲抚了抚胸口——就缩成一个疙瘩——

这时候一个老师站起来走近父亲，捂起他的麦克风说了什么，指了指墙上的大屏幕，我父亲吃惊地瞪大眼，眉头皱起来，有点懊恼地从前往后抹了下头发，但很快又抬起头，说，我刚才的意思，就是说作为一个父亲，我没尽到父亲的责任。我的意思是，他们，孩子们，本来可以更好一些，更好一些。

我父亲有些仓皇地把麦关掉放在桌面上，点点头坐下了。

说得很好。

最后，还是常玉生书记接上话了，今晚，之所以请大家来，就是想听听真话，听听家长对学校，对孩子，有什么要求，对学校的管理上教学上，有什么好的意见建议。刚才是讨论得有些远了，我们还是把话题再近一点，比如，大家对孩子的专业有什么看法，对孩子未来的规划是怎样的？

这时候在桌子中间站起一个人，西装领带，标准三七开的分头，大家一看脸，就纷纷向林幸哲看过去，他父亲没错的了。那脸，一个模子倒出来的。林幸哲第一次有点不好意思了，咬了咬下嘴唇。

林父说，刚才领导老师们，家长们，谈得特别好，给我很多启发。但我对刚才那位家长的话是有点不同看法的。我的孩子来了咱们学校，我不认为是我，或者孩子他妈不负责任。孩子从小就喜欢计算机，喜欢电子设备，不太喜欢读书，各位别误会，我家这个孩子不是调皮捣蛋，而是从小，我们就达成了君子协定，他自己制定学习，锻炼身体，学习乒乓球，探访祖父母、外祖父母，与朋友们聚会聊天，做义工等各种计划，他是基本按自己的计划来的，不任性，很自律。由于大部分事情他自己做决定，所以他从小也没有叛逆过。可以这样说，我的孩子没考上重点高中，但我不认为这样有什么不好，他有自己喜欢干的事，大方向自己定了，小的事情，比如从小的穿衣吃饭，学习用品运动物品都是自己保管，比我和他妈更有条理。刚才书记也说，我们学校是采取学生自治的管理模式的，我真是认为，我们来对了地方。家庭教育，或者说教育的目的，是让他争那个人人都看起来最好的东西吗？不是的。他有健康的身体和心智，能处理好自己的事情，有喜欢做的事，这不就很好吗？

哦，对了，林父又说，听孩子说，前段时间，学校把他的游戏机拿走了，说是代为保管，我还是建议还给他，那是我和他妈送给他的升学礼物。这样年龄的孩子，也应该有游戏、放松的时间，我也可以保证，他不会因为打游戏放松了学习，放松了对自己的要求。孩子有自己的目标和管理自己的方式，是不是也可以获得我们的尊重？当然，如果学校认为如果归还，与学校的管理纪律相违背，那我们保留意见。

我看到林幸哲，看着屏幕，眼里全是光。

我看会议差不多了，站起来下楼穿过广场，顺着池塘南边的小路往东南奔去。

10．英雄宿舍

　　月下的小树林静谧无比，常绿的侧柏和塔松散发着比夏日更加清冽的香气。中间有块空地，电木铺的，边上有几只长椅。我在中间的长椅上坐下来，裹紧棉衣。

　　我在想，林父说得真好，我父亲呢，我父亲的话也非常在理，只是想来想去，终究，我听到父亲的话，一点也没有感动，也不开心。而林幸哲呢，看样子要飞起来。

　　我干脆在椅子上躺下，看着被街灯照耀得不像黑夜的天空。我在想，我要有个这样的父亲该多好啊，那我是不是就可以不用逃学去打游戏了，我父亲那么有钱，买几台电脑放家里，周末或晚上，我就可以邀请伙伴们在家里打了。平心而论，打游戏也很累的，如果放开了让我打，我也不会天天趴在屏幕前，是不是？

　　父亲不管姐姐骂人打架，她也没有天天去和人打架去，也没有天天骑在人家墙头上骂街，是不是？她还要学习呢。我姐姐是喜欢学习的，特别喜欢英语，整天嘟噜嘟噜的，还喜欢背古诗词，搞得很有学问的样子。但要让她打游戏，她一准儿就尿了，也许连个丹都不会炼。也不会修自行车，更不会修电饭煲，这些，可都是我干的。

　　爸和爸，咋这么不一样呢。

丁零零——吓了我一跳，真是没想到这么个小角都装了电铃。晚自习下课了，家长会也差不多了吧？我家在广安县，一个多小时的车程呢，现在回去也不早了，那些家在外地的家长们，都是早就来了，住在学校附近吧，还好一些。

有点冷了，身子底下凉飕飕的，我坐起来，再裹裹衣裳。我想，如果父亲去教室找我，这个时候该是走到了。如果去宿舍找我，这个时候该走了一半的路程，走到行知楼前了。

再等一会儿，我告诉自己，他找不到我，就转头回去了。

但是呢，我转头一想，他就算听了班主任的话，真的会去找我吗，揍我吗？他刚才说了，每天晚上想到我在技校，心都揪成个疙瘩。他刚才还说了些啥呢，我细细想来，社会制度的问题——不管什么问题，他儿子，我，在技校了，为什么成个疙瘩？

——我想来想去，恍然大悟——他认为，他的儿子已经废了。

所以，有个老师过去提示他是直播座谈会了，所以他吃惊了。所以又说了些客套话打住了。

是的，我再一次想起，我是被他宣判过的人。在他那里，他的儿子已经被判了"死刑"了，顶破天当个工人，在他眼里和死了差不多了。

我感觉到眼角有东西流出来了。

我知道是我自作多情了。

没有人会找我，没有人会揍我，没有人关心我。

我站起来，往小树林外走去。

小声点，小声点。有人来了，我灵机一动，躲在树丛后。几个人影钻进小树林了，也坐在长椅上，嚓一声响过，火光闪起来，两个人的头凑一起，接着又赶紧分开，收了火机。

烟味儿，飘散开。

原来是两个偷着来抽烟的。真热闹，我心想。原来，这样的秘密角落，故事这么多呀，学校管理这么严，还是有漏网之鱼，还是有法外飞地呀。我想就算我大大方方走出去，他们能把我咋着，我又没犯法，是不是？对呀，我又没犯法，我干吗要一见人来就藏起来。

×他妈的，今儿挺冷啊。

我正想走出去，突然听到对面其中一位开了口，是东北口音，听着三四十岁了吧。

冷得好，越冷越他妈好，冻得他们都不愿出来，才省劲。

两个人都是东北的。

现在，我真是不敢往外走了。这要走出去，是真要挨打了，比我爸揍得更狠。

我缩在树下，一动不敢动。心想这真是倒了霉了，不知道这俩人是杀人还是越货？杀人？不会的，大约就是越货了。

果真，一个又说，还他妈不拉闸！给他剪了算完。另一个就说，你个倒霉催的，你虎啊，本来手到擒来的事儿，非得往死里作啊。

两个人就不说话了，只一股又一股烟冒过来。又过了几分钟，听到手机拨号声，嘀嘀的，那两人迅速跳进椅子后的树丛里。没一会儿，一个矮小的影子飘过来，传出手机那一端彩铃声，姐就是女王，自信放光芒，你若爱就来，不爱莫张狂——

接着就接通了，这边站在椅子前的空地上叫了声妈，那边好久不说话，这边又叫妈，那边没好气地说，啥事儿说呀，叫魂儿呢！这边就说，生活费没有了，那边又沉默了一阵，说，刚打了多长时间哪，五百块呢，这么快就作完啦？你妈是生金蛋的母鸡呀，还是钱是天上飘下来的呀？这边也沉默了，过了会儿，小声说，两个多月了。那边就说，行啦，俩月仨月的，出了水的娘，不如影壁墙，就这一回了啊，以后，我没你这闺女，你也没我这妈了。你那腿断了，还花了我三千多块呢，我还是借的，现在都没还上呢，你也体谅体谅你妈，实在不行你问问你奶奶呗。

奶奶病了。这边带哭腔了。

腿断了？我的心突然怦怦狂跳起来，孟小小！

这时候我才发现，我还没怎么听她说过话，是的，一定是她，我想起陈浩南的话。听陈浩南说是一回事，现在亲耳听到还有这么悲惨的人，我的心都碎了。

电话不知什么时候挂了，孟小小坐在椅子上哭起来。抽抽搭搭的，我真想过去安慰她，这时候我已经忘了椅子后那两个坏人了，但我想这时候我走过去，会不会吓到她，或者，她被我看到这么不堪的一面，会不会生气再也不理我了（其实也没理过我），我真没勇气，比刚才钻出小树林的勇气更稀薄。

我看着孟小小越哭越伤心，近在咫尺却一点办法都没有。好在她也没哭多久，不一会儿就擦擦脸走了。

我×！孟小小走后，那两个人从椅子后跳到椅子上，说，瞎了半根儿——这可怜的姑娘哟，她妈这是跟别人儿了吧，不要她了？

另一个声音就说，不知道她爸干啥了。

你虎啊，那个说，准是指望不上了。你说当爹的要活着，能不管自己姑娘吗？你姑娘你能不管吗？我姑娘我能不管吗？那还是人吗？

管，管，另一个说，大哥说得对，咱自己的老姑娘自己疼，咱老了，还指着姑娘端口儿饭吃呢，只要咱有一口气，哎哟，那要落别人手里头，咱死了也闭不上眼哪。

放屁，那个说，净说些屁话，什么死呀活的，啊呸，不吉利，我们这三更半夜的在这破马张飞的，图啥呢，不就图让咱们姑娘们过得好点儿吗？那些破老娘儿们，指得上吗？

是，是，另一个说，指不上，指不上。破老娘儿们摆一个月摊儿，不如咱们这一晚上的，嘿嘿。

哎，我咋有点饿呢，这肚子咋咕噜咕噜的呢，不是刚才卧地上冻着了吧？那个说。

是，是，冻了，冻了，大哥，我也冻了，要不咱先出去吃碗面去？出了这条小路，一拐弯儿，就有家面馆儿。

说着，两个站起来想从刚才来的小路走，迈了几步又回来，说，这时候人多，说不定哪个倒霉催的会凑过来。另一个就说，是，是，那咱们还是爬墙？

两个人进了椅子后面的小树丛，听到刺啦啦一阵响，大约是爬出去了。

我爬起来一溜烟儿跑回了宿舍。

有人找我吗？我问。

找你？没有啊。陈浩南说，跟你爹去消了个夜吗？

消什么夜。你们知道我刚才遇上什么事儿了吗？我问他们。

什么事，你爹打你了？

什么呀，唉，谅你们也想不到，我关上门，压低声音说，有人要来我们校园偷东西。

偷东西？大家纷纷停下手中正干的事儿，原本躺下的马纯也从床上坐起来凑过来问，偷什么东西？

还不确定。我说。

嘿。他们都没劲了，彭浪说，是你做了个梦吧？

哪里，不是说着玩的。我只好一五一十地把我怎么怕我父亲找我躲到西南角小树丛，怎么被那两个贼吓得趴在树下，他们怎么对的话，一点没落地说了一通。

我天哪，这真是想来偷东西呀。狱友们异口同声。

那我们该怎么办哪？王一凡说。

赶紧找戴维啊。陈浩南说。

你们要出卖我呀？我说。

那怎么办？眼睁睁等着来偷吗？彭浪说。

再想想，朱子康脖子上搭着毛巾，边刷牙边说，两个人？

嗯，两个人。

很壮吗？朱子康问。

壮不壮嘛——我想了想说，看起来就这么个个儿吧。我抓过王一凡说。

哦，朱子康想了想，把嘴上的白沫子一抹，那就是说他们只有俩，我们有六个？说着挨个看着我们。

对呀，陈浩南一脸兴奋，我们六个，他们只有俩呀，凡凡这么个个儿——

朱子康把牙杯一甩，说，那还等什么呀？

我想说的是，不是每一个人，都能幸运到遇上这种事儿的。

不止朱子康，我们每个人都兴奋得两眼放光，我也暂时忘了可怜的孟小小。我们重新穿戴齐整，到各个楼层卫生间抄了拖把和扫帚，朱子康在一楼卫生间抄上了舍管老李平时在楼前翻地种葱的铁锹，悄咪咪分散出了宿舍楼。

下了楼，聚在广场旁边的亭子下，我们也傻了眼。

你刚才没说，他们要偷什么？朱子康问。

我——我傻眼了，我没听到他们说要偷什么。

我×，那这么大校园，我们去哪里找，再说，我们在明处，他们在暗处，不好弄啊，会吃亏的。马纯说。

是啊，我使劲掰扯着刚才在小树林里听到的每一句话，我说，他们好像说，要等到拉闸之后动手。

那不是废话吗，朱子康说，小偷可不就等哪儿哪儿都黑了再动手吗。

是啊。我说着抓着头皮。

再想想，再想想，这么好的机会。朱子康说，打人不犯法啊。

是啊，是啊。我说，但也想不出什么来了。

彭浪说，我们按本格推理小说的套路来一下哈，分析事物，无非是时间空间动机，我们这样分析哈，时间，无非就是黑了灯以后嘛，这偷东西的都这套路；动机嘛，就是偷东西卖钱嘛；空间嘛，你看，就有学问了吧，他们之所以选择在西南角那小树林里，没去东北角，也没去东南角——

噢，对了，陈浩南说，一定是目标在西南角啊，对对对，陈浩南又补充道，西南角，是女生宿舍，大半夜的，即使有点响声，女生们也不敢出来的。

多简单的事儿！彭浪说，我说你们哪，以后有时间，也要多读点小说，像《福尔摩斯》，阿加莎克里斯蒂，都读一点儿嘛。

好好好。朱子康说，我们不用读，你读就行了，我们负责打。

我说，那快吧，他们出去吃面了，我们先去躲起来吧。

不是躲，彭浪说，是潜伏。

我们朝西南角跑去，过大广场时，看到保安巡夜了。我们伏在宣传栏后面，等他们过去我们往南跑，避开刚才他们跳出去的地方，躲在树后。

很快熄灯铃就响了。也很快，我就听到墙外刚才熟悉的声音了。我用气流示意大家注意。

墙外一个说，过去吗？

另一个说，你虎啊，这时候保安正在各处巡逻呢，这时候一遍，一点钟一遍，我们十一点左右，正好，沉住气。

十点熄灯，他们十一点动手。我们真是有点厌了，这要在树下趴一个钟头啊。朱子康趴在地上小声说，既来之，则安之，嘘！

一个多小时的时间，我们听他们有一搭无一搭地聊天，最有意思的是他们聊到了到手东西的价格。一个说，大哥，一晚上，好了万把块钱啊，我们一个月不用干活了。另一个说，真是脑子进水，有合适的当然干，没合适的你一月俩月，一年也开不了张啊。咱不是没倒过霉。一个就说，对，对，大哥，那年差点要了饭。另一个又说，你啥时候能长点心哪，撬撬不利索，脱脱不利索，你说要没我兜搂着，你吃啥呀？一个就说，是，是，多亏了大哥。另一个又说，过会儿可得长点心哈，电老虎电老虎，可不是闹着玩的，咬一口那就是啥都交待了。

我们大约听明白了，他们要下手的，是变压器。我们过来时就路过了，在南数第二排女生宿舍楼西边，好像连着三四台，后来我们知道，那是专门供女生宿舍楼旁边的农建实践楼作业用的。

好像是等了一百年哪，我们腿脚都趴酸了，他们好不容易翻墙过来了。

我的心，一下狂跳起来。一种重大时刻来临的壮烈一下子蹿到头上。我们的呼吸，齐齐加重了。

150

朱子康等他们往北走过去，用气流说，沉住气，等他们撬开门，再动手。

我×，我心里骂了一句，是个长就阴险哪，知道抓证据。

等朱子康说差不多了，我们往北摸时，我感觉我的腿脚都软了，面条似的，走都走不稳，但一直摸到第二排女生宿舍楼边上，听了一阵咔嚓咔嚓的撬铁门的声音，听到朱子康大喊一声"住手"后冲上去时，我感觉我浑身充满力量。

我们举着拖把和铁锹，叽里咣啷冲上去，那俩贼本能地往南跑，被我一拖把绊倒，陈浩南一下子骑上去，但紧接着被掀下来，我冲上去，和陈浩南一起死死拽住他衣裳和手臂，被我拽住的人骂骂咧咧地朝我头上划拉了一下，紧接着掐住我脖子，我顿时喘不过气了，我想完了完了，英雄没当成，先挂了。陈浩南号了一声，我脖子就被松开，模模糊糊地看见陈浩南和小偷的头靠在一起，后来我才知道是小偷号的，陈浩南咬了他耳朵。扭打中我被一脚端出去，后仰着头撞在变压器上（过后知道是刚被撬开的铁门框上），顾不上头疼，我马上爬起来扑过去，好在马纯也扑过来了，我们仨压到他身上，最前面的陈浩南掐住他脖子，一会儿就老实了。

听朱子康嗷一声，我就知道那边也结束战斗了。

我这才发现我们应该带上绳子。

不过还好，朱子康带了手机，已经在打保卫处的电话了。

在等保安和警察来的时候，朱子康他们缚住的那个人，一直在和我们谈判，说给我们一万块钱，让我们放了他，后来又说，你们六个人，那一万二好了，一个人两千，够了吧，不够，一万八也行，两万——

我们423都是正直的人，怎么会被小偷们收买呢。

这场由误会带来的英雄壮举，被学院当作典型宣传了半年且一直宣传着。短短几分钟暴烈但稀里糊涂的战斗，在我们一遍遍描述中成了传奇。我和朱子康记了二等功，因为我破了头，他大腿上拉去一块皮。其余四位记了三等功，年底评了标兵宿舍，全部评上了三好学生。

　　荣誉来得太突然。

　　我都感觉快能配得上孟小小了。

11. 失恋的"英雄"

是个雪天。

这是我们来东技下的第一场雪。

这个时候，我们已经成了英雄。这个时候，我不再把舍友叫狱友了，而是互称战友了。这个时候，我们英雄宿舍，不再好意思迟到早退无事生非了。

英雄，要有个英雄的样子。

比如下了雪，我们就先让他们高兴会儿吧，高兴完了，我们再下去扫。

我们趴在窗台前往下看，早就落了叶子的枝条上挂了脆生生的一层雪片，树下落了叶子的花丛和绿叶冬青上面，都挑着细薄的白花。真是奇妙，我们在睡着觉，这些雪花自由自在地飘啊飘，悄悄地落在地上，栖息在枝头和草丛，堆积在假山石脚下，而楼前小花园中一块碎石铺就的巴掌大的平地和上面的亭子，却不见一丁点雪花。只是亭子周围，一圈湿印。

那天清晨，我们的心情也和踩着枝头的雪跳跃的小鸟一样，轻盈，欢乐。

监狱是个奇怪的地方，起先你恨它，然后习惯它，更久之后，不能没有它。

——我想起了《肖申克的救赎》中的重要台词。

我习惯了吗？

我没有答案。

只是，摸摸心口，那里不像刚入校时，像有块石头，有团稻草，塞得胀鼓鼓沉甸甸的了。

你们知道吗？

我爬上床，对光着身子看完雪哆嗦着往身上套衣物的战友们说，刚入校时，我感觉像是被判刑进了监狱，在心里，我把咱们423看作是我的"牢房"，暗地里，我都把你们看作是"狱友"。

我的话一落地，我看到他们突然停止了穿衣服的动作，连呼吸都听不到了。时间停滞了那么一小会儿，最后，彭浪从套头衫中钻出头，反身看了看我，说，我没这样想，不过也差不多，所以我带了好多书，我就想，就算找不到喜欢干的事儿，还可以看书打发时间，别憋出病来。

朱子康说，当我知道只能上东技，我直接崩溃了，我还想过离家出走，但去哪里也得吃饭啊；我硬着头皮来的，但现在，嗯，我想好了，过几天我就去找班主任，我要转专业。我从小就喜欢拆我的那些玩具车，我喜欢车，我要转到汽车制造和修理专业去，我感觉我能学好干好。我已经找那个班的老师问了，他说欢迎我到他们班里去，不过得先个人申请，还得考试，我已经要了他们的课本，我想，我能考过。

已经跳下床的马纯张了张嘴，扬起手在床铺上拍打了下，咳了一声去刷牙了。

王一凡穿了一半衣裳，坐在床铺上，呆呆地看着窗外，一言不发。

只有陈浩南是快乐的。他拿起暖瓶，往快餐杯里倒了些水，嘿嘿笑了一阵说，俱往矣，反正我现在，天天都可快乐啦。

——在我们这样的年龄，分析不出更多的道理了。需要我们正面强攻的社会生活，似乎离我们还远得看不到影子。但那个早晨，我才知道，我们每个人，无一不是以自己的方式，尝试着与眼下的生活，与原本在心里瞧不上的同学们，与几乎是以收容姿态接收了我们的东技，与"也就只能当个工人"的命运和解。

我想入学后开了三次全校大全，每一次，常玉生书记几乎都会站在办公楼前临时用几张课桌拼成的主席台上，举起他的右臂，指着灰的蓝的有云的没云的鸟儿飞过的树叶飞舞的天空强调，我们东技，是兜底教育。但我们创造一切条件，因材施教，力求发现每个孩子的闪光点加以栽培。常书记还常说，为人民服务，回报社会当然是最正确的，但同时，它是个高的远的抽象的目标，最重要、最真切的，是我们每个人，尽最大努力提升自己，更好地感受这个世界，让自己的生命丰富起来，生活美好起来，让我们每个人变得有希望起来。

给人希望，才是最永恒的真理呀！

常书记说，我们东技拼尽所有气力，干的，就是让每个人都看到希望的事。

当学生时，这样的话是当套话听的。直到当了老师的那一天，又一次听常书记讲起，味道突然变了。从前虚浮空泛的理想主义，突然一下堆在了你的脸前，你得好好思谋筹划，把这个"给人希望"细化为日常教学教育工作的点点滴滴。这其中的差别，就像一朵云，呼地掉到你面前，砸了个大坑，你脚下的土地，你的五脏六腑，都跟着颤。

是的，当年那个初雪的清晨，我们还不能真切地触摸到我们的未来，但戴维说，同学们，那一场薄雪，都在尽自己的力量，哪怕只是让我们每个人喘气时，更轻松一点。

当时只是感觉轻松了一些，但现在回望起来，心里奔涌的是激流般的感动。

前段时间，我在抖音上看到有人说，每个人都是孤独的，都要在黑夜独自面对艰难困苦伤痛。生老病死，都是独自抵抗，独自作战，或独自缴械投降，溘然闭上双眼，化作尘埃，真正地融入大地，融入万物。

当时我想，生，是孤独地生，只有死亡，才抹平一切界限。

但现下，想起当初的一切，我的看法变了。人当然有时候是孤独的，但更多的时候，不是在相互温暖和慰藉吗？这也是生命的本能和目的吧。更重要的是，生命的目的和意义，不在于生死两头的确定，而在于过程中的不确定，在于其中的游移徘徊纠结困顿，在于其中的悲欣交集，在于在喉的鲠和翩然的释怀。

黑夜面对孤独是好的，风和日丽中与朋友的欢聚是好的，因为没有如此的矛盾、丰盛和繁复，生命该多么乏味呀。

连林幸哲这种老干部都在追女朋友了，我们有什么理由不开心起来呢。

那天我们回宿舍路过420门口，听里面闹腾得很。我推开门，看到一大堆人围在靠窗的床下铺空当的桌前，走近才看到是在安置什么机器，外框上闪着一圈蓝光，林幸哲甜滋滋地笑着接电源线。

林幸哲的游戏机，真被他父亲要回来啦。

彭浪进了屋把身体仰摔到床上，说，我咋没个这样的爹呢。

别的人都嘻嘻笑起来，马纯却幽幽地说，你们的爹们也在想，我咋没个这样的儿子呢。

陈浩南长叹一声说，原来，我们这些普通的爹和儿子，今世来这一遭就是为了互相伤害啊。

那一晚，我想来想去，没睡踏实，最后把窗户打开，看着走在宿舍楼下的两个我不再熟悉的保安，我竟然想起以前一高一矮的那两个保安了。我从来不知道他们的名字，他们也不认识我，但是我对他们，是多么熟悉啊，矮个子洪亮的嗓音，有时候还低低地唱歌，高个子有点沙哑，有时候也低低地唱歌。那两只猫，一白一黑，跟着他们，亲昵地在他们身上爬上爬下。

路灯光，还是和以前那样黄得温暖，只是，人不在，猫也不在了。只说那个梅生，后来被家长送回学校，再后来又在汪闪闪晚自习回宿舍的路上截住她，在她面前割腕了，被送到医院抢救。出院后，不知道学院劝退，还是父母不放心，就再也没来过。想到这里，我心里竟然有点羡慕梅生，他竟能做出这样的事，我就没这种勇气。

第二天早晨起来，头疼鼻塞上颚肿得老高，大约是昨晚长久对着打开的窗户感冒了。我写了假条。可一个人蜷在宿舍待了一上午就待不住了，起来洗漱一下，喝了点水到教室。

戴维正在宣读第三届东技校园艺术节的通知，让我们积极报名参加，说学院这回为入选节目聘请本市相关方面专家指导，有三个市级电视台教育频道现场直播。

戴维说，在我们学院，这还是第一回，所以同学们，露脸儿的机会来啦！

戴维一走，班里顿时哇声一片，但问到谁报名参加，就都摆手摇头了。文艺委员胡亚南说，那哇个屁呀，还以为个个身怀绝技。如果没有主动参加的，就以组为单位，每组出一个。咱们班四十个，哦，现在是三十九个人，四个组，四个节目，让报三至五个呢，我们报四个，正好。

组长们又哇哇了一气，说你问没人报，我们问也一样啊，你这是发动群众斗群众，不安好心啊。

可是第二天，第三天，第四天，一周过去，我的感冒都好了，胡亚南没再问过。

晚上我们睡前想起来，说，奇怪啊，难道我们班里不报节目了？难道我们班一丁点人才也没有？

陈浩南就嘿嘿地笑起来。我们问他笑什么，他说听胡亚南说，当天晚上就报了十来个，我们问他怎么知道的，他又嘿嘿笑半天，说他和吴楚报了合唱《鬼迷心窍》——

哦呜哦呜——我们乱起一阵大哄，都问，那你这事儿是成了呀？

陈浩南说，只能说，有戏，嘘——

但是啊，陈浩南故作神秘地说，正想和大家商量，胡亚南说，我们班里节目太多了，得先在班里表演，筛选三个上报，还差不多得筛掉一半，再报到学院，学院差不多再筛掉一半，最后入选的，能上三台晚会中的一台歌舞表演晚会。

啊，我问，一台歌舞表演晚会，那其他两台呢？陈浩南说，一台是曲艺，一台是朗诵。

那咱这心窍能迷得了吗？彭浪问。

陈浩南说，这不正想找大家商量吗。胡亚南说，系里嫌唱得太多了，也都没啥特色，再让我们好好琢磨下。我在想啊，要不，我们弄个纯声乐版的？

什么叫纯声乐版，唱歌不都是纯声乐吗？王一凡说。

陈浩南说，我的意思是说，伴奏也搞成声乐的。

伴奏也搞成声乐——我们不由自主重复了一遍他的话——这

怎么搞？

陈浩南就从朱子康口袋里掏出他的舍长特权手机，说，听听这个。ACAPPELLA，陈浩南点着手机说，稍等哈，对，就是这个，阿卡贝拉。

我第一次听这种歌，听得出是几个，甚至好多个女孩子的声音，有的念白，有的在做背景声部，和声，有的在唱词，初听乱糟糟的，一耳朵听进去，一层又一层，既和谐又各有自己的声部，我不知道怎么形容，就是太好听了。

太好听了，太好听了！我们异口同声。

陈浩南说，好，那就是说，你们都答应一起唱啦？

一起唱？谁和谁一起唱？噢，不不不不，我们都摆着手，搞不了搞不了。

陈浩南就急眼了，说，兄弟们，兄弟们，我好不容易说动吴楚一起唱的，不容易呀，你们懂的，你们一定要帮忙啊。

朱子康抠着脚丫子，说，懂是懂，你配吴楚，是有点那个，但我们不会呀。

可以学呀，陈浩南说，我都跟胡亚南打了包票了，说我们一定能练好，再说，入选后学院还聘请专家指导呢——你啥意思，我配吴楚怎么啦？

噢——彭浪说，入选后——那从班里往院系报，第一关我们也过不了啊，不对，是我们在班里表演，我们也做不到啊，根本就不会呀。王一凡说，反正除了军训时喊的那些，我从来就不会唱别的歌，鹌鹑戏子猴儿，老祖宗们是顶瞧不上这些玩意儿的，你们可别骂我。当然，新时代了，年代不同了，但咋说呢，要让我选，打死我也不去唱啊跳的——你配吴楚，倒是挺好的——

彭浪放下手中的笔和纸，杂七杂八说了一大套，直到把陈浩南说得脸挂下来了，才住了声。

你那老祖宗都是封建社会，别来新时代弄这一套。马纯从书上拿开眼，来了一句。

就是，陈浩南重新来了精神，感激地看了眼马纯，说，不用你们唱词儿，你们就按照调子，在后面轻声应和就行，就这样——说着，陈浩南闭上嘴，用鼻音哼了一会儿，还有两三个月呢，你们一定能学得会的。

哎呀，彭浪说，我算是看出来了，你为了个娘儿们，打算把我们五个全填进去啊。

朱子康说，就你们四个吧，我快走了。

一周之后的周四中午，西北风卷着深秋时不知道藏匿在哪个角落的大团大团的枝叶在半空里翻滚，我们从食堂往教室走，抬头看见学院上空酿雪的云团，像只巨大的沙皮狗脸，松弛的两腮，几欲要耷拉到汽车设计制造实验楼顶的"伦敦桥"上。

谁都没想到，朱子康在后来真的到那里去上课了，如愿以偿。

他走后，我们宿舍也没再安排别的人来，陈浩南接替朱子康当了舍长。我们笑他终于如愿以偿了，陈浩南则不无得意地说，机会，属于有准备的人。

那都是后话了。那天，我们各自裹着身上的棉衣，沉默地走着，大家都知晓了我表白被拒的悲惨命运，心照不宣地连说起下午的英语测试都在用气流小声嘀咕，说完还不忘观察下我的脸色。虽然我和陈浩南并没有同别人说起。过后我怀疑陈浩南是不是泄了密，陈浩南骂了句脏话，我×，你是真傻还是假装，失恋就像放屁，不论你多么拼命地捂，不愉快的气味早晚是会跑出去的。

我不得不佩服，这话虽然粗野，但不无道理。

孟小小说她要考大学，没有时间也没有心情干别的，陈浩南特别向我强调，孟小小说了，学院明令禁止早恋的。我看到自己低下头，可能是第一回在同学面前露出屄相，扳弄着手指头嘟嘟囔囔，谁说这是早恋，就是做个朋友嘛。

狗屁，陈浩南挥挥手，这种屁话你也说得出口。唉，好了，你爱咋说咋说吧，这种时候我应该让着你。再说，你都答应给我伴唱了，我该善待你。

说着皱着眉头看看天空看看远方，摆出惯常他那副思考人生的模样。

说起来真是不敢相信，我们按照陈浩南的土办法练了大约一周，他和吴楚在前面唱，我们在后面哼哼哈哈拉长调，一开始除了他和吴楚，我们根本找不着调，本来唱歌的调都找不着，并且按照陈浩南的要求，我们这些"不同的声部"，不能跟他们完全保持一样的节奏和旋律，我们完全不明白他的意思。最后，陈浩南把我们分成两组，一组比他慢半拍哼一样的调子，一组在我听来完全没有章法地乱发声，一会儿哼，一会儿哈的，但为了兄弟，我们必须硬着头皮"唱歌"，硬着头皮站在讲台上"出洋相"，然后硬着头皮不情不愿地听他一遍遍调整调子，一遍遍说你高了，你低了，你声音太出位了，你声音太弱了。最后又硬着头皮到智造系会议室"唱"了一遍。

竟然选上了。

说"创意不错"。

学院里，真为我们聘请了市音协的一位副主席做指导。

哎呀，我这也算演艺事业蒸蒸日上啊。

说这话时，我和陈浩南站在鹿鸣广场南端的篮球架下，陈浩南把在他兜里揣黑了的纸鹤掖进我的棉衣口袋里，搭一眼就知道，都没被拆开过。陈浩南怜悯地看着我，说，也许，我是说也许啊，咱们这法儿不大对头。你送她到医务室时是晚上，她连你啥模样可能都没看清，咱白长了这么张偶像脸了，优势丝毫没有展现，信里应该夹上张照片啊。另外，我是想啊，陈浩南抓着头皮盯着我的脸说，她可能看到你那个 —— 那个视频了，那个视频上，最狼狈的时候呢 ——

她怎么知道那个就是我？学院表彰大会上台领奖的时候看不到，只看到我糗大了的时候吗？

我直接恼了，你是不是告诉她那个就是我了？

你 —— 你这什么意思？陈浩南拉下脸，我会这样对兄弟吗？我是看她听到我说班级时她突然扯着嘴一笑的样子，好像是想起了什么，你还有别的让人想起来的事儿吗？有别的吗？

我的心啊，跟我们扶着的篮球架一样，冰得人指尖疼。不单单是因为被孟小小拒绝。

我重感冒了。

下午还只是流清鼻涕，到了晚上，就开始发烧，不等到熄灯时分，烧得头疼，恶心。朱子康到超市买了瓶半斤装的白酒，让我和陈浩南暂时换下铺位，把酒倒在陈浩南的快餐杯盖里往我身上涂，边涂边问我，感觉凉吗？没感觉凉。我说。不对呀，朱子康说，我小时候，一发烧，我妈就这样给我抹，一抹，我感觉那凉飕飕的，和抹冰块一样，都是抹抹就好啦。说着开始拿手指蘸取更多的酒抹在我的额头，胸口，手掌心和脚心上。我说你轻点，很痒痒，朱子康说，哎呀，你就忍忍吧，这是治病。

其余四位壮士，锯拉着牙的，喝着水的，抱着本书的，一言不发的，站在床边观摩。

好点了吗？

还是不行。

这是怎么回事儿？朱子康把手送到鼻尖下闻闻，是真酒啊，怎么会没用，不可能啊。

啊——彭浪突然想起了什么，把牙刷从嘴里抽出来说，我也记得小时候奶奶给我抹过，好像不是这样抹呀，好像是把酒倒在小茶杯里，点着了，蘸着热酒抹，是不是那样才管用啊？

我脸上好像下了雨，拿手抹了把送到鼻子底下，用我变异了的嗅觉还是一下子就闻出了牙膏味儿，当然，是牙膏与某人牙齿牙龈牙垢和牙间发酵的食物碎屑剧烈摩擦过的味道。

欸？

朱子康又一次停了手。我躺得太累了，趁机想侧身休息下，拿手扶着床铺一翻身，感觉胸口窝里的酒哗啦哗啦往下淌，我立时感觉喝多了酒，头更疼了。朱子康强硬地把我推倒，说，真的呢，我好像也得记是烧热了再抹的，那谁，一凡吧，你出去借个火机，我想想啊，你去找郑仁杰，他应该有。

平时不利不落的一凡这次不负舍长望，眨眼的工夫就拿来了火机。接着，朱子康又重新倒酒，拿火机对在碗面上，嚓一下点燃了。我看到蓝色火苗，看到旁边四位壮士洋溢着青春光彩的脸，看到朱子康沉着地、胸有成竹地，同时又恶狠狠地再次把欲侧身休息的我推倒，说，这回该行了吧。

舍长，你端碗的手太远了，不等抹到他身上就凉了。

舍长，你到床里面蹲着，不然你反着架子，不得劲儿。

舍长，要不我拿支牙刷，你往上刷吧，看这火苗子，怪高的。

舍长，你倒是快抹呀——

舍长不抹，碗盖里冒出的火苗子把舍长的脸照得蓝汪汪的，照得愈加谨慎和严肃，照得额头上出了汗——我看出来了，他不敢把手伸进火苗子里头去。

旁观的壮士们，可能也看出来了。彭浪到卫生间揪了块毛巾递到朱子康手里。彭浪说，我是想啊，好像，我小时候，我母亲都是拿块小手巾，上面倒上酒，放在我的胸口点燃了，不一会儿我就出汗了，一出汗，我感冒就好了。好像是。

啊——

我迷迷糊糊地听到不知哪位壮士说，这是火疗啊，对发烧管不管用啊？

另一位壮士说，你没听到舍长说吗，一定管用啊。

再一位壮士说，不管管不管用吧，反正是酒，没有副作用，试试吧。

朱子康说，找块小的，这块太大了，这瓶酒还不知道够不够把它泡透哪。

第四位壮士直接拿来了不知谁的散发着包浆味儿的小手巾，说，来了，用这个行不行？

当然行。

不过，你翻过来，先试试背吧。

不等我反应过来，四五位壮士一起帮我按照舍长的要求翻了身。我趴在床上，感觉一块毛刺乎乎的东西摊在我背上，接着，凉飕飕的液体倒上来，接着，嚓的一声，接着，我就噉的一声跳起来了。

当我被姐姐接到医院，在她皮肤科的同事的安慰声中包扎好，几次征求我意见到她家去住被我拒绝送我回学校后，我和陪着我去的陈浩南和朱子康才想起，忘了让姐姐给我开点感冒退烧药。彭浪看着我后背上糊的厚厚的纱布，才想起，他母亲给他火疗时，是先把毛巾用水泡透，攥过水后再泼上酒。

彭浪先是骂了一连串儿的脏话，然后又表示，我可不是有意，可不是有意啊。

我摆摆手，我对他有意没意一点也不在乎，折腾了一夜，我眼皮像挂着整个地球，直接吊不起来了，我只想好好睡一觉，就算睡着后他们再把我火化一回，也由他们去吧。

我睡到第二天近午才醒，醒来看到床头小方凳上，是陈浩南的快餐杯，打开，里面是糗成一团的面条和剥了皮的鸡蛋。我嘴里又黏又臭，也没有胃口，只想喝口水。我用手扳着因趴着睡只能朝一侧扭着而酸疼的脖子挣扎着爬起来，抓起宿舍仅有的一只暖瓶摇了摇，里面空空如也。

我后悔为啥不去姐姐家，为啥非得回到这个要啥都没有的猪窝里来。

我小心穿上衣服，提着暖瓶到开水间打水，看到开水器的两只水龙头都被一个康师傅方便面纸箱罩起，上面贴着张 A4 纸，纸上几个黑体大字，维修中，谢谢！

我只好到二楼去。幸好，二楼的开水器正常，我接上水，提回宿舍，在窗前的桌子上扒拉出一只杯子倒进去，呼的一下，冒起一团热气。

我太渴了，只好端着杯子到卫生间，倒掉一半热水，掺上一半自来水，一口气灌进嘴里，如是三番，极为满足。

我想，我错过了或者说躲过了英语测试，李梅芳老师不知道是生气还是伤心，我可不是有意的，我学英语可不怎么愁，虽然成绩不多好。

想到这儿，我又想起孟小小的话来，她要考大学。

知道孟小小要考大学后，我才认真了解了下学院的高考途径和政策。东技升学途径，是春季高考班和普通升学班，前者是各个专业中有高考意愿的学生自愿向学院申请报名参加的，后者是入学时，一部分高分学生组建的管理学院的三个专门的升学班。孟小小，还有我的情况，比较适合参加春季高考。但参加普通夏季高考，也不是没有可能，是先要通过学院内部的测试，据说，比较难。

她要考了。

那我也一定要考。

但还没等找戴维说要参加高考的事呢，我却病得更厉害了。

那是个周末，我一个人坐在宿舍里，先是听到一阵又一阵轰鸣，一开始我还以为冬天打雷了。但看看窗外光秃秃的树枝，确定是冬天不可能打雷后，我才低头看看捂在肚子上的一只手——人的理性判断远远迟钝于直觉和本能啊——确定我是要闹肚子啦。

我顶着一脑门子考大学的问题揪着裤腰进了宿舍里的卫生间，我们约好不在宿舍卫生间方便的，更不能大号，但这回，我好像已经没有赶到楼层公共卫生间的工夫了。

我蹲在我们宿舍卫生间的马桶上，听着腹部阵阵的声响和屁股底下一阵又一阵哗啦哗啦，心想，他们回来被熏到，会摁在地上把我背上烫起的皮扒下来的 —— 我们入校不几天就约好了。出身农村的王一凡说，只有牲口，才在自己住的房子里又拉又尿。

虽然我知道城市里的文明人，大多在自己住的房子里如厕，但环视六个人的小房间和鸽笼子大的卫生间，一个小小的窗口朝着楼道通风，试想，要五个半大小子，都用这个卫生间，两侧三十多个房间往楼道里排浊气，那味儿还不熏死人，楼道味儿不好，我们屋的味儿能好到哪儿去？

想到这儿我不寒而栗，拿手使劲摁着肚皮往下排空，一感觉差不多了，我就赶紧收拾好。冲了马桶，几乎是跳着打开门窗，揪下陈浩南的床单当风扇，两手扯起甩开膀子，站在卫生间门口往里扇风。扇一阵子，走进卫生间深吸一口气检验下臭气消散了没有。这样如是几十番，感觉虽然还是不够清新，但已经好了很多，好，继续加油。

我退到门口，再一次甩开已酸痛的膀臂，朝半空里抖开床单 ——

哧 ——

我像被一只无形的手拽进卫生间，迎面被痛击后猛烈向后倒，紧接着哐的一声 —— 我摔倒在卫生间对面墙角里，倚着下层的壁橱门，捂着额头，气恼地看着挂在卫生间门把手上的床单，好半天才明白过来，刚才我用力太猛，床单挂在卫生间门把手上，撕出一道大口子时也把门带过来撞了我的额头，然后又扇到门后的墙上 ——

可恶！

暴怒的烈火一下子蹿上心头，我爬起来，抬起脚咣咣咣朝着卫生间门一阵猛踹，直到脚尖生疼，退出门口，蹲在地上，呜呜呜哭起来。

孩子，你这是怎么啦？

听到有人说话我抬起头，才发现是舍管李老头，这时候，我还不知道他姓李，就看到平常在楼下值班室探头探脑的老头儿，穿着黑色的羽绒服，手臂上戴着红袖箍，后来我猜测准是他以为楼上发生了斗殴事件，才把平时搭在值班桌一册竖翻的挂历上的红布圈套袖子上增强权威了。

他站在被弄得一团糟的床前弯腰看着我。看得出他已经进来一段时间了，看他脸上的表情他已经知道没人同我打架，却也没看明白我到底怎么了。本来，我都哭得没劲了，但他这样弯着腰，瞅着我的脸色，满眼关切地一问，泪水又一次泉水般呼呼地涌出来。

妈妈啊——

我被自己的哭喊惊到了，继而更加抑制不住地哭起来。我无助，悲伤，愤怒，绝望，满腹的委屈，我干脆趴在地上，把不断流淌的泪水恣意地抹到袖子上，地砖上，顺手扯起的破床单上。

我紧闭双眼，张开大嘴，嘶哑地呼唤着母亲，想着入校来的种种，想着我和姐姐孤零零相依为命的日日夜夜，想着无数次张开手臂喊母亲过来的梦醒时分，想着看不到的明日和不敢回望的来处，想着浑身的伤痛和再也不可能有母亲安慰的悲苦。

我喊啊喊，哭啊哭，直到头晕眼花，嗓子发僵，我从地上抬起头，发现米黄色的地砖上殷红色麻团样的血迹。

我坐起来，看到有个人影子背靠在窗台上，默默看着我。我在想李老头还没走啊，我抹着泪眼，朦胧中凭着一股熟悉的气息确定，那是戴维。

你姐姐给你打电话了，你没接，她说一会儿来接你。

我进卫生间洗了把脸，听到戴维说。

12．晴天霹雳

　　我不知道该怎么向姐姐解释我这一身的伤口，除了背上的烫伤外，额头正中划了道长口子，缝了五针，右脚拇指趾甲踢折了，血把袜子和鞋连同脚粘到了一起，左手背边缘处有道不长的伤口，但很深，我想来想去，想不出怎么造成的。

　　从一个小小的感冒发烧，搞到遍体鳞伤。我坐在副驾上，浑身都在疼。姐姐不时无奈地看我一眼，嘴唇轻轻地吧嗒一下，欲言又止。最后，在带我去医院处理包扎好伤口，欲带我回家被我再三拒绝后，姐姐泪汪汪的，不顾同事们在场，摊开两只手，说，我该怎么办？

　　尽管，我心里一万个不愿姐夫看到我的狼狈样，我还是跟姐姐回家了。比起日后姐夫对我的轻视（在心里，我一直认为弟弟就是该为姐姐撑腰，特别是姐姐被姐夫或者婆家欺负时。这也是我们老家的传统观念），我更受不了姐姐无助的样子。

　　嚯！

　　给我们开门的姐夫看到我瞪圆了他那单眼皮的小眼睛，在姐姐的白眼下忙不迭地把我们迎进客厅，推推沙发上的小物件，为我的伤头伤胳膊伤腿留足空间，给我们倒了水，拿了水果，然后就被姐姐支去睡觉了。

姐姐拖了个小方凳，坐在我对面，一语不发。后来，站起来去了卫生间，在里面哗啦哗啦一阵之后，出来抹着脸上和刘海上的水，突然捂着脸，呜咽着说，我就你这么一个亲人了——

我慌了。

我看到那个头、手和脚上缠着纱布，被衣物遮盖住的后背因纱布鼓了个大包的少年朝着面前的姐姐伸出手，而后又放到膝盖上。他感觉自己闯了祸，尽管他没有想明白自己怎么一步步搞成这种样子。但他成了这种样子，他这种样子让姐姐伤心地哭了，他内心的愧疚让他摩挲着自己的膝盖，不敢抬头。

但粗心的少年，把"就你这么一个亲人"这句话漏掉了。怎么是他一个亲人呢，父亲不是吗？爷爷奶奶不是吗？姑姑和小叔不是吗？还有两个姨不是吗？他只是听到姐姐再次开口时，抬起头来，对姐姐突然间的失态，茫然无措。

你，你不能再有什么闪失了，姐姐抹抹脸，下定了决心似的说，我就你这么一个亲人了。

姐姐坐到我身边，拉住我的手时，我感觉到，因姐姐外出求学、上班、成家中断了的亲近甚至让我有点不适应了。现在想起来，那时候，我的冷硬别扭，姐姐一定是感觉到了的，只是，她不知道这是一个少年对亲人间已陌生的亲近感表现出来的羞涩和一点点拒斥，而是解读成了别的。

你可不能走母亲的路！

姐姐深吸一口气，说完这句话，咬住嘴唇，盯着我。

什么意思？

我陡然意识到，母亲的离开，并不是小姨告诉我的心肌梗死。我不能走母亲的路，也就是说我也有可能走母亲的路，也就是说，这条路，是母亲主动选择的，至少，有自主的成分。当时，我不会像现在这样层层条分缕析，只是一下子感觉，是母亲自己选择了那条路。

你说什么？

我抓住姐姐的手大声喊道。

姐姐愣住了，但很快冷静下来，眼里也不再流泪了，告诉我真相的决心让她变得无比坚强。她向后捋了下散到脸上的碎发，一把撒开我的手，说，咱妈，是喝安眠药自杀的——

轰——

我眼前，一片空白。

接下来我发出的声音，层层回音撞进耳鼓，紧接着钻进我的颅腔。我的头、脖子、胸膛，像只空铁桶，被声音的沙粒碰撞得咣当咣当响。

你撒谎！

我尖叫起来，咱妈是心肌梗死，心肌梗死！

我当时叫得多高，就是内心里对"自杀"这两个字多深的认定和恐惧。这两个字，让我和姐姐命运的悲惨，由无常跌落进无底的人性深渊。

原来，我还想过，母亲发病时要想到我和姐姐，该是多么痛苦和绝望啊。多少回，我为母亲的绝望几欲发疯。

万万没想到，我的母亲，竟然是自杀，竟然是主动地离开姐姐，离开我，母亲为什么自杀？为什么？为什么？

我抓着姐姐的手，胳膊，肩膀，一肚子的为什么，一句也说不出来。

走，回去。

我双手撑在沙发上喘匀了气，对姐姐说。我站起来，完全感觉不到一丁点疼痛。

姐姐伸开胳膊拦在门口，说要跟我慢慢说。

我说，我要听他说。

姐姐抱住我时，我才发现，姐姐浑身抖得像我们宿舍窗前东北风里的马尾松枝。虽然，我那时太小，尚未成年，还算不上是一个真正的男人。但是，看似稀薄实则无孔不入的生活经验，早已经随着血液浸透了我的每一块肌肤每一个细胞，这些东西在每个人的心底不知不觉地镀上了一层网膜，我们知道哪些事能让我们安全地放在心里，哪些带着刺，刺破网膜，掉在地上，啪的一声碎了，我们的心，突然被扯开个大口子，拿手捂都捂不住。

什么都没用了。

姐姐紧紧搂着我的腰，企图把我拽到沙发上。这时我也才真切地看到，姐姐竟然那么瘦小，肩膀瘦得跟刀背一般削薄，头顶还不到我的下巴颏。

必须说明白。

我似乎听到自己刚刚还丝瓜瓤一样空落落的嗓音突然钢锭般沉实了。也许是受了这种感觉的鼓舞，我双手搂住姐姐的肩膀，说，听我的，必须说明白，这是他欠我们的，欠母亲的。

姐姐下意识地扭头看了眼餐厅墙上的石英钟，说，看你这样，养好了再说不行吗？

不行。

我看到过道深处的光影突然暗了一下，那是姐夫走到卧室门口又闪回去了。在我再三坚持回去后，这个我其实至今还算不上熟悉的男人穿戴齐整走出卧室，他是男人，他比姐姐更了解男人，尽管我还算不上一个男人。

姐姐也穿上厚衣物，到房间翻找出一条红花小棉被，披在我身上。我从学校出来时，身上只穿着一件加绒的套头卫衣和校服。但这条红花被子 —— 我扬起胳膊想扯掉，后来转念一想，揪住把它紧裹在肩上。

姐姐不让他驾车，姐姐当然不愿意让他掺和我们的家事，哪怕这个人是她最信任的人。但姐夫挡在车门前，坚持由他驾车，否则我们就甭想回去。在我往前跨了一步，想抢过姐夫手里的车钥匙时，姐姐妥协了。

你送我们到家就回来。

姐姐说。

姐夫点了点头。

姐夫想架着我下楼，被我挡开了。我看到姐姐拿手轻轻拍了拍他的胳膊，现在想起来，我才明白这是在安慰他在她弟弟这里受的委屈。我们生命中，有那么多瞬间，被我们粗暴地解读或忽略了。现在我想，写日记，或者零散记录点什么，其最重要的意义，就是在珍藏这种我们当时并不明了的情愫，以备在余生，可以无数次反刍，将当初来不及消化的一切重新打开和回味，最可贵的，是好多人和事，在时光的酒酿中发酵和提纯，从而让我们每一次回望自己的身后时，内心都熨帖而温暖。

冬夜，风冷刺骨。姐夫打开后座车门，姐姐紧裹着羽绒服在我身后钻进去后扬着手，示意我小心坐进去。姐姐哈着手说，好冷啊，可能要下雪了。说着给我掖了掖身上的被角。

姐夫一路无话，好像在刻意保持他对姐姐的承诺。一驶上路，适才在姐姐家激动的心情慢慢平息，周身的疼痛又回来了。对面过来的车灯唰唰地在我们身上扫过，我看到自己在对面来车忽闪忽闪灯光下的一只穿着运动鞋、一只裹着纱布穿着拖鞋的脚，看着缠着纱布的左手，感受着背部一阵又一阵过电样的灼痛。在这个冬天的深夜，在河面一样宽阔起伏的高速公路上，我感觉一切都像在做梦。东城早已远，南边渐渐出现了零星的灯光，我知道广安县城越来越近了，我也知道，过了县城，下了高速，很快就到家了，只是这个家，从今晚起，可能就不再是我的家了。当然，或许，它从来就没有真正地属于过我们，我、母亲和姐姐。

　　虽然人生如寄，虽然早被宣判最辉煌的前途也就是个工人，虽然我早与父亲（说不上什么时候，也说不上什么明确具体的因由）疏离，但一想到那个曾经给予了我们美好和幸福的地方变得和我们没关系了，还是有些难过和心慌。

　　姐姐一路都把头仰在椅背上，我不知道她睡着了，还是在想什么。不过四五十公里的旅程，因黑夜、寒风和我们的沉默愈加漫长和沉闷。

　　车过了广安城南的立交桥向西，走过中石化加油站，向南走一段继续转向西，走过一段两侧铺面林立的小商业街，远远地，就看到我们曾经的家、如意家园小区门前的那块整石雕刻的花篮了。我和姐姐，都曾经嘲讽过它的古板俗气，同时每次从学校回家看到它，又妥帖而安适，但此刻，看到它再一次如张牙舞爪的巨兽般，黑黢黢地矗立在暗夜深处，心情五味杂陈。

　　我们进了小区，拐两个弯，一路沉默的姐夫"嗯"了一声，姐姐会意地往前指了指，说，停在这里就行。

姐姐搀着我往楼门口走，防盗门还是我们住在这里的样子，门角处抵着一块砖头，夜晚也大开着，看来，五楼王伯伯家的老奶奶仍健在，仍住在他们装修过的地下室里。那奶奶在老家院子里住习惯了，死活不愿意到五楼去"吊在半空里"，这样开着门，她拄着四脚拐杖，出来进去像在自家的院子里。我记得王伯伯为此，每年春节前都带着卤驴肉和广北农场的奶粉，挨家挨户表达谢意。

进了门，姐姐打开手机上的手电筒，嘱咐我慢慢走。不知道是夜里的原因，还是我们学校各个楼的楼梯过于宽阔，离家半年，我对眼前从小学到初中上上下下近十年的楼梯陌生了，发现它竟然是那么狭窄逼仄破旧。门边安放着陈年的纸盒和新鲜的垃圾，空气中飘着一股浑浊的菜味，拐角处放着的闲置的单人沙发和立式饮水机几乎把过道堵严实。姐姐在前，反身拿手电筒照着我的脚下。在转过二楼转角时，姐姐转过身，不再管我，噔噔噔往上跨去。

姐姐毕竟长我十四岁，也许，她早就意识到自己的父亲实际上并不是像我们看上去那样过着独居的日子。也是这个原因，姐姐下了车，并没有按照我们出门前的约定提议姐夫回去。姐姐噔噔噔跃过吃力往上爬的我几步跨到三楼，站在我们家门口敲了几次门板。确定里面无人应答之后，她果断地朝我摆摆手，说，下去吧，他准是在厂里。

他。

这是第一次我注意到我和姐姐对话时，已经不再称呼父亲为爸爸了。

每一次想起来，这些心照不宣的改变，让我心里是那么悲凉。特别是那个夜晚，在母亲自杀的阴影下，生养了我的父亲，在我心里，早已经罪责难逃了，甚至罪不容诛了。

那时，亲朋好友谁不羡慕我们家的日子。母亲生性恬淡，从未见她与爷爷奶奶和邻居们闹红脸过。突然喝安眠药扔下我们，也就只有那一个我们连想都不用想就明白，却谁都不愿说出来的理由了。

姐夫在楼门口等我们，也许，他比我和姐姐更明白一个像父亲这样"独居"的小工厂主更可能过哪一种生活。他默默地从姐姐手里接过我的胳膊，把我搀到车里，自己坐进驾驶座，发动了车，回头看着姐姐。

去厂里吧。

姐姐说。

让我好好想一下，我有多长时间没到父亲的轮胎厂去了，当然，早就不叫厂了，而是叫山东华达橡胶有限公司。应该有八九年了吧，我记得我最后一次想跟着父亲去厂里，是一个春天的星期六，正对着我们楼道门口的两棵西府海棠刚刚鼓起花苞。我和父亲吃完早饭，前后脚下了楼，他看我打开后座的车门准备上车，一面把提着的一只鼓鼓囊囊的大帆布包交给司机国华叔叔放进后备厢，一面对我说，你在家里吧，以后别到厂里去了，厂里味儿太大，空气质量太差，待长了会生病的。你在家好好看书，爸爸晚上就回来了，冰箱里有昨天剩的饼子，你放在多星锅里热热，会开开关吗？

我虽然有点不情愿，但也只好点点头。自小笑着看我撒泼打滚的母亲，那时候离开我已经好久了，而我，从小没有在父亲面前说不或者闹情绪的习惯和经验。

国华叔叔放好东西，合上后厢盖，摸了摸我的头，说，你要听话哟。坐进车里面后还放下玻璃，伸出一只手冲我摇了摇，说，快回家吧，不要乱跑。

我看到童年的我，眯着眼，惆怅地看着黑色汽车拐上东边的小路，嗡的一声消失在楼宇间。我重新返上三楼，站在门口摸遍了身上所有的口袋，才发现没带钥匙。

我蹲在门口，心想，要不然，去姥姥家，去大姨家，去找爷爷奶奶？想了一周遭，都想不起去那里的路。我下了楼，坐在楼前花圃沿上，等从我们家楼道下来的伯伯阿姨们，等爷爷奶奶们，等五楼那个剪着公鸡头、开着红色小汽车的叔叔，他们陆续都下来了，听了我的要求后都问了我同一句话，你爸爸手机号是多少？

我不记得。

所以，那一天，我都待在五楼西门王伯伯家奶奶住的地下室里，因为所有人都出门有事，只有那个奶奶待在家里。我坐在奶奶地下室门侧的一张摇椅上，听着那只棕色收音机里从评书变成唱歌，从唱歌变成广告，从广告变成吕剧，从吕剧变成说家长里短的所谓法制节目。我睡睡醒醒，收音机一直在响。最让我奇怪的是奶奶好像并不听收音机，因为她一直坐在离我两步远床边的一只旧沙发上，同我说她大女儿的事。她说，你那个大姑姑啊，木讷得很——我最后一次醒来，看到夕阳搭在小小的窗户上，看到奶奶手里从乱线团变成鞋垫再变成一捧秕谷，听到奶奶长长地叹了一口气，说，就这样，嘲（傻）死了，哎呀，你大姑姑啊，就是嘲死的。我在满屋酸唧唧的空气中把眼揉亮，心想这屋里大概比橡胶厂还有毒。

那天傍晚，我告别了奶奶爬上三楼，敲门，父亲手里握着一双筷子给我开了门，劈头就朝我吼，你疯哪里去了？

饭桌上香喷喷的，几只塑料袋里盛着凉拌的猪耳朵、糟带鱼和炸藕盒。我没有多想，到卫生间洗了洗手，抓了一块藕盒填进嘴里。

我想起来了，其实那天，我去厂里，就是想找聂莺阿姨要一块橡皮。聂莺阿姨是厂里的会计，我去厂里时常带我玩，她的办公桌上，有好几块得力牌大橡皮。

是的，我说了这么多，就是想说，这个冬夜，在去厂里的路上，我突然想起聂莺了。原谅我有点不想叫她阿姨了，此刻，不知道为什么忽然想起她，我的心里突然变得沉重而不祥。

幼年时从家到工厂的一段遥远的路程，今夜好像也就十来分钟就到了。记忆中路边杂草中的两扇大铁门，换成了齐整的绿化带后明晃晃的电动伸缩门，门边一间值班室变成了一长排值班室连带着平顶车库。进门向北左边早先两排用作办公室和仓库的平房，变成了一座五层高的大楼，楼前有座很高的灯杆，上面刺眼的灯光，不断变换方向，照得周围如同白昼。灯杆的东边，是一排排厂房。

我从来不知道父亲的工厂已经成了这样，只知道他不断换车，一直当他司机的国华叔叔不断变老。

不变的，是还未等进厂区，就被浓浓的硫化废气呛到了。我想起从前父亲的话，是的，他说得对，这样的地方待长了，是对身体有害。

显然，姐姐对这里很熟。在门口，她先是放下窗玻璃同值班的人（已经不是早先的韩大爷了）打了招呼，而后七转八转地给姐夫指路，最后，车子停在厂区东北角的一块停满了车辆的停车区边上。

姐夫还是坐在车里等我们，我下了车回头看他，看到他在放平椅背。

带着围墙和大院子的别墅一共两排，别墅北面，还有三座多层住宅楼，零星地亮着几只窗口。姐姐带着我，走进前排靠近中间的两扇打开着的铜铸大门，两侧门墩上，各有个很大的灯罩和里面瓦数极小的灯，在寒夜里瑟瑟缩缩。姐姐还是摁了下门墩上的门铃，我听到里面响起《娃哈哈》的音乐声。过了几分钟，对着院门的客厅里亮起灯，姐姐突然回头冲我说，这咋问呢？

我一下子慌了。

来的路上，我心里虽乱麻样地纠缠着，但还是断断续续，想了一路。想母亲在时的种种，想象母亲自决前可能的吵闹，挣扎，痛哭，想母亲怀着怎样的心情，通过什么方式搞到了足够量的安眠药，又以怎样的决绝吞进肚里。片片断断的父亲的影子，无一不是凶神恶煞，青面獠牙。

就要面对逼死母亲的人了。

我的心却慌了。

后来，我想起姐姐当时的话，咋问呢，明白姐姐和我不一样，我不知道真相，只知道母亲急病离开了我。而姐姐，大体知道是咋回事儿，她把母亲闷在心里，这么多年，不是不想问，是想不到咋问，想不出问的由头，又或者，与父亲的血缘亲情，像一道大坝，挡在她与母亲死去的真相以及知道真相后不知如何面对之间。

恶劣的天气终于降下雪来了，冷风里夹杂上了雪粒子，打得鼻子脸上噼里啪啦。我一瘸一拐，紧裹身上的被子，同时也才发现，我身上裹着的，竟然是出门前姐姐给我披上的花被子。我一扬手，把花被子掀起来扔出去，花被子在风里翻了个跟头，挂在一棵不高的什么树上。这时，门开了。一个穿着棉睡衣，烫着卷花的短头发女人站在门口叫了声，媛媛来啦？

时隔多年，我还是立时就听出来，那是聂莺。她烫成卷卷的长头发变成了短头发，尖下巴也变成了圆下巴，清脆的嗓音也夹杂了嘶哑，但我还是一下子就听出来了，是她，是那个带着我在厂区到处转悠，给我各种小零食，招呼国华叔叔拉着我们去县城吃肉串儿的聂莺。

这是怎么啦？谁伤着了？

聂莺看到了姐姐身后白纱布缠得满头满脚的人问道，她显然还没有认出是我。她以为是哪个在车库干活时受了伤的工人，厂里，原来工伤事故时有发生。

我们站在两道门之间的夹层里，头上有风呼呼直吹下来（后来在课堂上听戴维讲起科技进步，讲自然环境时，才明白，那是空气净化系统），我不住地打起喷嚏。

嗯，嗯——我爸呢？

姐姐回头看了我一眼，问聂莺。

这时，聂莺才正眼看我。她眯起眼，上上下下打量我一遍，试探地说，良良？

姐姐扯了下我的胳膊，示意我喊人。我仰起头，主动让强劲的冷风吹到脸上，打起一连串儿的喷嚏。

这是咋啦？你们先进来呀。

姐姐进到屋里，聂莺上前把我拉到灯影儿里，说，是良良啊，然后拉着我的手，看看我手上和头上的纱布，说，这是咋啦？

成功，成功，你快出来，良良和媛媛来啦。

我父亲成功，穿着浅灰色棉睡衣，抹着头发下楼了。

客厅斜对角朝北的小卧室里，也走出来个人，看着五十多岁，脸黑而瘦，和聂莺差不多的发型，但明显凌乱很多。她搓着脸说，良良来啦，啊，姊妹俩（我们老家的风俗，如果两个男孩，叫兄弟俩，如果两个女孩或一男一女，都可以叫姊妹俩）怎么这个点回来啦？哎哟，你这是咋啦？

雪姨。

等姐姐叫了她，我才通过她下巴上的一颗黑痣和嗓音想起来，她是以前在工厂食堂里做饭的王雪阿姨。

怎么这个点回了？

我父亲，山东华达橡胶有限公司的老板，成功先生，迈着方步走到宽大敦实，闪着棕红色光泽，雕龙刻凤的红木沙发上坐下，两只手抓在膝盖上，不知道的还以为他入过伍，当过什么连长营长。其实他只是个无赖，乘着改革开放的春风先一步富起来的无赖，靠自己的精明富起来后又靠着方正的脸盘、刻意维护的谈吐和金钱武装起来的风度，成功迷惑了女大学生，娶到家后又把她逼上绝路的无赖。

他的脸，正在水晶灯下放着光，以前在食堂里对他恭恭敬敬的雪姨现在双手搭在身前仍对他恭敬有加，以前在财务室中对他笑吟吟的聂莺此刻却站在一边，眼睛滴溜溜地看完他，又扫了眼我和姐姐。

我妈是怎么死的？

本来，姐姐刚才在门口问我后，我心里还一阵阵发怵，但此刻，这个一如既往正襟危坐红光满面的成功先生让我从心里厌恶了，晃着张大方脸，就能掩饰自己造过的孽吗？

客厅静了，只剩下门口呼啸的空气净化器声和成功先生越来越粗的喘息。雪姨冲着姐姐讪笑了下退到自己的房间，聂莺也低着头，跟她后脚躲了起来。

成功先生的大方脸更加红光满面了，他右手从膝盖上拿下来，探起上身啪地往面前的茶几上拍了一巴掌，喊道，不是病吗？造什么孽呀！

几天不见，成功先生讲话似乎比以前更加中气十足，偌大的客厅，都是回响。雪姨和聂莺刚才进的那个门传出小孩的哭声，成功先生更加焦躁了，他站起来，往我们这边跨了两步，我看清了他棉睡衣前襟上万字形的金丝花纹，他伸出手指着姐姐，说，一定是你说的，你是不是听你大姨说的，那张破嘴，从来就没有把门儿的，对孩子瞎叨叨些啥！

你除了逼女人还会干啥！

我打开他的手，挡在姐姐身前，不是她说的，我听成家庄（我们老家村名）的人说的，男女老少都知道，就是你逼死了我母亲，你干了些啥，自己心里没数吗？

你，你这个畜生，你这是在和你老子说话吗？

成功先生拿手指着我，紧接着庞大的身躯摇晃了几下，捂着额头，后退两步坐在刚才的沙发上，脸色蜡黄，张了张嘴，转身朝着雪姨的屋喊，号什么丧啊，我还没死！

如果说对这个小孩子一点不知道，那与事实不符。春节时的家宴上，隐隐约约的，我好像听到爷爷说了句"那个小的"之类的话，但马上被奶奶打断了。但我们家确实没有人正式对我（我猜测也没对我姐姐）说过有这个正啼哭的不知道是弟弟还是妹妹的小孩的存在。我当然也不会问。

这时候，我突然想起父亲送我去东技的路上、我注册了东技的学籍时、中考分数一出来、在每次家长会后，他都朝我叫嚣，一分钱也不会给我。

他就算给我，我也扔出去。

他当然也不会给我，也不会给姐姐，因为他已经有了另一个孩子——与聂莺的孩子。我不想用狐狸精之类的词语来形容聂莺，因为论容貌，她比我母亲，天上地下。狐狸精虽是贬义，但到底还是形容有姿色的美人儿的吧，她不配。

我母亲是苹果脸，气质雍容温雅，弯月形的眼睛，永远含着笑意，唇形丰润，头发乌黑油亮。亲人们评价起母亲，都是说，一看就是个有福的人儿。姥姥在母亲下葬的那天，晚上在家里对着母亲的照片哭得背过气去，姥姥哭喊着说，不是都说你有福吗，有福吗，你咋就这么傻呢，放着好好的福不享走了呢？我也无数次端详着母亲的照片，企图在母亲脸上找到薄命或者多舛的迹象，但都没有成功。

唯一可解释的，就是她被一个无赖、骗子迷惑了，葬送了自己本该美好顺遂的一生。

屋里的小孩，哭得更响了。成功先生左右看了看，抓起茶几上的电视机遥控器朝雪姨门口砸过去，给我闭嘴！

遥控器嘭一声砸在门边的墙上。

聂莺抱着孩子出来了，这回，我看清了，是个男孩，两岁左右的样子，头发剃成个茶壶盖儿，穿着奶白色带蓝条纹的棉衣裤，紧闭着眼，朝着房顶张着大嘴号叫。

你说，你说呀！

我指着成功先生喊。

聂莺抱着孩子气冲冲地走到成功先生面前，凶狠地把孩子塞到他怀里，一改原来我印象里笑吟吟的样子，咆哮道，号什么号，治不了牛砸锁头，柿子专拣软的捏，有本事你自己哄吧，他姓成，可不是我带来的野种。说完回了雪姨的房间，紧接着房门被打开，雪姨露了下头被拖了回去，门咣的一声摔上了。

　　成功先生捧着烫手的山芋一样，把哭号的小孩放到手边的小方几上，须臾又抱起来放自己腿上，转身喊，王雪王雪，门又一次打开，又一次被摔上。

　　你没话说，你还成功呢，别糟蹋这俩好字儿了，你就是成渣，人渣，你欠我妈一条命，你去死吧！

　　我拉起姐姐，奔了出去。

13. 我也要考大学

想好了？

戴维把我的申请书轻轻扔到键盘上，站起来走到窗前，大半个背影，被外面的雪光映成黑色。

嗯，想好了。

我说。

我还想说我就是不要当个工人，就是要争口气，就是不能让他得意。但我没说。我知道参加夏季高考于我的难度，英语不认识几个单词，数学连分解公因式都不会，就语文好一些，但每次也是靠作文分数高撑一下门面。在高考的路上，我瘸着好几条腿，大话说早了，会摔得比入学教育汇报演出上更悲惨。

我能问你个问题吗？我说。

戴维回过头饶有兴趣地看了我一眼，说，只要我懂。

我说，既然也让技师学院的学生参加高考，为什么普通高中不多招点生？为什么不多建几所高中？本来，学技术，也不在我们的选项中。

哦——

戴维走到桌前坐下，说，你真是问了个好问题，这个问题，我也曾问过。这是个很复杂的问题。就这么说吧，万般皆下品，唯有读书高啊，我们老祖宗说的也没错。拥有清华毕业证的和拥有蓝翔毕业证的是不同的人生，清华是开挂的人生，蓝翔是开挖的人生，这就不用说了。学而优则仕，官本位思想不是一天两天能破除的——明摆着，考大学，进体制，不论说什么都是好的出路。只是，体制有限，用不了那么多大学毕业生，另一方面，我们要成为制造强国，没有大量过硬的技术人员，没有优秀的工程师也是白日做梦，事实上我们已经受此制约了。

还有另外重要的原因，现代一些教育研究表明，无论从师资配备、学生管理还是对周围社区辐射影响来讲，一所普通高中，最好不要超过三千人，九年制义务教育的学校，在校生不宜超过两千人。你看我们的一中，实验中学，都六七千人，现在的生源政策也不合理，造成有些经济稍差的县区的高中，招不到生，快空了，不利于地区间均衡发展，更没有足够的保证为每个学生提供充足的个人发展空间，除了掐尖儿考清北显摆教学成果，推高房价之外，看得到其他东西吗？再者，就算把技术类院校全部转变了普通高中，让所有孩子都上大学，又有什么用呢？想一辈子做研究，当科学家的人，少之又少，绝大部分孩子，还是上学，就业，结婚成家，谋求个好的人生罢了。都上了大学，造成学科专业同质化严重，高不成低不就，毕业等于失业，多么可怕的前景。

一个健康的国家社会，一个成熟的教育系统，应该是均衡的，多样的。有的孩子喜欢爬树，有的孩子喜欢游泳，有的孩子喜欢摆摊赚钱，有的孩子喜欢钻研，世界本来就是多样的。像一中那样，把全市的尖儿都揽过去，出几个清华北大，这是成功吗？在我看来不是的。相反，因材施教，尊重每个孩子的选择，让每个孩子都有发展的空间，才是健康的，可持续的教育模式。教育是让每一个孩子成长，变得更好，不是把人培养成一个模式，挤同一条路，甚至是变成某种工具。你说是不是？

我第一回见戴维这么慷慨激昂地一气说这么多话，有点惊了。我点着头，说，是，是。只不过，那要是有人想不好自己该干什么怎么办呢？我问。

想不好就慢慢想，人的一生长着呢，干吗干啥都急火火的，太躁了。可以慢慢想。

嗯，我点点头说，我现在就想考大学。

戴维说，那就加油学习吧。

戴维又转身看向窗外，暗色的剪影稍有些佝偻，让我想起《北平无战事》中那个国民党国防部保密局北平站站长王蒲忱。这个人出场自始至终不是在抽烟就是在准备抽烟，在烟雾缭绕中咳嗽，在咳嗽中运筹，在运筹中窥探和品咂渐露端倪的末日审判的气味。但我很快有点惭愧了，我怎么把戴维比作国民党干部呢，虽然我对这个站长的印象是从出场的阴险狡诈变作最终的修养深厚。

自初三下半年开始，我就同几个要好的同学跳墙到网吧打游戏，他们是打英雄联盟，我打了一阵子之后，就没了兴趣，我好刷剧，我想，这是母亲和姐姐对我的影响吧。母亲在世时成为家庭主妇的最后几年，常常在一天的劳作之后，锅碗瓢盆各归各位，地板擦得泛起光，看着我作业完成，看看父亲回来还早，就打开电视柜，取出她跟着父亲到省城济南和北京转悠时购买的一大堆剧集DVD中的一片，放进放映机，调小音量，泡杯茶，专心观剧。大多数时候，母亲缩在沙发一角的阴影里，眼睛盯着屏幕，一动不动。我现在常想，母亲是借着别人的故事，品咂和反思自己的生活吧。有一段时间，母亲反复看一部节奏挺慢的电影，我作业间隙到客厅倒水见过几次，人物设置好像很简单，来来回回就那两三个人在说话，我说这有什么可看的，母亲在阴影里"哦"了一声，说，就是解闷儿。母亲离开后，我整理这些影碟，知道这部电影叫《黑暗中的舞者》。母亲走后的第一个寒假，我一口气看了五六遍，我想着前不久，还坐在我坐的地方——在这个阴影里盯着屏幕的母亲，胸口一遍遍被锤击，命运如果有预兆的话，我相信这部电影就是吧。母亲的境遇看似和玛莎不同，但实则都是在不堪中收拾尊严，在绝望中保存希望。也许，母亲很早很早，比亲人们后来猜测的都早，就知道了自己的处境。母亲，可能是一忍再忍吧。

母亲走后，从爷爷奶奶姥姥姥爷大姨小姨姑姑和邻居亲戚们口中，我都听到了说母亲"这么狠心，扔下两个孩子就这样走了"等类似的话，起初，我也感觉，母亲不要我们了，太伤心了。是对《黑暗中的舞者》的不断回味与思考，让我与母亲通了悲情——作为一个人，有一种东西，比生命更重，不啻是一种幸福。也许，有人说这是傻，但是，我总认为，这比"好死不如赖活着"有尊严一万倍。

那时候，周末和假期，母亲"恩准"我和姐姐一起观赏，条件是，看完一部电影或电视剧，必须写一篇不低于五百字的观后感。我和姐姐，为了看剧，含泪答应了这个不平等条约。也是从那时，慢慢地，我的作文成绩好了起来。

让我想想，这些年，我看了多少电影电视剧啊，东方的西方的，现实的荒诞的，古装的现代的，悲剧喜剧科幻剧——太多太多，好多我已经忘了名字，但剧中的某个细节，时不时会或应景或毫无理由又猝不及防地在脑海里闪现一下。比如，我走在夜晚的街上，经常会想起忘了名字的电影中一个没有五官的面孔从而恐惧到飞奔起来，只因为离我不远的路灯造型看起来和那电影中的（其实我已经忘了是那部电影还是另外一部电影）相似。比如，我常常看着初中政治老师的板书，想起《十二怒汉》里那个把刀玩出花的高加索医生，因为政治老师和医生一样秃头，并且拒绝同别的秃顶的人那样，把一侧的头发养长梳到另一侧企图遮盖。比如一从电视里看到京剧演员于魁智，就想起《大宅门》上白玉婷，想起她在万筱菊避祸到她家时她选择避开，在她兄长白景琦不解时，她说，我嫁的，是照片。于魁智和万的扮演者宋小川，都是后来我上网搜后才知道的名字——是看在白玉婷的分儿上。她对待感情和婚姻或者说人生的态度，先是让我感觉好笑，后来感觉悲哀，而后有些不解，到现在由衷地钦敬。一个虚构的人物，塑造了也许将继续塑造着我的价值观，我也开始由此，开始严肃地思考起什么是真实，什么是虚假等等看起来高深玄妙的问题。姐姐在我不多的欲与她讨论类似问题之后，给我起了个外号：广安县大营乡成家庄三队第五生产组第一哲学家。这是一九七八年包产到户之前，我的祖父母和父亲所属的生产组织。当然，只是用前边的最后一句话说清楚这事儿，我就费了好些心思，这些名词对我来说太过遥远和神秘。我无法想象我的祖辈经历过的那种年代的风雨，这些过于真实的、渗入我血液里的因子，就像此刻停驻在窗前，渐渐模糊的戴维的剪影，反而让我不能轻松破译。

　　直到现在，我仍然说不清当时戴维对我提出参加高考这件事是支持还是反对，他可能是我见过的最不愿直接给别人建议意见的人。但有他在身边，你又好像始终面临着某种选择，在这种选择里，你知道哪种对，哪种错，不是他告诉你的，却又来自他那里。

　　这真是很奇怪的一种感觉。

　　从想到这个问题，我一直奇怪，到了现在，不久前，我刚刚自以为想明白一二，那就是，每个人，对自己应该做什么，不应该做什么，心里其实是清楚的，之所以得过且过，稀里糊涂，无非是不愿面对现实，想要逃避，无非是懒惰，无非是没有勇气去尝试——起初，我想戴维因为是老师，是班主任，对我来说代表着学院内的最高意志，所以，我从心里有惧怕。后来，我又感觉不太对，我翻来覆去扪心自问，我怕戴维吗？答案是没怕过。那就是，从内心里对戴维的尊敬，他是老师，再怎么说，尊师重道，是我们自小受的教育和熏陶，这一点，应该是有的，但不是最主要的。最后，也就是前不久，我骑着共享单车去金融港买炒菜用的铲子（其实最后在售货员的推荐下买了一把不锈钢长柄勺）回来，走到戴维家小区旁边时，看到他穿着蓝灰色衣裤，提着几根芹菜，耸着右肩，在人行道边一棵又一棵根部刷了一截白色石灰水的梧桐树下走过，每走一步，手里提的芹菜往前荡一下，我一只脚踩住路牙石，坐在自行车上，看着他荡悠荡悠地走，突然说不出地心酸。我知道他进了小区北门，往南走约二百多米，走到并排四个垃圾箱的小路口往西转，再往西第三栋楼，就是他的家。他从那扇由于被挂绳拴住而废弃了的防盗门里走进楼道，踏上灰色大理石楼梯，手里的芹菜时不时地碰到楼梯的空心不锈钢管，发出嘣楞嘣楞的响声，也许，他听见了，也许，他并没有听见。他走过一段阶梯转上另一段，转啊转啊转到自家门口，在门口掏钥匙时，他家奶奶就从里面开了门——那一刻，我想明白了这个问题。

——他对我好，我不好好干，看见他，我就心里不安。

那晚，我向423宿舍诸君宣布了我的决定，除我之外的四个人纷纷表达了自己的观点。

陈浩南认为我受了刺激，原话是："你好好冷静一下再说，这可不是小事儿。"说这话时，他虽然是坐在床边仰头看着我，满眼满脸的怜悯，对我的心疼或者说可怜想捂都捂不住。

王一凡坐在上铺干嚼方便面，他用手掰下一小块面饼，朝上一扔，仰头张大嘴去接，然后迅速从床单上捏起碰到屋顶又没接住的面饼送进嘴里，说，嗯，嗯，嗯——考大学？嗯——嗯了半天，没再嗯出一个字来。最后说，我还是学个钳工，学个电工的，比较靠谱。

趴在床上看小说的彭浪摁灭夹在床架上的太阳能充电床头灯，揉揉眼说，万般皆下品，唯有读书高。啊，加油，一路去高吧！

马纯用舍长陈浩南的手机给他邻居打电话代他向爷爷要钱，挂了电话后，马纯说，你考的话，我也考吧。你看，我们都不会唱歌，这不也拿了一等奖了。孙翔说他从来不会说相声，这不，张大志一逼，这不也成了"翔云社"。

彭浪说，这个家伙是最奇怪的，嘴唇厚得跟棉裤腰似的，比余则成的嘴都严实，谁知道嘴皮子这么利落，炒豆子似的，真是人不可貌相。

别说别人，王一凡说，你就说你考不考？

我嘛，彭浪想了想，说，我不想考大学，也不想当个什么技工，我就想读书，再进一步呢，我想尝试一下写作——

哎哟——陈浩南长吁一声，浪啊，咱这是想当托尔斯浪呀！

哈哈哈，我们大笑起来，后来，托尔斯浪，成了彭浪的外号，传得响着呢，随着他后来在校报上接连不断地发文章，名声大噪，后来，他有一次，还用托尔斯浪作笔名，很火了一把。

我听马纯嘿嘿地陪着我们笑完，自言自语地说，嗯，考，考吧。

当时，他说得随意，我们也都没有在意，但他接下来一鼓作气，每天最多睡个四五个小时，两年多后考上了曲师大。

不一会儿，邻居用微信给马纯转了钱过来，马纯把手机扔给陈浩南。陈浩南翻开手机，掏出掖在裤子下的小账本儿在马纯的那一页给他在收入一栏填上1000元，算了算，又写上余额。陈浩南把笔帽扣好，对马纯说，你结余832.5元哈，别搞错了。然后把笔挂小本本上，给我们传阅了一遍后掖进裤子下面。说，要不，我也去考？唉，我再想想，再想想，我不能干什么都做分母，但不试试吧，又不有点不甘心，等明天我问问——

哎哟——

我们一齐叫起来。

指导我们练歌的市音协的苏副主席，在艺术节开幕前表扬了我们，并把刚录制的和第一天指导我们演唱时的视频做了比较，说，嘀，算是像模像样了呀。

不知道是苏副主席鼓励我们，还是我们唱得真有点模样了，接下来的艺术节，我们声乐演唱会排在第三场活动中。周一和周二，我们接连参加了音乐会演、戏剧会演、曲艺和舞蹈会演，我们一遍又一遍地被身边看似普通得再不能普通的同学们惊到了，我们隔壁电气二班那个天天一只脚上的鞋带甩来甩去的小个子，竟然会拉大提琴，我第一次被一支不知名的乐曲感动得热泪盈眶。后来，我才知道，我听到的这支乐曲叫《杰奎琳之泪》，是由十九世纪法国作曲家奥芬巴赫作曲的，据说是最悲伤的大提琴曲。一个世纪之后，真的有位叫杰奎琳的音乐家，把它演绎到无与伦比的境界——世界，真的是太奇妙；我们在雁栖湖边经常看见的一个穿着一身蓝白相间的运动服的胖女孩，原来钢琴弹得这么棒，一首《月光曲》把《杰奎琳之泪》郁积在我心里的悲伤的冰雪消融了；食堂天天穿着件白大褂、手挥一把大铁勺帮我们盛绿豆汤的师傅笛子演奏的《二月里来》，让每一个人都好像春天的芽苗般欣欣向荣了起来；方平和另一位同学表演的相声《化学超人》表现了一个化学老师勤奋又搞笑的一天；汪闪闪六个人的拉丁舞剧《穆桂英挂帅》融贯中西，把传统戏剧中的戏服全部做成了超短款，穆桂英时尚而飒爽英姿 —— 两天下来，和做梦一样，为平素不起眼的同学们的才艺惊叹，同时又感觉，好像校园里这些楼，树，曲里拐弯的小路，还有我自己，我宿舍这些家伙们，好像哪儿哪儿都不一样了。

周三上午，我们观赏了管理学院文秘班根据本地一位青年作家的小说改编的话剧《最可疑的人》，女主被凌辱的一幕震撼了我：一束光，打在蜷缩在墙角的女人身上，她抓着自己蓬乱的头发，抬起头，目光直直盯着观众，喃喃地说，善良的王建国呢，勇敢正直的赵强呢，老实人老吴呢，你们都在干什么？为什么？为什么没有人来救我？

一千多人的礼堂鸦雀无声。

我攥着拳，恨不能跑到台上，把女人口中那几个东张西望或麻木地坐在一棵树下的人拽起来，踢着他们，让他们去救人。

—— 那么多节目，让我们笑，让我们落泪，让我们心口像堵了块石头，让我们又怦怦心跳，浑身充满了力量。再看走下舞台的同学们，身边的同学，熟悉的，不熟悉的，原来，同学们，也这么奇妙，原来，技师学院的生活，这么丰富，出人意料。

我有点词穷了。

我们的合唱，拿了三等奖。我们的心里，一面开心，一面又有点不开心。开心的是我们竟然真的拿到奖了，不开心的是，毕竟只是三等奖。我们相约，下一次，早找苏副主席来指导，选个难度更大，更好的曲目。

接下来的一段时间，每个人都能切身体会到，校园里的氛围不一样了，我们有了那么多自己的偶像，榜样，新的朋友。最明显的是到餐厅，到图书馆，到操场，甚至在路上走，有那么多熟悉友好的同学了，学院的各个兴趣和特长组织纷纷利用艺术节的余热，在校园内的宣传栏宣传推介自己，吸引新人加入。我再三权衡，和彭浪一起加入了"我们"文学社。

在欢迎新社员的活动上，我郑重向社长姚曼老师、向大家介绍了自己。我说之所以加入文学社，除了喜欢文学电影，想与同好交流外，还有个重要原因，就是我相信这是个特别阳光向上的群体，想让自己积极起来，为自己参加高考鼓劲儿。

我看到孟小小了，她和我一样，贴墙坐在外圈儿，身后的墙上，挂着鲁迅、巴金、冰心，还有几个外国老头的浮雕版头像画。一周后的活动时，彭浪告诉我，那个大胡子的是托尔斯泰，脸很瘦眼睛很大的是卡夫卡 —— 那个圆脸小眼睛的是我们山东高密的莫言，那个笑得很灿烂的是土耳其作家帕慕克，后来，彭浪又补充了一句，说前面的都死了，后面的莫言和帕慕克还活着。那晚，孟小小坐在还活着的帕慕克像下边，发型没变，穿着件乳白色、袖子特别长的粗线毛衣，和我隔着七八个人，在看见我看她时，大方地抬起手朝我摇了摇。看那样子，我知道，她早就知道我是向她表白的那个傻小子了。我冲她笑了笑，心里飞过一丝惭愧，又飞过一阵难过，有那样的身世，不知道她的日子是怎么过的。

去年，还是得益于彭浪的推荐，我有幸拜读了帕慕克的《纯真博物馆》，在看到主人公凯末尔收集的芙颂的盐瓶、小狗摆设、顶针、笔、发卡、烟灰缸、耳坠、纸牌、钥匙、扇子、香水瓶、手帕、胸针，甚至是4213个烟头时，我流下了眼泪。

一切都有时，见到有时，思念有时。

原来，我像即将窒息的人急需氧气一样想见到孟小小时，一次也没见到，这次，我带着满身心的伤痛，在几近绝地之中再次看到她，十六岁的心灵，竟然有了巫山云散，物是人非之感。前几天，在朋友圈中看到一句话，是村上春树说的，他说，人不是慢慢变老的，人是一瞬间变老的。我也想，人不是慢慢长大的，而是在某一个瞬间，突然长大了。

回头看我，可能，我就是在再次看到孟小小的一瞬间，突然长大了，也可以说，突然，变老了。

第三场雪了。

很快就要放寒假。我环视着风雪呼啸的校园，想，这个春节，要在校园里过了。半年前让我无比厌恶，视为监狱，逃离无门的东技，现在，是我唯一的家了。人生的际遇，真的是比六月的天变得快得多。

还别说，姐姐周末来看我，带我到金融港吃三汁焖锅。姐姐点好饭菜，边和我说话，边摩挲车钥匙，看得出来心里的不安。我俩都故意不说家里的事，她跟我说姐夫要到聊城东阿援教一年，说东阿是个不错的小地方，有个小鱼山，山上有曹植墓，说东阿阿胶，说同去的还有其他两个年轻老师，我则告诉姐姐我要考大学了。

我说，我要报名参加高考了。

参 —— 加 —— 高 —— 考 ——？

姐姐重复着我的话，每一个字，都像是拿后槽牙咬碎活蛤蜊。然后，皱起眉，眯起眼，咧开嘴，发出了她十六颗牙齿的疑问，那疑惑，一看就是打心里流出来的。也就是姐姐，如果换了别人，我会解读为这是对我的蔑视。

嗯。

我点了点头，用彭浪说我的话说给姐姐，万般皆下品，唯有读书高。

咯咯咯 ——

看得出来，这一刻，姐姐是真开心起来了，行啊你，都学会拽文儿啦，姐姐终于把车钥匙投进了皮包，顺手抽出皮夹子，打开看了看，又合上，拉下脸，有意搞得很严肃，问我，你说的是真的？不骗我？让你们学校的学生参加高考吗？你问过了没有？

都考了好几年了。我说。

姐姐朝服务员摆了摆手，自己摁开电磁炉，不一会儿，刚离开炉火的平底铁锅里又发出吱吱的声音。姐姐重新皱起眉头，打开锅盖，抓着小铁勺，眯着眼看着冒着油泡的大虾排骨和鸡翅中，一会儿又低头看着桌角点餐用的二维码和旁边的纸巾盒，最后把小铁勺扔到锅里，反手掰着自己的脖子，左右咔咔响了一阵，下定了什么决心似的，拿下手，捶了下桌面，两眼泛起光，顾不上捡拾震到地上的牙签筒，说，好，你只要想好了，要考 —— 我知道西城有个培训学校，老师据说都是一中的，讲得很好，我给你报名 ——

我们学校有老师。我说。

啊哈，姐姐拿起我刚从地上捡起的牙签筒在手里摇了摇，我还不知道你们有老师，但技校的老师那水平啊，也就看着你们不打仗，想高考，就那啥了吧——你什么都不用操心，我给你报名，到周末来接送你，你只需要——

我打开锅盖，往姐姐盘子里夹了块鸡翅中，看到姐姐运筹帷幄，决胜千里的样子，我心里很有些不是滋味儿。我看了看四周吃得热火朝天或慢条斯理的食客们，把目光从摆满绿萝的隔断墙上收回来，说，先吃饭吧。

嗯。姐姐拿起面前的筷子，拿筷尖儿指着她的右前方，又好像是点着我左额上尚裹着白纱布的伤处，继续着她的蓝图，嗯，我高中一个同学毕业后考到了咱们市农业农村局，今年在那里学的英语和政治，你知道吗，一鼓作气呀，考研考到北师大去啦！那里有个英语老师姓柳，棒得很，教得好，押题，那叫一个准，我们就点名找他！嗯，不行，我直接联系下他，问他一下一对一的价钱，不行的话——

我们学校有老师！

我说。

说完，我又往姐姐盘子里夹了两只大虾，几截小排，我说，先吃饭吧，趁热吃。

姐姐好像根本听不到我在说话，转身从包里掏出手机，在屏幕上划拉半天，说，啊，孙志宇，在这里——喂——大圣好，嗯，嗯，是啊，在北京吗？什么时候放假呀？我弟弟要参加高考啊，对呀对呀，问你下——

行了！

我站起来。

让不让人吃饭了？让不让吃了？不让吃就回啊！

姐姐愣了。

我们旁边，绿萝隔断那旁的一对情侣转过头来接着又转回去，正对着我们的，吧台后面的收银员装作看向门外，和我们隔着过道的一个四五岁的小朋友，举起她胖胖的小手指着我，说，这个哥哥生气了。她母亲赶紧把她的小手握住放到桌面上，对她说，来，吃虾虾，吃虾虾，不是生气，是着急回学校上课呢，看了没有，哥哥穿着校服呀。接着转头看着我们，歉意地说，不好意思，小孩子不懂事。

我惭愧地朝这位年轻的母亲点了点头，赶紧坐下来。

姐姐手机听筒中传出喂喂的声音，喂了一阵后挂断。但一眨眼又打过来，姐姐拒接了。

这是我记忆中，第一回也是唯一一回凶姐姐。话音未落，我其实就后悔了。

姐姐把手机放桌面上，低下头，默默地抽了块纸巾捂在脸上。

在我印象中，姐姐是最坚强的，母亲下葬后，她从未在我面前再哭过一次，尽管我听姥姥说过那几年姐姐每回见她，都哭得"和狼一样"，要背过气去。

我不知道该怎么哄姐姐，我看着姐姐伤心得双肩一耸一耸的，急得把面前放在盘边的一双筷子四面翻来翻去，想不出好办法。我至今还记得那是一双黑色塑料四方半截筷，筷头一厘米处镶着银色的万字花纹，方棱角慢慢变缓，在腰部断掉后匝着一截银色金属管，使用时，把两小截一次性的木头筷头插进金属管中，既保证卫生，又比纯一次性的竹木筷子节约资源。

我说得这么详细，就是想说，从那以后，我见到这种筷子，就不由得想起伤心的姐姐，就不由得心情变差。

后来，过来一个五十来岁的阿姨，手里端着一个小油壶，欠着身走到我们桌边，说，要不要再放点油，这是胡麻油，香得很咧。

我不知道该说什么，姐姐抬起头，拿手遮着眼睛说，好，倒一点吧，谢谢啦。

阿姨倒完油，开大了火，对我说，趁热吃吧，不要凉啦，关火时叫我。

我才像刚醒过来一样把姐姐盘里的食物又倒回锅里，看热得起了小油泡，又给姐姐盛了一碗。姐姐去了卫生间，回来再不说什么了，只埋头细细地嚼饭，看都不看我一眼了。

你看，如果换到现在，无论如何，我都有办法把姐姐哄笑，可是那时候，我心智过于单薄，下意识里感觉自己尚不够资格和能力擅自改变姐姐的情绪，眼睁睁地看着姐姐吃了一顿闷气饭。

直到坐进姐姐车里往回走了，刚吃下肚里的虾和肉这时好像才给了我点力量。我打开热风（在冬天，姐姐是一上车就开热风的，这次可能让我气忘了），扭头看看姐姐的脸色好像缓和了些。

我们学校的老师，很多，都很上心，对学生。

我试探着说。

嗯，知道了。

姐姐清了清嗓子，不肯正眼瞧我。

参加高考，还要经过考试，成绩合格，才让……

我说。

嗯，知道了。

姐姐好像不愿意聊这个话题了。

但是，一股强烈的力量让我想把心里话一股脑说出来，我对姐姐说了戴维，说了英语李梅芳老师，说了数学于泽远老师，说了文学社的社长姚曼老师，说了教我们历史的曾志昌老师，同时还是副主任，教我们思政的顾作新处长还是北大本科高才生——

那不可能，北大？来技校当老师？你一定是搞错了。

最后一句话，让姐姐不由自主地撇起了嘴。

我也拿不准了，我只是在超市值班时，有回顾老师来买东西走后，听方平模模糊糊说了这么一句。当时没放心上，也就没有细问。

好像是，我回去问明白，再给你打电话。

我小心翼翼地说。

唉，姐姐摇摇头，苦笑了，是不是，和我们都没关系，和你考得上考不上大学也关系不大，我只是给你找个周末和假期的培训学校，又不是不让你在学校上课了，谁和你抢学校似的，你这么急眼干什么呢？唉，不说了不说了，怪我瞎操心，你自己的事，自己做主吧。

姐姐心里还是有气，于是我就啥也不敢再说了。

说干就干了，平生第一次，我有了一件自己想干的"正事儿"。回去的第一件事，是认真整理了下自己的课本和相关的笔记、辅导材料，发现数学课本不知道啥时候跑哪里去了。宿舍的兄弟们和教室里离我近的同学我都问了，没有人看见。上午大课间，杜子远阴阳怪气地说，是送给哪个小仙女了吧？

我的脸腾地热了。

我知道我那点啥也算不上的破事儿，在班里早就不是秘密了。

俱往矣，俱往矣。正当我自我安慰的时候，杜子远举着一册数学书朝我晃了晃，我伸过手去，他却飞快地缩回去了。

不是你的，他说，但我可以卖给你。

卖给我？那你看什么？我问。

人真的是非常好玩又非常荒谬的动物啊，如果是几天前，我是绝不可能问出这种话的，能想出这种话的话，估计我的课本就不会弄丢了。立场一变，所思所想，完全不一样了。一下子成了原来那个自己的敌人了。

哈哈哈——几个男同学，突然笑得张牙舞爪，杜子远啪地把书扔到我书桌上，顺道打了个响指，说，送给你了，哥哥我又没看上的妞儿，不用心急火燎地考大学啥的，哈哈哈——

哦——哦——

所有人都起哄了。

我真是有点佩服那一刻的自己。在要冲破屋顶的哄笑声中，那个少年，抓起杜子远的课本，高高举在头顶，他成了全班嘲讽的对象，他怒火中烧，他恼羞成怒，他已经十分有把握地照准了杜子远的脸，他要砸他个血流满地，砸他个万朵桃花开，把自己的恼怒、委屈和痛苦砸出去，箭在弦上，他只要往前狠狠地甩下小臂——

不，他听到心里有个声音说，不。他咬了咬牙，慢慢把手放下。

好吧，他听到自己说，谢谢你。

他忍着扑通扑通的心跳坐下来，翻开课本，崭崭新，扉页上干干净净，确实不是他的。他的虽然也一样新，但他所有的课本，到手后都在扉页上写上了自己的名字，不是珍视，是习惯。

几乎在同时，爆笑声突然凝住了，少年抬头看向教室门口，空的，教室里的灯光映照着一大块对面过道淡绿色的墙裙，他慢慢把目光移向教室后面的门，门上边的小窗里，戴维的脸一闪而逝。

少年心里，竟有一点点安慰。他想，他是对的，他也一定认为他做得对，就只这一点，眼前这些嘲讽根本不算什么。

接下来的英语课上，他哗啦啦翻着书页，却怎么都找不到李梅芳老师正在读着的一段句子，里面好像有几个他知道的单词，却又一个也拿不准，也想不起什么意思，他发现自己不知道上到哪一课，也想不起，考没考过试。第一次，他被自己的无知吓住了。

我扭头企图看王赫在看哪一页时，看到他正把着一本《黑执事》，完美的塞巴斯蒂安嗅着一枝白玫瑰，微微垂着眼睑，好像在说："私はあくまで執事ですから（我只是个执事而已）。"我回头看看朱子康，扭头看看孙英俊，抬头再看看吴楚，最后敲了敲吴楚的椅背，吴楚回头朝我挤了下眼，用气流说，啥事儿？

在哪一页？

我也用气流说。

是上节课发的一张试卷。吴楚回过头把一张试卷竖在桌面上。

一刹那，我又一次看到了姐姐说起那个考上北师大叫孙志宇的同学上过的培训学校的眼神儿了。

而我却一次次强调：我们学校有老师。

是的，我们学校当然一直有老师，一直有好老师，李梅芳就是好老师，但是，我还是不知道老师此刻正在读的是上节课发的一张试卷上的句子。而且我当时已经忘了，李梅芳老师额头上尚红肿的伤疤，是两节课前她在批评我们没几个人完成作业之后走下讲台时，"不知被谁推了一把"磕在讲台角上碰伤的。

——这就是我的现状，我们的现状。

浑浑噩噩——我仿佛看到了三楼那个教室，教室里横七竖八趴在桌上、把腿伸到过道或前位的椅掌上的我们了，仿佛看到戴维在教室后面门上的小窗里冷峻的目光了，仿佛看到混乱中，推倒李梅芳老师的那只手了，瘦削，苍白，没有参加过足够的体力劳动长出的粗大的骨节，却野蛮强劲——当然是对于一个身材纤弱的女教师来说。

——这就是我，这就是我们。

那节英语课后，我问出了入校以来第一个有关学习的问题。临下课时，我拿着英语课本快步走到讲台前问李梅芳老师，要参加高考，从这个课本开始学起，行不行？

初生的惊喜像个小肥皂泡，刚刚飘起来就消失在李梅芳老师的眼角，她轻轻皱起眉，拿起我的英语课本翻了几下，很认真地问我，你决定参加高考？

是。

我点点头。

嗯，李梅芳老师瞧着我的脸说，我周三周五下午晚上都值班，你要时间方便就到我办公室吧，知道我办公室在哪儿吗？

知道。

我说。

实际上，我并不知道。但是问一个任课老师的办公室在哪儿，是多么让人愉悦又自豪的事啊。当我在那个周五傍晚，抱着英语课本和新买的笔记本，背着潮湿的东北风走进建工楼二楼的英语教研组办公室，看到李梅芳老师坐在最靠窗的办公桌边，叫着我的名字，示意我搬把椅子坐过去的时候，我的心底升腾起一股全新的、有尊严而又踏实的温暖。我前所未有地确定我在做一件美好的事，这样的事可以拼上全力，而不问结局。

我在想，人的一生（以我现在的年纪，说人的一生似乎是可笑的，算是假设一下吧）有多少这样的事呢，几乎是先验性的，你知道这是对的，确定的，踏实的，不论结局如何，你都知道，这是没有辜负生命的。

我来之前，想到李梅芳老师有可能先检验一下我的英语学习情况，所以我做了功课，从吴楚处了解了学习进度，把最近的两篇课文磕磕巴巴念了几遍，我从吴楚嘻嘻的笑中知道我的发音一定是南腔北调、乱七八糟，但是我毕竟知道了上到哪一课了，也知道最近发的那一页纸，主要练习的是简单介词的用法。

但和我想的不一样，我坐定后，李梅芳老师问我，你为什么要参加高考？

这完全出乎我意料，我总不能回答说为了不让我父亲成功得逞吧，也不能回答为了孟小小吧。

现在想来，我决定参加高考，与这两件事好像都有关系，又都好像关系不大。是这些事，让我看到了我自己的浅薄无力无知，感受到了绝望。人决定做一件事的动机，其实并不是这些能轻易地说出缘由的这些事件，而是在内心里，由这些事件引发的，让我们进一步看到了自己。

可能是太无聊了吧。

我想了半天，这样回答了李梅芳老师，心里有点慌慌的。

这不是你的心里话。李梅芳老师说，不过也没关系，只要是想学习，就都是好的。李梅芳老师往电脑屏幕一侧推了推面前的教辅材料，把一大块上面印满了各种芭比娃娃的桌垫翻过来，后面贴着由六页 A4 白纸组成的流程图。

李梅芳老师介绍说这是她专门做的英语学习导图。我看了下，一共三大部分，十八个环节，是按照学年学期和英语课程安排制定的。三个学年，六个学期，这十八步，一个学期得完成三步，按李梅芳老师的设计，对我来说，已经过了一个学期。所以要想跟上进度，这个寒假，我得完成前三步，分别是音标，初中单词，初中英语的八种时态。我不由得倒吸一口凉气。

你不用记，李梅芳老师说，这些又不是单词，这几项要求还记不住吗？先说音标吧，来，你闭上眼睛想一想，先给我背一下元音音标吧，元音音标有多少个，知道吗？

我摇摇头，心里很抱歉，也有点伤心。

李梅芳老师说，没关系，你记住几个就背几个，你要感觉发音不准，写下来也行。说着翻过桌垫，取了张打印过的白纸翻到空白的背面。

我写了个 /æ/，试探地念了出来。

很好，李梅芳老师说，发音很准，接着写。

再不记得了，我说，就记得这一个，因为它长得和别的不一样，像电影《白发魔女传》里姬无双姐弟俩。

为什么是姬无双姐弟 —— 俩？

李梅芳老师问。

我说，他们姐弟俩是畸形连体双胞胎。

哦 —— 李梅芳老师想了想，说，你很爱看电影啊？

我一下子感觉话多了。我摇了摇头，又马上点了点头。我看着李梅芳老师，等着下一秒钟愠色浮上她的眉眼。

如果足够爱，可以考虑报考艺术类专业。

李梅芳老师笑了笑说，但是，不管什么专业，都得过英语这一关哪。

我松了口气，说，我还没想好报考什么专业。

这个还不着急，可以慢慢想，你下周一中午来我办公室，先把音标背熟了。

我从李梅芳老师办公室出来往回走的路上才想起来，她为什么不带我读一遍音标？我还不会读，她为什么不对我说下具体有多少音标，各种音标的分类，她讲一下，我印象不是更深刻吗？

——所以我只能自己想办法了。那天我没吃晚饭，直接去了图书馆。我在图书馆二楼电子资料室的电脑上查了音标，记在笔记本上，听了几遍发音；查了初中的八种时态，分别是一般过去时、一般现在时、一般将来时、现在进行时、现在完成时、过去完成时、过去进行时、过去将来时。

我真不明白，英语为啥非要把句子搞得这么复杂，我们汉语也不分时态，啥话都能讲得明明白白——不论什么专业，这是必过的一关哪——想起这个，我就啥脾气也没有了，只一心想把音标和这几种时态记住，尽管后者这些动词形态，我基本搞不清楚。

不管明不明白，先记住再说吧。我想。

14. 对亲情的思考

林幸哲选上参加华卫那个项目了。

我记起来了，上个月，我先是在楼下"小狮哥"取件箱旁边的宣传栏里看到了公告，学院与华卫合建人才资源服务平台，在学院师生中考选项目技术人员。到了教室大家也都在议论，大家都不太相信我们学院能和华卫这种大企业合作，直到戴维在上课前再次公布这个消息，并且告诉我们，我们每一个人都可以报名参加。当然，是对网络信息技术和编程有研究有兴趣的。听到这个我们嗨声一片，感觉这像是学院在炫耀与一个大公司谈成一个项目的小手段，更没想到我们学院的师生中有合格的技术人员。最最没有想到的是，林幸哲竟然报名参加了，并且第一位入选了。据说往后，他可以在学校一边学习，一边上班拿工资了，还是高薪。

这个消息真是让我有点震惊。震惊之余，也有点忍看同学成新贵的醋意。我刚刚决定要考大学，奔着个好前程，人家刚入学，已经在这么大项目上拿工资了。这怎么比呢？

据说，两个半小时的考试时间，林幸哲只用了一个小时就答完了。百分制，他得了九十八分。据说没得的两分，是华卫的技术人员拿了马斯克一次演讲中对人工智能的设想出的题，至今并没有标准答案。

怪不得，整天整得跟个白领似的，原来人家不是在装，是真有实力啊。

彭浪说。

彭浪的话，让我心里更悻悻然起来。感觉自己为决定参加高考就感觉出的踏实，不再那么踏实了。特别是第二天专业课上，听戴维说和华卫的这次合作，历经了两年，十三次正式谈判，后来卡在人员这一块上。

戴维说，我们学院和华卫的合作，对我们，是加强提升学科建设，全方位与社会接轨，提升学院在全市乃至全省新旧动能转换中的重要性。戴维还说，我们不论领导还是老师，天天吆喝敞开大门办学校，敞开大门，就是与企业、政府、社会团体，深度合作交流。对于华卫方，这样的合作最重要的，是选择一个地方，摸索政府人力资源信息管理更高效可靠的办法。这个地方要有相应的技术人才，能理解和执行和他们的系统相匹配的功能，根据运作数据升级系统，说简单，也挺简单。只是，咱们学院原来不知道有符合他们要求的人员。为这个又拖了半年，一直签不了约，落不到实处。本来，华卫方面可以选派技术和管理人员过来，我们学院出资，他们出人，这也是一种合作，他们为这项技术积累了数据，利于下一步的系统开发，我们借他们的力量建设好这个人力资源分析基地，这不各取所需、皆大欢喜。

但是——

戴维做出很沉痛的样子，拿手敲着讲台，说，我们如果给高些的报酬和补助，他们可能也会接受，可这里面的问题是，如果哪天对方或者双方有了变化，或者我们资金不到位，或者他们人事方面有变化，那很有可能就维持不下去了。再者，这种模式，合作一百年，我们也不能从根本上提升我们自己的技术队伍，总还是一个花钱买服务，甚至是买名头的阶段——不过，现在——

戴维还告诉我们，为解决人员问题，学院领导几次找市领导，想从高校引进合适的人才，但都被市领导以不允许随便扩编和给某个单位扩编会造成不良影响等原因驳回了。这次校内人才选拔，是学院党组会上讨论过几次之后，没有办法的办法。想不到的是，一下子发现了三个计算机高手，除了我们的林幸哲，其他两位都是我们学校信息专业的老师，虽然这回只录用两个，但其余一位老师，下一步会重点培养和任用的。

不然的话，戴维说，很可能，就被华卫，或者别的地方挖走了。

同学们哪，都努力吧，戴维最后点了点头说，现在这个时代，只要你有本领，想埋没都埋没不了啊。

我们耳朵在听戴维说话，眼睛却不由自主瞄着林幸哲，坐在前边的同学，时不时回过头看他一眼。林幸哲一如既往地正襟危坐，盯着讲台。好像并不知道同学们都在观察他的样子。

会装，我想。不过，真是牛，我又想。后来我低了头，想，我什么都不懂，什么都不会——我看了眼桌角的英语课本，想起昨晚刚抄下来的音标，翻开笔记本，默默地念了一遍。还好，读音一个都没忘。

下雪了，又下雪了，戴维突然指着外面说，一下雪，我就想我们老家陕北了，塬上的窑洞，大雪后，一层层的，圆拱的门窗新刷了漆，垒在半空里，像仙境一样。唉，先不讲课了，大家到窗边看看雪吧。

这一天回到宿舍，大家都在说，戴维今天好像话特别多。我们都认为是他心情不好，而最可能的原因，就是姚曼老师还没有答应和他复婚。

还是快写吧。

陈浩南说。

那年，我们从第一场雪就开始起草戴维给姚曼老师的信，说话时还有几天就放寒假了，还是一封都没有送出去。一开始，我们分头尽各自能力打探了他们离婚的原因，收集到的消息，都是婆媳关系不和，戴维是大孝子，姚曼老师要强，就"非常平和"地离了。基于此，我们一致认为，他们的感情尚未破裂，这婚离得仓促而草率，虽然林幸哲这个人精不参加，我们423还是应该积极行动起来，帮戴维一把。

后来，我们每天晚上都仔细分析戴维说话时的语气语调，爱用的词语，小心地措辞，为避免离婚留给他们的阴影。我们信中绝不容许出现复婚、重新开始这种明示暗示失败后再挽回的意味，而是用一个男生暗恋上一个女生后那种情境。彭浪称之为：一次全新的恋爱。我们像入学后不久选举舍长那样，选举我们宿舍字写得最好的马纯为执笔人。后来，考虑到姚曼老师对戴维的笔迹太熟悉又改名为起草人，起草好后还得负责到图书馆录成电子版，再到我们机电系打印部去打印出来。

接下来，我们又想起没送的原因，是一时没想好开头的称呼。因为根据我们不丰富的人生经验猜测，他们很可能互相之间有外人不知道的称呼，写信时，是不是应该用那样的称呼才好。我们还猜测，是不是叫曼儿，曼，或者曼曼，没有谁来否定，我们最后也觉出了这其中的不可靠，一旦我们猜得不准，以戴维的脾气，突然叫出个从来没有称呼过的肉麻的名字，那太不真实了。

所以，这些信就像搁浅的鱼，在朱子康走时留下的床垫底下，干死了。

要不，就什么都不称呼好了，也不用落款，念一下旧情，还能有谁呢，是不是？

彭浪的提议让我们茅塞顿开，是呀是呀，这个东西，还能错吗，他们只离了一回婚，那还有谁呢。

附议，附议——四个附议之后，马纯就拿出原来写好的那些信，掐头去尾了。说，那明天开始送吧。

陈浩南自告奋勇当邮差，我则根据记忆，详细地告诉他姚曼老师的办公桌位置，我怕陈浩南不明白，撕了一页日记本，画了个位置图，并嘱咐他，姚曼老师桌上的电脑显示屏右上角，贴着个二丫（美剧《权力的游戏》中的重要人物）。

于是，陈浩南拿着我为了接近孟小小，主动给姚曼老师送货时看到的姚曼老师坐的位置，利用课间，准确无误地把信投递了。在我们怀疑在课堂上看不出戴维有任何反应，怀疑姚曼老师根本没收到信时，陈浩南详细地跟我描述了一遍姚曼老师的办公桌位置，我不得不承认，没错，姚曼老师应该收到了所有的信。但直到放假，我们也没有看出戴维有什么不一样。

放假前一天，我们收拾着东西，怀疑我们以前得到的消息可能不太准确，姚曼老师不是对戴维恨之入骨，就是弃之如敝屣了。不会再有别的解释了。可能没戏了。

我们，实际上是他们，第二天又感叹了一通之后，一哄而散了。只剩下我，孤零零地在校园里游逛。这时候，图书馆也关门了，学生餐厅也关门了，宿舍楼也关门了，教室实习操作车间哪儿哪儿都检修一遍关了门，戴维为我向系里申请开着423宿舍被驳回了，后来，我同方平商量，希望能作为值班生留下来与其他三位同学在超市值班被批准后，我才有幸在超市二楼一个小房间里得到了一个铺位。

我毫不脸红地说，那个假期，我如饥似渴地学习。早晨背英语单词，奇数日上午学英语和化学，下午学数学和物理；偶数日上午学英语和地理，下午学数学和生物；晚上学政治。超市里一天来不了几个人，我可以按照自己的时间表，学习假期过后高考资格考试中的科目。

至于车刀铣床制图这些专业课，我大可以不去管它。我甚至想，有可能我这辈子都不会再接触这些了。想到这里，我往往会松一口气。感觉自己离"工人"这两个字又远了一些，在反抗父亲对我的判决上，又进了一步。我想，两年半后，我会让他为送我入校时说的话而后悔的。

——刹那间我又否定了这一点，连把我母亲逼上绝路他都没表现出一点忏悔，怎么会为一句话而后悔呢？

入冬后，我除了知道母亲死因后回家质问父亲回了趟家，再就是托姐姐回家给我取了棉袄和一件方格毛衣。直到来年——很久，我都没有回家。东技是免学费的，生活费和少量参加校外培训的现金开支，约一半是我在超市和参与其他校内自管自建项目赚的钱，另一半是姐姐给我的。

另外，三年时间，姐姐共给我买了十二双鞋，两件羽绒服，一件风衣，一件皮夹克，三件毛衣，四件卫衣，两件衬衣，十一件长短袖 T 恤，六条裤子（其中两条短裤），一台 Thinkpad 笔记本电脑，一次数学补习班——其余小物件，吃喝无数和两次短途旅游。弄得我到现在都感觉欠着姐夫的大人情——姐姐的钱也是他的，是他们共同的财产。前不久一次和姐夫吃烧烤，我才有勇气说出来，姐夫说，看不出来，还真有良心，好吧，到你回报我的时候了，我正想买辆车，不用大奔啥的，我看上了奥迪 A6，哈哈哈。

A6 我是买不起，但是姐夫爽朗的笑声，让我心里一块石头落了地。

就算是普通家庭的父母照料的孩子，到这程度，也非常不错了吧。我姐姐缺点很多，长得算不上漂亮，人又凶，大学也是一般的大学，工作也是一般的工作，可她是我唯一的姐姐。我想，姐姐也是这样想我的吧。

不幸中的万幸，是命运给了我一个好姐姐。

春节前几天，姐姐来学校接我，说他们过年要回姐夫的老家，让我给他们看家。我知道姐姐的心意，就到姐姐家去了。姐姐和姐夫，离过年还有三天，已经贴好对联和窗花，挂好了红灯笼，鸡鸭鱼肉茄盒藕盒肉丸子，塞满了冰箱。姐姐说，你想吃什么，切好了，拿到微波炉热热就好啦，不耽误你学习。

腊月二十九下午，姐姐姐夫走后不久，大姨来了。

大姨很胖，提着两大兜儿吃喝，站在门口，一见我开门就叫起来，天哪，天哪，孩子你怎么瘦成这样了！

我边接过东西请大姨进屋边想，我有那么瘦吗？不等我给出自己答案，大姨拉着我的手就开始抹泪了。大姨说，你咋那么傻，你和你亲爸爸吵的啥劲呢，你这个傻孩子啊，把你爸爸的心吵冷了，万贯的家财，还不是人家那娘俩占了去，你妈在天有灵 ——

一见大姨哭，我还有点伤心，但一听她说这个，我心里就有点烦了。

原来，我母亲走之后，我见大姨见得多，每回见她哭得一把鼻涕一把泪的，我都伤心得很。我竟然一点没感觉到难过，反倒有点心烦。

我妈在天没灵。

我说。

大姨愣了，大姨一屁股坐在沙发上，扯着我的胳膊也坐过去，一只手摸上我的额头，说，孩子，你是发烧了吧，怎么说这种胡话？

我没说胡话，我拨开大姨的手，说，要我妈在天有灵，早把那个人渣叫走了。

什么？你说什么？大姨那张胖脸大惊失色，你在胡说什么，谁是人渣，你在说谁？

大姨脱下羽绒服，解开土黄色碎花棉袄的第二颗扣子，呼呼地喘着气，又一次把手放在我额头上，孩子，你真没事儿吧，可别吓我啊！

说着，她又开始抹泪，你看，你姥姥命薄，就生了仨闺女，我和你小姨从小卤得比瓮里的咸菜还卤，中学都考不上，就你妈长得好看，也聪明，脑子好用，不到八个月就会说话，和小铃铛一样。从小到大，甭管是街坊本家还是老师，人人喜欢，脑子跟电子的似的，学啥会啥。你姥姥一早就说，老了，得指望二闺女了，可谁知道——大姨顿了顿，在茶几的纸巾盒里一连抽了几张纸，擤着鼻涕，谁知道这么个命，这么年轻就——你考了技校，很好啊，比我强很多，好好学门手艺，你是学什么？是学修车还是学电焊？

看我不说话，大姨说，嗯，学什么都行，学个炒菜也行啊，人只要有一技之长，正经干，就差不了。孩子啊，你姐已经嫁了人，指望不上了，你可得好好学呀，不能再和初中时那样，别让你爸灰了心，好好学，好好哄着你爸点，那么大的家业呢，不能都给了人家。

我抬起头，看着自小待我最亲的大姨。

但这一刻，我却好像第一次看清楚了大姨的样子 —— 整个身体胖成一个圆球，半长的染黑过的头发随便地绾在脑后一根黑色皮筋里，额头和头顶处新生出的齐刷刷的白色发根让人触目惊心，眉毛很淡，右眉弓处尤其稀少，塌鼻梁，法令纹一耷到嘴角，嘴唇很厚，因激动，也或许是因为进了暖气房间穿得太厚太热，微微发紫。

确实，你和我母亲，一点都不像。

我说。

大姨突然哭起来，说，就是不像，幸亏 —— 我是说，你也长大了，得学着心眼多一点，哄着你爸点，那么大的家业呢 ——

大姨你别再说了，大小的，不关我事，我说，大姨你再说我就生气了。

你这孩子，看怎么说话，你，你就不会先给我倒碗水？大姨气喘吁吁起来。

我赶紧去倒水。大姨接过水杯，在杯沿上吹了一口，说，不兴胡说的，你要听大姨的话。唉，你还小，有些事，你也不明白，你就听大姨的，大学是上不了啦，那咱就好好学门手艺，你爸开工厂，你要能学个你爸厂里用得着的技术是更好啊，上完学，先去厂里干，你爸老了，不自然你就接手了吗 ——

大姨！我说，你再说这种话，我就不听了。

咦，大姨说，这孩子是怎么啦，大姨说什么难听的话了，不都是实话吗？你不能光拿自己当小孩子了，咱们已经走到这一步了，你说，不争气咋行呢？看，大姨这笨嘴笨舌的，不过，你妈已经走了，你小姨年轻，过日子的事，她懂啥呢？我还不是怕你吃亏。

我没啥亏可吃。我说。

唉，和你妈一样，看着聪明着呢，到了呢，死犟眼子，连个弯儿都不知道拐。当初，你妈要是稍稍能拐个弯儿，何至于——你可得活络点，好好学门手艺，把你爸哄好了——

大姨，我站起来说，你不要再说了，我和那个人渣没有任何关系，他的钱，我一分不要，你以后不要在我面前提到他。再说，我要考大学了，我也不想学手艺，更不想学他用得着的手艺——

你怎么能这么说话，他再不好，也是你爹，将来，他要是不管你了，你看——

大姨胸脯一鼓一鼓的，我真害怕把她气出病来，我想赶紧看书，开始盼着她快走，但她不走，喝完水，她站起来进了卫生间，好长时间哗啦啦一阵水响过后，她甩着手上的水出来进了厨房，她站在厨房门口，边往脖子上挂着围裙带子边说，听大姨的没错儿，别犯傻，好好学门手艺——

我——不——学——手——艺——

我一字一字地高声喊道。

我要考大学！

考大学？

大姨停下系围裙的手，姐姐那条深蓝色的方格围裙在她过于宽大的胸前晃来晃去，显得又窄又短，像一件裁剪得过大的围嘴。大姨晃着围嘴走到我面前，满脸狐疑地瞧着我，说，你不会是发烧了吧，烧得都说胡话了，你都上了技校了，考什么大学？还做梦呢吧？我们还得踏踏实实的，学门手艺，比啥都强，你妈在天有——

不要再提我妈了。

我实在受不了了，站起来和大姨脸对脸，你这么想着我妈，你咋不去找逼死她的人替她报仇？

大姨僵住了，向上眦起眼，好大一会子，她双手摸上肚腹，扯住围裙的两边，慢慢坐在沙发上，仰起头看着我，眼角的鱼尾纹皱成一团，孩子，你在想些啥，你妈是自己走了这条路，没有人逼她，是她自己想不开。

自己想不开？好好的她自己就想不开了？

大姨双手捂住脸，双肩微微耸动着，我心里的气越来越满，他们这些人，有谁为我母亲说话了，口口声声你母亲在天有灵在天有灵，谁拿我母亲当回事儿了，我母亲在天有灵，早寒透心了。

孩子，你是长大了，大姨拿开捂住脸的手，抽了块纸巾拭拭眼，说，但是，死了的就死了，活着的，还得活下去，你已经没了母亲，还非得把你爸爸逼出个好歹吗？

谁逼他了？自己做的事，不得自己承担吗？哼，谁有钱谁有用就巴结谁，一个个的，都是势利眼。那是，一个死人，是啥用也没有啦。

我心里太气，可能有点口不择言了。

果然，大姨愣了半天，站起来说，大姨明白了，你这是在说大姨父吧？你大姨父是从你爸开那个小厂就跟着他干，你大姨父老实，除了干点活没别的本事，但他不是跟着你爸吃白饭，他活儿没比别人少干——

我不是这个意思，但显然大姨误会了。

大姨拿起进屋时脱在沙发上的棉衣披在身上，然后有点艰难地穿着袖子，说，你到底还是个孩子，大姨不跟你计较，但是你这话也太伤人心了，我回家就去你爸厂里，把你姨父叫回来。你既然开了这个口，要你姨父还在那，你大姨就真感觉对不起你母亲了。

大姨擦了把脸，头不回地走了。

我真不是这个意思。

我跟在大姨后面下了几级楼梯，看大姨抓着楼梯扶手，晃着肥胖的身躯一级一级下楼，我退回到屋里，关上门，躺在沙发上，一边感觉松了口气，一边又感觉头皮又麻又疼，怎么抓都无济于事。我看看墙上的钟表，再有几分钟就12点了，我跑到窗台去看大姨，都回老家过年了，楼下一个人也没有，一堆残雪堆在垃圾箱旁边，几只麻雀在地上跳来跳去。

我后悔了。

我拿起手机给姐姐打电话，姐姐和姐夫还在半路，我问她大姨的手机号，姐姐问我找大姨什么事，我灵机一动，我说，问问大姨表弟在家干啥，要没事的话，就过来玩儿。

姐姐没多问，挂了电话后在微信上把大姨的手机号发给了我。

我拨了号，大姨接着就接了电话，我让大姨上楼来吃饭，大姨说已经坐上公交车了。我听到手机里公交车上的自动播放器里一个女声说"请坐稳扶好。下一站，交警大队"的声音，知道大姨已经走了两三站了，我说大姨我不是这意思，你别误会了。大姨沉默了会儿，说，我知道，你自己做点饭吧，你看，来了一回，连顿饭也没给你做。

我挺后悔没当时就追着大姨一起走，大姨从姐姐家离开，直接去了厂里，叫着大姨父一起回家了，对人说两个在外面上学的孩子回家过年了，一家人团圆团圆（以往，大姨父过年一般都是留在厂里值班，我原来从来没想过，那些年，我们每个春节在家安心地吃着热腾腾的水饺看春晚，都是大姨父这个"自己人"留在厂里照看换来的）。

——这些，是春节后姐姐和姐夫去小姨家拜年时，听小姨说的。过了正月初五，大姨父就去了另一家轮胎厂干了，姐姐说我父亲去请了好几回，姨父也没再回去。

年初五，大姨还专门给我打了个电话，说她不知道技校也能考大学，乱说话了，让我好好学习，一定要考个好大学。我知道，这是姐姐去给她拜年时，她了解了，知道我说考大学不是不切实际的幻想了。

大姨以这种方式，和我站在了一边，和母亲站在了一边。每个人都有自己的局限性，大姨也一样，大姨认为继承父亲的财产，对我来说是件天大的事，为了这一点，她能做到不去计较我母亲的事，认为我也应该和她一样，"大局"为重，我虽然做不到，但很快，理解了大姨，只是我伤了大姨的心，也许，一辈子都暖和不过来了。

后来听小姨说，父亲这个年过得"很凄惨"，没有像往年那样初一在家里设宴置酒，呼朋唤友，而是几个家人放了串鞭炮，吃了顿饺子。

我们这个家，在亲戚们眼里，已经四分五裂了。

对于这一点，我当时倒一点不觉得有什么，与其维护个虚假繁荣，不如各过各的，随心适意。说到底，亲情这种东西，不是有个血缘关系就天然有了浓厚的情分，而是在养育过程中，在你来我往的互相爱护照料过程中，产生并增长的一种紧密的关系。而我与父亲的亲情，在知道母亲死因的那一刻，就消失得无影无踪了，如果硬说还有的话，也只剩下恨和不屑了。

也许，我还没有自己的孩子，没有生养小孩的那种更深的感触和情愫。就我有限的观察和理解，大多数夫妻都是抱着让自己的人生更完满，让生活更幸福一点生孩子的，或者按照一种惯常的生活和人生逻辑该开花的时候开花，该结果的时候结果，还有少数是意外，我还没听到哪对夫妇是抱着"啊，生活多么美好啊，我要将生活中的这些美好都送给未来的小宝宝"的心思生小孩的。

也就是说，人们首先是为了自己的幸福生小孩，就算不是父母因子女达到了自己对某种美好的设想应该和必须感恩子女，至少不是子女天生欠父母的。当然，我更愿意父母子女是种基于更高的层面上的互相感恩的状态，但是这种状态，只设想过听说过，没有见过。

好多人谈到孝道，爱引用圣人的话：今之所谓孝者，是谓能养，至于犬马，皆有所养，不敬何以别乎？

让人心生敬意，是因为这个人是你的父母吗？难道不应该是因为他们的品行高洁吗？

如果生孩子是为了给自己养老，那就算是投资，又有什么高尚，为什么让子女感恩呢？

如果生孩子单纯是为了要把一种美好的东西传承下去，那更不必为子女孝不孝而挂怀，大费周章了。

那如果承认了人类的亲养行为是复杂的，不那么容易说清楚的，也就不必天天用孝不孝，敬不敬等这种道德标准来衡量指责人了。

15. 戴维被打了

初三一大早，我回了学校，姐姐在不值班的时候到学校看看我，见我笃定地看书学习，很放心。尽管我自己心里知道有多慌，我的基础太差，只前几种时态，我都搞不明白。

校园里异常清洁，大门口路牙石缝里，保卫科值班的老师们放的鞭炮碎屑让人感觉这里也一样过了春节。空旷寥落的校园，时时提醒我是一个无家可归的人，超市里根本没有人，我到二楼临时宿舍拿课本和笔记，站在窗前，看着雁栖湖并不坚硬的冰面，看着湖边一小丛塔松和侧柏，看着花圃中两棵冬青，感觉一切好不真实，虚空感轰然兜头落下，那一瞬间，我好像忘了我是谁，身在何处，站在这里干什么。

幸而，这种感觉很快过去了。

初五下午，我抱着课本下到一楼超市，看到方平杜燕泽和一个穿着藏蓝色棉袄的人在交谈。我把课本和笔记本放到收银台边的小桌上，拿着杯子到门一侧的饮水机处倒水，倒水回来，看到正面，我才认出，是我们秦厚朴院长。

上一次在超市见他之后，我们超市推出了"小狮哥"配送团队和点购机，我也有幸成为这个团队的一员，再见秦院长，我很想听听他的意见，想知道他对我们近半年的工作有什么看法。我放下水杯，凑过去，问候之后，方平欲向秦院长介绍我，秦院长摆摆手，说，这不是成良吗？上回，还记得吗，一起开过会，为经营问题。

我赶紧点头，当然记得了。我为秦院长还记得我的名字感动不已。秦院长也朝我点点头，嘴角挂着意味深长的笑，我不知道他是不是早就知道我就是在新生入学教育汇报演出上"砸了锅"的那个家伙。虽然，后来我的心态好了很多，但一直没强大到有勇气说出那件大糗事。

我说，院长没有走亲戚呀？

秦院长说，走亲戚也不能吃两顿儿啊。我们都哈哈大笑起来。

他俩是为复习功课留了下来，你呢？听说你初三就回来了。秦院长问我。

我也是为复习功课，我也想考大学了。我说。

嗯，不错，秦院长说，不管做什么，有目标，并付出努力，就不错。想好学什么专业了吗？

没想好，反正，只要不当工人就好。我想也没想，脱口而出。

我发现，秦院长的脸不动声色地板了起来。

唉——秦院长长长地叹了口气，说，不当工人就好？你看，我们搞了这么多年的技术教育，国家要成为制造强国，前提就是我们需要更多优秀的，甚至是伟大的工匠、技师、技术人员。没有技术人员，想搞好制造业，相当于纸上谈兵。制造制造，造出来才算，多么高精尖的发明专利，说到底，还得落到一个产品上，是不是？可你们，一天不想当工人，我们这个目标，就一天不能实现。

杜燕泽说，可以用机器人啊，现在好多行业，智能机器人替代了工人呢。

嗯，秦院长点了点头说，是，机器人越来越智能化精细化，只是，制造机器人，也需要技术人员啊。

让机器人制造机器人啊。杜燕泽仰了仰头。

这真是个好问题，也是个可怕的问题，更是个难以说明白的问题。秦院长继续点着头，想了想，说，就这么说吧，你们愿意穿着校服出去逛商场吗？

我们三个互相看看，摇了摇头。

为什么呢？秦院长问。

都一样，不好看啊。

杜燕泽说。

秦院长又点点头，是，哲学家罗素说过，参差多态乃幸福的本源。每个人，每个个体，有时候，存在的价值，就是他的不一样，也就是独特性，批量生产的东西，有独特性吗？你们看，奢侈品为什么贵，为什么是奢侈品？在于少，在于与绝大多数同类的东西不一样。我们为什么喜欢某个明星，就拿杰克逊来说，为什么有那么多歌迷？因为他独一无二。你们想想，机器人能生产独一无二吗？

但大多数产品不需要独一无二啊，像建筑，像汽车，像生活用品，像盆啊碗的，衣服，像方便面——杜燕泽转身看看货架说。

方平说，建筑怎么不追求独一无二，每座楼和每座楼都不一样呢，你看高端的汽车，限量版，不是独一无二，也差不多吧。

说对了，秦院长说，就算是生活用品，衣服方便面，各个品牌，也都追求与众不同啊，因为这些东西需求量过大，如果单一地追求独一无二，成本会无限地高，所以基于性价比，是量产的，是一种算计，一种折中，或者说无奈，并不是人的本性使然。

杜燕泽开始挠起头皮，说，有道理，有道理。

所以嘛，我们需要大量的优秀技师，需要培养优秀技师的大量技术类院校，需要前瞻性地为发展提升技术教育制定相关政策，从上至下，这是一个系统的，庞大的工程。像社保制度的设计，像工酬问题，像整个社会的认知。

秦院长打着手势，想为我们进一步解释这个工程的重要、繁复，阻力重重，但估计是看到我们的三脸困惑，打住了。

不多说了，秦院长说，和你们说好像是早了点，虽然你们也有必要了解和思考这些问题。但技术教育，最终的重点，在教育上。凡是教育，还是有教无类，还是因材施教，只要你们有目标，愿意为这个目标去努力，我们老师，家长，就是欣慰的。

秦院长出门前，突然回过头问我，你是张大为老师的学生，是不是？

我点头后，秦院长点了点头，说，嗯。走了。

秦院长问得有些奇怪，我是张大为老师的学生有什么特殊的吗？我想了一会儿，想不明白，就和方平杜燕泽继续讨论了会儿制造强国和加强提升技术教育的问题。以我们仨的认知水准，也讨论不出什么来，所以不一会儿，我们就各自忙起来。杜燕泽回宿舍洗衣裳，方平刷数学题，我看八种时态。

不过，在这个年初五下午，一颗种子种在了我心里。八九个月后，它才得到特属于他的阳光雨露，并迅速抽出了一根苗壮的芽苗，在东技世赛中心抽枝拔节，长成了一棵有模有样的小树。

此时此刻，那个将要给我阳光雨露的人，正在人民医院急诊科的某个诊室里，包扎额头、鼻梁上的伤口。

事情是这样的，我们亲爱的戴维，在大年初五上午，行走在他家小区北门西边。他遵照母亲指示去采购了三个西红柿、一小把香菜和一包葡萄干。走在人行道上，突然不知从哪里跳出一个青年，大喝一声他的名字，他应声回头，对方以迅雷不及掩耳之势，一顿拳打脚踢。他躺在地上，抹着脸上的血迹，看着滚落到地上被踩扁的那颗最大的西红柿，还没搞明白发生了什么，那青年早就扬长而去了。

我们的戴维，莫名其妙地被狂殴了。

是路边依旧少年洗化店的店员报了警，110用警车把他送到了医院急诊上。戴维虽然满心恼火，但仍然请求110不要惊动学院领导，出警的三位警察知道他是东技的老师，问他是不是在教学中对哪个学生特别严厉，又猜测是不是因职称职务竞争得罪了冲突了哪个同事，最要命的是警察要求他留下个紧急联系方式，戴维左思右想，报出了姚曼老师的名字和手机号。

姚曼老师把他接回了家，想来想去，感觉事出异常，怕里面有什么她不能揣测的危险，还是电话了机电系主任王乃逊，王乃逊汇报给了分管副院长马千里，马千里又马上汇报给了院长秦厚朴。秦厚朴马上召集相关学院领导和保卫处牛建国处长开了个专题会。学校老师在自家小区外因不明原因被攻击，这在东技的历史上是第一次，不容小觑。

牛建国处长负责对接管区派出所，调看了附近店里和小区门口的监控视频，因离得太远，只看到是一个三十来岁的人，中等个，穿着棕色猎装棉衣和马丁靴，平头，脸部看不清楚。

戴维被打得晕头转向，还没远处的低像素摄像头看得清楚，只说穿着灰黑色的牛仔裤，其余再说不出个所以然了。

王乃逊负责分头找学院老师谈话，排查了解与张大为发生冲突、闹不愉快或者因事有过节的老师和校内人员。

马千里副院长负责对接社区，了解邻里关系，排查张大为老师

225

及家人与邻居等相关人员的关系。

过后我算了下时间，秦厚朴院长问我是不是张大为老师的学生时，他们刚开过会。我如果多问一句的话，赶到戴维家，或许还能接着他从医院回家。可是，谁会想到发生这种事呢。

到了正月二十三我们开学，戴维到宿舍看我们，他额头上和右颧骨处有块粉色印痕，像刚刚痊愈的皮癣。陈浩南问他怎么了，他摸了摸鼻子说，没事没事，溅上热油烫了。

戴维走后，陈浩南说，你们看哪，戴维的裤子皱的，唉！

全宿舍于是又开始讨论没有老婆监督和照料的男人活得真是不如狗啊，接着感叹我们这些人，是不是将来混得比戴维还惨，他好的孬的，还是个教师呢，我们走出校门，凭着个电焊啥的手艺，连能不能糊上自己的口都不好说，更甭说管老娘，生小孩了。就算考上大学，不是毕业就是失业吗，能怎么样？

几句话下来，我们都沉默了好久，默默地收拾床铺，洗漱，想心事。直到陈浩南说信还是要写下去才活络一点，我们都点着头，说，得写得写，哪怕能帮上一点点小忙呢，也不枉戴维带我们一回呀。

但其实，我们心里根本没底，不知道以前投的那六七封信起没起作用，起了什么作用。我和彭浪倒是在文学社的活动上见过姚曼老师几回，但从脸上什么都看不出来呀。于是我们就琢磨，是不是该下个猛药，约个会啥的了。

最后，我们决定约在下个周末，3月17日晚上，替他们在金融港素朴咖啡厅约个西餐。这回彭浪草拟了约会函：很想找你聊聊。本月17号（下周六）晚，在浏阳河路素朴咖啡厅19号座恭候，请您务必拨冗赏光。落款，给姚曼老师的落上大为，给戴维的落上姚曼。

这两句话，耗尽了我们所能掌握的一切社交礼仪和词语。我们迫切地希望能看到一个开始，哪怕不那么尽如人意的，我们想，只要开了头，一切就好办了。

第二天是星期天，没有课，我们从容地去系里打印处打了两张便条。回来从 A4 纸上把它们裁剪得整整齐齐，由王一凡折成了两只小纸鹤（尽管看起来像两只小鸡）。

周一大课间，戴维的，由我放到办公桌上，姚曼老师的，还是由陈浩南送了去。

下午第一节课，戴维踏着铃声，哼着小调儿走进了教室，我们423全体成员互相瞅一眼，心照不宣地瞅着戴维八成是刚才在卫生间拿水抹了下的平头，还有比往常挺直的胸脯和脸上异常明显的欢喜。

那晚，我们423特地每人出了十块钱宿舍费，舍长陈浩南又另加了五块，在美团上点了个麻辣鱼庆祝了下。陈浩南郑重宣布，我们423做了件有意义的事，从此，我们就成了高尚的人，脱离了低级趣味的人，有益于人民的人了。

鱼盆里的红油映得我们每个人的脸都红彤彤的，我们每个人都相信，戴维的好日子就要来啦。

那晚的麻辣鱼格外香，我们吃了鱼肉，吃了里面的豆芽和芹菜，吃了小米辣椒圈儿和葱姜蒜，咳嗽着喝光了汤，到最后，连里面的青麻椒和干辣椒都分食一空，就差舔一次性的塑料盆了。

彭浪端着泡面缸子冲着戴维的办公楼高高举起，说，David! David! David! 加油吧，就看你的啦，把握机会，一举拿下，你可不要拉稀摆烂，让我们失望啊。

话音未落，就听到彭浪敬的那个方向有人在吆喝，我刚草草地洗刷了下爬上床，听到吵嚷探出上身，挑开窗帘，从前面宿舍楼缝隙里隐约看到鹿鸣广场上影影绰绰的，扭来晃去，好像有人在打架。眨眼的工夫，我们宿舍楼上有人跑下去了，啪啦啪啦的脚步声让我们心痒起来，迅速穿戴好，随着人流跑下楼，往小广场上赶。

是戴维在和一个小青年打架，准确地说是戴维被这个青年打得落花流水，只有招架之功毫无还手之力。那个小青年穿着棕色猎装，牛仔裤，在我们跑近的工夫，已经把戴维拖倒在地，骑了上去。

我×，真不知道我们是干啥的，敢打我们老师。我们几个忽地扑上去，把那个小青年撂在地上，一顿狂踹。

戴维从地上爬起来，大喊住手，我们太兴奋，停不下手。再说这个家伙不是我们学院的老师，别的班的男生有几个也过来上手了，我直起腰喘气的当儿，小青年已经蜷缩在地上，抱住头，不停咳嗽，刚才追打戴维的神气劲儿早不知道被东北风刮哪儿去啦。

牛建国处长和高矮两个保安开着电动车跑过来，我们一哄而散，远远地跑到广场边儿上袖起手。几个老师从地上把那个年轻人扶起来，后者鄙夷地推开他的手。这时，我们才看清楚，几个老师中有个女老师，我想了会儿，记起来，是和姚曼老师一个办公室的年轻女老师。

牛建国指着我们让我们赶紧回宿舍，紧接着，让戴维和年轻人上了电动车，一溜烟儿不见了。

我们回到宿舍，再次脱了衣服各自上床。我躺在床上，翻来覆去的，总感觉哪儿不对头。

你们说，戴维这样的人，也有人找上门觑架哈？我瞪着眼，望着黑黢黢的屋顶说。

是啊是啊。黑暗中他们都扑棱棱爬起来。

那个家伙，到三十岁吗？看着？竟然找上门来打人，欺负我们没人啊，我×，刚才下手还是轻了。陈浩南说。

莫非——

彭浪拉得后音很长。我们支起耳朵，等他的后半句话时，他却又卖起关子了。

有屁快放，放晚了憋死。

陈浩南说着在床上坐起来。

我猜得不一定准啊。彭浪自己圆场道，这种事不好说出来，有点八卦啊。

浪啊，子早就曰了，人不八卦枉少年啊。王一凡说。

哎，又没有外人。马纯慢悠悠地说。

也是，彭浪说，不过，我也就是猜猜哈，当不得真，算是构思一个小说情节，对这话我是不负责任哈。鼓浪啰啰唆唆说了一大套逃避造谣责任的话，最后放低了声音说，我猜呀，这人，是不是姚曼老师新交的男朋友？

不会吧！

我们五个几乎异口同声。

彭浪说，也是啊，你们看吧，姚曼老师容貌不可谓不端庄，气质不可谓不优雅，治学态度不可谓不严谨，工作作风不可谓不稳健——

大写的有屁快放！陈浩南恼了。

我的意思是说啊，爱情这个东西，非常理可衡量啊。彭浪说着也坐了起来。

229

嗯，说的还是有点道理。我咕哝着，也坐起来了。说心里话，突然出现了这么个年轻又好像是非常帅气的情敌，我为戴维着急了。

我在脑海里迅速把戴维和那个穿猎装的家伙比较了一遍，个头，比戴维高，岁数，比戴维年轻不老少，穿戴气质，比戴维起码有型八十多倍吧，听简短粗暴的骂人的口音，普通话和嗓音比戴维浓郁的陕普起码好一百二十倍，别的不说了吧，只说古铜色反牛皮的马丁靴，时尚感十分之一秒就把戴维那八百年不变的松紧布口胶底网布鞋碾成碎末末了。

这么说，老牛配嫩草了？

王一凡说。

也不能这么说，马纯还是悠悠地说，姚曼老师，看上去，一点儿也不老。

你真是学习学傻了，陈浩南跳到地上指着上铺马纯说，虽然爱情没有对错，但我们得有立场，是不是？是不是？马子你是不是故意斜着 get？

是是是，彭浪说，你先床上去吧，地上冷，再发烧咯，还得搓酒啥的，不小心要不了你的命也会扒了你的皮啊。

我——×——啊！

陈浩南嘭一家伙跳到床铺上，震得我的床都跟着抖了几抖。我听到搓酒两个字，背突然疼起来了。

我说，别闹了，我们来好好捋捋吧，你看，这仗，早不打晚不打，浩子刚给姚曼老师放了约饭文书，他就来了——

是啊是啊，我也这样想。你们想啊，这是关系已经很密切了啊，要不然，我们的信怎么会让他看到？彭浪叹了口气说，照这样看啊，姚曼老师是早心有所属啊，我们没机会了？

哎，不是你们，是戴维。马纯说。

那还不是一回事吗？陈浩南提高了声音，说，马子不是我说你，你这立场，这觉悟，还真是有点问题哈，戴维对咱们这么好，他的事儿可不就是我们的事儿吗，打他不就是打我们吗？他被人抢了老婆，不就是咱们被人抢了老婆吗——好像有点不对哈，不就是咱们师娘被人抢了吗，我们得抢回来呀，不能眼睁睁地被人抢走了呀，那我们成什么了我们？

成没娘的娃儿了。陈浩南说完嘿嘿笑了起来。

连师母都被人抢跑了，我们还混啥混了——哦，对了，我突然想起刚才站在广场边上的那个女老师来了，我说，刚才站在我们一边的那个年轻女老师，你们看见了没有，和姚曼老师一个办公室的，我的天哪——这分明是姚曼老师不方便出面，请小姐妹来打探消息了呀。

一切迹象表明，姚曼老师，再也不可能回到戴维身边了。我们要永远地失去姚曼老师这个漂亮的师娘了。

真是让人气愤又沮丧。

别绝望别绝望，还没到最后关头，我们不要先自己哭死在战壕里。我给他们打气，也稳下自己的心神。

塞翁失马，焉知非福？马纯又又又悠悠地说。

说实在的，我今晚真是有点受不了这个马纯了。阴阳怪气儿的，这个时候还在装哲学家。

什么味儿？这酸唧唧的，是汉奸味儿吗？我抽着鼻子说。

装×味儿。王一凡说。

你在说谁呢？马纯有点恼了。

谁装×说谁。王一凡说完哼了一声。

你再说一句。马纯从床上坐起来。

我再说十句，装×味儿，装×味儿，装×味儿——怎么着？王一凡也坐起来，把腿搭在床边。

老王你别找碴儿，我昨天就跟你说了，你的篮球，不是我扎的。马纯指着对面上铺的王一凡说。

哎，算了算，哪一出啊。彭浪拍着床头说，睡觉，睡觉了老王。

王一凡拍了几下床铺，说，是，睡觉睡觉，咱不敢惹，人家这本事，哪天考上了清华北大，那扎的就不是篮球了。

一码归一码，不要瞎攀扯，我再说一遍，你的篮球，不是我扎的，我想考大学不犯法吧，你瞎扯这个是什么意思？马纯把棉袄披在身上。

王一凡骂了句脏话，你考大学光荣啊咋犯法呢，证明你有本事啊，但你有本事，不证明别人就是傻瓜，不是你扎的谁扎的，我离开的时候教室就你一个人，回来的时候还是你一个人，王八蛋扎的？

大家听听这智商，马纯冷笑了一声说，你离开再回来，别人就不会回来再离开？请问，你这一根筋是祖传的吗？

也许是马纯最后一句话惹恼了王一凡。

噗的一下，王一凡把枕头扔向马纯，马纯拿手一挡，枕头落到地上。这回轮到王一凡尴尬了，陈浩南把枕头捡起来扔还给王一凡，唉，咋把师娘抢回来还没招儿呢，还顾得上内讧？

我们这才回过味儿来，怎么好好的说着抢师娘的事儿，突然就打起来了呢？咳咳，我说，先抢师娘先抢师娘，别的事儿往后靠靠，往后——再说，我们是英雄的宿舍啊，自己杠起来，成狗熊窝子了。

他们都笑了。

我×，这时候，王一凡骂了句，把枕头直接扔地上，你给我捡起来！他指着马纯说。

我们又愣了。

外边无风，寂静的夜里是猫瘆瘆地叫起来，角门前在校企合作工厂上夜班的人吹起尖尖的口哨，一应一和，开在高高的院墙上的一扇小铁门，吱呀开了，又吱呀一声合上，巡夜的手电筒光束缓慢爬过窗口，惊起了树上不知名的鸟，嘎嘎地响几声又扑啦啦落下。

再安静的夜也有沸腾的角落。

马纯已经穿好衣服跳到地上，临出门，他指了指王一凡，五楼天台见。

我顾不上穿衣服跟他一起出去，走到420门时一把抓住他闪进屋。我放低声音说，兄弟们，先别出声。

不大会儿，听到我们王一凡在舍友们的拉扯中骂骂咧咧出门了，王一凡说，你们闪开，我得给我的篮球报仇去，阴险小人，汉奸，我得为423清理下门户。

那篮球真不是他弄的。我们听陈浩南说，大半夜的，要让宿管知道了，又得检讨，戴维眼看老婆都让人抢跑了，够倒霉的了，我们不要再给他添乱了。

不是他死，就是我亡。王一凡咬牙切齿地说，今天，谁要挡着我，谁就跟马子一伙的，就是成心跟我过不去。

放手，放我出去。马纯说。

别冲动，我说，大半夜的，别闹笑话给人看了。

那你就愿意看他们笑我厌？马纯又拨拉了我一下。

我×，狗咬吕洞宾，好啊，好啊，你去。我们听到陈浩南说，有种你就去，你去了就别回来。

听着一阵杂杂沓沓的脚步声过去了，这时候张大志说。

我说，没事儿，荷尔蒙短暂爆发，呵呵，借住一宿哈。我把马纯拉到林幸哲铺位上，林幸哲参加了学院和华卫的合作项目不久，就搬到项目值班室去住了，他的铺位空着。

我见马纯不肯坐下来，就顺嘴劝他，我说，忍忍吧，咱们还要好好复习功课考大学呢，大学才是我们的金光大道，这点小小的误解，不应该在我们的路上。

我拍拍他肩膀，他顺势拉住我的手，紧紧握了下。

回宿舍赶紧爬上铺睡了，也不知道王一凡什么时候回来的。只是在第二天一早，看到他两只眼肿得跟金鱼似的，对陈浩南说要请一上午假补觉。王一凡还说，胆小鬼，不知躲哪儿了，骗得老子好找。

前不久，在曲师大发奋图强，发誓一定要进北师大读研的马纯还对我说，当年我那句"不应该在我们的路上"那话，对他启发太啦，还对我说他给我备注的微信名是：亚里士多良。

我知道，这个家伙，一定是对着屏幕笑岔了气儿。

第二天我下楼，正碰上宿管老李，在和戴维告我们的状。

戴维说，那你没去管管？老李拍着他腰里没白没黑都响着的收音机，说，上去了，没人理我。戴维说，你不会吆喝。老李就挤挤眼，说，张老师啊，平时我看你傻，没想到你原来是真的傻。宿管，是让你真去管吗？那么多皮孩子，你管得过来吗？宿管，啥权没有，屁都不是，谁听你的。你要尽量少开口，少管事儿。说白了吧，宿管，就是高速路边支棱着的泡沫假警察，多少起个震慑作用。但没有也不行，提醒一下有人在盯着你们。但你要真跑到车道上去，呵呵——哎，你脸怎么啦？

老李指着戴维说。

这时候，戴维也看见我们了，说，你跟我来。

戴维脸上又出现了年后开学时见到的红癣块儿，只不过，这次多了丝丝血线。他不说话，拿下巴往右前方一指，我跟在他后面，听着他两只胳膊摩擦着藏蓝色羽绒服唰啦唰啦，看着他裤脚一块淡薄的泥印如兔头随脚步摆来摆去。我踩着他的脚印，一步又一步，出了教学楼，穿过楼后冰碴未消的小路，三拐两拐，进了他的办公楼，三爬两爬，进了他办公室。和他斜对桌的五十来岁、背头梳得锃光瓦亮、看上去比林幸哲更像个领导干部的金万乘站起来朝他点点头，心照不宣地出了门。

戴维斜倚在椅子上，扯起嘴角，白了我一眼，拉开右手边抽屉抓出一沓折得挖手舞脚的信一封封在桌面上摆好，然后朝我一挑下巴。

不是我们干的。我想也没想，脱口而出。

戴维把双手交叉在胸前，很平静地看着我，说，你们？指的是谁们？

我一下子慌了。

我看看身后，好像后面跟着423其他那四个货。可我身后啥也没有，这里的桌子椅子房顶，地板，连空气都板着脸看着我，都向着戴维。我孤立无援，一开口就乱了阵脚。

这，这是什么？

我终于想到正确的开口方式了。虽然已经晚了。

没有以老师的身份站在讲台上再三俯视过台下孩子们的一张张

脸，就不会知道那些自以为做得隐秘的小动作一丝一毫都在老师眼皮子底下看闲书、出神儿、趴书堆后面睡觉、写纸条、偷着说话等等，老师之所以不说，不是放纵，不是渎职，不是不屑于说，更不是不敢说，而是人与人之间，哪怕是从某种程度上说猫鼠关系的师生之间，保持一截弹性空间，是必要的，也是必需的。我常想，就算真是如我初入学时想的蹲了监狱，狱警和犯人之间，也是有灰色的弹性的地带的。这是人之所以为人，而不是机器的最大区别吧。

只是，十六七岁的我们，不明白这些，还在飞快地调动着脑细胞，思谋着如何巧妙地混过这一关。

我们当初决定干这件事时，最希望的就是成功地帮到了戴维，姚曼老师重新成为我们的师母。最不好的后果，也就是费了半天劲，一点用没有。我们万万没想到还有别的可能。我现在想，林幸哲之所以坚决不参与，可能除了他一心想着被收走的电脑，还有他早就明白，事情总是有不确定的一面吧。

我也不知道是什么？戴维摸了摸额头上的擦伤，说，莫名其妙，就这样了。戴维指着脸上的伤说。

16. 天大的误会

　　看到戴维脸上的伤，我就感觉不太对劲，但听到戴维这样说，心底还是大惊，着猎装马丁靴的人那张年轻的脸一下子蹿到眼前，果然是这样，姚曼老师的小男朋友，把我们戴维打了。

　　不想说？戴维把所有的信收拾下，叠成一堆，说，拿走吧。你们再好好商量下，是到廖院长那儿说明白，还是看着我完蛋，你们自己决定吧。

　　直到现在，我也不知道戴维为什么一下认定就是我们干的。我后来问过他，当时是在我要去参加世界技能大赛省赛前夕，我们在实习车间测试刚采购回来的3D打印机，听了我的疑问，戴维哼了声，说，你们这点小九九！

　　就再也没下文了，等于啥也没说，又好像啥都说了，但最终是啥也没说。

　　后来，我还一度怀疑他是查了楼上的监控，那查楼上的监控是需要分管院领导的签字批准的，既然看了，直接把陈浩南叫去问清楚不就是了吗，所以应该是没查过。对这个我也是琢磨了好久，信是有人放到桌上的，只需要查下监控，问下进去过的人，很容易搞清楚。但学院方面没这么干，而是把这个问题交给了戴维自己，虽然内里详细的过程我一直不了解，但看处理方法，是这样的。也就是说，所有的事物，哪怕再针锋相对的，中间还是有个弹性地带的。这个地带，把科技手段放在后面，依赖和相信人的良知和觉悟。

但追回自己的老婆有什么完蛋的，不成功，也只是失败罢了，这年轻人找上门打人，不管怎样，是他的不对 —— 就算姚曼老师不同意复婚，也只是她和戴维的事。

我怎么都想不明白。但戴维的脸色，怎么看怎么一股悲壮。

我站在桌边，拿也不是，不拿也不是。

拿吧，就证明刚才我在撒谎，不拿吧，看着戴维完蛋？

当然，是有另外的路的，就是我回宿舍和那四个商量一下，集体决定之后再说。但事出突然，我看到那些信就乱了阵脚，戴维那双眼不大，也说不上锋利，甚至有点软绵绵的，但怎么说呢，绵里藏针，这针也像生出了触手，像藤蔓，你还没怎么对视，就爬进了你心里，扎进你肉里，你想择开，扯哪儿哪儿疼。

我在桌边站了好久，不知该怎么办，没勇气掉头走开，更没勇气伸出那只承担的手。直到听到好像是外面传来当啷一声响，好像什么金属东西撞到了不锈钢楼梯上，接着噔噔的脚步声临近，我才如电击了一般，一下子将所有的信划拉进怀里，逃了出来。

我一气跑下楼梯，顾不上走花圃间的小道，直接横穿过一片光秃秃的小树林，疾步跃过因寒冷久未修剪的冬青迷宫，飞快地转到我们的教学楼北边。确定完全离开戴维的视线，我才倚在墙上，喘几口气，把怀里的信一封封掖进羽绒服口袋，稳了稳神儿，才上楼进教室。

我走到彭浪桌前，扯开口袋，用气流说，闯祸了。

彭浪抻长脖子朝口袋里看了一眼，快步跟着我进了卫生间。我有预感，我有预感，彭浪说，昨晚我怎么想怎么感觉和我们有关。

果不其然，这下闹大了。

就算和我们有关，也不是我们的错吧？我把心里的疑惑说给彭浪。

彭浪拧起眉头，想了半天说，按说是这么回事儿，成不成的，是戴维和姚曼老师的事儿，半路杀出个大马猴儿，哪儿来的呀，谁呀这人是？

甭管是谁了，明摆着新找的男朋友啊。我说。

新男朋友来闹事儿，也是他的不对呀，关我们什么事儿？彭浪很不理解。

是啊，是啊，但戴维让我们去廖院长那儿自首。我说。

自首？自什么首？我×，彭浪吃惊地看着我，我们又没有犯罪！

有个来上厕所的瘦高个儿听到我们的话，本来进了厕所格间又退回洗手间看我们。我赶紧朝他摆手，说，没事儿没事儿 —— 哦，也许他说的不是自首，是让我们去说清楚。我赶紧纠正我的用词。

有什么说不清楚的？彭浪说，追求女人犯罪吗？—— 嗯，不过，和他们商量一下再说吧。

彭浪想回去喊人，无奈上课铃响了，好不容易熬过两节课，大课间的体操过后，我们聚在楼后，我从口袋里掏出所有的信，大家一起慌了。

戴维让我们到廖院长那儿说清楚。

陈浩南先跳起来，大叫，是不是和昨晚的架有关？看我点头，又说，真是邪门儿，昨晚我怎么也睡不着了，咋想咋不对劲，还真是，还真是啊 ——

你小声点，王一凡看四周提醒他，是不是姚曼老师真的 ——

嘘 —— 我提醒他，接着点点头，说，大概是。

我的天，还真是啊，王一凡说，看着一本正经的，他妈的，原来是装的，勾搭小青年儿了。

别乱说，我说，我们是猜的，现在情况还没明确，看样子，戴维是有情况了。

嗯，陈浩南说，戴维也真是，平时闷儿闷儿的，拿捏我们一把手，到了节骨眼儿上就尿了，被一个半大孩子给办了。

你才是半大孩子。马纯慢悠悠地说，没准儿，我们真是添乱了，你就说怎么补救好了。

我看看彭浪，彭浪看看王一凡，王一凡朝我仰了下下巴，说，你说，戴维又没找我。

我说，这时候了，你还纠结这个。陈浩南就笑了，说，看来，我们也没别的路了呀。

我们在办公楼一楼，被值班窗口后面的两位学长叫住了。他们个子和胖瘦都差不多，都戴着眼镜，站在贴着五个大美术字"来客请登记"的玻璃窗后面，听到我们要去教管处，一脸疑惑地打量我们。穿棕色皮衣的说，到廖院长那儿什么事？

嗯——我想了半天，不知道该怎么向他们解释，我说，我们班主任张大为老师让我们去找廖院长。

咦，他自己怎么不来？找廖院长什么事？另一个穿着浅灰色羽绒服的学长脸上增了戒备之色，说，来闹事？

怎么会呢？陈浩南往前走了两步，趴在窗口上，说，廖院长让我们来的，让张大为老师给我们下的通知。

下通知？

穿皮衣的想了想说，好吧，说着退到值班台前，拿起台面上的电话，廖院长好，值班室，有五个张大为老师班的学生，说要上去找您——嗯——对，五个——嗯——嗯——好，好。

放下电话，他走到窗口边，弯腰从窗口里露出整个脸，有点幸灾乐祸地对我们说，这是闯了祸了呀，好，上去吧，电梯在那儿。

我们进了电梯，才想起来，不知道廖院长在哪个楼层。站在最外层的马纯拿手挡着梯门，说，快下去问问吧。

陈浩南就跑下去了。

五楼，511，陈浩南说，这孙子，刚才不告诉我们，故意的呀。

511开着门，我们还是敲了下门板，进门后，我们自觉一字排开站在廖院长办公桌前的空地上。

来了这么多！廖院长说，怪齐刷呀。说着一个个打量了我们一遍，问，都是大为老师的学生？

我们点点头。

为什么是五个？

廖院长问。

一个宿舍的。陈浩南不由得开始履行舍长职责了。

一个宿舍的？廖院长想了想，说，为啥缺一个？

有一个转到汽车制造了。陈浩南说。

哦，那，说说吧，怎么回事儿？

陈浩南左右看看我们，又看看廖院长，抓抓头皮。

廖院长拧起眉头，说，你们班主任让你们来抓头皮？

让我们来说清楚，我接过话，一边从口袋里掏出所有的信，我们戴——张老师让我把这些信给廖院长。

啊，廖院长站起来，想了想，说，跟我来。

我们一起走了步梯，上了七楼，进了712办公室。没进门，我就看到秦厚朴院长坐在窗下的沙发上跟顾作新处长说话。

顾处长站起来，朝秦院长点点头，看样子想离开。廖院长说，一起听听。昨晚的事儿，来了明白人了。廖院长转头又对秦院长说。

成良，怎么是你？

秦院长一下子叫出了我的名字，把我吓了一跳，既温暖又惊心哪。我叫了声秦院长，惭愧得很。

怎么啦？

秦院长问。

我从口袋里掏出所有的信扬了扬，说，我们张老师，让我们来说清楚。

啊——廖院长目光往我手中的信上扫了一眼，转头看看秦院长，又转过头来问我们，让你们来？这是你们写的？他两次都把重音放在"你"字上。

嗯，是我们写的。

陈浩南点点头。

你们写的？秦院长偏起头，也把重音放在"你"字上，你们几个人，一起给庄春青老师写这种信？搞什么鬼？

什么？什么？

我相信，他们四个人，听到这句话，一定和我一样，脑袋快要炸开了。

我们面面相觑，感觉掉进了无底旋涡。

庄春青老师？什么庄春青老师？给她写信？

我们自问加互问，最后，我们四个齐齐盯住陈浩南。王一凡一步跨到陈浩南面前，抬起手想抓住他衣服，瞬间又奄拉下去，我们都看出来，他是突然意识到这是在廖院长办公室里。

你都送给谁了？

这也是我最想问的。

放到姚曼老师办公桌上了啊。

陈浩南本来说得理直气壮，但转头看看廖院长和秦院长他们，又缩了下脖子，指着我说，直对着门的第二张办公桌，电脑右上角贴着握着剑的二丫，没错吧？

是啊是啊。我们点头。

啊——廖院长发话了，他摆了摆手，示意我们停下，对顾处长说，你电话下姚曼老师，问问她的办公桌的准确位置。

顾处长拿起沙发扶手上的手机，拨了号，开了免提，说，姚老师你好，请你给我说一下你办公桌在办公室的准确位置。

办公桌？位置？姚曼老师显然疑惑得很，嗯了几声之后，还是快速报出了位置：窗下东边第一张办公桌。

正对门的第二张办公桌是谁的？顾处长又问。

第二张是庄春青的。姚曼老师利落地回答后问了句，报位置做什么用？

我没听到顾处长有没有答复姚曼老师最后的问题。

我的脑袋嗡嗡响起来，我看看左右，陈浩南拿手捂着额头，彭浪的头几近钩到胸口。秦院长屋里米黄色地砖上的褐色纹路连同我的脚尖旋转起来。

怎么会这样？

那天，我拖着沙袋样的躯体出了廖院长办公室，出了电梯，下了楼，我的腿脚不听使唤地拖在腰上，这种体验后来使我无数次想起我父亲那晚在客厅里，在昏黄的灯光下突然的虚弱老迈和不堪，而之前，我认定他是装的。

　　一路上谁都没有开口，连最活泼的陈浩南也在看着自己脚尖，一步一步朝前挪移自己的腿脚。当我们进入教室，看到戴维站在讲台上，除了朝我们点了点头，没事儿一样点着黑板，提醒同学们一定记住，"基面"不是实在的，而是个抽象的东西。

　　我坐定，拿出《车工》课本，翻到戴维正在讲着的工艺与技能训练第三章，在分解图示的"基面"旁边，注了三个字：非实在。是的，我在做课堂注释和笔记了，自从决定了考大学，比以前认真勤奋了许多，这好像是我平生自己决定的第一件大事，也让我感觉到，自己还是可以决定要变成一个什么样的人的。这个决定中我最大的收获，就在于此。

　　外面是呼呼的西北风，但比我记忆中儿时的风小多了。我们那时候住的平房木质门窗老旧，每到深冬，寒风从门窗缝里，甚至从玻璃缝中往里灌。姐姐最怕冷，一到冬天就把自己的书本和学习用具搬到书桌的北头，把我的一些细小的玩物扔到靠窗的南头，哄我说男孩子应该锻炼锻炼。我常常跪在窗下的一把木椅子上，趴上桌面，摆弄那些小车小人儿和小动物，风不时扫一下我左侧的头脸和脖子，凉飕飕的，像初春时细柳条搭上面颊，既有微微的惊心，又有些新奇的刺激。

　　那时候，母亲永远在忙着，好像在扫地，在洗碗，在清洗和整理衣物，在把秋天时煮熟晒透的干豆角茄子片泡进一只大红花的搪瓷盆里。但我印象最深刻的，是一个春节前，母亲穿着一件爸爸的蓝布衬衣，戴着白布帽子，在厨房就着煤气炉炸肉丸子和藕盒，几乎从不下厨的爸爸系着母亲平时用的围裙，拿着一双长筷子翻动母亲下进油中裹上薄芡的炸物。炸物冒着油花儿，我坐在厨房门口的小椅子上，玩着一只蓝色描银线的变形金刚，快乐得心里也冒着泡泡。冷风啊，从厨房的窗缝里冲进我们的欢乐之中，撩动着母亲帽下耳边的头发，把锅面上的油烟搅得云丝样飘起来。

好像已经和母亲那么高的姐姐，总是能掐准炸好的第一只藕盒出锅的时间，不等香味钻进我的鼻子，她就不知从哪里钻出来，三扭两扭地钻进厨房，拿一根筷子插着香喷喷的藕盒吹着气，看也不看我，嘴里嗯嗯地应着母亲叫她吹吹凉给弟弟一块的话。

过去的时光，藏到哪里了呢？

我们曾经幸福的家，说没就没了。

开学的第二天，戴维给我一只包裹，说是父亲送来的。我连碰都没碰，说，不要。我看戴维的嘴动了一下，说，扔了吧。

十六岁的我无知而孱弱，是母亲，让我拥有了坚定地对这个世界说不的力量。站在母亲一边的，我都热爱，反之，都是我的敌人。

母亲，是我立于这薄情人间的最高标准和最坚实的力量。

可是，母亲，你去了哪儿呢？

我伸出食指，想把那两滴泪在书页上抹掉，无奈一抹把书页洇透，把刚刚写下的"小于90°，是正切角"一行字弄模糊了。

风还在刮，风还在刮，刮过我童年的风，还在刮着我的少年，还在刮着我的青年。我不知道十六岁算什么年，我只是很伤心，为母亲，为我自己，为外面冷得冻掉耳朵的冬天，也为戴维的屈辱。

但戴维看起来完全没有感觉，他正捏着粉笔，在黑板上一气画下四个角度的车刀切面，拿指关节咚咚敲着铁板讲台，问谁主动上去写出他画出的各个要素。

王一凡和吴楚上去了，戴维喊着还差两个，伸出手点了陈浩南和王赫。陈浩南伸了伸舌头，王赫则站起来又软塌塌地矬下腰身，脑袋耷拉起来，嘟嘟囔囔地说，不会。

不会为什么一直不抬头看我讲？

戴维走下讲台，站到王赫桌边，我用眼角余光，看到王赫在戴维走下讲台的刹那，飞快地用课本把一册《黑执事》盖住，《黑执事》开本太小，谁都能一眼看出课本悬空在桌面上，我心说完了完了，要是我的话，会直接把《黑执事》拖进桌肚。但戴维从台上走到我们桌边，也就十几秒的工夫，根本来不及告诉他，我低下头，不忍看王赫即将困窘的样子。

但我等了一会儿，啥动静都没有。我转过头，看到戴维背对着王赫站着，等马纯做完题转身往回走时，戴维说，王一凡你替王赫做了吧，课后别忘了给他讲明白。

我看到王赫拖拉起软塌塌的手臂，摸了几下鼻子，腰背摇晃几下。

但出我意料的是，下了课王一凡真给王赫来讲题了，王赫比我更加诧异，王一凡咳了一声说，没准儿下节课他还提问你，你要还做不出来，把我也连累了。王赫吭吭哧哧一阵，从桌斗里掏出个角折得乱七八糟的笔记本扔到桌面上。讲吧，你要真让我这猪脑子开了窍，我感谢你祖宗八辈儿。

还是我感谢你祖宗八辈吧，王一凡拖了隔着过道的孙英俊的椅子坐到王赫桌边，说，不是我让你脑子开窍，是你自己让你自己开窍，你漫画画那么好，这么个小图算什么呢？

漫画有什么用，白费的。王赫泄气地说。

我的天，我真是听不下去了，吴楚转过身说，我要像你手那么巧，早去报美术专业考中央美院去啦。吴楚说着摔摔打打地把书收进桌肚，说，有些人，简直气死人不带偿命的。

再不走，你爱吃的油炸糯米糕就给人抢完了。站在教室门口等着的陈浩南大声喊。

你不会先去给我打上啊，真是的。吴楚白了他一眼，没好气地说，净瞎喳喳。

唉，快去吧快去吧，你再不走人家就要哭了。彭浪跨过几张椅子凑过来，朝吴楚挤了下眼，把吴楚拉在过道上，反着骑坐在吴楚的椅子上，双手扶着椅背，对王一凡说，我也听听，我没长理工脑子，怎么都想不明白这个"基面"啊。不骗你们哈，我琢磨了好几天，想不明白到底是个啥。

那今晚的饭你就出了吧，不能白蹭课。王一凡说。

为啥我出，出也是他出，我只是蹭而已，他才是重点好不好。彭浪指着王赫说。

他是戴维钦点的，我不能收费，这是政治问题。王一凡敲敲彭浪面前的桌角。

奴颜婢膝，好吧好吧，快讲快讲，肚子咕噜咕噜的了。彭浪扯过课本放在马纯面前。

西南角，教室后排那俩，范明宣和何晓玮，还趴在桌子上，不知道还在睡还是醒了不愿动。

17. 文学社再遇孟小小

我踏着灰白碎纹的大理石台阶下楼，一级又一级，我的伤感还像退潮的海水，拍打着我内心深处。转过一二楼的楼梯拐角，我抬头望向入口处，我想，也许戴维又一次在那里把我截住，他一定想知道我们去廖院长处怎么说的。

可是，没有。同学们这时候早就到食堂了，门内一侧，一块倡导文明礼貌的宣传片在PU门帘缝的风里不时颤抖几下。隔着玻璃门，我看到门侧南边寻痕清晰的空地上，跳着两只麻雀，一只胖鼓鼓的，另一只瘦削削的，我想，它们一定是一对母子。

直到周末，我都没等到戴维来问我。周五傍晚我走到他办公楼前，最后琢磨着上不上去时，看到戴维和金万乘老师走出门来。那时候，虽然见过几面，我仍然不知道这个梳着背头、像个大干部、即将与戴维一起带着我们上实操课的老师姓甚名谁，但毕竟见过，我朝他躬了躬身。戴维走近我停下脚步，朝金万乘老师摆摆手，说，明天电话你。

有事吗？戴维问我。

没事没事，我说，我们去说了——

不等我说完，戴维摆起手说，我知道了，先去吃饭吧。

晚上我们文学社有活动，我会当面请姚曼老师原谅。这是第一次我在戴维面前说起他的前妻。

原谅？戴维看了看已经看不清楚的天空，说，这没啥。小小年纪，别想太多。

我跟在他身后往餐厅走，看着他每走一步擦一下地面的裤脚，猜度着他怎么想我们，是不是在恼怒我们的瞎胡闹中能感觉到我们的一点点心意；猜度如果不是那年轻人沉不住气，周末去咖啡馆满怀着希望等候的戴维，在打烊后走到大街上，是不是更加落寞和伤感；猜度他被打伤时的愤怒和莫名其妙；感觉我眼前这个看上去不起眼甚至有些落拓的男人，像个谜。

待我吃完饭，与把一只馅饼在寒风中往嘴里塞的彭浪走向图书馆大楼，在四楼文学社活动室看见穿着米白色粗线毛衣、咖啡色休闲裤、披着长发的姚曼老师时，突然想，是不是戴维这种处事的态度和方法，不爱说话，不爱交流，闷声不响的样子，让活泼爽利的姚曼老师无法忍受呢？

不知道为什么，一见姚曼老师，我就好像变得勇敢了。我们围着长条桌坐好，交流新近读的苏童的短篇小说《香草营》时，我几次抬起头看向姚曼老师，我其实是想和她哪怕有片刻的目光交流呢，我想引起她的注意，我想把这件事的来龙去脉和她说清楚，至少我要让她知道，我们写这些信，不是受戴维的指使。

我是成功了，姚曼老师带着笑意的目光和我交流时点着头，但我也看得出，她和每一个人交流都这样子，丝毫看不出她知道我、和我交流因为我是戴维的学生。

好，到你了。

我看到姚曼老师看着我，如梦初醒。

哦哦，我说，这个小说中，给我印象最深的是小马。

你和孟小小的感受是一样的，姚曼老师往北边看了一眼，说，你说详细点。

我跟着她的目光望向了孟小小，发现孟小小也在看着我，嘴角上挂着笑，她穿了件红黑格子衬衣，扎着马尾。

我在小马身上，感受到了权力对人的戕害。我说着，觉察了自己的结结巴巴，飞快拧开面前的水杯，将一大口水灌进嘴里，太多了，一时又咽不下去，只好在众目睽睽之下将一口水分成几次往下咽。姚曼老师温和地让我慢慢说，围桌而坐的同学们都笑了。我的心慢慢虚起来，不自觉地瞄了孟小小一眼，发现她还在看着我，一只手托着腮，很专注的样子，我就突然被最后一口水呛了，激烈地咳嗽起来，心里突然有了小马那种来自"上层社会"的压力和焦虑。

我说，我读完这个小说，合上书，回味这些人物的时候，我几乎能看到小马听老孙说旁边医院的梁医生要租他房子时的欣喜若狂了——

老孙说？

姚曼老师打断了我的话，说，文中有老孙对小马说是谁租他的房子吗？

没有，但根据上下文可以看出来。我说着，拿出那本淡蓝色封皮的《香草营》，翻开小马和梁医生第一次见面的那一页。我说，你们看，小马一见面就说，梁医生，你不认识我，我可是认识你的，你是医院的大名人。一开篇梁医生让老孙替他租房，是郑重嘱咐过他保密的，之所以老孙告诉小马是梁医生租他的房子，作者在这里没有明说，但我们想啊，老孙多受梁医生恩惠，一定是特别想把梁医生交给他的这件"大事"办好，而后来我们知道，小马只有这一套房子，还养着一院鸽子，要说动小马利落地出租，老孙一定是动了心思，对小马说要租他房子的是医院的主刀大夫梁医生，这从后来他们见面时，老孙补充的"你忘了，梁医生还是市里的政协委员啊"这句话就看得出来，老孙在小马面前，是炫耀过的，一是为小马顺利出租，二是在小马面前炫耀自己与梁医生的铁关系。不止这些，老孙在小马面前，一定将梁医生的所有光环都抖搂了一遍，只是因情节需要，没有过于铺陈。

说得多好啊。姚曼老师带头鼓起掌，她满眼的欣喜和鼓励，让我突然想起母亲。我母亲就爱说，看，我们良良，做得多好啊，说得多好啊，唱得多好啊——我赶紧转过头看彭浪，掩饰胸口和鼻眼间突如其来的感动和酸楚。我小声说，这小说是彭浪带着我读的，我是向他学习，他读得透。

那天晚上，彭浪对《香草营》的分析，让姚曼老师连连感叹，当第三次掌声响起，姚曼老师说了句自叹弗如。那晚回到宿舍，彭浪说，这是他人生最高光时刻。

我知道，他指的是他分析着老孙和小马作为最底层，对"上层"的揣度、艳羡、求而不得时突然说，这两位，是不会理解像我们大为老师这种人身上那种淡泊高远、气定神闲的气度的——

这个陡然的弯儿，让我们全部都愣了一下。我看彭浪转过头朝我飞快地眨了下眼，马上明白过来，看向姚曼老师，看到她捧着腮，歪着头，若有所思。

——这不但是达观，还是内心的笃定，是对这个世界的善意，是子曰的"立"，知道自己的路，知道怎样走，知行知止，知进知退，知轻知重，知急知缓——这些，老孙和小马身上都没有，就连"上层"的梁医生，也是欠缺的——

彭浪说得比我精彩一百倍，但姚曼老师并没有带头鼓掌，也没有像夸我那样欣喜地夸彭浪，说得多好啊。当明显受姚曼老师疑惑的神色影响而稀稀拉拉的掌声响过，姚曼老师点点头，说，李朝阳来说一下吧。

我在桌面下对彭浪竖起大拇指，我说，直接棒出花儿了。彭浪拿腿碰了我一下，悄咪咪地把笔记本拿桌下向我翻开，指指写得满满当当的一页，小声说，做功课了，嘻嘻。

讨论完毕，我们下楼，走到二楼楼梯转角处时，一个齐肩短发的女孩在后面叫住彭浪，问他喜不喜欢《吹手向西》。我看彭浪习惯性地往上推推眼镜，鼻腔里发出的"嗯"字拉得悠长。这个小说是比较晦涩的，彭浪说，这是苏童早期的小说，叙事圈套感十足，阴郁，神秘，还有点小小的嗜血——

我看女孩点着头，不断发出嗯嗯嗯的声音，看彭浪不住地往上推眼镜，我转身疾步下了楼梯。就在我刚出大门，还未走出图书馆前小花园岔路口时，我听到后面有人叫我，我回过头，是孟小小。

尽管我一再对自己说，等高考完成再说，但第一次单独和她在一起，还站得这么近，我还是有点不太淡定了。不断有同学走过，打着简单的招呼，我往路边站了站，从背包里掏出那本淡黄色花纹封面的小说集递给孟小小。

嗯，就是这本。孟小小把书抱在胸前，小声说，我看完就还给你。

啊，不，啊。我不知道想怎么说，其实我是想说送给她，但又说不出口。我支吾了一阵，说，你腿怎么样了，都好了吗？

后来我回忆起来，这话简直是开挂般的发生。孟小小耸了下肩膀，低头看着自己的腿脚，好像能看到伤处似的，说，你看，都好了呀，说着再见往西走了几步后回过头说，谢谢你。

刹那间，一股酥麻从我脚后跟处往上爬，爬过小腿，大腿，爬到腰际，在后背处漫延开来。我的整个后背，整个后脑勺儿，像被柔软的树叶儿扫过一般，我打了个激灵，看到彭浪从图书馆出来，跑过来。

我×，彭浪捣了我的腰一拳说，说什么了，这么长时间？

借书，借书。我极力让自己放松下来，我说，你说得不比我还长？

我们——那是学术交流，彭浪抹了下额头，得意地说，站而论道。这年头，还有借书的？这搭讪方式真是老得不能再老了，小心呀，这一定是个老干部型宝钗姐姐，将来会管得你很严的。

你瞎胡呐什么！不比请教个问题时尚得多吗？真是。

我心里竟然有点小甜蜜了。

那晚的我好长时间没睡着，但第二天醒来，又感觉睡得特别香。直到吃过早饭到了教室，看到戴维在教室门口幽灵般一闪，我才想起，昨晚我去参加活动，是带着重大使命的，就是我想活动完成等在图书馆西边小桥上——这是姚曼老师到停车场的必经路口，找姚曼老师解释清楚，如果借机说一下我们戴维，看看她啥反应，那就更 OK 了。可惜——

不过，再找机会吧。

我落座后，拿出数学课本，边想着昨晚与孟小小说话时的情形，边努力把那些声音图像往脑子外面赶。

我要考大学，她也要考大学。我想，这个时候，我怎么还在想这种事呢。

我们于老师有事晚来一会儿，让我和大家先把上节课讲的求根公式复习一下。林幸哲走到讲台上，拿起粉笔，熟练地写下方程和求根公式。

首先，这是针对一元二次方程，a为二次项系数，b为一次项系数，c是常数。林幸哲说，现在，让我们一起来复习一下用求根公式法来解这个方程的步骤。

我不得不说，林幸哲站在讲台上的板书、讲解，与全班同学的互动，甚至比于泽远老师都更像个老师。我搜罗下脑子，并找不到先前有关林幸哲数学学得比我们都好的印象啊，他竟然能讲数学了，能像个老师一样，有板有眼地对着他的同班同学讲求根方程了。而这个方程，我至今没搞懂里面那个突然出现的"德尔塔"的一步，对我来说，好比是我在餐厅打了一份鸡腿饭，突然吃出一根半生不熟的牛尾巴来，太莫名其妙了。

我也不得不承认，我的嫉妒心也许就是在这里慢慢浮起来了，像浮漂，不管怎么往水下摁，一松手，噌一下又蹿上来了。

人家能入选校企合作项目，上着学，拿着工资，连玩游戏都大摇大摆起来，这也就罢了，突然比我这个扬言考大学的、努力了两三个月的人，数学好这么多。

人比人，让人恨。

我看着林幸哲站在讲台上，扬手板书的时候卡其色毛衣袖口露出一块衬衣白边儿，油光锃亮的小分头，笔挺的休闲裤，再低头看看我身上沾着油渍的校服，看袖口下有点磨毛的麻灰色加绒保暖衣，看脚上变灰的白色运动鞋。我不配和讲台上的那个人做同学，我想，人家金玉其外，金玉其内，我败絮其外，内里也一肚子草。

18. 命案与人生

我合上课本，趴在讲桌上，拼命闭合双眼，我甚至想，这时候赶紧死了，比什么都强。我们的课桌，是铁腿加淡黄色板材的那一种，桌面是仿自然木纹贴皮，轻巧，耐用。但这一刻我发现，它对于身高一米八多的我来说，最大的问题就是高度不够，特别是用来趴着睡觉时。如果那时候有人在侧面看我，一定是像个放倒的"G"字。但我不想起来，我不想睁眼看这个教室，看这些同学，看前面那几块可升降毛玻璃黑板，看黑板前站的那个人——这一切，都让我心烦。我就想使劲闭着眼，睡过去。但我越这般想，越睡不着，不一会儿，腰也疼起来，胳膊也压麻了，脖子也酸了，脸部选择哪个地方压在手臂上都不舒服。很快，趴着对我来说，成了酷刑。

我只好重新坐直了。

学好不容易，学差也是件难事。

还好，于泽远老师很快来了。林幸哲好像还有点恋恋不舍，他朝于老师欠了欠身儿，放下粉笔，走下了讲台。我目光不由得跟随他走向教室西南角最后一排，看他落座，看他从桌肚抽出张餐巾纸擦手上的粉笔末，看他旁边和右前方，趴在桌面上睡得正香的范明暄和何晓玮。突然想这两尊大神天天趴桌上睡觉，也不嫌难受？

他们俩已经被训斥过无数次了，那时候除了班主任，其他的任课老师，已经对他们不抱希望，也不再跟他们生气了。我虽然不是好学生，但像他们这种"境界"，我还从未感受过，特别是趴桌上睡觉这一功，我恐怕是练不出来了。范明暄个子和我差不多，何晓玮更高一些，这样蜷在低矮轻巧的小桌子上，一睡一节课，真想请教一下，他们是怎么化解浑身的酸麻的呢？

这两位同学，在东技的三年学习中，我几乎没有跟他们聊过天，他们本身话也不多。我回忆了一下，唯一的交集好像是毕业实习时，我在学院新建的世界技能大赛培训中心指导学弟学妹们（其实99％是学弟），而何晓玮进入了校企合作的工厂。一次我回宿舍取杯子，还没到三楼，听到当啷啷几声响，我几步跃上去，站在楼道东首，远远地看到有个人穿着灰色工装，蹲在地上捡什么东西，等我走近，才看清是何晓玮，他在捡散落在地上的一堆碎钢条头和形状不一的钢板边角料，右胳膊缠着纱布吊在胸前，好的一只手在把钢条头往身旁的一只塑料马甲袋里捡。我抬头看看，这里离420宿舍还有三个门口，而塑料袋根本盛不住这么尖锐、这么重的东西，也不知道他是怎么从工厂提到楼上来的。我正好抱着防护手套，赶紧戴上帮他往宿舍门口捧，一共捧了三趟才捧完。这个过程中，他一直不出声，既没正眼看我，更没道谢。后来我回宿舍取了杯子再出来，快走到楼梯口了，听到他突然在喊我的名字，我回头，见他站在宿舍门口朝我招手，我迟疑了下走过去，他示意我进他宿舍。

我看到了焊枪，焊条，切割机。

他一只好手从口袋里拿出手机，示意我给他拿住，他自己翻开相册。我看到一个面色苍白，满是皱纹，看上去六十多岁，龟缩在一张简易木板床一角的男人。

这是我爸爸，何晓玮说，瘫了好多年了，没钱买轮椅，我学会电焊了，拿 —— 捡了这些料回来，想给我爸爸焊一张板上带圆孔的椅子 —— 何晓玮比画着 —— 就，就方便多了。

说完，何晓玮看着我，扯了扯嘴角，看得出来，他是想笑，但没成功。我不知道他为什么对我说这些，我就点头，我看他也点头，就转身走了。

我下了楼，往世赛中心走，走到东操场南头的花圃边，才突然明白，他是怕我去告密，说他偷东西。

几年后，有一回，在班级群里看到他那个小男孩撑伞站在雨中的卡通头像，因为实习时不遵守操作规程造成了事故，他是6个进厂实习同学中唯一没被录用的，那时候，也不知道他干什么了。我很冲动，想跟他说送他父亲一台轮椅，点了好几次他的头像，点开对话框，但最终没将心里那句话打进去。

到了这个时候，我才又想起课堂上他趴着睡觉，课下在教室门口进出时耷拉着肩膀的样子，有点惭愧当时为什么不多找他聊聊，而不是看到他趴在桌子上，心里浮起一点点厌来，一转头，又什么都忘了。

但那次数学课上，他们睡觉的样子之所以留给我的印象深刻，是因为于泽远老师讲完两道例题，临下课前布置几道题让我们当堂完成。正在桌间转时，林幸哲伸手想拉醒他前边的何晓玮。

不是我，不是我，不是我杀的。

何晓玮突然站起来抱头尖声高叫。

喊完后他转过身，背贴上墙，愣了会儿倒吸一口气，抱头的手嗖地滑下来捂上嘴。

把我们全班都吓傻了。

于泽远老师吓得往旁边躲，接连撞翻了两张课桌和第一张课桌后坐着的朱子康。

只能说，他这句话太惊人了。后来我听顾作新处长讲，他收到于泽远老师的反映后直接向秦院长汇报，立即调了课堂监控，他们把监控拷进影视专业后期非线编辑团队最好的电脑上，以最慢的速度看了多遍，何晓玮站立的疾速，嘶叫中的惊悸，脸上恐惧的表情，让他们无法判断何晓玮自己解释的，这只是做了个因捕杀邻居家一只公鸡烧着吃完后父亲将他吊到梁上抽鞭子的梦。

戴维对把这件事报到公安局很迟疑。但他实在拿不出不是因更可怕的原因造成那些应激反应的证据。他详细分析了监控，也不得不承认，"不是我杀的"这五个字和叫喊时的表情太让人惊心了。

学院尽了对自己学生的心理伤害降到最小的努力，协调了公安局办案人员便衣办案，在学院办公楼上，专门收拾了小会议室作为办公场所。来校的警察，也没有开警车。

廖院长、顾作新处长、秦院长、牛建国处长还有戴维，组成了家访小组，直奔菏泽市成武县胡集镇姜家旺村，那是何晓玮入校前一直生活的地方。但他们此行毫无收获，何晓玮姿色出众的母亲在生下他不久，就跟一个下乡收青贮的盐城男人跑了。转年秋天，父亲在帮他大姑父往家里拉棉花柴装车时摔断了腰椎，高位瘫痪了，从此在两个兄弟的帮助下趴在床边编柳条筐养活自己和儿子。学院一行在他家的四十多分钟时间里，这个被瘫痪和生活折磨得皮包骨头的男人探身在床边，用柳条编着篮子，一句话不说，不论学院领导掏干净口袋表达心意，还是婉转地问他何晓玮在家的情形，这个男人拿与孱弱的身体不相称的巨大的、如钢钩般的手摆弄着柳条满屋纷飞，半字不吐。他们了解到的基本情况，还是听一起陪他们去的大队书记说的。

他中学时的班主任和两个任课老师倒是毫不保留，但说来说去，也就是疲疲沓沓，不学习，不爱说话这些基本上没有价值的东西了。当问及附近有没有未破的悬案时，这些老师一下子提高了警惕，除了连声问何晓玮怎么了，接下来，连刚才那些没太有用的话，也不肯多说一句了。

紧跟学院的人去的，是市公安局刑侦大队的两位办案经验丰富的刑警，去了直接对接县公安局刑警队，了解到确实有件人命悬案，发生在二〇一七年六月十三日，是农历的五月十九，就在胡集镇，过桥庄，与何晓玮的家姜家旺村距离五华里，村后一对常年争吵的夫妇中午饭时妻子衣衫不整、披头散发地被丈夫又一次追打到街上，丈夫冲过几个邻居的阻拦，猛踹已经倒地的妻子头部，致使妻子满脸鲜血，脱落两颗牙齿。丈夫被邻居拉开，妻子则坐在地上，哭着吐出打掉的牙齿发毒誓，说要让这个畜生活不过今晚，她娘家死得一命不剩。

说完，气呼呼地拒绝了邻居们的搀扶，自己从地上爬起回了家。目击的邻居最后一次见他们是在晚上六点多钟，看到他们前后脚出了门，丈夫去村西小卖部买了点熟猪头肉和一瓶绵竹大曲，走到街对面边看着村里几个老棋客下象棋边吃喝完，大约九点半钟离开；妻子在丈夫之后十几分钟出门去了村北的庄稼地里。那时候，玉米苗刚长到不久前刚收割过的冬小麦茬高，她家地两边的邻居们还在地里间苗，他们看到这个妻子额头和鼻梁上贴着胶布，从地南头走到地北头，挥起镰刀，削砍地头的青草和开花的紫穗槐，离她最近的人问怎么突然干这个，是家里买了牲口吗？她骂骂咧咧地说，是给家里那牲口砍块空地，一会儿埋进去。

问她的邻居不以为然，因为他们两口子说起对方，常常是这种口气。

接着这个妻子问邻居附近哪里有卖棺材的，这让邻居有点诧异，但很快，邻居还是以为她在说气话。她见邻居不信，信誓旦旦地说，今晚，我们总有一个要躺进去，你现在不告诉我，我赶紧买了来，明天，说不定还得麻烦你去帮着买。

邻居劝了她几句，七点半左右，她们一起往村里返，被村口二拐家嘻嘻哈哈的声音吸引，进去后发现二拐从县城买了个电椅子回来，说能治腰腿疼，几个邻居正在试坐。她俩就留下，等着排在她们前头的五个人坐完后，她们相继坐了半个多小时，二拐说十点多了，天不早了，她们又一起往家走。这个妻子与邻居在离她家两条胡同的路口分了手，过了一条胡同后，看到几个年轻人在一家门口过道的白炽灯下收拾网和刚打到的杂鱼。她站在门边看了会儿，说了会儿闲话，还买了七斤小鲫鱼。她提着鱼回了家，隔着墙头和对门打了招呼，对门问她手里提着什么，她说是鱼。邻居说恁一大兜，吃得了吗？天热，不赶紧收拾出来就坏了。她说那我们分着吃吧，吃个鲜。接下来，她们就价钱问题让了一会儿，邻居就返回屋里拿盆，拿出来后一起到她家院子里，她进门拉开灯，想在院子的水龙头下平分开。一开灯，她们几乎同时发现了倒在西屋门口的那个丈夫，人仰卧在血泊中，不知啥情况，两个女人吓没了魂儿，扔了鱼和盆跑出去。

妻子有充分的不在场证据，也没有人看到有人进到他家里，现场也没有他人的痕迹。夺命的一把三齿钢耙插进胸口，边上的耙齿伤及了心脏。耙杆上，只有死者的指纹。耙齿锋利。妻子说，做丈夫的在和她吵架时不止一次把它举在她头顶，威胁说要把死她。

到现在仍未破案，戴维说，起先，重点怀疑对象是女方娘家人，但经过排查，所有直系亲属均有充分的不在场的证据。其他那些多年生活中和他们有过不愉快的，都排查一遍，就成悬案了。

最玄的，他们很快发现，这家人的大儿子和何晓玮在一个班，并且，初二下半年寒假中，曾经来过他家里。

学院的人后来早回来了，因为两位刑警还要到中学调查取证，不方便一起。

戴维说中学的班主任查过值班日志，他没有请假或者离开学校的记录。毕业班是封闭管理。又询问了他宿舍其他7个学生，没有人记得他那段时间夜不归宿。

没有人记得。

戴维说，就是因为这句话，让何晓玮可能受了些委屈。具体情况戴维没有告诉我。我详细查阅了那几天的日记，没有多余的话，就是记了一句"何晓玮数学课上睡梦中突然站起来喊：'不是我，不是我，不是我杀的。'吓死我们了。"

我记得何晓玮消失几天再次趴在课桌上后，他后面的范明暄上课再也没有睡过觉，传说420宿舍的同学和他们的家长，先后找过戴维要求把何晓玮调出去，未果。

这些，我们当时都不知道。只是从此，直到那天我回宿舍取水杯，一直没有长出过和何晓玮对视的勇气。在帮他往宿舍门口移那些零碎钢板和他在我身后喊我时，我心里是有点惊悸的。直到今年的二月八日晚上，零点三十九分，手机突然响起微信新消息提醒。

我当时在床上躺下，手机在单人床对面的一张简易沙发背上充电，一连串的响铃让我不得不起身察看，点开班群的对话框，满屏都是一个穿着灰布长衫的男人点燃鞭炮后又捂上耳朵的动画表情，我往上翻，一直翻，一直翻，一直翻到顶，才看到是十三帧网页截屏，密密麻麻的文字记载的是某裁判文书网的一件抢劫杀人案。作案六起奸杀四人的罪犯申方金在家乡邯郸完成第三起奸杀案后，辗转到徐州途中路过过桥庄，搭了辆拉货的卡车走到村边下车进了村，当时看这一家黑着灯入室想搜罗点盘缠，跳墙进了门，还未等下手听到大门响，听到被害人在院里破口大骂，并打开了院子里的电灯，从西屋门边抄起那把钢耙，嘴里边不干不净地骂，边举着钢耙往门口走，高喊：今天弄不死你我就不是个人！申犯以为已败露，隐身在门边，待被害人骂骂咧咧踢开门进屋，趁他不备申犯一把夺过钢耙，一脚把他踢回到院子里，没等他反应过来把钢耙夯进了他的左胸。

看完我呆了好久，直到凌晨三点多，我才把前前后后的事串联起来。然后喝了一个易拉罐装过期的啤酒，数了数那些表情，一共一百六十一个。

夜太深了，我不知道有没有其他人在这个夜里看到这些表情，不知道发这些表情时何晓玮住在什么样的地方，过着怎样的日子，一气之下的一百六十一个表情，就是他一直孤独、被怀疑、压抑悲苦的日子吧。

那天黎明前我睡了会儿，醒来仍不知道在群里说点什么，不知道戴维和其他老师，同学们是什么时候看到的——没有人在群里发出一个字。

在当时，我只是纳闷他睡得那么自在，让我羡慕。也不知道现在，他有没有给他父亲买张好轮椅。

我问戴维这件事时，戴维明显不愿多说，只说，嗯，一句梦话，唉——也不能说警惕的人不对呀，嗯——嗯——我对他，关心还是不够。

但那时候大部分时间，我也来不及想他，因为我要考大学，对我这样的学生来说，考大学难于上青天。虽然音标和课本上大部分单词我勉强记住了，但除了现在进行时，其他时态我还稀里糊涂，代数的分解公因式弄通了，根公式弄通了，但死活搞不懂带着"Δ"符号的那些公式是怎么回事。作文一如既往地分数不错，但那些基础知识还欠缺很多，物理老师说的光线介质分界面我也有点模糊，对我来说，化学的那些元素周期是个高度抽象的东西，从听到初中物理老师说起，我就怀疑门捷列夫是个外星人。

两年后的高考，路说不上远，但上下求索的难度，对我来说太大了。何况，还有同学们从来没有停止过的对我要考大学的怀疑和嘲笑，还有在那晚突然又冒出来的孟小小。

孟小小从没告诉过我是什么原因让她愿意和我交往了。但从那晚借我的书开始，她重新又进入我无限的遐想和有限的脑海里，让我又心神永无宁日了。而另一方面，我"屈辱"地顺从了姐姐的安排，利用周末和节假日，到西城那家她那个孙大圣同学说的培训学校，找柳姓老师补习英语。

那个周三傍晚，下课后在教室做了几道数学题后去食堂的路上，在湖边公告栏上看到我勉强通过学院的高考选拔考试后往餐厅小跑，想尽快找到朱子康用他手机跟我姐姐分享这个好消息的时候，听到彭浪在我身后高喊我的名字。我站住，透过西点专业的同学们密匝匝的专业实践课成果展位，看到彭浪和陈浩南在向我招手。

你爸在门口儿等你！

彭浪大声说。

我刚刚还奔流着快乐的心河，咯噔，断流了。

我朝他们摆摆手，往校门口走，一面走一面想辙。走到湖边，我站在当初跳下去的地方透过夏日里蓬勃葳蕤的藤架朝大门口看，水泥藤架上，盘曲着浅褐色的枯藤，藤架两边，秃枝上抖动着二月料峭的晚风，我看看南来北往的同学和老师，在倏忽笼起的夜幕下拿定主意，转过头，朝餐厅走去。

我打了一份番茄鸡蛋盖饭，就近找个座位三下五除二往肚子里吞。我远远看着彭浪和陈浩南在餐厅那一头边吃饭边手舞足蹈，我想，我也不给我姐姐打电话了吧，我只是获得了参加考试的资格而已，离能学好，能考中，还有十万八千里，不要让姐姐空高兴一场了吧。

赶回教室上晚自习时，路过湖畔，我偏过头，没有往门口看。

19. 初恋滋味

二〇一八之春在校园的枝条上绽出第一枝花芽,我收到了孟小小还我的《香草营》。

是彭浪捎给我的,彭浪朝我挤了下眼,说是小菲让他拿回来的。小菲,就是那晚我们文学社活动后在楼梯上叫住彭浪的短头发女孩。

彭浪把书塞我怀里,说得走了得走了,小菲要到外面去吃焗番薯饭,说着指了指远处抱着个紫色口袋背包,站在一拢灰蒙蒙的花枝边的女孩。

你们,那啥了? 我悄悄地说。

嘘 —— 纯粹的友谊,纯粹的友谊。彭浪转头走了。

我将书夹在腋下,扭头往教室走,才想起刚才彭浪好像在校服外穿了一件新风衣,黑色的,长的,让我想起一部老电影海报《富贵浮云》。这海报出现在《刀锋,1937》电视剧中,顶针和兄弟们救了裁缝店老板,店老板给他们做新衣裳,问做啥样的,顶针指着《富贵浮云》的海报,说,就做这样的。

那个齐肩短头发女孩,让我们的书生彭浪,硬生生生出了黑老大的气质。

教室里十来个人,五六个伏在桌前看书,几个凑在窗前就着一台平板刷剧。

我看着那个少年，做贼心虚地拿余光探察过四周，见无人注意，把书口朝上夹了半路的《香草营》放在大腿上，一只手挡在朝向过道的一侧，另一只手拇指捻住册页，哗哗哗，一气翻了几遍。

——什么都没有。

少年不相信地揉了揉眼，怀揣八十八个不甘心，让书口朝下，朝着合并的双腿抖了再抖——哪怕掉下一粒沙子呢——什么都没有。

他不得不放在桌上，拿手一页页翻起，翻完《香草营》翻《拾婴记》再翻《慈菇》，一直翻到最后一页，他望着小小的"92"的阿拉伯页码数字，有点哭笑不得。以往在言情小说中，在影视剧中，在漫天的故事里，都没有这样的情节啊。这几天来，一次次浮起又被他摁也摁不下的那情愫，在他心里几回沸腾流溢着的欢喜的泡沫，一下子破灭在冷锅底，只剩一层煳渣渣。

他的后背又一次麻痒起来，但与上次同孟小小站在寒风中的图书馆前不同，这次痒得发虚，他再次回头看看窗前刷剧的几个人，确定没有一个人看他后转过头，还是感觉不舒服。那天的晚自习三节课，心里没安定过一刻。他望着演草纸上的数学公式，心说要集中精神集中精神，但手里握着的笔，却在纸上划出一行又一行开平方符号，一长串，下课铃响起，他看一眼，竟然突然不认识这个奇怪的、钓竿儿样的东西了。

第二节课，他写了会儿英语单词，为了防止走神儿，他跑到卫生间用冷水洗了几遍脸和脖子，回来边写边念，最后，还是一边念着英特难申闹（international），手里却一遍遍写着北贼内死（business）。第三节课，他没有再坚持，而是课间跑到卫生间洗了遍脸，跑到楼下让冷风吹了会儿，上课铃响起，他在上楼还是不上之间犹豫再三后，迈开步朝校门口走去。

出西门，碾过东西校门间耀眼的荧光剂斑马线，进东门，直奔那座砖红与浅灰相间的办公楼，直接上三楼，奔着303过去敲了门。

你找姚老师吧？

对着门口桌前的庄春青老师问他。

这时，这天晚上一直浮荡在他心里的那团迷雾才忽地消散了，他想，看似临时起意，实则蓄谋已久。不知道为什么，他就是想同姚曼老师说说话，想看看她。

但他也突然想这位年轻老师因他、因他们而受的无端瓜葛，尴尬惭愧起来。他挠着头，甚至最后捂住突然咕噜噜响起来的肚腹，说，是，是，庄老师。

他看出来了，庄春青老师一眼就认出他来了。因为她看他的目光，是自然的，是熟悉的，是友好中带着那么一点戏谑的。

她在隔壁。庄春青老师拿手指指西墙。

他道了谢，退出门，刚迈了两步，就看到姚曼老师端着一只冒着热气的杯子道着谢退出门来，他闻出来了，姚曼老师端的是红糖水，很香甜。

你找我？

姚曼老师看看他，好像意料之中的样子，边与半个身子露在门外与她打招呼的一个女老师摆手，边示意他到她办公室。

我 —— 他说，就在门外说吧。

哦 ——

姚曼老师看他停住脚，略想了想说，那去那边吧。

那边，指的是楼梯口东边的一块空地，离这边几个办公室较远，相对安静。

我遇到点小问题 —— 他说，同时低头看着自己的脚尖。

说说，姚曼老师说着，呷了口红糖水。

我 —— 我先去个卫生间吧。他听着越来越响的肚腹，说。

好啊。姚曼老师说。

那，我去你办公室拿点纸吧。他硬着头皮，捂住肚子。

好啊。姚曼老师说着，把红糖水放在就近的窗台上，快步给他取卫生纸。

当他轻快地返回时，姚曼老师站在窗边，呷着红糖水，说，说吧，没事的。

一句没事的，让他安心了好多。

有个人，让我没法安心学习。他说完，咬起了嘴唇。

嗯。

姚曼老师咕咚吞了一口水，过了好久，说，你是个淳朴的孩子。

是的，姚曼老师可能见过太多这样的事，更可能，少有向她求助的学生。所以她说他是个淳朴的孩子。

试着去了解。姚曼老师说，一件事物，只要你看清楚了，就不会再迷惑了。

姚曼老师说完，开始对着杯口吹气，然后一边吹着气一边抬手摆了摆，和他告了别。

他很想和姚曼老师说，一看到她，他就想到了他母亲。但这样的话怎么说出口呢。他下到楼梯转角回过头，看到姚曼老师高高地站在上面举着茶杯朝他摆了下手。回吧，姚曼老师拿手在头上拉了一下，说，下了楼把帽子拉上来。

从此，我慢慢地开始相信，人和人之间是有心灵感应的。姚曼老师一定是知道了我的心思，生出了慈母的心肠，或者她本有慈母的心肠，才知道我的心思，才说，把帽子拉上来。

那夜，直到入睡，我都沉浸在姚曼老师给予我的温暖之中。我在床上少有地摊开身子，摊开手脚，将自己无所保留地交给了窗帘上晃动着的初春夜晚，合上眼就睡着了。

那晚，我做了梦，我踩着滑板车，在两边都是唐老鸭、米老鼠、小矮人儿、蓝精灵的彩色道路上飞奔。当远远地看到上高中那会儿的姐姐也踩着滑板车向我飞来，我将双手拢在嘴上，朝姐姐喊，姐姐，姐姐，我见到母亲了——

我拉着姐姐的手，踩着滑板车飞起来，越飞越高，越飞越高，从一朵云滑向另一朵云，从一道彩虹飞向另一道彩虹——好开心啊——

我是笑醒的。

醒来，我盯着屋顶，看到窗缝中透进的光，在屋顶上切出一根长长的锥子，我听着外面渐起的晨声，泪水顺着眼角爬进鬓角，渗到枕头上。

第二天上课前，看到戴维在教室门口一闪，我心里竟然有点虚虚的，感觉好像是背叛了他。但一想到姚曼老师是他的前妻，并且还将重新成为他的妻子，就轻快多了。但是第三节的专业课，我还是听得格外认真，主动到讲台上做了道题，两次主动回答戴维的提问。恍惚间感觉专业课进了一大步。

迎春新绿的叶子覆盖了黄色的花瓣的时候，二〇一七级的高考基础课辅导开始了。我拿到课表，看到上面注着所有任课老师，都是院内老师自愿报名，利用晚自习和周末时间义务辅导，周一至周五晚自习和周末两天，密密麻麻排满了课。

戴维还说他十分赞同这次高考辅导动员大会上学院领导的讲话：学校，不是工厂，学生，不是产品，老师，不是给学生制定人生规划，而是变成望远镜，变成桥梁和舟楫，变成拐杖和铺路石，就是尽最大努力引导孩子们树立理想，并变成现实 —— 把所有尖子生集中起来考985、考211不是本事，让跌倒过、失望甚至绝望过的孩子重新站起来，跳起来，触摸全新的自己，才是一个老师，一所学校的本分。

戴维告诉我们有几个没有排上的年轻老师，还去教务处找了，认为是自己的教学能力受到了怀疑。

戴维说得我们有了点群情激荡的意思，虽然何晓玮和范明宣一如既往地趴在桌上。

—— 我姐姐为我报的辅导班，也就此结束了。

在周六晚数学课阶梯教室里，我第一次主动坐到了孟小小旁边。

我要大胆地坚定地把姚曼老师教我的方法实践一下，她说，只要我看清楚了，就不会再迷惑了。我在下课时主动为她接了瓶热水，在递给她杯子时问她，《香草营》里你最喜欢哪篇？

《拾婴记》。

接杯子脸上还带着笑的孟小小，一下子拉长了脸。一颗小黑痣，在低下去的下巴上颤了一下。

为什么是这篇？

我硬着头皮瞧着她。

孟小小把一支中性笔笔管上印着粉色小花的笔帽拔下又摁回去，接连几遍后，抬头往黑板方向看了一眼，扭头看着我，又看看我身后。我身后坐着马纯陈浩南和吴楚，我能听到他们在小声说话。

270

出我意料的是孟小小看了一周遭，再把头转向我的时候，眼里已蓄满泪水。

我就是那个被丢弃的女婴。

孟小小哽咽了下，低头拿手抹了下眼睛，说，母亲不要我——都不要我——

她说完，拿手托起腮斜着背向我坐了片刻，然后胡乱把书和笔记本塞进深蓝色帆布包，不顾老师已经开始讲课，艰难挤过接连站起为她让路的同学身体和前椅背间的缝隙，走了。

这结果，我始料未及。

我看着她钻到阶梯过道上，踮着脚下了台阶，瘦小的影子在门口一闪。我想起《拾婴记》最后说那小羊的话：羊眼睛里似乎是覆盖着一层泪光。为了不让那覆盖着一层泪光的双眼在我眼前晃啊晃啊，晃得我根本没法听课，我决定去找她。

更出我意料的是，我挑开棉门帘，想出去时，孟小小正想进来。于是我缩着脖子，弓着腰又跟着她退回教室，坐在最后排。

奇怪的是，明明隔着那么远，接下来的课，我却听得比以往更清楚明白。下课时，我小声对孟小小说，我喜欢你。

孟小小嘴角浮现出一丁点笑，接着拉下脸，说，神经。

那一刻，我的心，要开出花儿来。

我是多么矛盾啊，我真的说不清楚是喜欢她更多些，还是害怕她更多些，或者说因为喜欢她，所以必须克服这种害怕。这个说起来简单，有点拗口又无比困扰我的问题，让我每次去补习都像念经般在心里先盘桓一回，并在课前早去，站在教室门口等她。一开始，她有时候还故意等我坐下后离开我几排或几个位子再坐，后来，话说得多了，她看上去不那么介意了，再后来，我们就和陈浩南、吴楚、马纯他们坐一起了。而孟小小和陈浩南好像更合得来，我怀疑是因为我请陈浩南当信使造成的先入为主，这让我数学成绩的突飞猛进也没能填补内心里的失意。

同样进步的还有英语，还有专业课。

当我发现林幸哲也在补习教室中时，已经是六月份了，阶梯教室前面的花圃里，开满了五颜六色的月季花。我们的班长林幸哲，穿着雪白的衬衣，打着宝蓝色领带，头发梳得一丝不乱，提着个牛皮质竖款公文包，如果不是认识他，还以为是新上任的课监老师。

陈浩南看到他也来上课非常不解，问他都找到这么好的工作了，还费这劲干吗。林幸哲很有分寸地笑了笑说，来上课，就一定是为了高考吗？

陈浩南不解地扯着嘴角，说，难道，难道——

人家是真喜欢学习。我说。

啊哈哈哈，陈浩南突然看着远远往这边走的汪闪闪，笑出猪声。

人家也是年轻人嘛。林幸哲一改老干部形象，突然撒娇地扭了下身子。

说着，和我们一齐猪叫般笑起来，我突然觉得他不再是个特权分子，而是再次成为我的同学了。

但另一方面，让我不安的是，我们班已经有三个同学因为灰了心，再次放弃了高考。我们的阶梯教室由原来的满员，到后面空出近三排，到现在，可能只是原来的一半多一点了。每次上课，每个老师，都在给我们打气，说能坚持下来的都是好样的，一定要坚持啊。我自己何尝不是这样想的呢。连记笔记都比以前用力了很多，快把纸面划破了。仿佛只有这样才能攒住一口气，坚持下去。

好在功夫不负有心人，在月末测试中，我从上一次的二十三名前进到第九名。数学考了全班第一。就连一向沉得住气的戴维，也嚣出了好几个诸如努力有志气意志坚定等这样的好词儿，夸了我一通。

　　我雄心勃勃，刹那间感觉考个本科如探囊取物。那天下午下课后，我托着腮，想着我父亲得知我拿到某大学录取通知书后大惊的表情，当初他那句判决像肥皂泡，啪地在他头顶上破灭了，我甚至都能看得见他听到炸裂声后蹙起的眉头上波浪状的皱纹。这样想来想去，竟感觉十分解气，下楼去餐厅，走到雁栖湖边，发现自己无意间哼起了歌。

　　我们的祖国是花园，花园的花儿正鲜艳，温暖的太阳照耀着我们——

　　我欢乐的心灵，像群小麻雀，在微风细雨枝头摇曳，我听到我的胸口在叽叽喳喳叫了，直到我突然想起，这支歌，是母亲教的。

　　我所有的欢乐的小鸟儿，全部折断了翅膀，在我踢踢踏踏踩过的石板路面上痛苦地挣扎起来了。一个失去母亲的孩子所有的快乐，都只不过是镶嵌在悲伤的石墙上的纸蝴蝶，拿手指轻轻一碰，就四分五裂了。

　　直到走到餐厅门侧上镌着"融合向善，拙朴匠心"红色大字的大石头旁，看到姚曼老师提着一袋馒头走下门口的台阶，我才不得不调动起脸上全部肌肉，冲她笑了笑。她却问，怎么啦，怎么不高兴？

　　不知为什么，刚刚还一心想掩饰的我，被姚曼老师一问，须臾放弃了抵抗，自己都能感觉到两只嘴角向下扯，我揉了揉眼，说，我想我妈了。

想妈了？

姚曼老师呵呵笑了下，点着头向楼门口摆摆手，说，多吃点，就想得轻了。边说边往前走了。

我想她并没有听懂我的话，没有人能听懂我的伤心。我进了餐厅，刷了两个馅饼，拿塑料袋抓着，边嚼边往教室返。今天的英语课上，我发现有两三节课的英语单词我没记全，要不是听写，我还以为全都记住了，当时确实也都记住了，但不到一周的工夫就忘了多半。时间像一场又一场大雨，把我这几个月来用功记住的那些公式、单词、名词解释在我松软的大海上冲乱了，模糊了。我要握紧决心的刀子，更多一遍把它们刻上去，我要再咬咬牙，刻得深一点。

那时候，参加高考，摆脱两年后只能当一个工人的命运，变成我活着所有的意义。为此，我能周末两天全在教室学习，为了完成因基础太差近乎完不成的学习任务，我在熄灯后的黑暗中默背单词，拿手指在肚皮上一遍又一遍写下数学公式，把原来简单的记录的碎片，写成两三页，甚至更多页，最多十来页的文章。我每天五点多一点起床，到操场与并不熟悉的几个同学散落进东操场各个花圃间的小路上，背英语，背政治，背历史和地理，我不觉得累，只恐大脑和身体不配合。第一回，以我十六岁的年纪，生出了怕身体出了问题会耽误正事的担忧；第一回，感觉到我的精神和身体，是需要"我"这个统帅来统一调度、好使它们团结协作的两种不同的东西；第一回，我往嘴里填馅饼包子馒头油条面条米饭肉蛋奶时，不再感受它们的滋味，而是郑重地考虑它们的质地和数量，能支撑我的身体和大脑几个小时。

423的人都说我变了，如在以前，我会以为是取笑，会不好意思摆着手谦虚或否定。而这一回，我告诉他们，我只害怕变得不够多。因为我越学越感觉到，我中学的基础，算不上基础，而是给我挖了个大坑，我拼上命都填不实它。我说着这些话时，感觉到一种别样的委屈像刚打开的香槟一样从胸口向上涌溢到鼻腔和眼底，与想起母亲的伤心不同的是，这一回，我知道怎样战胜它，我知道最终的胜利属于我。

20. 孟小小要创业了

我一直认为，是伴着校园的各色月季花盛开到来的创业季，让孟小小改变了主意。

准确地说，这一年的创业季，唱主角的不是我们，而是老生们。我们这一级，这时候还刚接触实验室和车间，刚刚触摸到各自专业的门槛，大部分还没有入门。但只是参观感受，就让人不停地发出"这世界真变了"的感叹。

和艺术节不一样，创业季的"舞台"大多分散在各自院系的实践室。有的在计算机室，有的在校内的商超，有的在校企合作的商埠和车间，一些新兴产业，在多媒体教室。

我一心想高考，对参观这些不太感兴趣，但班里很多同学都积极参与了。这一年，我是通过彭浪和陈浩南，间接地参加了一些专业的创业路演。

创业季也是一周时间，这一周我听得最多的，是电商创业的同学们的事迹。因为电商平台，几乎把学院其他所有专业都覆盖了。电商创业平台的那些同学，几乎在其他每个专业创业平台前支起了直播设备。除了文秘、护理等少数几个专业，其他所有有直接产品出产的行业，现在几乎都需要电商平台推广销售了。

学院和淘宝、京东合作的电商客服人员已经不是在"表演"，而是在真正的职业状态了。我现在网购咨询时，经常想，网络的那一端，说不定是我的哪个同学在回答我的问题呢。所以久而久之，我问什么之前都先问好，问后一定发自内心地道谢。创业季，让我很早就把卖家的"他们"转换成了"我们"。不管你是谁，不管你在哪里，只要是活在这个世界上，都必须源源不断地向这个世界输送你的"价值"，同样，也向这个世界不断索取。互联网让每个人有了直接面对整个世界的机会，这是科技先驱们给人类创造的福利。我想，从这个角度看，是科学技术使这个世界变得更好了。

这个创业季结束后的统计数字，其中有一项，电商直播组创造了1356万元的纪录，当地直接受惠农户过万。这样的数字，不但让筹划创业季活动的学院领导满意，也引起了市里领导和市直属多部门的重视。节后来参加总结活动的一位家长感叹，他家17岁的姑娘，一周内创造了他们一家这些年都没有创造出来的利润。他的原话是：想不到啊想不到，这个从小野出圈儿的半大丫头，上了两年技校，这么能耐了！俺家种十辈子的地，也赶不上啊！我们当期的校报，引用了他的话作为主标题：俺家种十辈子的地，也赶不上啊！

顶破天，也就是个工人了——看来，这话，是对着许多年前的技校生说的吧。现在的技校生，已经走到前台，直接对着这个世界，输送他们的价值了。

——也许，孟小小，就是这样动了心的。

周六晚的文学社活动过后，孟小小主动在图书馆门外追上我，对我说她在想是不是要放弃参加高考了。

六月，校园的夜色中，流溢着槐花的香甜，只是，花已经败了，值月的同学们留恋她们最后的香气，扫集起来，堆到花根下。我想起冬天时孟小小在这里，也是站在这一根花枝形的灯柱下，向我借阅《香草营》。那时候，我站在这里，看着孟小小齐齐的刘海和长马尾，手足无措。现在，人还是那个人，灯还是那盏灯，只是齐刘海和长马尾变成了童花头，无措的少年变得刚毅而坚定，我敢于直视她看向我的眼睛了。我想起姚曼老师告诉我的那句话，只要你看清了，就不再迷惑了。这时我才隐隐明白姚曼老师让我看清楚的，不是孟小小，而是我自己的心。

我看着孟小小短短的头发，看着路灯洒在她肩头和头顶的光晕，看着她说完后垂下的眼睑，那么可爱。但可爱的孟小小，说她不想参加高考了。这是什么意思？算是拒绝我吗？

好好的，怎么说不考就不考了？我一点不理解。

我认真考虑过了，我和你们不一样。孟小小低下头又抬起来，坚定地看着我说，一入校时，我感觉眼前一片漆黑，得过且过，不知道活着该干啥，也不知道能干啥，幸运的是，我遇上姚曼老师，我知道了我不是废物，不是累赘，更不是祸害，我是人，是堂堂正正的人，只是运气差了一点，但是，现在好啦——

孟小小说着眼里闪起光来，你不知道，创业季时，我申请到我们的操作间参与啦，整一层楼的操作场地，一排排锅，一架架蒸笼，火苗呼呼地蹿起这么高，菜滑进油锅里，吱啦啦的，那么脆响，馒头一屉屉端出来，白白胖胖的，热乎乎的，我就想，真好啊，日子过得真好啊，不缺吃不缺喝的——

想好了？

是啊，孟小小说，做面点，比高考更适合我。一是我喜欢，二是能更早创业，养活自己。

还有，孟小小不断地交缠着手指说，原来，我以为我考上大学，爸妈就会喜欢我，我就是想获得爸妈的认可，不是真的想读书。也许，孟小小头低下去，也许是你的出现，让我感觉，做自己喜欢的事就好，谢谢你！

孟小小说得我心狂跳起来，没想到我对她有这么大的用处，我都一下子感觉高了一头。

这你可得想好，再往回改就难了。我说。

孟小小再次点点头，盯着我的眼睛，说，这回想好了，是你帮我想好的。放心吧，我不会后悔的。

那好，我说，姚曼老师说得对，适合自己的才是最好的，那你加油吧。

嗯，孟小小点点头，说，我可喜欢摆弄那些面团啦，好喜欢闻面团发酵、热腾腾的馒头的味道。我想好好学习面点制作，早一天开起自己的面点店铺，自己养活自己，每天都有热馒头热包子吃。说不定哪一天，我也会直播卖馒头呢，你可要第一个下单哟，嘻嘻。

我立即想象到在一个热腾腾的大制作间里，头上戴着白厨师帽，身着白工作服的孟小小了。她端出一笼又一笼馒头包子花卷，一手扯起塑料袋，一手拿着竹夹子，边利落地把面点拾进袋子打包好，笑吟吟地递到橱窗前排起长龙的顾客手里，边对着摄像头说，快看，热腾腾的馒头出锅啦，快下单吧，半小时全城送达！

挺好的。

我说。

谢谢，孟小小说，到时候我面点店开业，记得来捧场啊。

什么叫捧场，我说，你的事儿就是我的事儿，我们一起干吧。

孟小小耷拉下她那美丽的睫毛，说，我还以为你不理解。

我是有点不理解，但只要你愿意，你想好了，无论干什么，我都支持。

孟小小有点害羞地看着我，说，真的啊？你真好。说着，竟然流泪了。

我不知哪来的勇气，一把拉起她的手，说，我说喜欢你，你还一直没有回话呢——

孟小小把手抽回去，转过身说，真是傻——

但没想到，孟小小比我想的还要敢想敢干。没几天的工夫，是个周六，一大早她就找到我，让我和她去看房子，说她申请了学院的创业贷款，要到城里居民区去开面点房了。

看我惊得眼珠子都要爆出来，孟小小就笑了，说，老师们支持，我就先试试。

那你贷了多少？我问，我得想想，我有能力帮你还吗。

哈哈哈，孟小小少有地开怀大笑了，说，神经，谁要你一起还。五万。

我天，你可真敢。我说。

不多，连租房带招人，还得购买设备。

玩砸了怎么办？

玩砸了你帮还哪。孟小小朝我撇了下嘴。

别怕，咱们学院有专门的创业评估团队，我的申请和计划，他们认真评估过的，不靠谱的项目，学院敢出面为我签订租房合同、担保贷款吗？

我想了想，有那么点道理。

我们打车去城里，到金山农贸市场看孟小小看好的房子。在市场东北角，是在原来通往市场的过道处加建出来的房子，很窄的一溜儿，不过市场内外各通着一个门。孟小小说，够用了，门口各放上钢柜台，上面再放几个保温筐，中间这一溜，安装揉面发酵机器，蒸箱、清洁台、操作台，你看，过道还这么宽呢，很阔气了。孟小小拿手给我比画着，兴奋地说。

我感觉有点不真实了，这么小点个人儿，十七八岁的年纪，还有，那么苦的身世——

——什么都没有拦住她，没有打倒她，她要创业了，自己当老板了，掌握自己的命运了。

看我发呆，孟小小说，你说话呀，怎么了？

我说，没怎么，为你开心。

孟小小拉下脸，嗔怪地说，还以为你看了这房子，要嫌弃我了。

唉——我叹了口气，我怎么会嫌弃你呢，你哪儿哪儿都好，你干什么我都支持。

喊，巧言令色，鲜矣仁。孟小小说，这房主听说我是自己创业，本来要一万的，让了两千块钱，真是个好人。

说话房主就来了，是个胖胖的老头儿。我们叫了声大爷。老头儿说，我早来了，打开门候着你们呢，可是——老头儿望望我们身后，你们大人呢？

我和孟小小对视片刻，笑起来。我说，我们就是大人啊。

大爷说，你们半大孩子，可不兴开这种玩笑的，那天来的那个，是你妈妈吗？

孟小小说，是我老师。放心吧大爷，是我租你的房子，钱我都带来了，我们签合同吧。

孟小小把一包现钞拿出来，大爷看见钱，知道她不是说着玩的，也就不再一个劲摆手了。但签字之前又说，这可不是闹着玩的，要不要你再考虑一下？

签完字，拿了钥匙。孟小小上上下下打量着狭长的小房子，说，我终于有自己的店了，快恭喜我吧。

孟小小站在房子中间一块前租户撂下的泡沫箱上，满脸洋溢着希望和幸福，我看呆了，不由自主上前抱住她，说，恭喜你。

孟小小整个小身体僵住了，两只手伸向屋顶，大张着嘴，我搂紧她，过了会儿，她慢慢把手放在我的肩膀上，说，和做梦一样。

我把她从泡沫箱上抱下来，孟小小看看外面来来往往的人群，伸了下舌头，说，让人看见，丢死人啦。

我说我有点钱，给你买两只保温箱吧。孟小小摇摇头说，怎么能要你的钱呢，我的钱够了。你放心吧，姚老师和庄老师已经帮我联系了设备，这几天就送来安装好了。等那时你来和我去买面粉吧。不过，面粉也不用我们去买，一个电话就送来了。

那我能帮点什么呢？我无奈地问。

让我想想，孟小小歪着头想了会儿说，你帮着打扫卫生吧。

于是，一整天，我们把屋里的废旧物品清理出去，买来拖把抹布和小铲子，把墙、地面、裸露在外的暖气管道和水管清理了一遍。后来，孟小小又感觉墙太脏了，问我要不要刷刷，我看看天色说，刷刷也该刷刷，但今天是完不成了。这样，我先去买乳胶漆和滚轮，明天吧，明天我叫着我们宿舍的兄弟们来刷，脏得很，你就甭来了。

孟小小看看我，抿着嘴笑了。

晚上，我们在旁边店里买了几个肉火烧和豆浆，边吃边往东走，我们知道，从这里回学校要二十华里，但我们谁也没提议打车。孟小小给我聊她的计划，先是开一家店，明年内争取开到三家，包括一家西点店。创业贷款，争取明年上半年还完。明年底前，争取班

282

里十个人和她一起创业。

孟小小说，等到毕业，我就先在经营得最好的那个店边上租个房，把奶奶接过来一起住。

一听她这样说我有点紧张，我说，那，奶奶不喜欢我怎么办？

哈哈哈，孟小小笑了会儿捂上嘴，说，那我就再找个她喜欢的呗。

你敢！

我抓住她手用力一捏，孟小小马上求饶了，说，不敢不敢，我喜欢的，我奶奶都喜欢。你不知道，我奶奶对我可好了。

接着，孟小小对我说起她的身世。之前我是听陈浩南描述过一遍的，但还是没想到她身世这么苦。孟小小说，别可怜我了，我比你强，我有爸爸，有妈妈，还有奶奶，有哥哥，只是他们暂时走散了，等我赚了钱，过好了，我挨个去看他们。

不知道哥哥现在怎么样了，我好想哥哥。

孟小小说着，拿手抹着眼泪。

我抱住她，倚在路灯柱上，我说，放心吧，我们一定能过好，到时候我陪着你，挨个去看他们。

孟小小破涕为笑，推开我，说，谁用你陪。

其实，我也很伤心，每次想起母亲，我都想大哭一场，但我想我是男人，我应该坚强些。

我问孟小小，你不恨你妈吗？不恨你爸爸吗？

孟小小说，原来恨过，非常恨。我爸妈离婚的时候，我才六岁，他们嫌我是女孩，赔钱货，谁都不要我，我跟奶奶，但奶奶有病，奶奶常年纳鞋垫到集上卖维持我们祖孙俩的吃喝，冬天，我连件像样的棉衣棉鞋都没有，冻得手脚跟馒头似的。我奶奶有肺病，冬天里一刮西北风，就蜷在炕上，不敢出门，但有时候又不得不出去，抱柴火，赶集卖鞋垫，每回从外面回来，咳得像要把肺都咳出来。那时候，我真担心奶奶咳着咳着，就倒在地上死了，那我可怎么办？

孟小小又哭起来。

这几年政府救济多了点，够我们吃馒头了，我也不让奶奶纳鞋垫了，她也纳不动了，再说，现在谁还垫鞋垫呢，都是些乡里乡亲的，知道我们难，照顾我们。

不过现在好了，孟小小擦擦泪，说，我就要赚钱了，你知道我为啥喜欢做面点吗？我就是喜欢馒头。小时候，走在胡同里，闻见哪家新蒸了馒头，那香啊，我都舍不得挪步，又怕人家看见我在偷偷地闻。

还不都是因为穷，我爸妈不要我，是感觉女孩子干不了农活儿，赚不了钱，他们自己也没本事，养活不好我们的，是他们有愧，但是我都理解的——都是因为穷——我爸带着哥哥去南方打工了，刚走不久，哥哥还给我写过一封信，歪歪扭扭的几个字，就说是想我了。

哥哥和我一样大，不懂事，他想得起，但我爸妈懂，穷人，想不起。

孟小小的话，震撼到我了。

这个小小的身体和脑子里面，有这样的境界和认识。我不得不暗叹，比我强多了。

感叹之余，我庆幸遇到了这么好的女孩，同时又患得患失起来，我有什么？我配得上这么好的女孩吗？

二十华里的路，不知道怎么的，很快就走完了。那晚看着孟小小上楼，我回到宿舍爬上床，心里五味杂陈，有甜蜜，有痛苦，有希望，有迷茫，也有害怕。

第二天不等起床，我就宣布，你们哪儿都不要去，今天，全部要去明月市场帮我们家刷墙漆！我的话把他们镇住了。

你们家？

每个人都问了一遍。

我说，对，我们家，孟小小租的房子，我们要创业了，你们必须支持。

我×！他们每个人又骂了一记。

陈浩南就说，嫂子啊，不是，你捂得这也太严实了。啥时候的事儿啊？我们怎么一点都不知道，人家啥时候答应的咱？

是啊，王一凡说，太阴险了，我以为我们423我最阴险，没想到还有比我更阴险的。

马纯说，让你个单身狗知道，再抢了怎么办？这事儿，不是越秘密越好？

王一凡一脸无辜，你他妈说谁呢，兄弟妻，不可欺，我是那样的人吗？

彭浪说，那谁知道，再说，不可欺是不可欺，再追过来稀罕呢，这事儿，没准儿的。

我说，你们说啥都行，就是赶紧洗洗脸，去吃个饼赶紧跟我过去。

彭浪说，给你们家干活，连个早饭都不管哪？

哈哈哈，我想了下，不管说不过去。好吧，我说，早饭我请了哈，走吧。说着我套好衣服跳下床，胡乱抹了把脸，把餐卡揣兜里，

285

招呼他们快走。

陈浩南噘着嘴，说，咋也得去门口小陕北吃个肉夹馍，弄个豆腐脑吧，你这抠的，还得到食堂吃？是不是？

在得到几个附议后，陈浩南又说，这漆，是必须得刷，但是上午我还得先去买瓶指甲油给人家送回来，你们先去，我放下指甲油就过去，给发个位置。

我说，就你事儿多，食堂更卫生，还便宜，创业容易吗，啥都得算计着来。

我的个神哪，彭浪说，都是过日子的话儿啊，是不是早了点？

那我们这些凡人，又没当托尔斯浪的才华，还有啥出路？

我说完就后悔了，我看到彭浪脸一下子耷拉下去。他这段时间几乎天天收到退稿邮件，自己说快崩溃了。

吃过早饭，我们四个先到了明月市场，王一凡抢着付了打车费，说是当做我们开业的贺礼。

我打开门，在五金店铺搬来昨天就说好要借用的梯子，先拿砂纸打磨墙。我爬上梯子，从一个屋角开始，拿砂纸刺啦刺啦蹭，没等干多少，手腕子先酸了。我跳到地上，把砂纸递给王一凡，我说，你上，王一凡说，你这是感觉身体被掏空吧，这才多大会儿。

大家就都吹起口哨，笑我。但笑归笑，王一凡坚持得还没我时间长，就滚到地上来了。再换一个人。我们没有经过劳动训练，手里没劲儿，好在人多，一上午的时间，也把四面墙磨得差不多了。

我们四个成了雪人儿，满头满身的灰屑。一看快十二点了，我洗把脸，到外面张罗饭。还是买的肉夹馍和豆浆。一人两份。太累了，得多吃点。

我们正吃着呢，看到陈浩南歪歪扭扭进来了。

彭浪说，浩子，你这是来赶饭啊。

陈浩南进来坐在纸板上，说，甭说了，买错色号了，不开心了，一上午也没哄好。

唉，马纯长叹一声，人和人，你说，咋比呀。说着朝天花板努了一嘴，人家这一心想创业赚钱，咱这一心想败家，同样是老婆，咋差距恁大呢，不行咱就换换吧。

一向不爱说话的马纯，把我们都逗笑了。

彭浪嫌陈浩南来晚了，耽误了干活，还害得大家寻思是不是在路上被撞了，掉沟里了，还是被打了啥的，彭浪说，弥补下吧，请我们一人五串羊肉串吧，和我们隔着五六家，去吧。

陈浩南自知理亏，就出去兜了一包肉串儿回来。进屋先递一根给我，我接过来，左看右看，黑乎乎的。我说这是啥？这是羊肉吗？

是羊腰子，专门给你点了一串，补补。陈浩南挤了挤眼。

啊哈哈哈，兄弟们猪叫般笑起来。我感觉脸红了，但还是故作镇定，一口把串撸进嘴里，说，嗯，确实得补补。

喊，接着装。彭浪把一根羊肉串撸进肉夹馍里，说，不过啊，我咋感觉我们已经是中老年了哪，你们觉没觉出来？

马纯点点头，说，嗯，有点。

王一凡说，有个屁，叫啥，为赋新词强说愁。瞅我，这身无一长半短的人，从没这些毛事儿，你们这是嘚瑟。

马纯又点点头，说，嗯，有点。

彭浪盯着马纯，说，你们有没有感觉到，原来，我还以为林幸哲那是一定要当官的，现在看来，真的不一定，马子才是我们中间最可能当官的人，看了没，山水不显哪，你们说，你们听得出他哪句是真哪句是假吗？能装着呢，能装的人才能当官，是不是？

王一凡说，人家这叫，沉 —— 得 —— 住 —— 气。

马纯说，放屁，我沉不住气，我去抢银行呀？

吃完喝完，我们竟然挤在几块纸箱板上睡了一觉。

我们是被一个黑胖的中年大汉嚷醒的，再准确一点是骂醒的。我们几个先后坐起来，看到这个四十多岁的黑脸男人，穿着黑色缩脚运动裤，牛仔外衣，一双高筒黑牛皮鞋，光头，高扬起的手腕上挂着一串大木头珠子。见我们醒了，他又骂了两句脏话，指着我们说，听说你们要开馒头房？

我看来者不善，赶紧站起来恭敬些，我说，是啊，面点房。

×，啥面点房，那不一个意思吗？知道我是谁不？

这是黑社会呀，我脑子里转了几转，想不出咋搭话。

彭浪凑过来，说，敢问大哥，高姓大名？

黑大汉把一只手搂在彭浪脖子后，说，这小兄弟会说话，我是谁，我不是谁，我就一混饭的。我劝你们哈，改行吧，要不就退房，这行不好干。

咋不好干，请赐教。彭浪说。

还咋不好干，黑大汉抬头往外扫了一眼，说，问得多新鲜哪，挣不着钱哪，能好干吗？嗯？能好干吗？你知道蒸馒头这利润多低吗？一个馒头一两分钱儿！你们这几个毛孩子，到时候自己个儿吃的馒头都挣不出来。

哦，王一凡点点头，说，真这么低呀，那真是很难干哪。

说着，就都看着我，我就直视着他眼睛，说，难干好干的，干干试试呗，大不了盘出去再改行啊。

嗯，黑脸大汉点点头，想把手再搂我脖子后，被我挡开了，他说，嗯，这小兄弟会说话，可我就不喜欢嘴这么巧的！

说着一扬手，给了我一巴掌，我的脸立马就呼呼着起火来。

我退了两步，扶着墙抹了下嘴角，有血流出来。虽然打过一仗，但那是有准备的正义"战斗"，我们真是光听说过技校怎么乱腾，但事实上从没见过，这样的阵势，把我们吓傻了。我左右看看，我们昨天买的都是些长杆的滚轮，涂料，小铲子，砂纸啥的，没趁手的东西。突然，前房主扔下的一只爆了瓷的搪瓷盆钻进我眼里，我跳过去一把抄起来往他头上抡过去，他一闪，抡肩膀上了。这时候他们四个也反应过来，抄着滚轮杆和小铲子冲上来，黑脸大汉揪住王一凡摁地上踹了一脚，接着被彭浪撞在地上，王一凡爬起来扑过去，被黑脸大汉一下子又掀到地上了，可能没想到我们这么猛，黑脸大汉爬起来站稳，一看事儿不妙，往通向市场里边的门口退过去，陈浩南早两步跑出去，抄起过道上一只马扎子，×你妈的！陈浩南尖叫了声，跳起来照他头上砸下去。

一道血线，顺着黑脸大汉额头淌下。马纯说，快报警，报警。

马纯说完，突然明白了什么，左看右看，到窗台上拿起手机，拨了110。这时候黑大汉就想走了，后来知道是因为头晕了，退一步扶着门框一动不动。马纯就照着他拍了两张，后来又把我嘴角的伤痕和血迹也拍了下，还有陈浩南不知道咋搞的肘上的一道口，马纯手掌的擦伤，王一凡衬衣后背被撕开的大口子，还有作案的那只马扎，是卖菜的一个阿姨的，因为沾了血，事后拿五十块钱赔她，她说什么也不要，说，这一害，早该除了，说着不安地朝西边的大牛馒头房看了眼。

两位警察到的时候，黑脸大汉已经顺着墙出溜到地上了。

一见警察真来了，干脆四仰八叉躺在地上，说要不行了。本来我们也很害怕，但一听他自己说不行了我们就放心了。

我简要地把情况说了下。警察一听说我们是东技创业的学生，就饶有兴趣地打量着小屋，说，不错不错，能自食其力了，不过，打架是不对的哈。

不是我们要打！

我们几个一齐说。

其中一个警察一摆手，朝地上说，叫小高来，还是先送医院看看？

黑脸大汉朝警察摇摇手，指指自己心脏，说堵得慌，可能是犯病了，先送医院吧。

警察就说，那就打120了哈，产生的费用啥的，谁负担，你心里有个数，还是叫小高先来看看吧。说着示意那个年轻点的警察去喊人。

不用，不用。这时候黑脸大汉站起来。说，多大点事儿，我们就说话说顶了，动起手来，没啥，没啥。我自己去诊所包一下吧。

年轻警察就停住脚，说，你说没事儿不行，你要感觉没事儿就去包一下，包好赶紧来所里，做个笔录。说着转过身问我们，你们呢，该找你们院长还是哪个老师过来？

老师吧，我说，我想了想，拨了姚曼老师的号码。

姚曼老师到派出所扫了一眼就明白发生什么事了。

欺行霸市！姚曼老师说，小小一说来这个市场，我最担心的就是这个，这个市场有俩地痞，远近出了名。一个是开馒头房的，一个是卖猪肉的，是不？

年纪大一点的警察就说，可不，但他们是癞蛤蟆爬脚面子上，不是咬，专为恶心人，大错是不敢犯，但邻里邻居的，一块挨着做买卖，时间长了，好多人受不了他们这些下作手段，今天往人家门口倒点尿，明天往人家门头刷点黑漆啥的，就恶心人，有的人专门装了摄像头，但知道了能怎么样，找到门上人家态度很好，说喝醉了，接着拿个百儿八十的，让你们自己捯饬捯饬，抬头不见低头见的，好人哪和他们缠得了。

姚曼老师就嘶地吸了口气，说，那小小选在这么个地方，早晚得让人家挤对走了啊，这不就赔了本钱吗。

我说，不会，放心吧，姚老师，这样的尿人，就欺软怕硬，他要敢欺负小小，我见他一回打一回。

是啊，是啊。他们四个也应和道。

姚曼老师看看我们，撇了下嘴，笑了，说，哎哟，大为老师终于带出硬骨头了。

警察让姚曼老师签好字，说可以走了。姚曼老师就问，那人还没来呢，你们怎么结案？年轻警察说，他来什么来，他不敢来。又说，这就是个出警记录。

年纪大一点的警察说，说归说啊，我照规矩还是提醒你们一下，尽量别起冲突。

我说，这我们知道，可他这是找门上打我们哪。

年纪大的警察指指脑袋，说，尽量靠这里，少靠这里。说着又拐了下肘子。

我们出了派出所，跟姚曼老师道了歉又道了谢，到诊所买瓶酒精棉球擦擦伤处，继续回去磨墙，打了个架，搭出去半天。那天，我们弄到夜里一点多，再勉强把漆刷完。王一凡说墙脚这一块，撑不了几天，说墙潮着呢，没做防水防碱，只刷个漆，是应付事儿。

我说，你这很在行啊。王一凡说，我爸就是油漆工，我打小就喜欢跟着他干活，有时候还给他调色呢，比我爸调得准多了。

下半夜，我们破衣烂衫地回学校，照例翻墙进校园，再从一楼窗子爬进宿舍楼。一躺在床上，感觉多么幸福啊，一闭眼就睡过去了。

21. 白血病

姐姐叫我吃饭，让我选地方。

我就选了离学校最近的一家素朴西餐。

我下了课赶紧奔过去，姐姐早就在等了，眉头聚成个大疙瘩。

咋了，我说，有话就直说嘛，是不是怕我考不上大学？你看你的脸啊，皱成个抽抽了的老茄子，等我外甥女出来，第一眼看见个老太太，哎哟，吓死宝宝了。

我把一口冰激凌刮进嘴里，打趣姐姐说。

我特别开心，姐姐怀孕四个多月了，B超照着是外甥女。一个大大的头，小身子蜷蜷着，像只小猴儿，一只小爪爪抚在脸上，我虽然从彩超上看不出男女，但听姐姐说是女孩，我就感觉那张第一眼看上去凹凹凸凸的小脸顿生甜美和可爱，立马想象起她出生后细细的辫子上扎上个彩色蝴蝶结的样子啦。我让姐姐生产时千万要叫着我，我要最早看到她来到人间的样子，一顿饭，我边将沙拉和比萨还有虾仁焗饭往嘴里填，边叮嘱姐姐一定要给她留长头发，因为我记得姐姐上高中了还留着男孩子那样的短头发，难看得要命。

唉——

姐姐又叹了一口气，把眉头皱得更紧了，我赶紧拿手把她眉头撑开，我说，你不能这样，你一发愁，宝宝也不开心，会变丑的。

不要担心嘛，我很努力啊，真的，不骗你。

姐姐端起眼前的淡绿色玻璃杯，呷了口柠檬水，看看门口，扭头对我说。

唉，那个孩子啊，白血病了。

不用问，我知道姐姐说的那个孩子是哪个孩子。按照生物学讲，他是我们同父异母的弟弟。

啊？

我刚刚被食物塞满的胃疾速收缩，一股酸涩的黏液直接呛到嗓子眼儿处，我捂住嘴赶紧往卫生间跑，我怕吐出来，再惹得姐姐跟着吐。我强忍着干呕和咕噜噜的肠鸣越过两边只到我肩头处的木隔间往右手边跑，看到走廊尽头悬挂着块蜡染布帘，我跑过去，一挑，一个端着一铁盘刚烹调好、吱吱响的食物的服务生赶紧转过身，我撞到了他身侧。我没法开口道歉，他却熟练地指了指南方，说，往前走，右手边第一个门。

我循着他的指引跟跄过去，在卫生间，把刚到胃里的食物吐了个干干净净。没等缓过气腹痛加剧，我抽几张纸擦了擦嘴，在坐便器上坐得腿都麻了。

等暴风骤雨慢慢过去，我拖着酸麻的腰腿，扶着墙挪到洗手盆处，等股骨外侧一阵又一阵电流般的感觉过去，确定双腿能支撑住身体之后，打开水龙头，洗手，洗脸，再拿手捧了水漱口，接着又干呕了几回，直到把淡绿色胃液吐出几口，才感觉活了过来，才想起刚才那个端着铁盘的服务生的声音，是那么熟悉。

那怎么办？

我回到桌前，抹着脸上的水问姐姐。

姐姐说，去北京了，现在协和医院，只是——

姐姐顿了顿说，咱爸瘦得跟个纸人似的了。

那——

这个那后边，是很多很多说不清道不明的情绪啊，那一刻，在离家百里外的我，突然好像身上长出无数的丝蔓，每一根，都伸向广安南边那块土地，土地上的房屋，一草一树，在土地上走来走去的人，包括曾经让我那么厌恶的聂莺和她的孩子。

都说是一出生就在厂里住的原因，那空气，毒得很。咱——咱——厂门——姐姐结结巴巴地措着辞说，已经被周围好几个村的村民堵了好几回了，说受厂里废水废气污染，村里这几年肺癌肝癌多了好多倍，都是拿钱摆平了，但是，恐怕不是长法儿——

姐姐的这些话，我听了一耳朵，接着就忘了，我心里满满地都是那个小孩儿。

是的，我曾经那么厌恶他们，从未将那个小孩当作自己的亲人。甚至，甚至——这一刻，我不敢承认曾经有过的那些恶毒的心思了，我祈祷自己从未作那些恶愿，从未对他们有不好的祈愿和想法，这一刻，我怕老天知道我曾有的不好，再把那些不好归结到他们头上去。

我们出了门，看还挺早，太阳给躲在街对面西边几栋住宅楼后面的云层镀出厚而模糊的金边，几块天空像泼了老橙红的染料，几块又像着了火。

姐夫已经把车开到了门口，原来，姐夫一直在门外等着我们。

我在学校门口挥别了姐姐和姐夫，手里拎着姐姐重新给我点的黑椒牛肉焗饭的打包袋。我进了学校，坐在已然在我的忽略中枝叶茂盛起来的花廊下，一口一口地喘气。

天气很好，光线也不急不躁，温暖而美好，花好月圆地好。几天前好像还穿着毛衣的同学们，都换上了短袖夏装，在打羽毛球，在打乒乓球，在跳绳，在打篮球，在石桌边下棋，在哈哈哈地互相打趣，在三五紧凑着窃窃私语，在吃辣条和 QQ 糖，在喝碎碎冰和冰激凌，在把书掉在地上又捡起，在指着天空看飞机，在匆匆走过，在楼下的晾衣台上整理衣物……

所有人，都很开心。

只有我，坐在花廊下，兀自伤心。

原来，没有人能从别人的痛苦中感受到快乐，哪怕这个人是你曾经厌恶甚至痛恨的人。生命是我们共同的、共通的东西，像一张无边无际的大网，断掉哪怕最细最短的一丝，全体，都感受到了恐惧和痛苦。

姐姐说千不该万不该把这么小的孩子放在厂区里，就算装了新通风，也不管用，人不可能整天窝在屋里，而外面，空气那么差——又是新装的房子。

姐姐说过几天一起去看他，等他从北京回来吧，这时候去北京，会添很多乱的。

听姐姐这样说，我松了口气。我不知道见了他们，会是种什么情境，我是有点不愿去看这个只谋过一面的弟弟。不是薄情，也不是鉴于某种原因的别扭，这些在生命面前，都算不了什么，只是，面对一个幼小生命的陨落，我好像还没积攒起应有的心理承受力。

我看着脚下灰色和砖红色拼铺的花砖，看着渐黯淡的光束打在砖缝里来来回回忙碌着的蚂蚁上，我的鞋带被夕阳在砖上拧出一朵铁灰色小花儿。一只爬在从廊顶垂吊下的细枝上的蚂蚁，摁在地上的影子，像头牛那么壮大。它身下的叶缘，成了连绵的山岭。

花廊尽头处是明晃晃的湖水，广场上被一双又一双脚踩来踩去的地面不时闪烁着细碎的光芒，值月的同学们把几只深绿色垃圾桶清理干净后放回原处，桶下的轮子轧着地面，轰隆隆像是即将到来的一场大雨。

天光不觉间灰下来，薄暮徐徐从天边垂落，我的花儿，我的牛，我的山岭，慢慢地不见了，一切，沉浸在这个初夏白天和夜晚交接之时的温厚里。蚊蝇儿细弱的歌唱起来了，我躺在长椅上，将身体伸展在即将覆盖住整个世界的黑夜，飒飒夜风一起，我再也不想起来了，再也不想起来了，谢谢东技，谢谢这里的风和空气，这里的所有，接纳着我所有欢乐和苦痛的砖地湖水和墙壁。

远方亲人的不幸，让我对身处的校园，对身边的同学和老师，有了另外的感受和认知。我想，世界上的悲苦和幸福也许是相等的，只是有的时候，有的地方，厚薄轻重快慢不同。很多时候，我们无法改变和命令它，只能静静地听着大地上的声音，听着自己的心跳，等它过去。

不是的，不是的。

我几乎听到自己叫喊起来。

那是我躺在地上，身体拉得老长，突然感觉一边是母亲，一边是弟弟。

不是的，不是的。

到现在，我仿佛仍能听到两年前我心里的声音。我心里，一半把另一半牢牢摁住，一半把另一半的声音压下去。

没有谁是为谁偿债，一个生命，只有向另一个生命致意。

带走了母亲的死亡，像只蝙蝠，又一次，呼扇着翅膀飞来了。像我眼前的黑夜一样，把整个世界搂在它黢黑的胸前。远在百里之外的弟弟，还有父亲，是不是也嗅到了她的气息？

我在长椅上直躺到浑身冷透，才起身到教室。去开水房接了杯热水放在桌角，做着数学题等它放温喝下去，听着胃里的回音才想起，我把姐姐给带的焗饭，忘到花廊的长椅上了。我下楼取了回来，掀开爬着两只蚂蚁的盖子，我的胃已经张开大口，急等着我把冷却了的芝士、皱起皮的圣女果、烤出花色的牛肉块和混合着黄瓜丁小青豆鸡蛋粒和黑胡椒的米饭送进去。

　　教室里一共七八个人，我，还有吴楚陈浩南马纯郑仁杰在复习功课。另外三几个人，围着王赫在争论朱竹青和宁荣荣谁更好看（唐家三少的作品《斗罗大陆》中的人物），闻着了饭香，他们回过头看一眼，又转身继续争论。

　　刚才大约是把肚子清得太空了，一份饭填到胃里，半点饱腹感都没有，我犹豫了会儿要不要到超市拿个面包，还是决定就这样吧，已经十点了，虽然周末比平常延迟一个小时熄灯，但也就还有一个小时了，忍忍就睡着了。

　　那天晚上，我的脑子竟特别清醒，解完三道大题之后，我做了张英语试卷，还没做完，熄灯音乐声就响起来了，单调如玩具电子琴发出的《铃儿响叮当》曲子响起，我收拾好桌面上的东西，发现教室里只剩了我自己。我关了灯，锁上门，到卫生间扔掉塑料袋和包装盒，走到楼梯口时，借着外面的路灯光，看到一个黑影扶着楼梯在看着我。

　　是我。

　　不等我走近，他就开口了。

　　两个略带沙哑的字一响起，我立即与刚才在餐馆那句"往前走，右手边第一个门"那故意沙哑后的声音对上号了，本来也是非常熟悉的声音，是当时姐姐带给我的噩耗，让我暂时性地啥都顾不上想了。

是马纯。

啊。

我说。

我周末在餐馆做钟点工很久了，谁也没告诉。马纯说，爷爷年纪大了，我必须自己——

你是好样的。我紧紧握了下马纯的手。

我不想让他们知道，马纯说，虽然这不是丢人的事儿。

谁都有不想让人知道的事儿。我说。

唉——马纯晃了下竹竿似的身子，叹了口气。

我们俩讨论着下周即将开始的班级值月，猜测自己会被分到哪里。走到楼下，马纯在"小狮哥"点购机上选购了一盒中华牙膏和一袋盐，我问他买盐做什么，马纯嗯了几声后，说，口腔老是溃疡，用盐水涮涮。

我想跟他说，上个月我口腔溃疡时，姐姐知道后让路过学校的姐夫给我捎了华素片，要不你试试。但话几次到嘴边，终于在快进宿舍门时咽了下去。

有时候，你想对别人好，但又同时清楚地知道这种好，并不是他愿意要的。

很多时候，人与人之间的那些东西，无法用语言和文字准确描述，但它又是那么确定，那么强大，让你清晰地感知到分量，触摸到边界。

十六岁的我，有了许多许多问题，它们在我心里交叠错落，等待着各自的答案或者永不会有答案。

那天晚上，我蜷在上铺，面对墙壁，从弟弟即将到来的死亡，想起了自己的死亡。这是我第一次切切实实地想到，总有一天，我自己也会在这个世界上消失。我又一次想起小时候在奶奶家，看着祖母过年时请列祖列宗回家过年的情形。

　　那时候，父母一般是在腊月二十九带着我和姐姐回祖父母家。我们赶到家时，祖母已经蒸了一大笸箩馒头和包子，要炸的藕盒和肉丸子萝卜丸子也已经剁好了肉馅儿，剁碎的萝卜沥好了水，白白的藕像小孩的胳膊腿儿样顺在一只大盆里，要炸的鸡也剁成了块，拌上了盐和五香面儿，旁边是调好的薄面芡儿，干豆角泡在水里已经恢复了秋天时的鲜活饱满——但记忆中最深刻的，还是奶奶堂屋的方桌上，一条收拾好的鲤鱼，一块一拃见方带皮的五花肉，一块和五花肉差不多大小的煎豆腐。到年三十上午，我刚在火炕上起身，祖父、父亲和叔叔们已经把列祖列宗请了回来。

　　这时候摆在方桌上的鱼已经炸得金黄，翘着首尾，像要跳到屋顶上去。豆腐也裹了面，油煎得满是好看的花色。最让我惦记的是那块方肉，这时候已经蒸得透熟，摆在桌子正中间，不时冒着让我胃里几欲向它伸出手的香气。供品还有苹果点心和中间点着红点的馒头，还有酒，有荤有素，有红有黄，有菜有饭，有吃有喝，算是讲究。

　　请祖宗的具体过程我从未见过，但请回来的祖宗，早已挂在祖母堂屋的墙上，大致上，是一幅巨大的立轴，得有一米多宽吧，我已经变得模糊的记忆中，最上方是玉皇大帝和王母娘娘，中间是竖长方格的列祖列宗的名讳，最下边是散点透视画就的一座大宅院和宅院各处人物，男女老幼，黄发垂髫，怡然自乐，大概喻意的是几代同堂，共享天伦的意思吧。

我一直在猜想，老家人说起请"祖宗"时发出的这两个模糊的音，到底是"诸祖"还是"轴子"呢？前者很好理解，后者则是用形式指代了内容。到现在，我也一直没搞清楚。

那时候，我除了眼馋桌上那块大方肉，就是对着挂轴上的一切问个不停。所有的回答中，我对祖母的一样答复记得最清楚。祖母指着中部那些空白的竖方格中的两个，说，你爷爷死了，就在这儿，我死了呢，就在这儿。

那是两个一道竖线之隔的竖方格，现在想来大约一个方格五厘米高，两厘米宽的样子。当时，我怎么也想象不出，祖父母死后，是怎么进到那两个竖方格中去的。祖母说，傻孩子，进到这里的是名字，人是进不去的。我问那人呢，祖母说，埋了呀。我说那为什么不把肉端到埋你的地方给你闻闻呢，名字连闻都闻不见。祖母说，人死了，什么都闻不到了，端去也没用。

我就更想不明白了，既然连闻都不闻不见，那还摆块肉干什么，不赶紧端下来切切拌上酱油和葱丝儿吃了。

这时候祖母就像明白了我的心思一样，说，等到天黑，送了祖宗，就给你拌肉吃。但我却望着卷轴，把吃肉的事儿抛到脑后了，我指着刚才祖母说她写在那儿的那个竖方格旁边，我说，那我死了，也在这上边吗？

这熊孩子，看你胡说啥——喏，列祖列宗啊，孩子不通气儿，你们可要好好护惜他，让他粗粗拉拉，虎虎实实，没病没灾，平平安安长大——

祖母双手合十，无比虔诚地跪在地上，先给祖宗们磕了三个响头。起身扑打着膝头的灰尘，转身再次呵斥我，再胡说，缝上你的嘴！

人是多么害怕谈到死亡啊，特别是亲人的死亡，而事实却是，不管是谁，总有一死。死亡是比其他一切都更加确定的东西，不近不远，就悬吊在你的头上，有常无常，都躲不过去。

现在，轮到那个那么幼小的孩子了，如果祖母在世，我要这样想，她会不会也和当年一样呵斥我，熊孩子，看你胡说啥？

祖母一走，我就再也没见那幅书写着列祖列宗的卷轴了，她和祖父，都没能把名字写到她指定的竖方格里去，我母亲，也没有，这个弟弟，也不会有了。

充斥着呵斥声，冒着香味儿的一切，成了惦念起来想一会儿忘一会儿的乡愁。亲人哪，在什么时候，因了什么，四散各处，各自生，各自死了。

人生，真像条不断零落消散的河流啊，淌着淌着，就见了底儿，长了草，草枯了，风一来，雨一泼，什么都没有了。

那，我正在努力学英语学数学学语文，在向往着考上大学，这一切的意义，又在哪里呢？

我身体深处，有什么在咕嘟咕嘟泉水样地冒啊，都是酸的。

那段时间，我最害怕的就是戴维突然找到我，说姐姐找我——那就是要回家看望那个不幸的小人儿了。我有双重的无法面对，一是我早已决裂的父亲，二是那个我见过一面，哭叫着的，却也是鲜活的小生命。

他们俱是我厌恶甚至痛恨过的人，他们俱坠落进不幸的深渊里。

我不知道，一个人曾经的罪恶与现下承受的不幸，能不能相抵消。我也不知道，一个人曾经的痛恨与现下的同情和悲悯，能不能相抵消。我的理智和心灵，都没有剖解和诠释这一切的能力。

那段时间，我揣着这些简单同时却又难以厘清的心绪，迅速消瘦下去。暑假前去新荷诊室拿三九感冒灵时在门口的体重秤上测了下，187厘米高，57.2公斤重，我入校一年，竟然又长了三四厘米，体重减了大约二十多斤。

怕是没有用的。

六月的最后一个星期天早晨，终于，姐姐和姐夫来接我了。

离开学院，七拐八拐上了南二路的高速入口，我不堪纠结和恐惧的洋流刹那间开始在高速路上起伏荡漾开来，清晨勉强咽下的一碗馄饨试探着在上腹欢快地绽放。我极目远望，绿色渐浅渐模糊，终至浅灰，蓝色渐乌渐混沌，下垂在浅灰里，我知道那里下面是包纳一切的渤海，上面是入夏酝酿着一场大雨的云气，看似静谧的天地之间，在酝酿着不可预知的风暴和诡异。

而姐夫和姐姐，从我一上车简单的对话后就在沉默中撕扯，一头是路尽头那个两岁的孩子，一头是车里这个尚在肚腹中的。死亡与新生，孰重孰轻？即将新生的喜悦与亦将临头的死亡，哪一头更应该得到尊崇和呵护？不满百里的路程中、不置一词的沉默中、驾驶位和副驾位之间表面上没有任何眼神言辞手势的传递中，我无法描述，却明显地感受到某种源自我没能力探究的深远处，乞求怨怼抗争的气息，在他们头顶蒸腾翻滚。

在东四路上，在即将驶出东城主城区的路口，姐夫在路边停了车，说，你是不是再考虑一下，咱妈说了，怀孕的人最好不要——

姐姐打断了他的话，不用再考虑了，走吧。

那时候，我仍不能领悟，对生命本身的敬畏，让姐姐，连同我，搁置了先前懵懂的失去母亲的悲痛与愤恨，相约着奔向这个我们拒斥的、幼小的、弱小的、摇摇欲坠的，甚至是陌生的生命。

也许，姐姐和我一样，这些问题，根本没有想清楚，我们只是受了生命本能的驱使，奔向那个昙花一现般的生命。写下昙花一现这个词时，我在想，谁的生命，比之人类历史的洪荒，比之浩瀚的宇宙，不是昙花一现呢？从这个意义上讲，我们奔向的，也许就是自己的生命，是所有人的生命，或者所有一切。

在路上的那一刻，将要到达"受难地"的那一刻，我确实地感觉到，姐姐是我面对这一切的支撑，如果姐姐因姐夫说的原因上了车，我没有勇气独立面对这样本能靠近，但却又有坚硬理由逃离的人和事。在这里，我也不想把它归咎于年少或者心灵脆弱的因素，未经世事的生命表面过于平滑，挂不住这些生命和生活之重，这需要人生的风霜雪雨，在它上面刮开一道又一道疼痛的口子，再任由岁月磨砺，让它结痂然后脱落，愈合的伤处长出一棵又一棵生命感情的树，那才是生命的阶梯和落脚处吧。

一路我支起耳朵，生怕错过前面那两个人的片言只字，直到在广安城南驶出高速路口，看到两旁突兀而起的法桐白蜡和树下如墙壁般齐整的冬青，我才发现，路上一直压抑住的上腹部的翻江倒海，不知在哪一刻早就消失了。前面的路那么宽，车流在信号灯前走走停停，一些野蛮又幸运的电动三轮车在车流间穿梭游弋，我突然心生羡慕——总有些人，总有些事，不被规则束缚。不像那个将要看在眼里的小生命，已被命运紧紧钳在手里。

厂区的大门依旧气派，门内的绿植依旧繁茂，空气中依旧硫苯弥漫，车间内依旧轰轰隆隆。姐夫在认出他的车号已迅速滑开的电动门前停了车，右转头看了眼姐姐。姐姐的头一动不动，一直看着前方。我听到姐夫轻叹了口气，加了油门开进去。

看到深冬的夜里瑟瑟发抖的那座铸铁院门了，那时黑暗中枝杈张牙舞爪的几棵果树现在正摇晃着密匝匝的绿叶。所有的花都在开，所有的人都在忙碌，所有的云都在飘，没有什么东西因为院内屋中一个弱小的生命即将停止呼吸而改变，就连我的父亲，也在院中的防腐木桌椅边，就着初夏的暖阳，端一杯茶，望着望不到的远方。

衣着过于肥大的父亲扔了茶杯，跑到门口一把将姐姐抱起，就像在那些我们都要忘记的遥远的岁月里，姐姐七八岁时那样，然后又将她轻轻推离开，瞧着她隆起的腹部，得知已经怀孕六个月后抬头看着天，眯起眼笑着点点头，示意她到他刚离开的椅子上，而后轻轻拍了拍姐夫的肩膀。

在我感觉到了自己的多余时，父亲朝我跨了一步，他没有抱我，甚至没有认真看我。我扫了眼父亲理应让我们无法相认的枯瘦的颧骨和肩背，他拍我的肩膀，只一下，算不上重，也不能说轻，我心里一颤，一路上说不清道不明的情绪，像筛孔下坠挂着的水滴，扑啦啦落下去。

父亲走向姐姐，我跟着姐夫往屋里去。我们走上门口的台阶，听到那边的父亲低声说，你坐着，坐这儿。

我在门槛处绊了一下，朝前跟跄好几步，扑在朝南的沙发背上，我还记得，这是我上回到这里时父亲坐过的那只。

聂莺在，雪姨也还在，还有个穿着白大褂戴着护士帽的女孩，看我们进来迅速把医护箱收拾好闪到旁边，除了雪姨"哎"了一声，算是和我们打了招呼，没有人说话。所有人的目光都紧贴在拿一只纱网缠裹着头顶、吸着氧、挂着点滴、纸片一样的小人儿身上。

床上和床边，放着各式各样的汽车飞机模型，小人儿柔软的目光，此刻正迷离地笼罩在他枕边的一只奥特曼上。那是赛文奥特曼，拥有银灰色盔甲和红色连体衣，拥有无敌头镖和六边形眼睛。万能的赛文奥特曼，也是我小时候的最爱啊。

只是，再大一点时，我就把赛文抛弃了，继而迷上了齐天大圣孙悟空，因为赛文的无敌只是表现在战胜怪兽，而孙悟空，能超越生死。我还记得小小的我在看着孙大圣夺过生死簿划掉自己的名字时，长长地松了一口气，感觉就像我自己的名字被划去时那么保险而妥帖。

眼前这个小小的人儿啊，太小了，生命太短了，短到只够喜欢了奥特曼，而够不上喜欢孙大圣。但也许，这也是他的幸运吧，他只知道战胜怪兽就世界一片大好，而不知道作为一个人，纵使战胜整个世界，到头来仍躲不过一个去处。

我站在他的床边，不知道该怎么向他表达作为同父异母兄长的痛惜和友爱。我呆呆地站着，看着姐夫上前伏下身抱了抱他，说，我也替你姐姐抱抱你啊，你姐姐可想你呢。小人儿迷散的目光不为所动，可能是来看他的亲朋好友太多了，太叨扰了，他有些厌倦了，也或许是麻木无所谓了。直到姐夫退回来，他刚刚轮替过扎针，还留有淤青的小手在胸口轻轻挪了一下，食指微微跷起来，他的母亲聂莺上前，跪在地上，抓起他的小手贴在脸上，用气流说，妈妈在这儿，妈妈在这儿。

那只小手儿，轻轻抓住母亲的一根手指，合上了眼睛。

我和姐夫来到外面时，看到大姨父来了，正和姐姐坐着，说着什么。看到我们出来，父亲大姨父和姐姐都站起来，父亲扬了扬手，送我们到门口，说，这个时候，自己好生护惜自己啊。又转身对姐夫说，你多上心啊。

你大姨也在这儿，知道你们回来，已经收拾好饭了，你们吃点再走。

我们跟着大姨父往北走，进了最后一排多层宿舍楼最东头的一楼，不等我们敲门，门就打开了，瘦了好多的大姨系着花布围裙招呼我们赶紧进屋。

大姨拉着姐姐的胳膊，把她"安置"在餐椅上，说媛媛别伤心了，没办法的事，孩儿小，空气太差了，咱们在这儿时间长了，还感觉喘不过气，这么小的孩儿，哪里遭得住啊——

你乱说什么！大姨父打断了大姨的话，没有证据的事儿不要乱下结论。大姨父意识到自己失态了，放低了声音说，春良家的孩子比他大一岁多呢，也是一出生就住这里啊，还有杜海山家的，都差不多大啊，都在这里。还有胡志斌家那个、小葛家那个，都没事儿啊，你不是不知道，聂莺的二姑，年轻时就是这么个病走的，说不定是家族遗传——咱们门都封了五六回了，你还在散布这种——

哎，这不在自己家说嘛。大姨一只手握着铲子，一只手揪住围裙，有点窘了。

在自己家也不能乱说啊，没有根据的嘛。大姨父转头对我们说，不说了，不说了，吃饭吧，吃完饭你们早回去，厂里，唉，乱七八糟的，这段——你们赶紧回。

大姨做了春卷，韭菜合子，炸了些海鲫鱼，炖了鸡汤，烧了海参，炒了芦笋和山药，清蒸了鳜鱼，盘盘碗碗的，摆满了不大的餐桌。

我们洗了手，坐下吃。大姨刚为我们盛了鸡汤，大姨父手机就响了，放下筷子，接起来，抹着嘴站起来，捂着话筒对我们说他有点事，让我们先吃，就走了。

姨父一走，大姨就打开了话匣子，大姨一向话多，这回就格外多。说起来来回回去北京和上海看的几趟病，说起父亲吃不下饭睡不着觉的痛悔，又说真不该让他们娘俩来厂里住，城里到处是房子，到了拣这么个地方住，不知当初是咋想的。说起父亲对于母亲的追悔，说眼下这一切，还不是报应。又说了些细细碎碎的别的事，说了一周遭，才想起姐姐的身孕，说，唉，多嘴了多嘴了，你爸知道你有了，嘱咐过我，不让我多说话，看我这没把门儿的嘴呀。

姐姐一直没怎么说话，一味地低着头吃，姐夫在嗯嗯啊啊地应着她，我则一直在等待着，等待着她要说一说姨父离开这里，又怎么回来的周折。这里头，有我厚厚的一层羞愧，我硬着头皮，等着她将那把锤子或那块砖扔出来，我想，我一定主动接到头上，把我这么长时间来的羞愧砸开，砸碎。

但到最后，大姨也没说。只是看着姐姐吃得香，就到厨房拿了瓶瓶罐罐的，把没动过的鸡汤春卷和海鲫鱼盛起来，嘱咐姐夫放好。

姐姐好不容易吃饱，托着后腰挪到沙发上，哼哼唧唧地说耳朵疼，疼了好几天了。大姨走过去，拿围裙擦着手坐下，让她把脑袋放她腿上，扯着耳朵看了又看。

没事儿没事儿，啥也没有，干净着呢。

大姨说，你这是害喜害的，猛吃猛喝，就啥毛病也没有了，别整天哼哼唧唧的，出息着点儿。

姐姐先是怪她没用心看，然后就咧开嘴，嘿嘿地笑了。

大姨送我们到前面的停车场，我们上了车，她还在外面嘱咐姐夫，说媛媛从小就蛮横，你多让着她点。

车拐出化工厂区，往东走了一段，上了高速，姐夫打开车窗，松了口气似的唉了一声。

我何尝不是松了口气呢，关口似的一回，算是过了。转头又想到那小人儿，那小小的淤青的手，没半点气力的眼神儿，心又揪到远处一层又一层的云团之上，感觉铺天盖地的，一片黑暗和憋闷了。

22．为高考拼上全力

在黑暗和憋闷中，我完成了暑假前一场又一场密集的考试。参加高考的学生，因为要参照新的3+3的高考制度，所以要考六科基础课程。虽然，其中的语数外是都要考的，但是另出一次题，难度也大一些。考完后，我忐忑地等待出分数，一边报名参加暑假期间的高考补习班，我想到这边有比较安适的住宿和餐饮，就决意留在学校补习。

那个周六晚上我打车去了姐姐家。姐姐和姐夫正在吃晚饭，打开门看到是我，姐夫说这腿儿真是不长不短啊，我去牛庄买了一整架驴架子，你姐非吃不可啊。

可不是，茶几上蹾着只巨大的铁盆，上面垛着满满的肉骨头。姐姐高卷着袖子，坐在电视机前的一只蒲团上，光着脚，长长地伸着两条腿，接着一只大塑料盆啃骨头。

我从来没想过有一天，那个名门闺秀似的，收拾得头齐脚齐的，事儿事儿的，天天嫌我邋遢朝我翻白眼的姐姐会变成这副模样。

我的天哪！

我边换鞋边惊叹道，还有这架势吃饭的，是谁教训别人嚼饭时不能张开嘴的，夜叉似的，真是人前一套人后一套啊，可算知道你的真面目了。

姐夫说，你说对了，她不但人前人后各一套，她还严于律人，宽于待己，一哭二闹三上吊，啥法儿都会用啊。是不是，成媛同志？

姐姐一松手，啃光的骨头落进盆里，接着又探身从盆里抓起一块，说，没法儿，都是被逼的，来人家里当媳妇，外姓人，不容易，里里外外都是姓吴的。姐姐拿一块肉骨头，指指姐夫又指指肚子，外边的就嫌吃的多，里边的就嫌不够吃，我是好人难做呀。快来，娘家人快来撑腰。

我说娘家人快饿死了，得吃饱了再撑腰。

我洗了手，坐在姐姐身边，拿块骨头啃起来，姐夫示意我过去就着那盘凉拌黄瓜和拆下的碎肉一起喝啤酒，我摇摇头。我不能喝，我说，我得保持清醒的大脑考大学。

姐姐停了嘴。啊，姐姐说，这就要放假了，要不要再去西城那个班补习啊？我老担心了，你上回的英语和地理，都不够理想啊。

学院组织老师假期给补。我看看姐姐，再看看姐夫。

姐夫放下酒杯，拿手拈起块肉放嘴里，说，媛媛你看了吗，还娘家人呢，他不为募集补习费，是不来看你啊。

姐姐把没啃完的骨头塞给我，蛄蛄蛹蛹地从地上爬起来，光着脚晃悠着到厨房冰箱里捧了盒冰激凌出来，掀开盖子挖了口放进嘴，呜里哇啦地说，我看也是，看来，还是得指望老吴，指望他，还驴架子呢，连根驴毛都吃不上啊。

姐夫咧开嘴，开心地笑起来。

都知道那个无法改变的结局，所以，我们谁也没提伤心事。我啃了半盆驴骨头，拿上学费，返回学校。

假前的综合考试，我考了班里第二名，作文拿了满分，高考综合考试，我在二〇一七级综合排名第十九。让我们诧异的是，我们

310

班里第一名，不是马纯，也不是石梅生，而是岳长辉。

岳长辉长得矮矮的，大眼睛，不大爱说话，在最前排，宿舍在318，如果不是考了第一，说实话，我可能到毕业都不会太注意他。

那天我到图书馆翻看了校内网上的历次考试情况，上次期末考试，他是第四名，比第三名张大志差1.5分。但我们好像只记住了第一名石梅生，尽管他独来独往，基本不和同学们往来，听说来东技是因为中考时发高烧，数学只做了填空和选择题，得了20分，历史因上吐下泻几乎交了白卷。第二名马纯也是属于闷声发大财型的，不声不响的，努力得很。再往后那些，就基本上是"学习不错"的印象了。

人们往往只记得住第一名。

我不知道这句话是谁说的，但说这话的人，一定是位智者。

当然，还有一些同学，根本不关心谁考了第几，这我非常理解，因为我也曾是他们中的一员。

参差多态乃幸福的本源。

我又一次想起秦厚朴院长说起的罗素的这句话了。那时，我并不知道罗素是什么样的人，但这句话，让我与不关心成绩的同学，与自己的曾经和解了，虽然和解的有些不明不白，稀里糊涂。

我再也不是曾经的我了。

那段时间的我，要说做梦也在咬着牙要考大学，也不为过。我常常看到那些穿着橙红色、深蓝色、灰色实习工服的同学们在校园中走过，三五成群，有男有女，有说有笑，但不管看他们脸上的笑容多灿烂，笑声多欢快，步履多矫健，在内心深处，我都为他们深深地悲哀着——只能做一个工人，一辈子穿着工装，在车间里头都不抬地忙忙碌碌，就算一进工厂就拿六七千七八千的工资，但和一头拉犁的牛，一匹拉车的马，一头拉磨的驴，一只不停下蛋的母鸡，有什么区别呢？

我一边是咬着牙发狠的坚定，一边是害怕高考落第的焦虑，十六岁的我，前额和鬓角，生出了白头发，考前吃不下睡不着，两年后那个终极目标，像个大火团，快把我烤干了。

为了更进一步，我主动和暑假一起留校补习的岳长辉坐了同位，听课时，不时拿余光注意他的一举一动。让我不解的是，岳长辉在听课时，并不像我一样唰唰地一个劲儿记笔记，他基本不太动笔，干的最多的是喝水。他带着一个很大的塑料水罐子，隔一小会儿就拧开盖喝几口，有滋有味的，喝完再小心地拧好放在桌上。他甚至还有个缺点，时不时地抖上一小会儿腿，抖得我很心烦。

我不好意思说他抖腿的事儿，因为我感觉我们的关系还没到那份儿上，但我虚心向他请教了记笔记的事。我问他为什么不记笔记，这样不是很容易把老师讲的重点略过去吗？

岳长辉眨了眨他的大眼睛，很认真地问我，哪些是重点？

——我被他问住了。

说实话，在这之前，我从来没有想过有一天，我在东技会这么虚心，甚至是虔诚地请教同班同学问题，这是第一回，我冷不丁地愣了。

我想了半天，从补习的图书馆教室出来一直想到宿舍楼前，我试探地说，考点啊，考什么，什么就是重点哪。

我当时的样子一定蠢极了，要不然，岳长辉怎么会笑得那么无形无状呢，看样子，他可从来没有考虑过我们关系到没到份儿上的问题，结结实实地、毫不掩饰地嘲笑了一通。

我的天哪！

岳长辉把他的大水罐子捂在肚子上，朝前跑了几步，说，我是不能告诉你，让你知道了，你就考第一了。

我当然紧追不舍，他也笑够了，又打开瓶子灌了通水，问我，那你说考什么？

我又被他问住了。

我说开什么玩笑，我知道考什么的话我直接背题就行了，费这个劲干吗？

那这么说你也不知道哪里是重点，那你唰唰唰地记来记去，有什么用呢？

这确实是个太大的问题了。

我说，你别说，让我慢慢想。

我突然明白过来，这个问题我要想不明白的话，就不是考不考得上大学的问题，这是智商问题，这很严重。

带着这个和整个世界一样重的问题，我简单洗漱后爬上床，将胳膊腿儿长长地伸开，将我的全部交给这个问题。

但我却想起姐姐了，想起她啃骨头时伸着的大长腿了，姐姐的腿脚已经开始浮肿，说连睡觉都腰酸背疼，我心里竟然有点 —— 怎么说呢，有点对姐夫不太那个了，这种反感并不清晰，带着怨怼，好像还有点嫉妒，还有种隐隐的被伤害后的恨意 —— 想到最后，我都有点不好意思了，翻了个身，冲着墙，好像怕谁会发现了似的。

宿舍空了，没有足够的人气儿浸润的小屋生出了霉味，被掀卷起的床垫露出木床板和铁床架，彭浪靠近壁橱的床角，竟然张起一张蛛网，清早我就看见了，心想一会儿清理一下，但转身就忘了。

此刻，那张网上，那只蜘蛛，可能和我一样，在静静地想着自己繁乱的心事吧。

但也许它在嘲笑我呢，它在吐着丝，将白天小虫子挣扎时弄断的经纬重新扯好，它边干活边大声嘲笑我，愚蠢的人类呀，安稳地粘在命运的网上不好吗，何必苦苦挣扎，把胳膊腿都挣得七零八落呢？

想到这儿我真想跳下床去，打开灯，把那只自大的黑蜘蛛连同它丑陋的丝网一把扫到下水道里去。

——我这是怎么了？

我突然想起来，在这个深夜，我竟然堕落到和一只蜘蛛一般见识，还是因自己臆想出来的理由。我隐隐约约地想起母亲在的时候，与父亲的一次争吵或者说争论。

年代并不久远，是我当时幼稚的心灵难以将一来一去的那些对话理清。我几乎是屏住呼吸，潜进那个初春的清晨。

有风，我们家蓝色的门楣上荡着一截麻绳，我猜想是上一个春节时用来挂灯笼的。初三时历史老师讲到萨拉热窝事件，说它是一战的导火索。而坐在教室最后一排的我，看着短头发的历史荆老师，却突然想起我们家的那个清晨，想起门楣上的那截麻绳，末端爆着火花——

这一刻的回忆，很有可能，已在两年前那节历史课上重塑过了。包括后来我父亲摔门而去时风衣掀起下摆的背影和母亲的黯然神伤。在这之前，我被母亲拿湿毛巾擦了手脸摁在茶几旁的一只小板凳上，将面前一小碗鸡蛋羹挖开一小勺填进嘴里，淡淡的腥味和灼热在我舌尖上打了个滚儿，我未及下咽，母亲在窄小的厨房门口端着两只大碗，刚一露头又缩回去，我听到母亲说，听懂了，不就是嫌我不如人家懂事吗，看来我是多余了！

你简直就是借斧头的人嘛。

站在地上扣好衬衣袖口的扣子的父亲说完，一把揪下挂在门侧衣架上的风衣，边开门边扬着胳膊穿了，门哐当一声又合上。母亲却在厨房久久没有出来。

这是唯一一次我能回忆起来的与母亲的离世有些关联的父母间的片段了。但就算是这些零碎的印象，我亦不能保证它的真实。回忆是一种无限自动生长和分蘖的东西，每回忆一次，陈年旧事之花朵犹如被强硬地打捞出水面一次，被讲述前脑海中的追想，仿若刀刃，仿若阳光风雨，仿若颜色，将回忆之物反复剖解、取舍、漂染着色、条分缕析，随后的语言和文字的筛眼，又一回将它们用人类文明的形式和规范挑选和呈现——回忆这条漫长的隧道啊，一头是玫瑰花，另一头，也许是头猛虎。

只是，好多年，"借斧头的人"在我心里一直是个谜。直到那堂历史课，父亲离开家门的那句话重新被我打捞起来，我受到什么启示似的，把它写在历史笔记上，一下课我像个认真学习的好学生那样将荆老师拦在门口，我说，荆老师，你知道借斧头的人的故事吗？

从前，有个人去向邻居借斧头，可是又担心邻居不肯借给他。于是他在前往邻居家的路上一直在胡思乱想，设想了许多不借给他的理由：如果他说自己正在用怎么办？要是他说找不到怎么办？如果他说坏了不肯借给我怎么办？

这个人这样想着，有些生气，就想：邻里之间不是应该和睦相处互相帮助？撒谎故意不借不是人品低下吗？哼，假如他向我借东西，我可不会像他一样小气，我一定会很高兴地借给他。

最后，这个人越想越生气，于是等到敲开邻居的门后，他说的不是要借斧头，而是一张嘴，就气呼呼地说：呸！你这个小气鬼，留着你的破斧头自己用吧，我才不借呢！

说完，他摔了邻居家的门后离开，弄得邻居莫名其妙。

荆老师给我讲完，问我，听懂这个小寓言的意思了吗？

我摇摇头，看着荆老师抱着教案拐过墙角。我想，母亲是那个借斧头的人吗？

不！

我当即否定了自己的提问。

虽然当时我并没有在心里给出否定的详细理由。

但这个夜里，我却拿它来比喻自己了。

这是人生的篡改和讽刺吗？

也许，以我现在的年纪，还没有能力由着记忆和窥探的小径去构建母亲的"离世之图"。我相信原来祖母常挂在嘴边的"一寸年纪一寸心"的俗语。好多问题的答案，就像时间的藤蔓上结出的果子，你得有耐心等你的时间爬上岁月的屋顶，开出绚烂的智慧之花。

——我该把这些看成岁月的馈赠啊。

也许，对某个年纪的人来说，最有分量的，就是潜伏在生命中的这些"不懂"吧。

我这样想着，听着窗外不知名的鸟儿的叫唤，听着风刮过窗前的树枝，看着路灯透过帘缝搭在屋顶上的一只勺状的影子，心里刚才对角落里那只蜘蛛的气恼，也早不知消散到哪里去了。是的，不懂，是最有分量的。此刻，它就像只秤砣，坠在我背上，让我轻易不会因细碎轻飘的事坐起来，溜下床去。我要安安稳稳地在床上伸展开十六七岁还在无限生长的肢体，美美地睡个好觉，明天见了岳长辉时，我们将会心一笑。

果然，我们第二天上午在补习教室见了面时，甚至没有笑，他见我过来，侧过脸小声"嗨"了一声，把摊在面前连桌上的课本和复习资料拢了一下，我"嗯"了声，算是招呼，也算是表示对他的感谢吧，掏出课本和笔记放在桌面上。

我们心里，已然明了，昨日的纠结，再也不是纠结了。

姚曼老师在那天上午的作文课上，为我们分析解读了意大利当代作家迪诺·布扎蒂的《七层楼》。如果不是姚曼老师，我敢说我一辈子都不会读到这样的小说，也不会知道布扎蒂这样的一位作家。我甚至不敢确定是不是应该为读到这小说感谢姚曼老师。

读至结尾，犹如被一只无形的手捂住口鼻几欲窒息。

为节省费用，小说是被缩小字号后正反打印到 A4 纸上的。患病的主人公朱塞佩·科尔特从这一面开头因轻微的病情住进这座远近闻名的疗养院第七层慢慢下降，到最后在第一层看起来一切如假象的病房沉入黑暗。看到最后一句我不寒而栗，心底生起难以言说的恐惧。

同学们，这从第七层到第一层的过程，你们仔细想想，像不像人的一生？

啊！

姚曼老师的话让那种模糊的恐惧一下子清晰了，我的心，被死亡这回事划得生疼。尽管不久前我刚刚想过自己有一天也会面临死亡这回事，想来虽是确定的，但没有小说中描述的这样具体、结实和坚硬。

我明白了——

好，你来说一下。

我不知道自己竟喃喃出了声，姚曼老师朝我伸出的手让我清醒了。

噢 —— 我站起来，整理着胸腔内剧烈的破碎和悲伤，说，啊，我想，也可以把结尾处百叶窗的垂下，理解为主人公科尔特因死亡的到来闭合的双眼。

哦 ——

姚曼老师慢慢地点着头说，坐下，坐下，你说得太妙了。还有什么，一起说出来。

嗯 —— 作者借科尔特写尽了我们每一个人 ——

是的，是的，姚曼老师不待我说完，就拍着讲台说，拿文学上的术语，这叫获得普遍性。接下来，姚曼老师以这篇小说为例，就文章的结构设置和情节安排讲了好多，但最后着重提醒我们，这一切，都是在为表达的内核服务。

我得到了姚曼老师的表扬，但一点也高兴不起来。因为这个普遍性，就是人人都会死的。这个普遍性，就是人人都会进入黑暗，见不到一丝光明。

这节课上的我心情沉重。经姚曼老师的肯定，死亡由我在夜晚的黑暗里偶尔摆弄下的物件变成青天朗日下一面招展的大旗，它猎猎作响，仿佛召唤着一切感受得到的人快快聚拢到它身旁。

下课后我没有立即离开，而是再次展开那张上面印满密密麻麻小字的 A4 纸，从头到尾，再次把小说读了一遍。我发现这篇小说，一句描写人物形象的话都没有。面目模糊的病人，更加面目模糊的医生和护士。最真实和最具分量的，是随着楼层下降越来越近的死亡。

是的，高矮胖瘦美丑贫富高尚卑下智慧愚蠢勇敢懦弱善恶 ——

这一切都是虚浮的，是零散的，是如蜉蝣般短暂的 —— 唯死亡永恒。

还不走？

我吓了一跳，抬头看是姚曼老师，她正走到讲台上，拿起一只浅灰色保温杯和旁边的盖子，边往外走边说，要下雨了。

是的呢，天很低，铅灰色的云彩垂在周围楼顶上，随时塌下来的样子。我紧跟几步，叫了声姚老师。

老师，既然人都会死，那我们这么努力学习，还有意义吗？

哈哈哈哈。

姚曼老师听完我的话站在一棵梧桐下大笑起来。

啊 —— 等笑够了，她抹了下嘴，好像刚吃下什么美味似的，说，我也不能这样笑你。我很开心，因为终于有一个学生在我讲完这篇小说后提到这个严肃的问题了。

我心里有点难受。我说。

这是正常的，这是对生命的珍视啊。姚曼老师说，最宝贵的就是生命，生命的流逝，是让人黯然神伤的。就世俗层面讲，这是个无解的问题，所以无数的文学和艺术作品，也正是以死亡为主题，不只是呈现和剖析，而是，怎么说呢，好像就是一种朝拜呀。

朝拜？我有点不明白。

是啊，想想人类最初的那些图腾和神仙吧，哪一样不是人类在绝望中塑造出来的，哪一样不拥有人类并不具备的神力，超脱生死，一直是一部分人穷尽一生的追索啊。可以说，人有多绝望，图腾就有多无所不能啊。而最终的绝望，非死亡莫属啊。所以，好多神仙都是长生不老的。

姚曼老师说得我更蒙了。这时候，我跟在姚曼老师后面，日渐正午，我们不由自主地沿着向北的路，往食堂去。路旁冬青和草带另一侧，是精心按照颜色栽出各种造型的郁金香，农建系和留下来值月的同学，正在郁金香旁边的绣球丛中忙着测量修剪，野猫在花丛中出没嬉戏，露在草地上石块状的音箱里，播放着母亲在世时经常听的《蓝色多瑙河》——

唉——

我长长地叹了口气。

姚曼老师回头看了我一眼，说，不必叹气，你知道吗？姚曼老师故作神秘地把食指竖在嘴唇上跟我说，越早开始严肃地思考死亡的问题，往后的人生，就会越坚实越开阔。

因为，姚曼老师顿了顿说，每个人都是向死而生，只有明白这个道理，才会在有限的时间里调动有限的精力，更充实更高效地走自己的路。

你就是因为这个选择了离婚吗？

我突然想起了这个。

咦——我冷不丁的话，让姚曼老师有点惊讶。她皱着眉头看了我一会儿，但很快又笑起来，说，小毛孩儿，你不会是猴子请来的救兵吧？

嘻嘻，我赶紧摆摆手，说，我们曾经想帮一把——不过不是戴维，噢，不，不是张大为老师指示的，我们自发的。

戴维？

姚曼老师哈哈哈地笑了起来，有创意——我想也是，你们的大为老师不会出这种招儿的。

我都感受到了自己热切的目光了。我望着姚曼老师，期待她能说点什么。

跟你说了，你也不懂。姚曼老师说。

我懂。我说。

我感觉我们戴维还在等着你。我终于鼓起勇气，说出了我每次见到姚曼老师就在心里蹦跳起来的话。

嘁，小毛孩儿，事儿还挺多。姚曼老师说。

你不也没找男朋友嘛。

我小心地看着姚曼老师的脸说。

哈哈哈，男朋友，多么遥远的词儿。

我们说着已经转向东走了好长的路，到食堂对面了，姚曼老师说，吃饭吧，别想太多，你还小，先把学习搞上去，你不是咬着牙要考大学吗？

几分钟后，我坐在学生食堂的不锈钢小桌上，看着面前的一份黑椒牛柳盖饭和一份小米粥，心想，姚曼老师听我胡说八道，竟然没有恼，没有呵斥我，只是——也许，我还没有能听她的故事的资格。

我心里长叹一声，把饭扒拉下肚，拿着小米粥回宿舍，边走边回味刚才与姚曼老师的对话，心像河水一样涌动起来。

一台依维柯箱式面包车，在乌云压下来的校园小路上轰隆隆向东驶去。面包车前后的玻璃打开来，司机、乘客，都穿着蓝色工装，饶有兴致地打量着校园。

奇怪的是一帮老师从西边跑过来，急匆匆地朝着面包车。等车过去，过了路，穿过了小花园，在宿舍楼下遇见戴维和其他几位步履匆匆的老师，我叫了声老师。戴维看了我一眼，但并未停住脚，说，下课了？我说，吃完饭了。戴维"嗯"了声，继续朝前走，我说，你们着急干什么去？

最新的3D打印机，戴维朝前指了指，说，3D打印机运来了。说着，与其他几位老师奔过去。

啊，原是运送3D打印机啊。我在楼梯口犹豫了下，心说，一个打印机，也值得兴奋成这样，但走到宿舍门口，我突然想，要不，我也去瞅一眼？

我打开门，放下书包和小米粥跑下楼，向东向南，追着那处我们司空见惯却从来没有想过是什么地方的钢架建筑跑去。

而此时，建筑西边朝向小路的巨幅卷帘门已经在打开，面包车在门口略调整了下方向，隆隆地驶进去，我，还有已经站在路边、正往这边跑的其他同学和老师，等门口先到的院领导和老师们进去后，也跑过去。

原来已经有一些人在里面候着了。

这时候院领导、老师们一样站到了一边，面包车里下来几个穿着蓝色工装的人，转到车后面，打开后车厢跳上去搬出几只大大小小的箱子。

我心里就感觉没劲了——就这么点东西。

站在我们对面的戴维们却看上去特别激动，对着车上车下指指点点。和戴维一个办公室的金老师，往旁边跨了一大步，对着秦厚朴院长比画着讲了什么，系主任点着头，指指车上，所有人都兴高采烈，所有人都在发问或回答着别人的问题，所有人都对着这台尚未开箱的机器显出十二分的热情。

那这大概是台了不起的机器吧。

只不过，我没太大兴趣。

机器再了不起，不还是台机器吗？围着它转的，不还是一些"只能当个工人"的人吗？我又看了一会子，感觉怪没意思的。我离开众人，朝南绕了个大圈，回宿舍了。门口已经挤满了人，还有师生不断地往这边跑来。我喊着借光出了门，想着得赶紧回去午休一下，下午是英语课，是我的弱项，我得好好听老师讲。

但下午课堂上却少了一多半人。英语老师敲着黑板问：人都到哪儿去了？第一排一个扎马尾的女生说，都去世赛中心看最新的3D打印机了。

我×。我心里骂了一句，一台机器有什么好看的。

一台机器有什么好看的。英语老师说，好像专门重复我心里的话似的。

据说是国内最大型的。那个扎马尾的女生又说。

再大不也就是台机器吗？英语老师不满地说，好吧，我们不等他们了，开始上课。

我也是这样想，再大也只是台机器，为看一台机器，耽误了高考课业，简直是本末倒置。让我不解的是，岳长辉也在看机器的那些人中。当快下课时，他才擦着额头的汗进了教室，我看着他通红的脖子和脸，看着他汗透的T恤，心想他也不是我想象中的那么聪明啊。

下课后，我们一起回去。我说，你误点儿了。他说，国内最大的机器！引进这台机器，费了我们学院大半年的工夫，戴维说院里为我们能尽快见识到最尖端的技术，也是煞费苦心了，我的天，比一间房子都大！走，快走，去看看装好了没有。

我不去。我说。

为什么不去？

看这有什么意思，上面刻着高考题吗？喊！

唉——岳长辉长叹一声，用奇怪的眼神看着我说，为了高考，难道不要睁开眼看世界了？

岳长辉兀自去了，脚底像踩着弹簧，一跳一跳，把他不高的个子弹得轻快得像只小兔子。

看世界？难道看看那台机器就是看世界了？莫名其妙！我回到宿舍，越想越窝心。怎么什么理都在你那儿？你是圣人哪？呸！

我气恼地把书甩上床，心想我怎么先回宿舍了，该先去食堂吃了饭再回来，这才符合统筹方法嘛，最省时省力。我又往外走，走到楼门口时又想，我该带着课本下来，饭后就不用再回宿舍取了，直接去教室多好。转过假山石的时候，我又想起，刚才在宿舍，抵到窗玻璃的一根灯笼树枯枝上好像趴着一只绿色的大螳螂。去年时，那根枝条上的叶子可茂盛呢，尖端一串粉褐色的花穗，秋后不知为什么很快掉了叶子，枯下去了。陈浩南说是蝉在树枝上产了卵，雌蝉产卵前会用尾部的端刺和肛刺先把树枝上的皮挑开，把里面的纤维挑断，挑出小洞，把卵产在里面，一只蝉一次产好几十窝，所以一根小树枝，也就枯死了。

不知道陈浩南说的是否正确，也不知道那只大螳螂，为什么趴在那根干枯的树枝上，不是很容易被发现吗？也不知道那根干枯的树枝，为什么还不掉下去，如果不掉到土壤里，那蝉卵，就不会孵化吧？

我边走边琢磨，直到走到食堂门口那块镌着字的大石头旁才突然意识到，我琢磨这个干什么？真是闲得难受。我甩甩头，把这些乱七八糟的想法甩出去，大步进了食堂，径直到那个盖饭窗口刷了份盖饭，端到就近的桌上，三下五除二吞了下去。

假期人少，只有一个穿着白色工作服的阿姨带着一个值月的同学在收拾碗筷，叮叮当当的声音，单调，寂寥。那只黑白花的小流浪狗在透明的PVC门帘外面趴着，不知是吃饱了肚子的消遣还是期待投喂，傍晚的校园安静而神秘。昨夜声势浩大，却又没落几滴的雨在今天的叶子上留下一个个稀薄的印痕。还有往校园东南方去的人，从急切而心无旁骛的步伐上看得出他们怀揣着"见识冰块"的欣喜。而我，在这座大而空旷的校园里显得格格不入。

　　教室里也没有人，我坐在位子上，打开英语试题，心里大有为自己能抓住这块珍贵的、足以能用来超越他人的时光而激动和感慨。在做完两份试题之后困意袭来之时，我拿出桌肚里的运动水杯，掏出今天的第三条速溶咖啡撕开投进去。咖啡末在常温的水里漂浮了一会儿慢慢往下沉，我摇了几下，将未来得及溶化的悬浮液倒进胃里，口腔登时沙棱棱一团，我却在这种沙漠般的缭乱和硌硬中，感觉获得了无限力量。

　　等一个被蝉鸣、被风雨、被3D打印机、被三次参观团、被推倒东边的围墙让校区和工厂区连成一片、被全面校舍检修、被两场市内人事考试、被市委观摩指导团、被常玉生书记在东边的实验区工地上晕倒住院——把时间分割成细碎小块的暑假结束之后的收心考试中，我成了全班第一，全年级第六。

　　一个傍晚，我看着雁栖湖边布告栏上的名次，心紧紧被揪起——不是因刚刚知道那个可怜的小人儿已经离开这个世界，不是因姐姐因此噩耗紧急入院保胎，而是，我盯着公告栏第一名"崔梓琪"那三个字，想起第一名这个位置，好像从来没有重复过。我是站在波涛汹涌的大海里一叶扁舟之上，任何一点闪失，都将倾覆。

何况，离年级第一还差19.5分，那几乎是我无法逾越的距离。

而上次的第一名岳长辉，这次仅比我少了0.5分。

前有高墙，后有追兵。我站在公告栏前，感觉生命里前所未有的窘迫和焦灼。我一把扯下伸到公告栏一角的半缕枝叶在指间揉得粉碎，心想还是赶紧到教室复习功课去吧。

校园里到处是刚报到的新生拖着行李，背着大包小包，手里捏着入学资料寻找自己所在宿舍的影子，让我想起小时候在街道上常见的"霹雳游侠"（这是我父亲给流浪者取的绰号），除了着装较齐整外，他们的脚步、游移不定或者空洞的眼神，毫无二致。我特别感同身受，我知道他们和我当年一样，感觉自己一脚踏入了无底牢狱。

我回到教室坐定，刚拿出数学课本和一沓习题，就听到戴维站在门口喊我的名字。

戴维告诉我姐姐来电话了，说很想我，让我去人民医院产科她的病房去。

我看着戴维抖动的下巴和浅灰色衬衣领尖上的扣子，脑海里盘桓大半天，才和昨晚姐夫的电话联系起来，晚上十点多，直接打给朱子康的，说姐姐接到家里电话，知道那小人儿已经走后不一会儿就腹痛，来医院了。姐夫还让我别担心，说做了B超，主任给看了，说没事儿。

没事儿咋还不回家，而是住院了呢？我心里嘀嘀咕咕地回到座位上，戴维还在门口站着，在我看向他的时候，他朝外摆了下手，意思像说，快走吧，还等什么。

我把课本和习题收进桌肚往外走，走到教室门口回过头，看到马纯和岳长辉，看到吴楚和林幸哲，都在低头在纸上写着画着，我疾步朝楼梯口走去，心想快去快回吧。

天已经黑透了，我到了校门口，站到路边盯着来来往往的车流之中有没有那个车顶亮着"空车"的车顶灯时，听到有人喊我的名字，我转过头，向着声音走去，才发现是姐夫。

上了车，姐夫告诉我，姐姐情绪很不好，一直说要回家，劝都劝不住。姐夫又说，家里打电话时事儿已经都办完了，姐夫犹豫了会儿，补充说，是聂姨的意思，她不愿让我们回去，原话是不想惊动任何人。

那——

我刚想开口，姐夫像明白了我的意思似的说，昨晚电话，是因为怕你担心才说还好。其实现在也不知道家里啥样。我本来想回去看看，但你姐还在医院，我也离不开，快走吧!

我木木地听着姐夫的话，看着路边光怪陆离的霓虹灯流光般在我眼前一晃而逝，像条无尽头的长河。我没意识到也许姐夫在等我说点什么，也没意识到从东技到人民医院并不像我早先认为的那么远。直到进了医院停车场，姐夫跟我说了姐姐的楼层和病房号，让我先一步上去，他去停车，我才像在梦中醒过来一样，哦了一声推开车门，茫然走进仍可以用溽热来形容的夏夜里。

倚坐在病床上的姐姐看我进来，反手撑住病床扶手欲起身时，被同事摁着肩膀阻住了。别动，她的同事说，你现在最好是躺在床上静养，千万不要激动，你是医生，可知道厉害的呀。说完，同事朝我点点头为我们掩上病房门。

同事一走，姐姐就抹开泪了。

姐姐不说话，只是抹泪。我一时不知道怎么安慰她，就环视四周，在床头柜边找到了暖瓶，床头柜上找到了粉红色水杯，我问她，喝水吗？姐姐连头都没摇一下，肩膀却耸动起来，轻声啜泣了。姐姐说，没想到这么快，还以为会好起来——

我很想说，怎么这么幼稚，你不是医生吗？这结局几乎早就注定，只是早一天晚一天的问题啊。说实话，那晚听到姐夫说聂莺不要亲人们到场送别，我几乎是松了口气，一想起如果不是事情已过，我将要回到老家，面对的这些人和事，头皮都麻起来。

我走到窗前。此刻，这座城市万家灯火，医院南边和东边交叉的两条路上车辆在缓慢爬动，信号灯红了绿，绿了红，路口等候的车辆永不见减少，这么多人，这么多车，他们是在忙着去哪里？干什么去？窗台上两只深绿色的大花瓶里，放着扎成束的玫瑰和另一种乳白中透着淡绿的花。

这是什么花？

我指着花问。

姐姐停住啜泣，沉默了会儿，抽了纸巾擦了鼻涕。

这是什么花？

我又问。

洋桔梗。

姐姐说。

你别打岔。姐姐又说，哎，你鞋怎么了？怎么裂那么大一口子？

什么口子？我低头向脚上看了一眼，说，这花是同事送的？

不是，你姐夫送的，同事还担心花粉过敏打喷嚏也许不利于保胎，让我扔掉呢。你姐夫不懂。姐姐说。

他不懂你告诉他呀。我说，要不我帮你扔掉好啦。

我一手抓起一只花瓶，却被姐姐制止了。姐姐说，放下放下。我放下，看着姐姐，姐姐拍拍床边，让我坐下，说，你姐夫一会儿回来，看扔掉了，会伤心的。

嗨，我坐在姐姐床边，说，你们女的可真是又麻烦又——

我想说糊涂，看姐姐双手抚着高耸的腹部，脸上显出专注的神情，我又不忍说出来了。

这时候，姐夫提着大包小包的，用身子顶开门进来了。

姐夫把东西放在折叠起的躺椅上，去卫生间洗了手，然后大件小件地慢条斯理地收拾出来。鱼汤烤羊排小米粥韭菜合子麻汁黄瓜辣炒猪肚，摆满了床头柜和姐姐面前的小床桌。姐夫小心抽了湿巾，帮姐姐一根手指一根手指地擦了手，说，好，我们一家人，好好吃顿饭吧。哎哟，你可不知道，你姐可劲唠叨你呢，姐夫低着头摆弄着饭说，好像你出了国，出了海，离开家老长日子了似的。

可不，就是有日子没见了。

姐姐往嘴里送了一小块烤肉说。

那这回行了，回来了，可以好好陪着你了，放心了吧，就这几天了，你安心在这儿养着，多少人想早来候产，还没这条件呢。

什么叫好好陪着她了，我心说，我这就得回去。但我没说出来，我接过姐夫递来的烤肉和两只韭菜合子，捏起一只送进嘴里，心里麻乱起来，这可怎么和姐姐说，我还有一堆习题没做完呢。

姐姐坚持把大的那一条鱼让我吃，对姐夫说，他在学校可是啥好吃的都捞不着吃，他从小最爱吃鱼了。又对我说，快，快吃，慢着点，别卡了刺。

姐夫笑了，说，你到底是让他快吃还是慢吃？

姐姐拉下脸来，说，你怎么那么多熊事儿，就是要快点慢慢吃的意思。

姐夫朝我挤了下眼，说，瞅见没，你长大了找媳妇，千万别找这样的，没理占三分，里外都是她的理。

我知道是姐夫在哄姐姐开心，我心里很感谢姐夫，但是我在想着我那些没做完的习题，它们闷在我的桌肚里，像饿瘪的猛兽那样张着大口，等着我用我的聪明才智投喂，将那些闪着光的正确答案，一个字一个字扔进它们的大嘴里，它们会像姐姐刚才那样抚摸着肚腹，安慰地躺在桌肚里，双手合十，保佑我再考第一。

那顿饭吃得那么漫长，姐姐一开始说不饿，胃里很满当，不舒服，姐夫好一通哄，她才说，那就少吃一点吧。接下来，一会儿要喝一口米粥，一会儿嫌噎又要喝口水；一会儿嫌黄瓜拌得太淡，蒜末不够多，一会儿又让姐夫把烤羊排的骨头剔下来，把肉拌进黄瓜里。实话说我好像根本没吃出那些饭什么味儿，但感觉胃里满得不能再满了。

我看够了窗外，就到过道里转转。不时有人提着下面坠着一片片尿布的旋转晾衣架走过，初为人父的年轻男子迈着轻快的步伐，提着暖瓶和大包小包的物品鲜花衣物走过，姥姥和奶奶们站在护士站前，喜气洋洋地交流着各自的孙子们，不时从这扇或那扇门里传出嫩脆而响亮的婴儿哭声——姐姐不止一次对我炫耀过，说这里是整个医院最让人开心的楼层和科室了。

姐夫拿着碗筷走向洗漱间时看到我，朝姐姐的门口摆了下头，说，快去陪着你姐。

我要回去了。

我听到自己说。

我还有好多作业没做完。

呃——

姐夫停住脚，看看左手里姐姐用的樱桃小丸子瓷碗和勺筷，看看右手中抓着的一团塑料袋和打包盒，呃——姐夫好像慌乱起来，说，那你等等，我洗好去送你吧。

我说不用了，我自己打车回去。

说完我到房间和姐姐告了别，打车回了学校。

在路上我才想起，姐姐在我即将出门时好像是说，要不，我找你们老师给你请个假吧。

那晚的日记，我如实记下了这些琐事，在后面我还写了一句：如果我不参加高考，哪怕请一周假陪姐姐，也可以。

没写出来的心情是，我感觉姐姐有点任性了，或者可以说有点自私。你自己就是妇产科的大夫，在自己工作的医院，在同事的陪伴下，安心待产，多么踏实的事，还非得让我陪着，我确实很忙啊。

第二天下午三点多的时候，戴维又一次到教室把我叫出去，说姐姐快生了，叫我赶紧过去看看。

那时候，我心里简直可以用哭笑不得形容，我才多大，十六七岁，我懂什么，有什么好陪的，姐夫在那里，据说姐夫的母亲也早就来她家候产了，我去了有什么用？戴维可能看出了我的犹豫，说，快收拾下过去吧，你姐夫说可能没时间来接你了，让你自己打车。

我看看教室里，说的说，笑的笑，学的学，闹的闹，他们都在干着自己想干的事，不会有人理解我此刻的心情。我回到座位，把王赫他们偷偷扔出来的一只纸鹤从我桌面弹到过道上，我桌子上叠放着英语数学和物理试题，我望着最上面的物理试卷上最后那三道我无论如何想不出怎么破解的综合题，有种被生活逼到了墙角的窒息感。姐姐还是那个听到我要考大学高兴得恨不能爬到桌子上，朝整个世界宣布的姐姐吗？是不是女人一旦怀孕、生小孩就真的智商减退，性情大变？这简直太可怕了。是不是她一直没有正视东技的教学水准和学习能力，一直以我们这群为参加高考累得吃不下饭睡不好觉的老师和同学们为儿戏，这是不是一个从重点高中考上医科大学的人的傲慢和偏见？哪怕是自己的亲弟弟也不例外？这样说的话，我在姐姐心里，和在父亲心里有什么两样，不管怎么挣扎，到头来，还是逃不脱"只能做个工人"的命运？

想到这里，我的肩背，在这个夏末的傍晚悚悚然凉下去。

我想着，信马由缰地在物理试卷上画着，就在将要把那两根平行金属导轨间标注着 $\theta=37°$ 夹角、电动势、内阻划烂时，突然想通了一直困扰我的导体棒电流的问题。接下来，我几乎像个在枪林弹雨中拖着一大包炸药爬到了敌人碉堡下的勇士，努着周身的气力抱着引爆的炸药跳进了碉堡，轰隆——

我思维的躯体血肉横飞，我望着纸上被我刚刚画下的确定无疑的正确答案，耳边响起胜利的军号声，而我，几乎是一口气，把三座碉楼里的敌人全歼灭了。

是的，每个敌人都死透了，我有十二分的把握，我胜利了。

激烈的战斗让我忘了时间。等我稍稍平静下来，看到黑板上方的时钟已经接近七点，我才想起我要到医院去。我忘了去食堂吃饭，此刻肚子咕咕叫得响亮，我整理下课本的习题集在桌肚里放齐整，跑下楼，到超市买了个桃李夹心面包，撕开袋子啃着到门口打车。

五十来岁、干瘦干瘦的出租车司机以为我是偷出校门到城里找网吧打游戏的，一路上叽叽咕咕说分分分，学生的命根儿啊，学生，还是得以学习为主啊，虽然你们技校也没啥文凭，但学门手艺也好啊，艺多不压身啊，将来没准——

我们有文凭的，我们虽然是技术类学校，我们的职业技能等级鉴定证书，是相当于高中学力的，我们还可以申请读3+2学制的职业学校，毕业后相当于大专文凭，教育部承认的。我打断了他的话，其实我没心情同他说话。

咦——

司机发出了长长的质疑味道的感叹，啥叫相当于，孩子，你还是小啊，啥叫相当于，相当于就是不是嘛！

怎么——

我想起了那次家长座谈会。

不过，我今天不想跟任何人争论啥。再说，我眼见着就考上大学了，这个相当于不相当于，和我没关系。我转头看向车外，看着霓虹灯河流船在路边倒流而去。但这瘦司机显然还有几肚子话，他嘴里啧啧了几声，又接着说，不过，就算文凭不承认，学门技术也比逃学出去瞎闹强啊，你看那王八（他把网吧的音发成王八，我不知道他是不是有意的）里吧，连个窗子都不留了，乌烟瘴气的，啥人待里头时间长了也得傻了呀。你说心肠该多坏的人才能开得了王八（网吧），眼瞅着孩子们堕落，这心肠得多坏！司机连骂带比画，突突地机枪一样把内心的气恼痛恨嘣嘣嘣发射，一边不停地用右手摆弄支在空调格栅上的手机，手机里不断传出"订单已被抢"的声音。从府前街拐上胜利大街后，他回头看了看我，很有把握地说，别不服，等你玩到明天早上，头昏脑涨的，就知道我没诓你了。

我只点头，说嗯嗯。我不想理他，燕雀安知鸿鹄之志，我不想把精力浪费在一个连萍水相逢都算不上的人身上。他却在我关上车门的刹那冲我喊，回去好好学习，要不啊，和我一样，只能当个出租车司机，累死累活的，没人待见。

后来我很多次想起这个人，这个瘦得跟腊鸡似的中年男人。论年龄，我应该管他叫叔叔，他在东技门口拉上了一个半大小子，看起来，这小子要去城里的网吧打游戏，也许他也有个儿子，他的儿子，常常干逃学打游戏的事，这种事很平常，但这也许让他操碎了心，磨破了嘴皮，生够了气，他恨不能打死那个不争气的儿子，恨不能一把火烧了那王八（网吧），他恨得牙根疼，但是无能为力。

他只有恨铁不成钢；他只有把一个素不相识、要去人民医院陪即将分娩的姐姐的半大小子当成假想教育对象，把一肚子的无可奈何和恨意倾倒出来。

这句话，我说得不够准确，因为我到达姐姐的病房时，看到姐姐已经睡着了，身边的婴儿床上，小花布包裹着一个黑乎乎的、皱皱巴巴的小东西。

男孩女孩？

我伏下身子看着婴儿问坐在陪护椅上叠着一件蓝花上衣的姐夫。

我们是女孩啊。

姐夫把叠好的蓝花上衣放在脚边已有几件衣物的塑料箱子里，走到婴儿床旁边，拿手指碰了碰婴儿皱巴巴的小脸说。

我就没话说了。

不去看看你姐姐？

姐夫朝在床上呼呼大睡的姐姐说。

睡着觉，有什么好看的。但我还是依着姐夫的目光走到姐姐床头前。姐姐仰面躺着，一只手举在枕头上，手腕上戴着浅绿色的腕带。头发朝上散落着，额前的几缕头发贴在脸上，脸色有点灰暗。

刹那间，姐姐的脸，变成了母亲的，散乱，灰暗，死寂。

这是怎么了？我赶紧搓搓脸，把那个念头从脑海里赶出去。可是，这一刻的姐姐，真的跟母亲太像了。

姐姐和婴儿都在酣睡，我找不到可干的事儿，又出去到楼道里溜达，直到远远看到一个穿着紫花上衣的五十多岁的人提着个包裹和一只高压锅进了姐姐病房，我才又往门口走。我路过护士站，看了对面墙上的石英钟，夜里十点十六分。

是姐夫的母亲，姐姐的婆婆，以前见过两三次。我进去后喊了声大娘，老人把手里的布包放在护理椅上，拉住我的手，小声说，怎么这么瘦了呀，学校的伙食不行吗？说着转身对姐夫说，你们两个，以前没有接家里来照顾吗？你看瘦的。

我的手，被她握着，也不好抽回来，但却浑身不自在，她一时也不肯放开，说，原来那脸圆乎乎的，现在，你看，都尖成这样了。边说着边拽着我，给姐夫看。姐夫说，照顾了，他是抽条儿，学习累的，要考大学呢。

哦，老人把我拉到护理椅旁，示意姐夫把椅子打开，姐夫打开后，老人把我摁到椅子上，说，你先歇歇，我先拾掇下这些碎东西。

说着打开那个布包，里面都是姐姐的换洗衣裳，她往刚才姐夫放东西的塑料箱子里放着，转头对我说，啊，你今天是上着课吧，没请下假来吧？你姐呀，今天可受了罪了，早八点有了动静，一直疼，一直疼，疼得要命，直到下午四点多，这小东西才出来。俺那天，大半天，疼得直接没有力气，上了葡萄糖，才缓过劲儿来，这是在自己医院哪，要在别处，早撑不住劲给剖了，真是吓煞人，你母亲，在天上保佑着呢。

说着抹了下眼，说，要是你妈看见，不知有多心疼呢。

顿了顿，手指着床头柜旁边，姐夫把塑料箱搬了过去，又说，这关头，身边连个娘家人儿也没有，我怕你姐孤单得慌，才让你姐夫叫你来。

现在，我一想起大娘的话，脸都臊得热呼拉的。但那时，我几乎半点不为所动啊，我不理解这时候娘家人在这里有什么意义，也想不到在自己医院生孩子这么保险的事有什么可担心的。我盼着她说句坐没处坐，站没处站赶紧让我走的话。但她一直不肯说，她一会儿倒杯水让我喝，一会儿从床头柜拿出些小零食让我吃，一会儿又从壁橱里拿出个小电锅淘了小米放进去倒了水熬粥，姐夫说人家不让，大娘说，不让人家，还不让咱吗？谁好意思来管。

姐夫说，得自觉呀。

大娘说，自什么觉，你看她累成啥样儿了，命都快累没了，一会儿醒了先喝碗红糖小米粥，别的消化都慢，补不上。说着又让姐夫把高压锅拿到护士站去，说，你去，你和她们熟，让她们找个插座，放到保温上，里边是鱼汤，她最爱喝了。

一直到夜里十二点多，姐姐一点没动静，还是保持着我来时的姿势，呼呼地睡。有那么一小会儿，我真想过去试试姐姐的鼻息。大娘最后摸着温了两遍的小米粥，让姐夫盛出来我们先喝掉。她说，再温，就不好了。你们快喝了，我再熬一锅。

姐夫蹑手蹑脚地打开床头柜，取出几只碗，把粥分着喝了，刚想端起锅到卫生间去洗，门就被打开了。

我扭头，看到父亲和大姨站在门口。

姐夫叫了声爸，说，知道家里事儿多，想明天再、再和你说。

父亲没说话，径直走到姐姐床边，弯腰盯了会儿姐姐的脸，扭头问，没事儿吧？大娘说，累坏了。父亲又盯了会儿，最后伸出手，轻轻地摸了下姐姐的脸，用我从来没听到过的温柔的嗓音说，媛媛真了不起。几乎让我怀疑这到底是不是我原来认识的那个人。

脸怎么这么黄？

父亲扭头问姐夫。

姐夫刚想说话，大娘抢着说，哎呀，现在好多了，刚出产房那会儿是有点黄，现在没事儿了，是这灯 —— 大娘指着房间角落里的一盏小夜灯说，媛媛嘱咐我们不能让孩子见强光，说对眼不好，灯光暗显的。

父亲就点着头朝婴儿床这边来。

你一直在陪着你姐？

父亲走到站在窗边墙角里的我面前时间，我刚想说我也是刚来。大娘在旁边抢先说，是啊，是啊。父亲点点头，拍了拍我的肩膀。那边大姨也端详了姐姐半天，说，哎呀，媛媛真是好样的，总觉得她还是个孩子呢，这就当了母亲了，说着眼里泛起泪花儿。大娘拉了她的手，说，你看，我们没照顾好，看把她累的。

嗯，大姨吸溜着鼻子环顾了一周遭，说，都挺好的，都挺好的，就劳你受累了。然后就调过身和父亲一起欣赏婴儿。看了会儿，大姨说，哎哟，长得跟咱们媛媛小时候一模一样。父亲摇了摇头，说，媛媛出生时，脸比这白多了。

说着就向大娘告别，说，家里事儿太多了，得赶紧回。

父亲打开门，婴儿的啼哭应声而起，大娘跑到婴儿床边，对父亲说，哎哟，宝宝这是舍不得姥爷呢。父亲又折回来，在婴儿的褓褓上轻拍了几下，说，乖呢，等姥爷忙完了再来哄你。

后来我听姐姐说，厂子因为环保问题，被旁边的两个村的村民堵门堵了好几天了，父亲那天是趁晚上爬墙出来的。

姐夫手忙脚乱地冲奶粉，几个杯子碗的来来回回倒水，最后冲到奶瓶里，又犹豫着这温度是不是合适，拿捏半天不敢做主，捧着奶瓶出去找姐姐的同事了。

姐夫回来，把奶瓶里的奶倒出来一半。我们三个大人趴到婴儿床边，看着小婴儿嘴一碰奶嘴就止了哭声，一口把奶嘴含住，小小的嘴巴嚅动着，眼珠在薄薄的眼皮下骨碌碌转，不一会儿，啧啧有声地喝完了奶。

好神奇啊，真是。

姐夫惊喜地看着自己的母亲。

大娘看了他一眼，得意地说，那是，啥都知道。

那天夜里，我们几次推让仅有的一张护理椅，最后是姐夫和大娘都认为我学习累，姐夫硬把我摁在上面了，而我已经困得抬不起眼皮了。他娘俩下半夜，就各自坐着一只圆凳熬下来，其中一只，据说还是从护士站拿来的。

姐姐一直睡到第二天上午十点多钟，醒了就嚷着要喝小米粥。大娘盛好一碗小米粥，撒一勺红糖，搅匀端给她，姐姐嘶嘶啦啦地吸着凉气，拖着身体倚到姐夫刚刚摇起的床头上，接过碗几乎一气倒进胃里。趁大娘盛粥的间隙，姐姐问姐夫小宝宝好吗，听到姐夫肯定的回答后，又一连喝了三碗，最后打着嗝，说，哎呀，可累死我了。又说，今天餐厅的小米粥，比平时香啊。接着抬起头，四周望了望，看见我，说，你终于来了。说完合上眼皮，又睡过去了。

大娘和姐夫可能看我在这手足无措，就让我先回去，说这里连个坐的地方都没有，等出院回家了，再来看姐姐和小宝宝。

23．与姚曼老师谈人生

　　我像得了赦令，几乎是念着经出了住院部的大楼，往东小跑出医院东门，截了辆出租车往学校奔。奔回学校，才发现是周六，大周，老生们都回家过周末了，校园中只有些新生穿着迷彩服晃晃荡荡。不过有什么关系呢，学习还分周五周六吗？再说，参加高考的学生，周末都有补习课呢。我在先到教室还是先回宿舍之间犹豫了会儿选了后者，在心里我对自己解释说得回去洗个脸刷个牙换换衣服，但回去跟狱友们招呼过，一爬上床，眼皮就再也睁不开了，整个身体像抽去骨头软塌塌往褥子上贴，姐姐酣睡的样子在我脑海里嗖地飞过，我心里几乎是清清楚楚地感受到自己像条鱼往深远的梦境里滑落。

　　睡醒后，宿舍里没人儿，看窗外的阳光和玻璃上的树影儿，大约五六点钟的样子。我爬起来，怀着类似君子言行一致的莫名其妙的逻辑，把身上的衣裳全部脱下来泡进盆里洗了，然后洗了脸刷了牙，换了双鞋，心怀着践了某种约的庄严下楼。到餐厅，我很饿，我想吃两份盖饭，就猪排的和鲅鱼的一样来了一份。

　　吃得完吗？

　　我正要刷卡，听到戴维在我身后说。

　　我想了想，就只要了猪排的。

戴维就顺手端了师傅已经放到窗口的鲅鱼盖饭。

我跟着戴维，在靠窗口最近的餐桌坐下来，我说，你怎么不到教师餐厅？戴维夹起一块鱼送进嘴里，说，嘿，这里的绿豆汤是免费的，上边，他朝上指指，一份还得收一毛钱。

我心里欢快起来，为这被珍惜的一毛钱，更为戴维脸上坦荡的快乐。

你回得这么快，姐姐生的男孩还是女孩？戴维咕咚咚灌下一碗绿豆汤，抹了下嘴问。

女孩。我说，但我没想到他要问这个。

像爸爸还是像妈妈？

戴维又问。

看不出来像谁。我说，我去的路上，听司机大叔说——我们的技能证书，教育部是承认相当于高中文凭吧？

是啊，戴维说，怎么问这个？很确定的。

那大叔说，相当于，就是不是。我瞧着戴维的脸。

嗯——戴维沉吟了会儿，脸上显现出些微的郑重，说，事实上，是有点争议，这也是好多家长不愿送孩子来咱们技师学院的重要原因，这个"相当于"怎么想都有股以次充好、不太地道的味儿，是不是？唉，就因为这个，我在这干了——哎，怎么说起这个了，不说这个了——

实操课上，戴维和金万乘老师聊起过，我在旁边，大略地听明白了缘故。戴维拿的是职业技能类的毕业证，人社部的文件上也是相当于大专文凭，工作后，也取得了本科文凭，但是依照现行人事标准，本科文凭不算第一学历，戴维一直是工人身份，无论他怎么努力，干得再好，学院领导和同事们再认可，也没法提拔，金万乘老师的原话是：要不是这个身份问题，智能制造系的主任有别人的份吗？

我心里有点难过，为戴维，为这个"相当于"，又有点小小的侥幸：以我现在的成绩，以后，不会为这个"相当于"苦恼了吧？我挖起一勺饭送进嘴里，几乎囫囵着咽下去。不敢看戴维。

可过了那么一小会儿，戴维轻笑了下，却说，为什么不说呢？没什么不可以说的。我在三十来岁时，是挺苦恼的，但是都过去了。不管教育部和人社部怎么认定，有真本事，才是最重要的，系主任可能会滥竽充数，高级职称也可能是花钱打点来的，站到机器前，调整好铣刀，看着一块铁疙瘩变成你想让它变成的形状，那种快乐是没法用语言形容的。看着自己带的学生，也能把一块块铁疙瘩搞成你要求的形状，那种满足感，也是——

至今，我还记得戴维当时说这些话时的表情，眼睛眯着，说完嘴唇是坚定地紧抿起的，说完后，还冲我点着头，那里面有对言语的强调，也有对自己内心的安抚。戴维很少一口气说这么多话，特别是对着一个和他不可能平等交流的学生。

——哎，怎么说开我了，我是想问问你，怎么这么快回来了？
在那里也没啥事儿，功课这么紧。我说。

让我算算，大约是我回校的第三天吧，晚餐后到教室，刚坐下不一会儿，陈浩南就拿着手机过来，小声对我说，接电话，姚曼老师。

你有时间来我办公室一趟吗？姚曼老师问。

现在吗？我说。

对，就现在。姚曼老师说。

哦，好吧。

姚曼老师找，我心里倒是欣喜的，我猜想不会太长时间，连课本和练习册都没收拾，下楼直奔过去。

你也喝一杯吗？

我进了门，看到姚曼老师在冲速溶咖啡，姚曼老师说，很香，虽然是速溶的，还过了期。姚曼老师说着笑起来，我不由自主地也很想喝一杯了。

我说我自己来，说着我自己到墙角茶水柜里，取了只纸杯。我从茶水柜玻璃中，一眼就看到倒扣的这些一次性杯子了。

哎呀，别用纸杯，影响味道，用我这个碗吧，虽然大点，但没有纸味儿，应该味道更好一点。姚曼老师说着打开桌侧的柜子，取出一只蓝波浪花纹的大瓷碗递给我，说，我刷得很干净哈，水不要倒多了，多了就没香味了。

我把一条雀巢速溶咖啡拿牙齿撕开投进碗里，到饮水机处接了约一茶杯的水，捧着碗小心晃着，让粉末融化。

香气飘出来。我说，还是这种老牌子的香。

是的，我们味觉被它驯化了，我们国内的咖啡品牌原来很少的，可选择的不多。

这算不算洗脑？我想开个玩笑。

嗯，姚曼老师想了会儿，说，算是容纳吧。你看，咖啡就是一种文化嘛，接受一种不同的饮品和食物，本身有对它背后的文化接纳的成分。

我喜欢姚曼老师这样优雅和缓的讲话，说如和风抚过，一点不夸张。我真为我们戴维着急，或者遗憾哪。

但要说接受了咖啡，就被西方文化洗了脑，那还是言重了。我们生在东方，长在东方，我们的血液和骨子里流淌的毕竟是炎黄血脉，要说穿个西装，喝个咖啡就被洗脑了，说这话的人可能连自己都不相信吧。

嗯，嗯，我点着头，看姚曼老师端着杯子倚在窗台上，窗玻璃上映着她的背影，我不由自主地端起大碗喝了一口，苦的，香甜的，我又喝了一大口。

还行吗？姚曼老师问。

嗯，很香。我说。

就是嘛，你说咖啡好喝，自己感觉被洗了脑了吗？姚曼老师歪着头说。

哈哈哈——我笑起来，但我旋即想到，姚曼老师找我来，就为喝杯咖啡，为了这个洗脑不洗脑的问题？

就是嘛，谁的脑，都不是那么好洗的，我们的仁义礼智信，我们的温良恭俭让，我们的父慈子孝，我们的兄友弟恭——说被洗净就净了？我们也像西方人那样认为都是上帝的羔羊，互相兄弟姐妹了吗？我无意否定或攻击哪种文化或宗教啊，我的意思是，之所以叫传统，就是你拿着刮刀都难刮去的印记。

我点头，我完全认同姚曼老师的观点，但我还是不知道她找我来的目的。我回头看看门口，门关着，不知道是我顺手关上的，还是姚曼老师关的。我又抬头环视下墙壁，把目光定格在门侧墙上的石英钟表盘上。

是不是又着急回去做作业了？姚曼老师说，一杯咖啡还没喝完呢。

我心里突然有种被看穿了的焦躁。但我旋即又想，做作业又不是坏事嘛。但想归想，心底犹如长出一根又一根细弹簧，颤颤巍巍的，让我浑身不安生。我把余下的咖啡全倒嘴里，放下碗，看着姚曼老师。

我特别欣赏你这学习的劲头儿。姚曼老师走过来，也示意我坐下，这样，我和姚曼老师中间就隔了两台显示器。姚曼老师或我略抬抬头，在对方不故意低头的情况下，就能对着脸说话，要一方故意把腰背塌一下，就互相看不见脸了。

姚曼老师抬起头说，学习，高考，确实是太重要了，对整个人生来说，好多人，一考而改变自己的命运。当然，这一般指的是那些考得好的，不过这不是最重要的，是不是？

这怎么不是最重要的？

我脱口而出。我干脆往右边拖了下椅子，在显示器旁边看着姚曼老师。我心想，你们忘了自己整天在课堂上强调的事吗？

怎么不是，在这些之上的，比如，生命，健康，不比这些重要？

啊——我简直是无言以对，这种抬杠的手法，在我们的同学中好像都不太常用。

再比如，亲情——听说你姐姐刚生了小孩？

姚曼老师这回目不转睛地看着我了。

我的脑子虽然离彻底清晰还有很远的距离，但姚曼老师的话，着实让我胸口一闷。

是，刚生了小孩。我答，心里疑惑着她突然关心这个，不太合常理。

你知道你姐在，这么说吧，在你想象不到的大半天的腹痛，痛苦中，感觉自己快撑不下去，快要不行时，最想见的人是谁吗，最想和他说什么话吗？

快不行？

我一时想不明白什么意思，你是指我姐姐？

是。

我姐姐在生小孩时？

是。

我塌下腰，盯着我面前的显示器下边缘慢慢爬动的一只小瓢虫，它爬得很慌乱，一会儿朝屏幕爬一下，一会儿斜着身体又试探着朝下爬，都没有成功。我数它甲壳上的星斑，一二三四五六七，七星，是益虫。我心里松了口气，伸手把那只小虫子抹下来，放在左手心里，看它在我心里慌张挣扎。

这意思是，我姐姐在生小孩时，遇到危险了。我用食指尖轻轻地把瓢虫翻过来，有点不敢抬头了。

你知道吗？你离开病房前，其实你姐姐早就醒了，但她不敢开口和你说话，怕委屈得一开口就失控。

我站了一下，没站起来，椅子在地面上擦出嚓的一声，我又跌回到椅子上。

你姐姐说，在她感觉自己快不行了时，只想和你说一句话，就是，让你不要再恨你们的父亲了。

我一下站起来，椅子在我身后哐当一声翻倒在地。

谁说的？

我问。

这不重要，姚曼老师说，这是事实，才是最重要的。我知道，按照现下的成绩几乎可以断定，考个本科，对你已经不是什么难事了。只是——

——只是，姚曼老师低头想了半天，说，只是我们，不止我们，可以说教育的目的，不是让学生掌握了哪门高超的技艺，不是考上某所大学，不是成为某个领域的佼佼者，而是我们努力让孩子们先是成为一个人，一个有血有肉、有情有义的人，一个——完整的人。人是靠爱活着，不会有哪个人揣着恨当宝贝过一辈子的。

姚曼老师越说越激动，出口的每个字，都像载着千钧的重量，最后"人"字出口，姚曼老师退后两步倚在桌子上，松了口气。

我走了岔路？

难道我没日没夜拼了命地学习错了？难道我想考上大学，逃脱"只能做个工人"的命运错了？难道我这样做就远离了一个"完整的人"？

我那一刻，一定紧张极了。那一刻，我人生的审判官，由父亲，变成了姚曼老师。

她个头那么矮，到我肩头。她的头顶有稀疏的白头发，在灯光下泛着刺眼的银光。

我感觉被我紧握在手心里的瓢虫在强劲地转身、蹬腿，我想，只要我继续用力，它很快就会窒息在我手心里，至死，它都不会明白它是死于一个少年的极度紧张，甚至是恐惧。还有困窘，是种赤身裸体站在山顶的困窘，无论风从哪个方向吹来，我都瑟瑟发抖。

时间停滞，我在静止的时光里，迅速回望了我从入校以来的一切。一帧帧图像，一句句话，一件件事，每一个白天和黑夜，每一声笑和每一滴泪，老师们的，同学们的，父母的，姐姐的，我自己的——应在尽在，回光返照。

我眼前浮起母亲在太平间里浅灰色的脸庞，耳朵里重新响起婴儿落草时的啼哭，母亲已去，而姐姐的女儿，我的外甥女，已来。

而我从没想过，人间，换了新颜；从没想过，我考上大学要做什么；从没想过，姐姐为什么在生小孩时，那么想我。

我全错了？

坐，坐。

姚曼老师把椅子扶起来，在我的肩膀上拍了一下，很轻，我却不由自主地坐下来，靠在椅背上。

你还恨你父亲吗？姚曼老师问我。

我想了想，摇摇头，又点点头。一个人，真有看不清自己内心的时候。

恨，是源自于爱。姚曼老师弯下腰，郑重地看着我说。

当然，这样的事，想三年两年就在心里过去，很难。你母亲的离开，你父亲当然脱不了干系，但是全然推在你父亲头上，也不公平。说到底，每个人，还是要对自己负责。

对自己负责，我喃喃地重复了好几遍姚曼老师的话。

那时候，母亲离开我，离开这个世界，八年了。八年来，这是第一次有人主动和我谈起母亲。

可是，没有 —— 母亲 —— 怎么会 ——

我非常理解你是怎么想的。姚曼老师走回到对面坐下，往前探着身，说，但，怎么说呢，婚姻，从某个角度讲，本来就是一件很不人道，甚至是残酷的事 —— 你想想吧，什么东西没有期限？没有保质期？可是婚姻就没有。世间的一切，时间长了，都会有变化，会生出这样那样的问题，婚姻这件事，既然是人不是神在执行，谁能保证不出任何问题呢？你每天从宿舍到教室，是不是有时候路上也免不了打个拐，转个圈儿，甚至还有忘了取东西不得不返回去的时候？如果每个人，出了问题不是想着去解决问题，而是去结束自己的生命 —— 当然，这也是解决问题的一条路 —— 我只是说，如果都选这条路，世界会是什么样子？这个样子是不是就变成了当事人（假如他还能评判的话）喜欢的样子？是不是大多数人认可的样子？我只能这样说，这样的事，没有现成的评判标准，甚至有时候，都说不好对错。

说不好对错？我有点意外。

难道不是吗？啊，你还小，让你理解这些可能有点难度。咱们就这样说吧，你父亲，不论你怎么对他，他无论气你也罢，气自己也罢，但他对你的爱是不会变的，是不是？

这个，我真的不是这样想的。

我从来没有想过有天生的爱与不爱什么的，我一直认为生养子女是为了自己的人生完满而已。为了自己的幸福与完满，而把所谓的孝敬放在至高的位置上，甚至是种强迫与奴役。

责任与义务，这是协议执行者的事，而父母子女，是事先签了合同的吗？没有啊。我鼓了鼓勇气，将一直放在心底的想法说了出来。

啊，你竟然也这样说。

姚曼老师想了想，说，不独你，这些年，我真的是不断听到类似的说法。起初，很是让我迷惑了一阵，因为这观点，确实有让人难以驳斥的地方，比如合约这个比喻。但是，我最终还是想明白了，你想想看，你说的这些都是"后天"的道理，而有些东西是先天的，是不需要合同来约束的——让我想想该怎么和你说——比如说吧，为什么我们的老祖宗给父母子女间的喜悦，叫天伦之乐，你想过没有？这个"天"，就是我说的"先天"的意思，这不是人类出生后借由自己的理性签下的合约，而是与生俱来的，对，与生俱来。

也就是说——姚曼老师点着头——父母子女，是天然的恩情，是上天的馈赠。当然，你别误会，我说的上天，是造物的意思，不是指哪位神仙。你用世间的普通道理和规则来解释它，就说不通了。哲学家康德认为，当人类的理性能力面对超出理性范围的问题来给出思考的时候，就会相互矛盾。你想想看，从这话看，你刚才的观点是不是就有点绝对了？我还记得《傅雷家书》中有段话特别好，大意是讲感性的美和理性的美的，一大段，结论是这两者还是要平衡一些。不理性很可怕，但凡事都要循着你认为的"理"，也很可能会钻进牛角尖。

也许是看着我满脸的惊异与困惑，姚曼老师说，就算是要讲理，也可以慢慢来理顺，不急在一时，要有耐心，我想，只要有足够的时间，凡事应该都有个答案吧。

这样吧，公平起见，我给你讲个故事吧。

我看着那个紧张的少年，目光还是没有变得活泛，只随着姚曼老师的步伐在办公室来回游移。

有个青年，高中毕业没考上大学，读了技校，毕业后，在城里找不到工作，回到老家镇上的小学，当了民办老师。他老家落后，就算是在镇上，也只有镇政府前边半条柏油路，全镇都在山坳坳里，去县城只有一班车，一周一班。他村子离镇三十几里，好心的校长腾出一间放煤的房子让他住，冬天取不上暖，手背肿得跟馒头似的，冻得捏不住粉笔，但他很知足，因为一个月有一百八十块钱工资。他爹娘一年可能都攒不下这么多钱。青年每周五下午向西穿过半条镇街，到往西北的路口等卖完洋芋回他们村的拖拉机，周日下午再花一块五毛钱，坐一周仅一班的车回镇上，在镇口下了车，再步行穿过那半条镇街回学校。这一来一回,大半年的工夫,这青年引起了镇上铁匠铺老板家闺女的注意。

青年斯文干净,走路目不斜视。肩头网兜不多的杂物里,老是挤着三几本书,你是想不到,这样的青年,在一个落后偏远的小山坳里,光芒多么刺眼。

我好像看到了铁匠铺家脸红扑扑的大眼睛女儿,既热辣又淳朴,像她父亲一年到头守护着的那炉炭火。我还能想象这个青年走过灰扑扑的镇街时脚下踏起的尘埃,迷雾般晃着铁匠铺家独生女儿的眼睛,她既想多看一眼,又怕别人看见。她在他经过时装成往街边倒煤灰,倒茶渣,或者晾衣裳的样子,眼梢随着他走几步,低头轻轻地叹口气。

铁匠父亲干的是粗硬的活儿,但心比发丝还细,没多久就知晓了女儿的心事。

铁匠人缘好,方圆几十里的庄户人都和他相好。所以他一动心思,就有了好些认承跑腿出嘴儿的人。其中一个人缘最好的,把话捎到了青年的小舅那里。小舅在镇农保站卖种子,实诚人,一听感觉是好事儿,第二天一大早就赶去姐姐家禀报这在他看来做梦都想不到的喜事儿 —— 他姐姐家在山窝窝里种洋芋,人家是在镇上开铺子,打着铁,还卖着县城来的五金和农资。

青年的爹娘欢喜得不行,亲事很快就定下了。爹娘把所有的积蓄拿出来,一半的一半给了铁匠的女儿做聘礼,一半的一半给铁匠买了烟酒茶。还有一半再加上卖了几口窖里的洋芋请匠人 —— 已经看好了地茬儿,翻过年给青年箍口窑。

一切天成。

铁匠的闺女隔三岔五来看青年,一只柳编的提篮里,是枣花馍,是腌鸡蛋，是红糖包子，是一双绣得莺歌燕舞的鞋垫，是一条织得密实的围巾。一来二去，青年看铁匠女儿红扑扑的圆脸、弯眉、水汪汪的大眼，越来越好看，越看越能看在心上。姚曼老师说，来年，就在青年家里的窑洞刚刚砌出门脸儿，刚从隔着几个村的木匠家里拉来的雕花枣红门还没来得及装上，挂在门框上的一大串红皮炮仗还没爆完时，青年却考上师专了。

门接着装，炮仗接着放，窑炕接着箍，他母亲，已经到镇上服装店去看了三回那件红呢子大衣，只等他发了工资去和铁匠女儿一起拿回来，放在那只她已经送到铁匠铺里的已经叠放了三套时新衣物的樟木箱子里。箱子黄铜包角，四面雕着梅兰荷花和牡丹，是她当年的陪嫁。

红呢子大衣没有拿回来，因为正式老师的工资是月初发，民办的是月底发，在月中，他就到省城上学去了。

青年考了学，没有工资，家里的钱，为他定亲箍窑也都掏空了，虽然很思念，但为了省钱，直到寒假，他才踏上回乡的路。坐了两天车，在镇西下了车，先穿过那小半条镇街，到铁匠铺去。

铁匠虽然在镇上开了半辈子铺子，但仍是个厚道人，见了站到门口的青年，捂了脸到后院去。不一会儿闺女的母亲出门见了他，一起搬出来的，是那只他母亲陪嫁的樟木箱子和里面崭崭新的衣裳、折合了那定亲时的烟酒糖茶的钱卷卷儿，还有他写给她的只拆了两封的二十九封信。

闺女的母亲说，九月里，闺女就打听好了去他们村的道儿蹿了去，对他父母说她心里有了别人儿，把他们家给的聘礼送回去了。

青年脸煞白，紧盯着那箱子上的梅兰荷花，让闺女自己出来说清楚。做母亲的羞愧得不敢抬头，说，前日有捎信儿来，说跟着一个耍猴儿的，上了山西了。

　　青年噎得喘了会子气，转身到镇西头截拖拉机，到了家，他母亲看看他铁青的脸和紫黑的嘴唇，说，莫赌气，俺儿就是国家干部了，不会不如个耍猴子的，那闺女，是看差了秤。

　　再后来青年就毕业了，为了离开那个伤心地，到了一个沿海小城市，做了老师，有了喜欢的女朋友，成了家，有了女儿。

　　这样过了几年，青年的父亲病重，青年回家为父亲料理后事，在镇上下车往镇西截车时，突然看到了情窦初开时那个熟悉的身影。青年追上去，看到当年那个红扑扑的脸大眼睛的铁匠女儿面色惨淡，裹着一条灰色围巾，抽开袖着的手，眼神躲闪着往街里跑去。青年追到铁匠铺，当年那羞涩的女儿在里面抵住门，不让他进。

　　青年没办法，退回到镇西去等车，后来，料理完父亲的后事又回到了工作的城市。

　　再后来，是一年的八月一日，因为是建军节，青年的妻子记得很清楚，他们俩在吃火锅，火锅店墙上一块巨大的屏幕，在播建军节专题节目，镜头缓慢划过一个穿白色短制服的女兵的脸时，青年突然接到了一个电话，没说几句，就捂着话筒，到了火锅店外边去。好大一会儿，回来对他妻子说老家有急事，他必须回去。无论妻子怎么盘问，他都说回来时再告诉她。

　　电话是那个差点成为他岳父的铁匠打的，他说他的女儿肺癌转移，已经晚期，想最后见他一面。

　　青年直接傻眼了。好大一会子反应不过来，不知道该咋回复。但脑海里，全是铁匠铺的女儿的影子，蓝色碎花的褂子，红扑扑的圆脸，水汪汪的眼，像蒙着层细雾，想起唯一的一次去她家帮着干活，她专门为他蒸的猪肉豆角馅的包子，咬一口，没蒸熟，皮里边是黏的，肉块还是鲜红的——他后来都想不起来他在电话里说了啥，不知道怎么挂的电话。

青年回到了镇上，在铁匠铺那个已经是二层楼的后院二楼上，见到了昔日健康热辣、眼下却被病痛折腾得皮包骨头的铁匠女儿，在一层厚厚的棉被下冷得牙齿咯咯地响，但并不妨她一字一句把当年一切告诉他。

她从没有看上过别人，也没跟着耍猴儿的去山西，只不过是只身过了清涧、石楼和交口，到汾阳流浪了五六年。起因是她知道他成了干部，他早晚会开口抛开她，她每天都害怕得睡不着觉，不如她先开了这口。中伏的天，他不知道辣他眼睛的是不是汗。

青年回到妻子身边，每天夜里，都大叫着醒来，浑身冷汗，时间长了，妻子从他含糊不清的恐惧中，听出了两个字：茉莉。

妻子问他要真相。这时候已经是中年的青年对他妻子说了实话，说从老家回来后，已经陆续地给了她五万块钱，都是瞒着妻子借的。

妻子心伤欲裂，怒不可遏，不单单是他偷着给的钱，最重要的是他对她没有一丁点信任。最要命的，是后来那个叫茉莉的铁匠女儿，不知道是因为他给的钱得到了更好的治疗，还是一开始就是误诊，竟然慢慢缓得过来，两年后竟然带着一大口袋新打的绿豆来到这个沿海城市看望了他们。她对他们说，她来只是来表达感谢，她让他们放心，她一定会还上他们的钱。

他妻子已经从当初的暴怒、沉痛、绝望，变成了哭笑不得。一天夜里，妻子叫醒他，让他好好想想，他爱的是茉莉，还是她。青年揉了把眼，说，我问过自己，我也搞不清楚。说完很快又睡着了。

清晨醒来，他看到了枕边妻子填好的离婚协议书。

到了周末，我仍不明白姚曼老师为什么给我讲这么个故事。我也不明白我姐姐想对我说的话，为什么过后就不说了。

那时，我离认识到人生的好多问题都是无解的、人生的好多道理都是说不清的阶段，还有很长很长的时间。那时，我还热衷于把每件事安放在我脑海里每种道理里。那时，对我来说最大的道理，就是我不能"只能当个工人"，我满脑子想的都是考大学或者考上大学的日子，其他的，我无暇顾及。

时间像蜗牛，蠕动向前。

而我的学业，却突飞猛进。

到这一年寒假前，我成了年级第三，班里第一，甩开第二名岳长辉26分。但我仍感觉喘不过气，因为我离年级第一差8.5分，离第二差5分。我甚至开始怀疑周末给我们补课的于泽远老师，偏袒信息系的第一名和农建系的第二名，暗地里帮他们分别补了课，因为他们数学落我分最多。我甚至将阶梯教室中于泽远老师偶尔投向这两位的目光，解读为心照不宣的阴谋诡计。

寒假里我到西城姐姐介绍的学校补习了整个假期，连除夕夜，我都拒绝了姐夫来接我回家过年的好意，在补习的教室刷数学题。餐餐都是方便面火腿肠，胃口不好时，挖上一大勺老干妈。满嘴的溃疡让我吃什么都感觉酸臭，但时不我待，前面两个落我这么远，后面还有一群又一群狂追者，鲨鱼般张着血盆大口，要把我吞没 —— 我别无选择。

24. 他妈的，天才呀

我一直在西城补习到十九，提前三天回了学校，我收拾好床铺便到教室复习，中午干嚼了一包方便面，晚上直到十一点多才下楼往宿舍返。我有点舍不得假期，教室不限时停电，我该多学一会儿的，我一面自责，一面打着哈欠往回走，不等转到宿舍楼东门处，看到世赛中心南头闪着微弱的灯光。

按我当时心性，没这好奇心的。但等我进了连廊进了宿舍楼上了楼梯时，我突然想，这还没开学，这里怎么会有人？偷盗？

我迅速出了楼门，气喘吁吁跑过东操场，轻手轻脚沿着绿化带小路凑近世赛中心闪着灯光的窗户。

是戴维。

不等凑得太近我就认出来了。

戴维坐在新进的大型设备控制屏幕前，就着一盏夹在屏幕边缘的台灯在纸上写写画画。我从南边的小门进去，站到他身后，好长时间他也没发现，我不知道该怎么提示我的存在，费半天劲咳了一声，他朝后面挥了下手，说，老金，你还没走啊？

我说，老师。

戴维回过头，也好半天才回过神，说，怎么是你？我还当是金老师呢。

这是在干什么？我指着桌面上密密麻麻写满算式的几张纸问。

唉——戴维叹了口气，笑了。原来他整个寒假，都在研究3D建模和打印。此刻，他对着冥思苦想的，是键盘旁边的一排小哪吒。

戴维说，增材和减材，完全不一个路数。

直到世赛中心东边的一大溜窗子见了白，我才明白，戴维这几天，一直在为那个拇指肚大的哪吒手里的乾坤圈儿发愁。说建了多次模，打了好多次，就是不能把这个圈儿打成能转的。

你看，人家这个就是3D打印的，我为什么就不行？

我拿过模型仔细看，这个圈儿在哪吒的右臂弯里，但显然又不是做成后套上去的，因为看不到接口，右手中的长枪与脑上的鬓鬏连在一起。也就是说，这是一次性打印出来的。

你看，打出来就是这样的。

我凑上去看桌面上的哪吒，还算有模有样，虽然有点歪扭，但最不同的，还真是圈儿不能活动，要不在肩膀处连着，要不在胳膊肘处连着，还有半截圈儿的，唯一一个圈很圆又能转的，仔细看，圈上有个小断口，是硬从粘连处掰下来的。

这不对，我说，一定有什么办法，而且应该是个很简单的办法，只是我们还没想到罢了，是计算有误？我指着他标在纸上图形边的角度计算公式说。

戴维看看屏幕上设计好的模型，又看看桌面上那一长溜儿哪吒，只叹气。

我说，这样就能打印出来，我打一个看看？

戴维点点头，去了卫生间。

我看看旁边一间房那么大、有无数大小零部件的机器，看看屏幕上划着无数条直线曲线，标满了数字的透视体小哪吒，我扔了手里的书本，抓起鼠标，不管三七二十一，找到打印执行命令。

先打一个玩玩。

鼠标一点，屏幕上出现预备命令，机器上的一条蓝灰相间的机器臂刷地退到一端，接着移到一块大台板的中间，顶端噌地伸出一根什么东西，很快，机器吱吱响起来。响得太厉害，我不敢凑得太近，只见那伸出的针状物先是在台板上点出两个小黑点，紧接着黑点渐高，变成浅色，有了曲线，我突然明白，这是同时在打印哪吒的两条腿。

这时戴维回来了，他凑近观察了会儿，然后抱起双臂站定，说，没用。我不知道他说的啥意思，但我看他能凑那么近，我也壮了下胆儿，干脆把它打到肩膀。小人渐高，开始打印那个圈儿，没有依托，打印针状物在空中挤出些材料，落在打印台上，而后角度稍微一偏，慢慢落在肩膀上，吱吱吱一阵之后，倒真打出了个椭圆形小圈圈 ——

最终打完，戴维把它取下来，不顾我欣喜的心跳把它扔到桌上那一堆哪吒里，说，真是奇了怪了。

看到自己也能打印出一个东西，虽然不成样子，但心里也开了朵小花。我征得戴维同意，细细看过屏幕上的设计图，又打了一次，和上次一样，只不过这个圈儿，这回连合都合不上了。

我把所有的哪吒摆成齐整的一溜儿，一个个拿那个完好的模型与之对比，一缕刺眼的阳光嗖地通过东边的窗户，照射到我眼前的哪吒上，我盯着它们的头脚胳膊腿儿风火轮混天绫火尖枪乾坤圈儿，盯着它们身上因打印而生出的沙棱棱的表皮，盯着头顶右边髻鬏上的一个小圆点 ——

啊，我明白了，它是倒着打的！

我看到初升的太阳，跃上东边的树梢。

戴维接过我手中的小哪吒，反复观察半天，目光怔在小哪吒头顶的鬃鬏和乾坤圈外侧那个让人不易察觉的小圆点上，骂了一句粗话，戴维在刺眼的阳光中看看小哪吒，又看看我，揉了揉眼，少见地骂了句粗话：他妈的，天才呀。

25．破产

　　我背着朝阳，抱着课本往宿舍走，鸟雀们呼一阵跳在操场上，呼一阵腾起落上树梢，我长长的影子布带般搭在花圃、小路和枯枝上，我困得睁不开眼，只想赶紧回宿舍睡一觉，完全不知道我的命运，已经在初升的朝阳下掉了头。

　　从此，戴维几乎每天都有问题要问我，现在我想来，这些问题没有几个算是问题，更多的是戴维以与我讨论的口气给我讲解，或者自言自语。陈浩南几乎钟表般在下午下课铃声响过之后朝我喊一声，戴维叫你去。

　　我知道，是戴维叫我到世赛中心去。

　　那段时间，我们一师半生、一知半解的，在减材专业课之余，率先把增材制造实践课开展了起来。戴维带着各种各样他女儿小时候的小件玩具去设计打印，皮卡丘、上弦跳蛙、芭比娃娃、鲁班锁、纸卡凯旋门、俄罗斯套娃等等。一个月左右的时间，我的制图能力突飞猛进，戴维已经沦为我的下手。

　　你就是干这个的料啊，看这个精度。戴维看着刚打印出来的奥迪汽车连环标志说。

　　我不是这个料，我脱口而出，我要考大学。

　　开学后的第一个周末，我吃过晚饭，往图书馆补习。刚进图书馆大门，就听岳长辉在后面喊我的名字，我转过身，他远远指着校门口，打着手势让我出去。

是姐姐。

姐姐让我上车，二话不说，让姐夫发动起车往南狂奔。我问什么事，姐姐一句话不说。我说还得复习功课呢，姐姐还是一句话不说。一直到了南二路，上了高速，姐夫才说，家里有点事，我必须回去看看。

我能管什么事？

我揣着一肚子不乐意朝广安颠簸，一直到了大王，姐夫却下了高速向西，我不明就里，问姐夫这是到哪里去。姐姐拉了我一把，告诉我说父亲因心肌梗死正在广安人民医院急救。

我大惊。

现在想来，那一刻，我忘了他所有的不好，只想一步到他跟前，连什么原因都忘了问。

到了医院，听到说暂时脱离了危险，我才知道，父亲喝了农药。

年前，实则是去年下半年，公司就很不好了。但当时，我们都还没认识到这只是中美间的贸易摩擦在这个国家的一隅留下的伤痕。我父亲的公司，这些年一直为国外的大公司做贴牌轮胎，去年九月份，先是突然取消了订单，紧接着资金周转困难，雪上加霜的是，聂莺在儿子走后，一直利用手中的便利偷偷转移资金，直到她消失两天后报了案，父亲才意识到问题到银行查对，这才发现三个账户中只剩下债务了。

供货商和银行很快做出反应，断了原料，银行回抽不到贷款，直接起诉封了生产设备和厂房，父亲走投无路，买了农药，到我们原来的家喝了下去。要不是邻居发现了他的车在楼下去敲门听到动

360

静，父亲的命也许就救不回来了。

亲人们占满了半条楼道，父亲已经度过了最危险的时候，但在探视时间，拒绝见任何人。国华叔叔守在门口，谁都不让进。我和姐姐在门口等了好久，不知道国华叔叔怎样说动了父亲才让我们进去。

父亲比上回见到时又瘦了许多，眼窝和两腮都塌了下去。姐姐推着我，顺着父亲的眼神站到床头边，父亲伸出枯萎的手，取下氧气罩，对我们说，这是报应，我对不起你们，你们不要学我。说完阖了眼，不一会儿，国华叔叔进来示意我们出去。

是国华叔叔送我回来的，姐姐和姐夫很长时间都要留在家里，处理一应事务。我征求姐姐的意见，是不是我也留下帮她一把，姐姐没有答应。她对我说，父亲现在最关心的就是我的学业，让我一定好好学习，考个好成绩。大姨这回表现得比较沉着，说让我放心，说这些年攒了不少钱，我们一家，饭是管得起的。

到了学校，我才想起家里需要钱这回事，我心里惭愧自己连点小事都做不了。我让国华叔叔等着，回宿舍问陈浩南要存在他那里的两千三百多块钱，陈浩南没有现金，凑了五六个宿舍交给我，我拿着钱交给国华叔叔，国华叔叔让我揣好，说，公司的亏空，现在搬座金山恐怕也堵不上了。

最让我忘不了的，是马纯从陈浩南那里知道了我的情况后，把存在陈浩南那里仅有的六百多块钱全部兑出来追着我跑到楼下，硬塞到我怀里。在我看着国华叔叔走远返回宿舍，把钱还给他后，他一声不吭收下。却在别人都去餐厅时留下问我是不是不够，需不需要他回家，让他爷爷找亲戚再借点。

我难过得说不出话，我平生第一次敞开怀抱把一个人结结实实地紧抱在怀里，我重复了国华叔叔的话：我们家，现在搬座金山，恐怕也堵不上了。说完，我趴在马纯肩膀上，放声大哭。

一个也算是轰轰烈烈的家庭，转眼间就塌了；一个也算是响当当的人物，转眼间就倒下了。最悲惨的是父亲赔了夫人又折兵，成了笑话。

我原来多么恨的父亲哪，现在倒霉了，为什么我这么伤心？

我的脑子和心灵，好像一时还理不清这样的变故。只是感觉，踩在校园石板路上的每一步都虚浮，像飘在半空里。昔日让我引以为傲的高个子，现在每一块，手啊脚啊膀臂啊甚至脑袋啊，都成了多余的，它们拖在我身上，啪哒啪哒地跟着我晃悠，冗赘如寄生物——我好累。

兄弟们从我满身的疲惫中读到了一切，和我说话都小心翼翼起来，谁有了点零食，开始先给我了。好长一段时间，陈浩南都不在我面前说起吴楚怎样怎样了，我的悲伤和困顿，像一场大雾，把423覆盖了。

没有人说什么，我们那样的年纪，都不知道该说什么，彭浪开始一课不落地陪我去补习，我却坐在第一排睡着了。我又梦见大雪，我已经无数回梦见大雪了，无边无际的大雪，我走在棉絮堆般的大雪中，不知道身在何处，喘不过气，迈不动腿，喊不出声，很快就被大雪淹没了。

我醒来，彭浪和岳长辉、马纯在等我。我收拾好东西，和他们走出教室，我们一言不发，往校门口走，走着走着，岳长辉突然扭过头，说，后天就测试了，你得打起精神。

我听到我鼻子里哼了一声，我那时还没有明白那是不以为然的声音，我看不清我的内心，不知道在那里，在那一刻，考上大学这件曾经如命一样沉重、庄重的事，已经不算什么了。

回到宿舍，我给姐姐打电话，知道父亲公司的厂房、设备和车辆，已经在变卖了，我一阵阵心酸，竟然说，卖了，不就什么指望都没有了吗？

姐姐说，本来就是虚假繁荣。我们这些年，都是在替国外的大品牌做人家的低端系列贴牌轮胎，利润本来就很低。这一两年，光为环保问题一再赔偿村里，贷了难以负担的款购买污水处理设备，刚重新投产没几天呢，接不到单了——更别说遇上这些事。

为什么我们不去注册自己的品牌？

——我问了句让我这一辈子都刻骨铭心的话。

傻弟弟，谁不想做自己的品牌，前些年我们尝试过，可我们的技术不行，我们的产品打不进国际市场，连国内都卖不出好价钱。

我挂了电话，心里浮起一句话：兵败如山倒。

我们家破产了。

我对戴维说。

这是在周四晚上，我设计完毕一个旋涡纹彩陶罐图，请戴维看过之后。

我越来越愿意来世赛中心，越来越爱摆弄这些机器，坐在铣床前用钢板冲出我所需要的形状，拿精细焊接器把一个个零部件烧在一起，再用细砂轮把焊缝打磨光滑，看不出焊接痕迹；或者在电脑上设计制图，调好色别和材质，听着机器吱吱响着，看着所有的设计一丝丝显现于打印台板——这一切，如神迹。你对这个世界的影响，那么直观，那么强烈，立竿见影——你想做成的东西，就拿在你手里——我做到了——每次，我都因这种真真切切的成就感而安慰和感动。

戴维示意我坐到旁边，自己坐在电脑前，审视着屏幕上的设计图。

我爸说是报应。

我把一张打印过的A4纸慢慢卷起，又捋开。

嗯。戴维应了一声，调出打印命令，但想了想又关闭了，转身到机器那边这里瞅瞅那里看看，我期待他能对我说点什么，我说，姚曼老师找我聊过。

嗯。戴维又应了一声，过来抽了两张纸巾回到机器旁，小心翼翼擦拭打印针管接口处，小声说，哎，就是这里了。随后在旁边的工具箱里取了扳手和螺丝刀，把针管取下又重新安装上去。

你知道这机器刚弄来时，秦院长和常书记担心什么吗？

戴维坐了，拿纸巾擦擦手说，担心啊，日子长了，会变成一堆废铁，增材（制造）啊，是个新行当，光说愿景多好多好，但没见应用多少啊，好多我们这样的院校啊，不愿意开课。

那这回就甭担心了，你可以开课了。我替戴维高兴。

开不了，戴维摆摆手说，一个学科，不是一个老师，弄个一知半解，打印个哪吒孙悟空就能解决的事。首先得有教程，更重要的，是要有实践教学条件，还得有高水准的师资，最重要的，是有愿意学习的学生啊，而学生选择专业，还是看学以致用，看毕业后有没有市场啊。咱们现下算是具备了前两条吧。离一门学科，特别是成熟的学科，还差得远呢。

啊——我心想，原来是这样。那，我问，这样的话，我们这样的学校，学科是不是经常要变化？

那还用说，戴维说，你别看技术类院校看上去地位不高，但是办学，比那些普通大学难多了。人家的专业相对稳定，因为世间的大道理、大知识，相对稳定。不像我们，科技，产业技术一变化，一提升，我们如果不跟上，那我们的教学，最起码是专业教学这一块，就马上滞后。滞后就没市场，没市场，就意味着我们的学生找不到工作，意味着我们的教学失败了。

这么说吧，技术教育，才是一个国家制造业的晴雨表啊。

戴维感叹道。

那现在，有多少学生愿意学这个？

我问。

戴维看了看我，看看机器，摇摇头，悲伤地说，没有，没有人愿意学，谁愿意跟一个二把刀老师学这些不三不四的东西呢。

我愿意呀，我要愿意学，你愿意教我吗？我说。

唉，戴维苦笑道，你哪有时间学，你还要考大学。

不冲突的，又不是天天都学这个，不冲突的。我说。

那是你不懂啊，真学起来，总有一天要冲突的。

我本来是想同戴维说说我家里的事，但他的心思好像都在他面前的机器上，我又待了一会儿，就回教室了。

那晚我回到宿舍，为戴维、为学院、为我们当前的形势好一阵悲哀和焦急。但没想到一个月后，情况天翻地覆，戴维的"实验室"里，戴维和让他万分落寞的3D打印机突然天天被学生和老师围满了。

原因后来我才知道，学院发布了世界技术大赛的通知，这本没什么让人惊奇的。与往年的通知不一样的是，通知附件中有三年来世界技术大赛的获奖名单，这些世界级的技术能手、大师，离我们并不遥远，而是那么近，近到触手可及。名单中有三位山东的，有减材制造的，有装潢设计的，有汽车建模的，竟然还有裁剪和理发的。我们突然明白，我们并不是像我原来想的那样，一个小小的学校，学门技术，混碗饭吃。我们原来有异常强大的世界级组织和竞技，这么多人把自己的技能做到了我们想象不到的水准——这是个多么大的舞台，有如此多的卓越的先行者。一周多的时间，校园中的各个角落，都是对此事的议论和筹划，我们面前的路突然延伸到很远很远，却又不是模糊和迷茫的，而是清晰的，光明的地方。

我找到戴维，报了名。项目中，我郑重地填上了：增材制造。但出乎意料的是戴维说已经报了152个。

也就是说，我要能参加上一级的比赛——省赛，得先战胜我的152个同学。戴维提醒我说，人的精力是有限的。

但我有信心，我能在学好文化课，不耽误高考之余，再把增材技术搞好。一个很重要的原因是，我已经跟戴维学习了这么长时间，已经先于其他152位同学进入跑道了，在戴维办公室报好名后我回到教室，想到终于有一件事，我赢在了起跑线上，心里美滋滋的。

第一堂理论课上，学院最好的计算机房里，在我左前方，赫然坐着王赫，他中间蓬起的"公鸡头"，竖起的黑色风衣领子和肩膀上方露出在显示屏上，让我一下子对先前认为的这152个对手的质量产生了怀疑。这些人会不会像王赫这样，实在没有正事儿干来凑热闹的？

那我的参加省赛之路，就平坦了不少——我松了口气，掏出随身携带的英语习题铺在键盘旁边，戴维讲解完 Solidworks 几个模块让我们自行练习时，我开始刷英语题。一周之后，我仍然可以对前后左右对我提出问题的同学们讲解和演示。看到他们不断点着头，脸上或快或慢浮出的或真或假的佩服的神色，我甚至想，也许就像戴维说的，我就是个天才，天生对这个敏感、接受迅速。直到两周后戴维在临下课前突然说要测试一下我们掌握建模的情况，把一只布偶唐老鸭传送到了我们屏幕上。

我把笔和试卷扒拉到一边，右手操作鼠标，左手配合在键盘键入目测出的数据，蓝色的帽子，淡蓝色的大眼睛、黑眼珠，黄色的长嘴巴，红领结，白色的身子和手，黄脚蹼，我当时感觉用行云流水、一气呵成来形容，一点不为过。

我保存好，迅速上传给戴维，然后把旁边的试题扒拉过来，读完一段小短文，做完了五道阅读理解题。

把笔和试卷、课本收拾进帆布提袋的时候，我还想，如果我中学有这样的觉悟和努力，现在，应该在市一中教室坐着刷题了吧，安静地、单纯地、心无旁骛地考大学，不会有世赛这样的事了。我还想，上天安排我进了东技，一定是让我明白，我甚至比普通的高中生，多了这样的技能吧，天生我材更有用。

还没等我想完，戴维就公布了测试成绩，戴维史无前例地高声宣布：第一名：王赫。

接下来，戴维每说一个名字，我的头皮就猛地跳一次，跳到第七次，是我的名字——153个人，分三次上课，我们这个班51个，我列第7名，也就是说，我离能参加省赛，至少还有20个人要超越，并且，还不算两个县区的同类院校。最可怕的是他们比我晚接触了两个多月，最最可怕的是两个月前，戴维就说我的水平已比他高出很多。

那天我躺在床上，对着笔记本胡思乱想了好久，没划拉下几个字就感觉抬不起眼皮，但仰面躺了，又睡意全无，辗转几回，才慢慢理清心里那团麻。

——没心学习、成绩不好的人，不一定心不灵手不巧——不论老师家长学生——每一个人都太看重成绩好这回事儿了，甚至把成绩差的同学看成低能儿，看成捣蛋鬼，甚至看成异类。我知道我不是最好的，说不准好多人会超过我，但这个人，最不应该是王赫——多么荒谬的逻辑！

什么叫因材施教，怎样才能因材施教，就是不要拿同一把尺子丈量每一个人，每个在校生都是一枚钻石，你看不到他发光，只可能是观察的角度有问题。

文化课上灰头土脸的王赫，一到机器前，霎时熠熠生辉。

下了课，我提着帆布包往宿舍走，王赫晃着他的公鸡头，紧紧裹着身上的风衣凑近我，说，去吗，明天？

明天？去哪儿？我一时有点蒙。

入海口啊。王赫挤挤眼。

我想起来了，上周戴维就下了通知，明天是我们的游学项目，去入海口保护区游览，戴维说了，我们要去看看共和国最年轻的土地。

当然，我心里不太愿意去，年轻不年轻的，和我啥关系？看了就能考上大学吗？看了就能稳稳地在153个人中拿第一吗？

王赫看我迟疑，说，嘘，我们几个商量了，去的话，我们不随全班回了，坐晚一点的专线交通车回——我们想去吃黄河口大闸蟹，嘿嘿，这时候，肥着呢，膏满肉肥，你一起不？

大闸蟹？我看看王赫期待的眼神儿，说，你们家里都有矿啊？

想了想又说，要有人请客，我就去。

我×，王赫骂了一句，算我多嘴，谁那么多钱，我们AA，不过你既然开口了，你的那份我请。

我×。我也骂了一句。说实话大闸蟹让我心动了，但一掂量我那点生活费，又有点心凉。又想一天的时间为吃个螃蟹，真是有点舍不得时间金钱。我有点左右为难。

算了，王赫手一挥，裹了裹上衣，说，没劲，不带你了。说着一溜儿烟儿跑了。

人，就怕心蠢蠢欲动，一动，就忘不了了。第二天，我还是去了，一旅游专线大巴，我朝已经落座的王赫挤了下眼，王赫瞬间明白了，朝我打了个剪刀手，说，耶！

沿着渤海边的防潮大堤，近一小时的车程，左手边是连片的海产养殖区。临时充当导游的戴维指着各式各样的水池子介绍着，这是南美对虾养殖区，这是海参养殖区，这是大闸蟹养殖片区。右手边是海滩，正是退潮的时候，近处袒露着广阔的黑褐色泥滩，远处是望不到尽头的潮水，海天相接处，是一层又一层深浅不同的灰褐，戴维指着蚂蚁般在浮游于海平面上的黑点，说，那是广利港归航的渔船。

小时候，我曾经跟着父亲，沿小清河入渤海。印象里就是无边无际的水，浪越来越高，有些害怕。后来，就是不停地上学，虽然住在海边，但再没到过海上去。此刻的大海，与小时候的大海不同了，不再只是水，只是无边无垠的水面，而是多了好多，像天空，像云，像泥滩，还有水里的泥沙，还有复杂的看海的心情。

近一个小时的车程，经过一片沼泽和苇荡，因为乘坐的是保护区与市公交公司联营的大巴，五十块钱的车票里已经包含了门票，所以我们直接进了保护区大门。门内的景色，与外面完全不同，我被路两侧齐刷刷一人多高的开着白花的芦荻震撼了，从来没见过这么多荻花，柔软的，律动的，我们的车仿佛游弋于荻花海面上。

戴维指着远处耸立于芦苇荡中的电线杆上面的鸟巢，和旁边单腿立着的一只细瘦的大鸟说，看到没有，这就是东方白鹳的巢，十年前，白鹳还是候鸟，由于我们持续的环境改善，现在已经是留鸟了，在这里安家了。这时候那只大鸟好像知道我们在看它，展开翅膀呼扇着飞起来，盘旋几圈又落下，继续刚才那个姿势，立在线杆顶端望着远方，雕塑般。

车在路南一片水面边不大的空地上停下，戴维招呼我们下了车，沿一条悬空在水面上的木栈道朝里走，两边是细细的水波、绿得发亮的狐尾藻、成群的游鱼，水中沼泽间野鸭出没。浅水间和半空里有立着或飞着的鸥鹭，游人们散落在栈道和几个湖心小岛上，看景、拍照，不亦乐乎。但我心里还是想着仿佛是明天就到来的高考，强打着精神跟着同学们往前走，感觉这真是过于浪费时间，毫无意义，接下来的几处景点，我直接没下车，掏出随身带着的习题温习。

我已经开始后悔这一遭旅游了，要不是最后在陈浩南的劝说下爬上望海楼的话。

望海楼是一栋多层透明玻璃外墙建筑，旅游码头。在码头上登船，半个小时后就能见到市区广告上河海交汇、黄蓝交汇盛景。我们没有乘船，而是集体登上了望海楼楼顶。北望黄河浩浩汤汤，穿过黄褐色、绿色交织的农田和树林，汩汩地，载着天地间最大的力量朝大海勇往直前。东北向入海的河口铺成一面浩大的扇子，又像片金黄色的银杏叶，远了，滔滔的河面看不浪花了，有目力所及处和蓝灰色的海面浑然一体，旷远而平静，那些半空中的鸟儿，水边蘑菇状的绵柳林，无声，缓慢，覆盖着袅袅的水汽，梦里一般。

我独自在楼顶一角，望着河，望着海，望着兴奋地大叫和跳跃的同学们，暂时地把复习题抛在了脑后，沉浸在眼前的景色里。

但一登上回程的大巴车，我又开始后悔了，感觉浪费了这么宝贵的时间。

那天回到学校后，我制定了严格的作息时间表，把一周七天的早晨五点半到晚十点半的时间，什么时间起床吃饭，喝水锻炼，上课刷题，实习实操，洗刷上床，安排得天衣无缝，要成为一个有用的人，必须先做一个机器。具体的小事做不好，是没有资格谈论理想信念，是没有资格谈论前程、幸福与灵魂这样的事的。

周末，姐姐来接我回家看望父亲。

这期间，我回家看了父亲两次。从父亲躲避的眼神和长时间低着头装瞌睡里，让我感觉到了一个男人的羞愧和绝望。处理突发的堵门、催债、搬抢机器设备让姐夫瘦成了一根竹竿儿，姐姐急得没了奶水，大姨父和大姨，已经在商量卖东城的一处房产救我们家的急，老家一个原来不大来往的堂伯送了五万块钱给姐姐，让父亲好好养病。亲人们的帮扶和安慰，让我们既感动又惭愧，因为姐姐说有好多亲戚，我们家好时，并没怎么照顾他们。姐姐说，患难见真情。而我则想，我们还有机会回报他们吗？

这次回家，我们和父亲在原来三楼的小房子里吃晚饭。姐姐炒了青椒、鸡蛋蒜黄，炖了鱼汤，烙了包菜馅饼，熬了小米粥，切了咸菜丝。我们围坐着暴起漆面的小圆桌默默地添饭，咀嚼，吃着吃着，父亲放下筷子，掩面啜泣起来。

父亲双手捂着脸，已经瘦削下来的双肩耸动着，我和姐姐放了筷子，手足无措，这大概，是父亲第一次在我们面前放下所有的坚硬，变成了一个一无所有的父亲，一个孱弱无助的病人，一个赤裸裸的失败者。作为长期对他怨怼，谈不上任何交流的子女们，我们找不到任何话语安慰或阻止他。

我和姐姐看着父亲往悲伤悔恨的深井慢慢陷落，又一言不发地看着他搓着脸，捂着胸口深重地咳着，抽了纸巾擦着涕泪，一寸一寸爬出来。

父亲阻止了姐姐去温粥，摆手示意她坐下，姐姐看看我，我也看看姐姐，不知道父亲要做什么。而父亲自己，却拿着一张纸巾擦完脸又擦手，又擦眼前的桌面，擦无可擦之后，抬头看了看姐姐，又转向我。

考大学，也很好。

父亲说。

当工人，也很好。

父亲又说。

自己的技术不行，只能跟着人家捡点剩饭，一有风吹草动，渣都没了。

父亲说。

在我和姐姐面面相觑之时，父亲说完，端起眼前的碗喝了口米粥，站起回房间了。

我看着父亲走了几步，扶着门框，另一只手拧开门锁，推开门，将佝偻的身体拽进房间，再掩上门，把我和姐姐挡在他身后。我想，此刻，门里面那个父亲，和当日把我送到东技门口，对我说"只能当个工人"了的父亲，不是同一个人了。

饭后，姐夫拉着我去欧陆轮胎厂拉机器，我说我还得赶紧回校上课呢，姐夫指了指里屋，说，老爷子的意思，让你也去看看。我只好下楼上了车。

姐夫说他们前年刚从德国引进的生产线，世界上最先进的。只是——姐夫说，再先进的生产线，没有订单也白搭。我很不解，误以为父亲也想引进，现在这形势，这不是开玩笑吗？

看这个干啥，我们又没钱引进？

姐姐解释说，当地的几十家轮胎厂，前几年，外贸订单像雪片一样往这里飞的时候，都抢着扩能。扩能需要钱，就贷款，厂与厂之间，互相担保，连环担保，谁也没想到突然打起了贸易战，一开始还以为说说玩玩，没承想愈演愈烈，世界经济形势迅速恶化，银行为自身安全，疾速抽贷，好多厂一眨眼就转不动了，厂区和固定资产光被法院查封的就有十几家，欧陆轮胎算得上龙头了，两千工人，几乎一夜之间跑得干干净净——

这和我们有什么关系？我问。

姐姐说，他们引进生产线用的资金，是我们担保的。这是马叔（欧陆的老板）看在多年的交情上，私下里跟咱爸说，赶紧把机器弄回来，晚了，恐怕连块废铁都捡不着了。

那我们弄回来也没用啊。我说。

姐姐说，弄回来，我们设法弄回来。这设备不是说买就买的呢，当年费了好多周章——

正经过一片育苗场，尘土落满侧柏和塔松枝叶，灰扑扑的。姐夫关上车窗，前前后后指指，说，看见了没有，这几公里的路两边，轮胎厂，七家，现在只有最小的傲马还开着门。我听爸说了，人家当年没做贴牌，也没呼呼地上生产线扩产能，现在才明白，人家这叫稳扎稳打呀，人家这傲马轮胎，没叫响过，这人工开合的铁大门，从来没换过，但人家的傲马轮胎，现在还不慌不忙地卖着，看见没，就那家，看，还往外运货呢 ——

我突然很想让姐夫转头到这小小的轮胎厂里瞅一眼，但就那么一想，还没等想完，就到欧陆了。

进了厂，直接往南到最头上一排蓝色车间，姐夫把车停了，下去从后备厢里拿出块灰不溜秋的车衣把车罩住，问姐姐，腿酸不酸？下来赶紧溜下腿儿吧。

看姐姐摇头，姐夫坐进车里。

我挺吃惊，问，为什么怕让人认出来，我们又不是来偷东西。

唉，姐姐苦笑了下，说，这傻弟弟，咋说呢，我们县里三十三家轮胎厂，除了在县城西北角的四五家，其余大部分，都集中在附近，谁不认识谁？我们没事儿来这里，是啥意思？马叔只有我们一个债主吗？你信不信，你现在要开门去动机器，马上会跑出来百八十口的，一眨眼就给你搬没了 ——

什么意思？我看看四周，很安静，刚才给我们开门的保安也缩进屋里，再不见踪影儿了。

天渐渐黑下来，但姐姐和姐夫，都靠在后枕上，一声不吭。

我说我们在等什么，赶紧搬吧？

姐夫头靠着后枕晃了下，扑哧笑了，咱仨搬吗？放在咱们后备厢吗？

我一听心想，真是不对劲儿，是啊，我们为什么没带货车来？也没叫搬运工，指望我们仨，根本不可能搬动啊。

等着，傻弟弟。姐姐说。

我只好等啊等啊，一直等到八点，九点，十点，十一点，十二点 —— 姐夫打了几回电话，从门口进来六台加长平板拖车和两台起重机。我们迎过去，卡车上下来一个穿着黑色运动服的老年人走到车间大铁门前打开几重锁链，紧接着打开里面的灯，用沙哑的嗓音说，快，快点。

姐姐叫了声马叔，老年人对着姐姐叹了口气，一个字一个字地说，妞子啊，我们是全完了，指着你们了。

里面乱七八糟，地上扔着劳保手套和一些工具，昔日即将能换成大把外汇的半成品轮胎裸堆在过道上，几只受惊的老鼠嗖地蹿出来钻进旁边一堆纸板箱中，履带上粘着没压好的橡胶皮，头上扎出一排钢丝，像被切开的肋骨，晚秋的风从坍塌的顶棚灌进来，吹起一地尘土。

一部小叉车迅速清理了过道，在姐夫不断打着手势催促中，两台起重机各沿一条过道，把早就拆解开来的机器一块块吊放到卡车上。没人说话，隆隆的车声在空阔的厂棚中沉闷而悲怆，吊臂无情升降摆动，外星巨兽般，缓缓地、无可阻挡地，把这个曾经繁华过傲慢过的古老帝国拆解得四分五裂，拆解成一片废墟。

最后，我随着姐姐出了门，回身望望黑暗中尘埃未定的厂棚，走到车前，在半夜的秋风中打了个寒战。

回到家，姐姐打电话请国华叔叔送我回校，我诧异她为什么不一起走，姐姐告诉我，她和姐夫都已经辞职了，东城的房子也卖了，已经把家全搬过来了。姐姐坚定地说，我们的产品，是曾经贴上世界名牌的商标销到四十多个国家的，我们不能认输。

昨晚那设备，你们搬回厂里了？

我突然想起来。

搬回厂里，还不让人抢了。姐姐说，不过，该还的债，我们认，相信你姐吧，早晚有一天，我们连本带利，都还上。

到现在，我仍然找不到贴切的词来形容我那一刻的心情，我不敢相信，但又知道这是真的，有不解，但又感觉感同身受，有恐惧，但又感觉必须勇敢——

那一刻的姐姐，我既熟悉，又陌生，既佩服，又担心。

姐姐好像看透了我的心思，说，放心吧，我们一定能重新站起来。你赶紧回，好好读书，将来我累了，你来帮我。

我回到学校，依然是上课补课实践考试，与以前不同的是，我开始时不时想起父亲，想起他那晚打开门，走进房间的背影，想起他耸动的肩膀和"也很好""一有风吹草动，渣都没了"的话。睡前在我脑海里晃动的脸，有时候，也由母亲变成父亲了。我还经常想起姚曼老师关于亲人、关于婚姻的那些话，到现在，我还是不能十分明白，只是感觉婚姻不再是那么天经地义必须这样，必须那样了，也许，是一个人一个样吧。而对于父亲，我心里的芥蒂还在，那些恨意还在，甚至是不屑，也还在。只是，其中，隔三岔五地生出些哀伤，生出些怜惜，生出些牵挂。现下，写着这些文字的我，二十岁，余生还长得望不到头，这漫漫的路上，我相信，有我与父亲更进一步的互相观望和交流，互相理解很难，但我希望有一天，也会有所尝试和收获。

更多的时候，我还是想起姐姐，想姐姐趴在车窗上的那张脸，想姐姐说，我们不能认输，想姐姐以怎样的决绝亲手砸掉了多少人羡慕的铁饭碗，想姐姐对我说，将来她累了，我得帮她。有时候，想着想着，睡着了，有时候，想着想着，天就亮了，有时候，想着想着，泪就流出来了。

26. 重大抉择

　　最后一场秋风刮过，万物开始肃杀之时，我的文化课考试班里第2名，年级21名，而3D打印正式测试，我位列27名。我终于意识到，熊掌和鱼翅，我必须选一样了。或者按戴维说的，在某一个时间段，我只能选择了。

　　我第一个电话打给姐姐，听声音她抱着宝宝，说，当然是考大学，这还用说吗？我说，你不说你要累了，我回去帮你吗，我学技术，不更能帮到你吗？姐姐没听我说完就爆了，你这是什么话，难道我让你帮我下车间做轮胎吗？不由分说，劈头盖脸训斥了我一通，最后说，你只有一条路，就是考大学。

　　姐姐脾气暴了许多，我猜她在厂里，一定也不顺利。

　　第二个电话，我打给了姚曼老师。姚曼老师听完后想了会儿，说，其实，都是路，但是，我还是希望你选择考大学这一条，因为这一条，更长，更宽，将来的发展空间更大。

　　打完电话我回宿舍找马纯，不知道为什么，这节骨眼儿上，我就想和他聊聊。半路上，我看到他和陈浩南在楼前晾晒台上收拾洗好晒干的床单，我跨过花丛，从树间钻过去。陈浩南远远看见我，喊道，大学生要与民同乐了吗？我说，我其实是要不耻下问了。陈浩南抱着床单跳到台下，躲开我的目光，指着马纯说，那一定是找

377

他聊啦。说完笑着跑开啦。

这家伙，真跑了啊。我看着他跳过花坛，往北跑去。

马纯说，他给吴楚送床单。说着挤了下眼。

哎，我说，你说，我是参加高考呢，还是学技术呢？咋选呢？

马纯眯缝起眼，说，你早晚要选择。什么叫选择呢？就是选了哪边，想想另一边，都肝儿疼。

精辟。我说。

不过呢，有得选，说明你是个好学生了。像我，就不用选，我知道，虽然初中不努力，但我只有考大学一条路，因为我动手能力很差，数理化怎么都搞不通。以前，我以为是不够努力，现在明白了，有的事，还真不是努不努力的问题，生成一只鸭子，不要想着有翅膀就能飞上天呀。

可是呢，马纯说，你不一样，你两边都行，也够努力。前段时间，我们还在宿舍讨论过呢，都说你行。但是再行，你也只有一个身体，一个脑子，就是——马纯看了看我，又望着天，说，就得选一个了。

这不就是嘛，我说，你说，我该选啥？

马纯说，其实这种事，你心里早有谱了，你之所以拿不定主意，只是有点不甘心罢了。

早有谱啦？

马纯把我说惊了。

是的，你学习成绩好，一年的大小考试证实了的，但刚刚接触了技术课，这两者却成了个选择的问题。你自己想想，你心里，难道不是已经有了倾向吗？

爱读书的人，就是不一样。

看起来有点迂腐，有点傻气的马纯，一语道破我心底的纠结了。

但最后，我去找戴维，想让他一锤定音。可戴维最出我所料，听完我的话把教案夹到腋下，蹦出三个字：自己选。

最后，是我的双脚，代替我做了选择。

那天晚上，晚自习后回宿舍，走到宿舍前朝西的小路口，我的腿脚不由自主地向左一转，穿过操场，推开了世赛中心南边的门。

戴维看我进去，站起来，把一只鲁班锁拆开摊到桌子上，说，今天就弄这个吧。看我着手建模，他不知从哪里取出几张Ａ4纸，上面明确列着参加二〇一九年世赛市里集训和一次、二次选拔考试时间，省里集训和一次、二次选拔考试时间，国家的四大集训基地和一二三次选拔考试时间。另外是一份东海市东技备赛情况和存在问题的情况说明，是学院从各系针对备赛的实操场地、设备和师资等的情况分析。从这份情况说明，我得知，学院从三年前，就采取了"以赛促教、以赛促学"的教学措施，对标世界前沿技术，多方筹措资金建设各个专业的培训场馆、购买先进设备和机器，千方百计招聘和聘请师资。五年目标是学以致用；十年目标是技术创新；二十年是成为行业标准制定者。

我一下子明白，为什么这个区块，陆续地起了这么多圆形和方形的场馆和高楼了，这是学院这几年努力在打造的省内最高标准的技术培训实践基地，是省市重点项目。

我看完情况说明放回桌上，发现戴维在盯着我。我上上下下看看衣裤，摸摸脸，没感觉什么异常。

咱们哪，这个学法不行，这是土办法，就我这么一个老师，还是野生的，这样不行，明天——不，现在，我就去找秦院长，得到有条件的学校去学习借鉴，不然，我们不行。

戴维盯了我好久，喃喃地说完，把手中的笔扔在桌子上，抓起手机出去了。他这一去，有了我们寒假后三个月的广东技师学院的学习和后来长期、密切的两校合作交流。

而我当时在戴维出门后想，老师也就是个半大小子而已，拍拍脑瓜子就找院长，真是冲动。

戴维后来告诉我，院党组连夜开了会，第二天开了包括书记院长和技术骨干教师会议，迅速与广东、上海两所职业技能高校取得了联系。第三天，由秦院长率领的技术合作办学考察团就出发了，十一天后带回了与广东技术师范大学和上海技术应用大学的合作办学与交流意向书；寒假前，两所学校由校领导带队的考察团来校考察交流，签订了正式的技术援助与合作办学协议。

二〇一九年二月十三日，农历正月十九，我们开学的第三天，学院领导为我们一行十二人送行，由戴维和金万乘老师带队的学习培训团队奔赴广州，拉开了东海技师学院"走出去、请进来"的交流合作办学大幕。不论是校领导、教师，还是学生，得益于此种模式，开阔了眼界，找准了差距，确定了目标，一鼓作气，苦学苦练技术。

我们下午四点半到达学校，应我们学院的请求，师生十二人被安排在三个宿舍，据说是校园的东偏北部。等我们打开行李箱，洗洗脸，喝了点水后，就由负责的一位阮姓老师和一个陈姓学生助手带我们去看了理论课教室和实操培训车间。下午已经下了课的时间，教室和培训车间里人都满满的，看到我们一脸不解，阮老师主动解释，说他们学校的教学场地现在十分紧张，正常教学时间学生用，学生下课后，是社会调用，学校在为社会和当地政府做技术培训。阮老师告诉我们，宿舍里每人一份的培训日程安排上，有准确的上课时间和地点、任课老师，以及最近的餐厅。

粗略地参观或者说熟悉了学习区域之后，阮老师和陈学长送我们到宿舍楼下，临别时，阮老师提醒我们，今晚六点，就正式开课。

我们一下子见识了什么叫广东速度。戴维看看手机，说，五点三十八——连表达惊讶的工夫都没有，我们迅速上了楼，手忙脚乱地在早就为我们准备好的物品中扒拉出餐卡和课表，飞奔下楼朝餐厅跑。

三个月的学习，我们只出过一次校园，是因为一个周三因大雨突发性停电，我们咬咬牙，叫了出租车，冒着大雨去珠江边瞅了一眼。直到回来，翻看这几个月的照片，看到身后校园中那些婆娑的芭蕉、棕榈和气根垂到地面上的榕树，才意识到，我们到温暖的南方学习了三个月。

给我印象深刻的，是他们先进的设备、严谨细致的理论教学，更深刻的，是校园中各处的井然有序。我们前后用过六个理论课教室、两个阶梯教室和六个实习车间，里面的桌椅，桌布，椅套，全都洁净整齐，实习车间几乎可以用一尘不染来描述，作为同类学院的学生，我知道做到这样是多么了不起。我们第一堂课上完走到门口又被学长助手叫回，跟着他一起完成机器归位、清洁，车间的清扫。在自己的学校时时提醒，甚至是批评我们的戴维和金老师，第一个月，被老师和学长助手们（校内老师授课，不论理论课还是实习课，每位老师，都有一位或者两位学生助手）像指导学生样调度得来来去去，一会儿指出我们操作不规范，一会儿指出精度差太多，甚至指出我们态度不端正，对技术没有敬畏，"把事业当儿戏"。一开始，戴维，特别是金万乘老师，很是恼火，感觉是来学习取经，不是"劳改"，这样对我们简直岂有此理。后来，慢慢地就平和了，再后来，特别是到了最后一个月，变得十分认同，甚至可以说只有佩服的份儿了。

学习结束的那天，学校安排了半个下午，两个半钟头的总结交流时间，戴维足足说了半个小时，没有事先打草稿，全是干货，全是我们的不足，全是发我们深省的体验。

那天，我的日记本上记了七条。一是进入车间的第一天，就要把学生当工人；二是把实操课当生产；三是把理论课搬到车间；四是机器一开动，就要创造价值；五是精度是生命；六是把技术视为艺术；七是生产车间才是一个国家的加油站。

金万乘老师也有许多话说，但没说完，自己看了看墙上的钟表，打住了。很重要的一点，金老师说，这些年，他从来都把当老师看成个稳定的职业，从没想过十年前他就该被淘汰了。金老师说得痛心疾首，说，再也不能误人子弟了。（金老师回到学校后，真的递交了申请，主动要求到系综合处，做后勤工作了。）

我、王赫和动画专业的冯博远也发了言，我也有好多话想说，但没想到让我发言，脸红脖子粗地说出了我学习中感触最深的事，就是任课老师和助手学长，每天比我们先到教室和车间，先到晚走，因为车间离餐厅稍远，上实操课时，几乎每天中午都是在车间泡方便面充饥。

而让我感动的是阮老师听完我的话后说，那是当然，我们只有多付出，才会心安一点。

回校后做学习报告，我作为学生代表准备了三千多字的发言稿，但核心只有一个：把技术当生命。

我的发言稿直接被姚曼老师改题为《把技术当生命》，登载到了最新一期的校报上。姚曼老师对我说，小伙子，说得真好。我说，只是真心话。姚曼老师啧啧了两声，说，几日不见，刮目相看啊。我心里有点得意，但转头从学院宣传处往外走时，又很快为自己的浅薄羞愧起来。

27．第五名

回来没几天，应该是个周末吧，或者周五，我记不太清了，我接到了孟小小的电话，问我在哪里，说找我有事。

从广州回来后，戴维周一至周五也不再收我的手机了，我也很快发现，我必须得有个手机了，因为好多问题，我需要向广州的陈学长请教。有时候，一天打五六回，心虚得很，怕太打搅。而陈学长每一回都耐心、认真又详细地为我解答，给出切实的修改方案。我更进一步确定，他们确实是把自己的工作当作神圣的事，作为毕生事业，作为灵魂寄放处。

孟小小剪了短头发，穿着一身白色工作服，头上还戴着白色的布帽子。看我惊异，她解释说，刚从城里的店里回来，还没来得及回宿舍换校服。

我说机器装得还行吧？订好的面粉和酵母糖啥的，都送去了吗？

孟小小说，都没问题了。还告诉我，定了这个周六上午开业，到时候学院领导系领导和店面所在居委会负责人都会去支持呢。她注册了品牌，还聘请了两个同班同学做面点师。

两个同学中，有林乐。

孟小小朝我挤了下眼。

我一下子没明白过来，看到她挤眼，我脑子才慢慢转过来，想起那晚送她到诊室的事。一年多的时间，恍若隔世，我看看眼前的孟小小，现在齐着下颌的短头发，在头顶扎起一撮，双眼里的雾气找不见了，多的是阳光坚定和快乐。当年的花裙子，也变成了工作服。

贫瘠土地上的一棵小苗，长成了一棵小树。

既然是能与当年导致她骨折的同学一起创业了，想必心胸开阔了许多，心智成熟了许多。我从心里为她高兴。

怎么啦？

孟小小见我不说话，在我面前晃着张开的手指，说，是看看你有没有工夫，帮着打印个店标。说着，她从手中的白帆布袋里取出张纸，说，这是我自己画的设计草图，你帮我定下颜色，再丰富一下。

设计草图是个脸胖胖的小妞妞，头顶上几个褶让我明白这是个包子了。白的脸，黄色的头发，蓝色上衣。孟小小进一步解释说，她叫小小妞，是我们店的吉祥物。要打成空壳的，那种单面的立体，装在门边的平面灯箱和门头上，里面放上灯泡，做招牌。我们就叫：小小包子。

专做包子啊？

我有点意外。

当然不是，我们现在有粗细粮两种馒头，花卷，蒸的和烤的包子。当然，后续还会有新品种，但现在，试营业我们已经忙不过来了。

哎哟哎哟，能得啊，我说，你看，我这也忙得很，也帮不上你。

孟小小不好意思地笑着扭了下身子，脸有些红了，说，不指望你帮，你干好自己的事儿——反正，是够我们几个吃饭的了。

不错嘛。我说。

凑凑合合，先练技术吧。前天，我们没把面发好，蒸出的馒头包子和猴子一样，只好拉到学校，请老师和同学们帮忙吃了，不能糟蹋东西不是。好笑话我们呢，唉，学艺不精啊。孟小小撇了下嘴。

我让孟小小多等几天，因为这个东西需要彩色树脂，车间里已经不多了。孟小小说她是订购，加上我微信，转了我三百定金。

我说，这么阔气，不是精打细算了吗？

小小莞尔一笑，说，买卖是买卖，那啥是啥——说着扭了下身子。

啥是啥呀？我问。孟小小说，猪是猪，行了吧？

说完开心地笑了一阵朝我挥手，让我快去学习，说明天就考试了，别耽误了正事儿。

我看着小小的背影，既甜蜜又感动，还有点小小的自豪。

真是没想到，这个子小小的女孩，开起了自己的面点店。当日，我对她退了补习专心学习技术是多么遗憾啊，同样没想到的是不到一年的时间，我自己也走了学技术的路。是自己的选择，还是命运的安排？

——自己的选择也是命运的一种吧，命运也可以自己选择。

因为是私人使用，我在网上订购了彩色树脂，订了六种颜色，我想，多尝试一下，说不定有更出彩的颜色搭配。在孟小小设计图原稿上，我做了大幅修改，把脸拉得更宽了，鼓起来，看起来，妞妞的脸更胖更可爱了，把眼睛直接改成一条弯月样的缝儿，小小的翘鼻子，嘴巴也改成了上翘的缝，嘴角点上两个小小的酒窝，头发由短发改成翘起的两只羊角辫儿。把头顶上的包子褶做成金色——

孟小小要长胖了，可能就这样吧。

可是，还没等到树脂材料过来，我就被学院选派到济南集中培训了。彭浪代我收了货，我想把设计图传给彭浪，让他拿着到我们的世赛中心找戴维打印。好在我有在广东技术师范大学的紧张学习的经历垫底儿，感觉省里的这次培训还不至于太疲惫，但也是白天晚上都安排得满满的。全省十六个地市的四十二所职校共选派了二百四十九名学生参加培训，每个人都知道为什么来这里，每个人都知道自己面对的是什么样的同路人，每个人都深知人外有人，天外有天。所以我们一进班，接连十天白天黑夜制作打印同一个葫芦娃，没有一个人有异议，因为这次培训，比的是速度。每六个人一组，因为价值不菲，所以连省级的培训中心，也只有六台打印机器。每天，纪录都被刷新，到了最后一天，王赫把纪录刷新成12分05秒，而我是12分07秒，我和他挨着坐，我知道我们俩几乎是同一时间点了执行打印的命令，参数都是一样的，为什么我就比他迟延了0.2秒，二百四十九人中排名第五呢？

而王赫排名第二，他甚至在紧张地就餐时，在我面前说，我现在才知道，我原来是天生的技师。

那一刻，他脸上闪耀着自信的光芒，和以前上课时低着头偷偷睡觉，天天趴在《黑执事》上的小胖子判若两人了。

我想起，在我们入学后不久的全系大会上，书记常玉生讲话时说，我们技校的孩子，成绩是不理想，但是，这就能说明我们不如别的孩子吗？不，是我们的才华藏得太深，但总有一天，我们发出的光捂都捂不住——

我放下扒拉一空的盘子，对王赫说，常书记曾说过，总有一天，我们发出的光捂都捂不住，这是说你呢。

王赫咧开嘴笑了，摸摸头，说，嗯，也是说你。

我得好好向你学习。我说。

我们出了餐厅，往车间走，王赫走着走着转过头，问我，你是不是很奇怪，我怎么比你快这么多？

我本来想问他，一直没好意思开口，听他一说，赶紧点头。

哈哈哈，王赫边笑边跳起来，然后，嗓门儿洪亮地说，傻瓜，我一来就打开主机，把8G的内存扩展成32G内存了，扫描时后台处理比你快！哈哈哈——

不过，王赫停住脚，收了笑容，严肃地望着我，说，我知道我比不上你，只是天生的技师不只是一个人，是不是？

天哪！

我擂了他一拳，恍然大悟。

看着王赫得意地蹦跳着跑到前边去，我看看头顶上的天，看看周围的花草树木和楼宇，感觉人生是多么美好啊。

——哪怕，我只是第五名。

28．姐姐喜欢孟小小

四十五天的培训很快就结束了。我一回到学校，第一件事就是到小小的面点房看了请戴维打的招牌，果然，色彩和我想象的差距很大。我取了剩余的树脂，抱着去世赛中心，从U盘中打开我早就设计好的图，先打了个小模型，色彩啥的都满意后，又把孟小小的小小姐打印了出来。不得不说，效果和我想象的一模一样，俏皮可爱，很有亲和力，用这个当面点店的吉祥物和招牌才合意。我等了一个多小时，等它彻底降了温，小心翼翼地从打印台板上取下来，拿早准备好的我们超市搞活动时准备的横幅缠裹起来，回宿舍看到只有陈浩南和彭浪，叫上他们，奔向明月市场，去给孟小小换招牌。

可是门口咋这么多人呢？在排队？

不是的。

是一个光头、看上去三十来岁、穿着军绿色户外裤、黑色T恤短处露出一个文身龙头的男子在往外扔馒头，边扔边骂粗话，孟小小和另一个穿着同样的工作服的女孩缩在门口围观的人群中，无望地看着门口一地踩扁弄脏的馒头和包子。

有话好好说，这样打砸是犯法的。我跨进店里，企图制止男子。

哎哟——男子上上下下打量了我一下，说，出头的来了哈，好，你来评评理，馒头里吃出这么一根绳子，你就说，恶心不恶心？说着从门口的柜台上拿起一个掰开咬过的馒头，另一只手捏出里面一根四五厘米长的线头。

任何人一看就知道，那就是面袋子上缝口用的细绳。经过发酵和蒸熟，还没有完全改变原本弯弯曲曲的样子。

那就赔偿嘛，砸东西可不行。我说着，朝外看了一眼，希望这时候有公道人过来帮个腔啥的。男子也看着外面，似乎也等待着什么。

但是没有，什么都没发生，虽然看热闹的人越来越多，但没人说话。

赔，怎么赔？

他这话把我问住了，我搜罗一遍空空荡荡的脑子，说，按照消费法，十倍赔偿好啦。我感觉理直气壮了。

我的天哪！听听啊，男子说，十倍赔偿，不就他妈的十块钱吗？十块钱，怎么能弥补我这把胆汁都吐光了的损失，我都伤了元气了。得百倍才行！

孟小小怕再发生刷漆那天那一出，过来拽拽我的袖子，示意我闪开。我小声告诉她，别担心。

我确实已经想打了，特别看到竖在门口的那支拖把，看到陈浩南和彭浪眼里兴奋的光芒。但我告诉自己，多一事不如少一事，天天打也不是办法。我拍拍胸口，让自己冷静冷静。

我示意他到门口来说，他出来。我凑到他跟前，小声说，大哥，我知道你的来路，但这来路不正，你硬要闹，我也不怕，大不了再去次医院，缝个伤口。

可是，我也拍拍他的肩膀，咱们这样闹，有意思吗，三岁小孩儿吗？什么时代了还学古惑仔，是不是太幼稚了？

光头男子吊起眼皮瞅了我一眼，说，嘿，这小毛孩儿，还一套一套的，我他妈混大半辈子了，还用你教训。

我说，嘘，不是教训，我知道你替谁出头，咱犯不着。你想想啊，就算我给你一百块钱，这不污辱你吗？大哥这身价，骂骂咧咧半天，弄一百块钱去？你再琢磨琢磨这里头的事儿。

看光头男子歪了下头，眼神儿好像活泛了一点儿，我又说，年头不一样了，讲究合作共赢了，啥叫合作共赢，就是可劲蒸好我们的馒头，让周围的人都知道我们这个市场的馒头包子又多又好，都来买，我们不就发财了吗？再说，你再气儿不顺，也总不能每天都来这么一回，一天一百，一个月，也就三千块钱啊，是，够吃馒头的，可成不了大事儿，大哥你再琢磨琢磨，你这身份的人，把脸搁街面上，为吃个馒头？是不是这么个理儿？

我×，真是太阳从西边出来了啊，老子横行江湖这些年，今儿被个毛孩子说动心了。好啦，算你厉害。

光头拍拍我的肩膀，就这么着吧。

我赶紧跑屋里拽一个塑料袋，兜上一兜馒头拉住他往他怀里塞。他挣脱开我的手，说，行啦，把我当什么人啦你。

虚惊一场。

我们三个借来梯子，换招牌。

想不到广告公司安装的招牌这么结实，打胶打得严丝合缝的，找不到下手处。孟小小在下面看着，说要不等这个旧了再换。我瞅瞅这招牌，鹅黄里透着点姜黄，天蓝里也掺着灰丝丝，小小妞卡通头像的头发，耳朵，领结，嘴角，都弄得不够利落。

还是换吧。

我让小小取来当时铲墙用的小铲子，想在边缘处找个空隙，慢慢把它铲下来。刚找着个能伸进铲尖的地方，门头上边的瓦缝里突然钻出只麻雀，我吓了一跳，偏头一闪，梯子闪了一下，接着朝后倒下去。

我又见到姐姐了。

在人民医院急诊室。

睁眼前，我已经挣扎了老长时间，好像能听到屋里大夫和姐姐在说话，但又听不清楚，又好像周围全是人，头里仿佛飞着一千只苍蝇，让我又烦躁又恶心，想睁眼，睁不开，想动弹，动不了，想喊，也喊不出来。

叫缨子的护士姐姐后来告诉我，是姐姐拍着我的脸把我拍醒的，因为我的手在微微抽搐，眼珠子在眼睑下转来转去，我姐姐说我准是做噩梦了，不顾三七二十一，两巴掌把我拍醒了。

睁开眼，从白屋顶看到弯曲的拉帘轨道，从蓝色的医用帘到白色的墙，浅灰银色相间的医用氧和线路轨道，还有绿色墙裙，一路看下来，我才明白，我不是在面点店，是在医院病房，又看到缨子姐姐（当然，后来才知道她的名字），到我姐，再到一个刘姓男大夫，再到孟小小 —— 哭红了眼的孟小小。

我说你哭什么，我要英勇牺牲了，也是倒在助人为乐的金光大道上，该庆祝。

孟小小嘴角先是扯了一下，哭得更猛了。

我姐姐说，胡说什么？小小同学可担心了。我看到姐姐说着，扭头看了孟小小一眼。这回我看清姐姐了，姐姐脸黑了，身上的深蓝色工装有好几处油污，长头发也变成短发了，与身旁的缨子姐姐、她的前同事一身的雪白、白衣白脸白手臂形成鲜明对比。

她当然担心，我要就这样走了，她那小店不够赔的 ——

哎哟，姐姐生气了，说，胡说八道！说着又扭头看了孟小小一眼，对着我，但又不像对我说，他以前可不这样，怎么这么油嘴滑舌了。

我问，那小小妞儿——那牌子烂了吧，唉，费了好大劲呢，可惜了的。

没有，瘪了，我和乐乐拿拳头一撑，又鼓起来了，还能用，也算是块经受了磨炼的牌子吧，珍贵得很啦。

孟小小说着破涕为笑。

姐姐趁孟小小去洗手间，对我说，这女孩真好，加油吧！

29. 参加省赛

在医院住到第二天中午我就实在住不下去了，大赛在即，我头又不疼了也不晕了又没啥大伤（只手背头顶手肘擦伤了皮，左腿外侧有块瘀青），一天到晚躺在病床上，像什么样子。但我问刘大夫，他说还需观察，我没办法，只好下床穿好衣服洗了把脸，偷着跑了。

我刚在校门口下了出租车，就接到孟小小电话，问我跑哪里去了，说给我炖了鸡汤，让我赶紧回房间喝，不然就凉了。听到我说回校了，孟小小用怨怼的口气说，你走了也不说声，害得我跑这么远路。说着她放低了声音，护士在到处找你呢。我说你甭管，你只在房间喝了鸡汤，回来就好。孟小小说，简直胡闹！这口气，和我姐姐真像啊。

我给姐姐发了个短信，说学校集训，让我赶紧回来，不然就失掉参赛资格了。直到我在餐厅吃完饭，到了世赛中心，制作完成一个模具，才收到姐姐的回信：简直胡闹！

我其实说的也是实话，集训真的是争分夺秒，一天不练，倒退三天，三天不练，倒退半年，世赛对我来说，不单单是一场比赛了，而是关乎我选择的正确与否，关乎我对自己的定位、对这个世界的认识——说得多严重都不为过。在这种关键时刻，要我安心躺在医院的病床上睡大觉，除非残了，或者——

但让我惊奇的是，那天下午，大约两三点钟吧，姚曼老师来我们这里了。这破天荒头一回呀，最关键的是不像有什么公事，进门后直接走到戴维那里，在手机屏上抹了三五下，放到戴维面前桌子上，戴维看了两眼，又拿起手机凑到眼前看了会儿，说，够难的，但我可以试试。

好吧，那我发你。说着姚曼老师拿起手机抹了几下，围着我们的机器转了几圈儿，站在长长伸展开的打印臂前，感叹道：真厉害呀！

这是我印象中姚曼老师第一次来我们这里。我偷偷看戴维，他正在把着手机，一副仔细研究的样子。姚曼老师转到我们这边，说，地方我过会儿发你微信吧。说完朝我们几个挥了挥手，离开了。

待姚曼老师出去，戴维转过头，小声说，晚上她姥爷过生日，嗯，一起吃个饭。说着掩饰不住地欢喜。

我这才想起，我们多久没关注过戴维和姚曼老师的事儿了？他们这是有苗头了？我看看戴维，已经把手机放在一边，盯着屏幕开始作图，再看看右边，几块货也盯着屏幕在作图，看来他们压根儿就没发现这事儿。我满肠满脑的兴奋，只能留到回到宿舍再说了。

但这天回到宿舍，鼾声此起彼伏，整个宿舍，睡眠的波浪惊涛拍岸，也没人儿听我说了，我也已经睁不开眼，没顾上洗漱，就爬到床上睡了。沉入梦乡之前，我提醒自己，第二天一早，一定告诉大家戴维的事儿，好像有门儿，不，好像快成功了。但第二天一大早，起床穿衣洗漱跑步吃饭，直到坐进教室，想起这事儿，才发现又晚了，一连几天没说成，我揣着这么件大事儿，就像孕妇没工夫生，憋得肚子天天鼓鼓的，快受不了了。

终于，十多天后的一个中午，我实在忍受不住，扔了鼠标跑回宿舍，宣布了这个重大消息。

没人吱声，我兴奋地环视下四位狱友，他们有的在看着我，有的在看书，有的把身体蜷成煮熟的大虾状剪脚指甲，有的在给女朋友织围巾，有的趴在床上刷题，没人理我。

于是，我又大声重复了一遍。我说，嘿，你们知道不，戴维和姚曼的事儿，有门儿了！

还是没人说话，看着我的低下了头，看书的还在看书，像大虾的还是像大虾，织围巾的从床架上吊的线袋里抽出一大段毛线，刷题的甚至放了个屁。

神经——

我汗珠滚滚的兴奋，被这不急不缓的冷水，慢慢浇透了。

冷血！

我抓起窗台上的泡面缸子，喝了口凉水，朝门口走，还没走出门去，听到身后有人朗声说，不是有门儿，这就成了。

是那个剪脚指甲的，我转过身，看到他吹了吹指甲刀上沾着的碎指甲，抬起眼皮瞅了我一眼，说，大忙人儿，我们一直关注着。

接着，刷题的，织围巾的，看书的，低着头的，鼻子里都好像接连发出"哼哼"的声音。我在门口站了会儿，有点尴尬，但又想听他们多说几句，等了许久，没人再吭声，我只好转身下楼往世赛中心走去。

一路上，小风飕飕地吹着我裸露在外的胳膊、脚踝和头脸，肚腹里孕育了好久的秘密，像是闹了一场大腹泻般咣咣当当。我有点委屈，又有点懊恼，许久和不久前戴维一再催我去陪姐姐分娩、姚曼老师和我的深夜长谈、与父亲的决裂与见面，桩桩件件浮上心头，是的，姚曼老师说得对：人是靠爱活着，不会揣着恨过一辈子。

我索性选块阴凉地,坐在花坛沿上,听着屋里吱吱嘎嘎的打印声,听着树上的蝉鸣,听着轻风穿过枝叶,想着姐姐刚生产完沾满汗水泪水的脸,想着父亲躺在病床上支不起一床被子的身子,想着那小孩儿、我的弟弟,最后一面时头上粘着的胶皮管子、凹下去的腮和鼓突的眼珠,想着大姨拉着我的手说,孩子,有大姨一口吃的,就饿不着你们——

　　想着姐姐姐夫每个月还着房贷,但为我花钱时眼都不眨地坚定和暖和,又突然想起他们每月都还七千多的房贷,哪有那么多钱给我零花、买衣裳、交补课费呢?

　　是父亲的钱。

　　姐夫拒绝了父亲对他们购房的资助,但也许不会拒绝父亲让他们代为照顾他的小儿子、他们的弟弟呀。

　　我好像明白了什么,又好像并不明白。夏季过午的太阳透过枝叶筛下一地明明暗暗的孔隙,像眼睛,像一个个管孔,像一大滴血或泪,像燃烧着的炭火,又像小时候看到母亲紫红色秋裤上的破洞——

　　我站起来走了几步,推开世赛中心的门,感觉被抽了浑身的筋骨,疲惫不堪,沮丧而悲伤。

　　那天整个下午,我们都没怎么说话,到了下课点,都知道戴维有事,就自觉地按点到餐厅了。我躺上靠墙的连椅,感觉累得身子往硬邦邦的金属椅面里陷,躺下没多久,血液还没有按照重力原理从全身往我大脑里倒灌,戴维就像从地底下钻出来一样站到连椅跟前,说,晚上再睡吧,跟我一起去吃饭吧,人很多,我得多拿点酒,自己搬不过来。

　　我已经习惯了戴维对人好的方式,就站起来跟着他去了。

我们一人一箱啤酒从三楼搬到楼下，又搬到酒店的二楼，饭后搬着几乎没动开的两只箱子送到三楼上。奶奶对我亲热得很，说很久也没来了，给我倒水，切西瓜，说明天是周末，让我来吃饭。戴维抢在我头里说，不行啦，你不知道啊，他现在忙得很，要去参加一个很大的比赛呢，不吃不喝，也得拿回好成绩，耽误不起时间啦。奶奶就有点不高兴了，说，就算上北京比赛，也得吃饭哪。我说那等我比完来吃吧。奶奶就指着戴维说，看，你还不如小孩懂事！又问，怎么样？她爹说什么了没有？

　　戴维看了看我，对奶奶说，唉，能说什么，没说什么。

　　我知道奶奶在关心戴维和姚曼老师的事了，就站起来告别。奶奶一把拉住我的手，等我挨着她坐了，说，先别走，你跟我说说，那谁，你那个姚曼老师，和他挨着坐了没有？

　　哈哈哈——我实在忍不住笑起来，我说挨着坐了挨着坐了。戴维说，你看，让孩子笑话。奶奶说，笑话什么？怕什么笑话，谁像你这样，四五十了，还一个人晃晃荡荡的，嗯，你别晃了，晃得我头疼——你还老师呢，咋给学生们做榜样？

　　我走在回学校的路上，一面想着当晚姚曼老师家一大家人，叔叔家舅舅家外甥家侄子侄女家，三十多口子，摆了满满三大桌，这样的热闹，真让我羡慕。

　　我们家，也曾经有过。

　　只是，是很久很久以前的事了。

　　我在路沿上坐下来。

　　我想家了。

只是这"家"，此刻那么虚浮，那么抽象。是爸爸吗？是姐姐吗？是爷爷奶奶吗？是母亲吗？是曾经的那个一个都不少的热热闹闹的一家，是逢年过节，爷爷奶奶生日，我们几大家聚在一起的那个家？

这种久违的又似在眼前的同时正渐行渐远的温情让我伤感。

我掏出手机，翻开通话记录，往下紧翻一阵，看到姐姐两个字，拿拇指一划，"姐姐"连同她的号码漂起来，涨满屏幕。听到姐姐在那头"喂"了一声，我的心呼一跳，喂了好几喂，竟想不出要说什么。姐姐说，你怎么不说话？

没想起来说啥。

我抻了半天，终于说出一句话。

哎呀，姐姐在那边咯咯笑了一阵，说，那就是想我了呗。

我的天哪！

姐姐这不经心又看似玩笑的话，就是我的心声嘛。但是我说不出来，我从来没有说过这样的话，我们家的人，从来没有对彼此这样说过话。我都听得出自己在笨拙地嘿嘿地笑了。我说，你在哪儿？你和宝宝都好吗？

哎呀，我这傻弟弟，终于知道关心关心你姐姐啦。

姐姐好像在吃什么东西，嘴里咔嚓咔嚓的，边吃边告诉我她挺好的，宝宝可胖乎啦，天天啃手，爸爸也已经好了，说身上有力气了，和姨父一起回厂料理账务和"那些啰唆事"了。姐姐让我不要太担心，说富日子富过，穷日子穷过，没有什么大不了的。还说让我相信她，她能行的。

嘘——姐姐小声说，我们已经接到一个订单了。

呀！姐你真牛！我由衷地开心、兴奋、佩服。

这段时间她也经受了好多吧，语气比以前开阔、坚定多了。

那晚在路边，挂了姐姐的电话之后我又给孟小小打了个电话，孟小小声音很大，问我有没有事，我说没事之后，她说在忙着看机器和面，说忙完再回我。

大家都很忙，其实我也很忙，我站起来快步回学校，进校门直奔世赛中心我们的车间，我们现在都叫它车间了。从实习教室，到世赛中心，到实验室，到车间的过程中，我可能已经慢慢地把自己当成了一名工人。不过，我要争做一名优秀的工人、技师。

接下来的几个月，我三分之二的时间是在车间度过的。秦院长和常书记时常过来，他们都说，这是新事物，他们要多来参观学习。秦院长甚至请我详细给他讲解了从制图到打印的全过程，并自己动手，花了几天的工余时间，设计了一个五个面都布满圆孔的方形笔筒，打印出来后，拿在手里反复观察了几遍，说这是世界上第一个他自主研发并生产的东西，他要拿回办公室："我这也算用上了自主品牌的产品。"到期末的时候，我们这个车间里的人，和院系领导们都成了朋友，我们都特别自豪，感觉我们增材制造车间，才是代表了制造前沿，代表学院教学方向的团队。直到正式比赛前的动员大会上，与其他项目的参赛同学交流，我们才知道，院系领导去他们那里甚至比我们这里更加频繁。戴维听到我们自嘲自作多情，说我们学院现在是"以赛促学"，各层的领导，当然都非常关注。我才明白，原来这些领导来我们车间，并不是一时兴起，更不是个人兴趣，而是他们的工作，非常重要的工作，不能只在会上讲讲，打印到文件上，而是要落到细微处，最终要落实到学生的技术上，他们要盯着心里才踏实。

增材制造，戴维是第一次教，我们是第一次学，我们几个，是第一次做赛前准备，我们心里都没底，想想在济南的标准，想想在广州的标准，我们好像又松弛了，我们要加把劲，赛前的最后两个月，我们在车间的时间，已经到了每天近二十个小时，有时候困得睁不开眼，就在靠墙的长椅上打个盹儿。一个作业，我们练习十遍、百遍，心里感觉还是有提升的空间，但手里提不上去急得脸上起疱，口腔里溃疡，做梦都在找自己哪里出了问题。和广州的老师和助教学长们沟通，每一次都被他们耐心细致无私的精神感动，他们把我们的问题当成自己的问题，即使我们知道，这对于他们根本不是问题。但我知道，他们特别尊重这种"手上的感觉"，因为每件作品，或者说产品，都是经由每个人的双手做出来，设计软件、打印设备这么精密，但是即使是同样的数据，同样的材料，做出来的东西，细观察，都有细微的不同，这就是老师们认定尊崇的"手上的感觉"。我原来一直不太明白，感觉设计和制造一件东西，不就是要批量化标准化生产吗？不是越趋同，越说明我们的数据、机器、各种指标越准确越高级吗？

不，你说的是匠人的标准。戴维说，对于大师，每一个都是不同的。即使所有的数据都一样，但最终的成品也有不同的气息。

气息！

直到今天，我还一直在琢磨这两个字。

我们在紧张、兴奋、忐忑中终于迎来了世界技能大赛中国区的省内选拔赛。这个"我们"已经不是指我们增材车间的六个同学啦，而是我们学校各个门类的八个同学，增材组通过三次校内选拔，我以微弱的优势胜出，将代表学院去省里参赛了。

临行前一天夜里，我从车间出来，远远看到教室窗口的灯光，我知道，这时候马纯吴楚林幸哲他们还在教室"挑灯夜战"，他们是咬着牙，考不上本科不罢休的。那灯光竟让我心里有点酸酸的，这一刻我才想起，只要是个选择，都会让人痛苦，不痛不痒，那就不叫选择。

而我早已选定了自己的路。

一大早，院系领导在第一食堂二楼教师餐厅的小餐厅为我们壮行。我们一进餐厅，就看到围成早餐桌上一圈大盘子里摆着一根油条两个鸡蛋，顾作新处长说，这是特意为我们准备的套餐，预祝我们取得好成绩。

我落了座，对着早餐盘心酸了。上一次吃百分餐，还是母亲准备的，是一条火腿肠，两个鸡蛋，这浓得化不开的情意呀，我望着餐盘里黄澄澄的油条和两个剥了皮的鸡蛋，努力不让眼里的泪水跌下来。

常书记亲自为大家倒豆浆，说一连三年的比赛，我们的成绩都不是太理想，这几年，我们在师资上，教学方式上，教学设备上，对外交流上，都下了功夫。当然，我们的所有努力不能以一次比赛定论，但是世界技能大赛，是个很重要的指标。

同学们，我们肩上的担子很重啊！

常书记举起豆浆，说，稳定心态，发挥好，祝大家比出风采！

秦院长则逐一叫着我们的名字，说着我们的"拿手活儿"，每个人都有不同的嘱托，到我的时候，秦院长说：不要有思想负担，轻装上阵，比出好成绩。又说，不管是高考还是世赛，其实，只不过是磨炼自己的一种形式。

我们的队长，建筑工程系主任兼副院长马千里老师站起来敬了领导们一杯豆浆，说，我向领导表个态，不管比得怎么样，一定会把他们全须全尾地带回来。

马千里老师的话把大家逗笑了，戴维招呼着同学们多吃点，我们把面前餐盘里的油条和鸡蛋吞下肚，又吃了几个小笼包，喝了两碗绿豆汤，登车赴济南。

不到四个小时的车程，车上少有人说话，可能大家都和我一样，第一次参加这么重要的比赛，心里多少都有些紧张。我们的面包车进了济南，先是在立交上圈了几圈，而后又是高架桥，所有的路口都排着长长的车队和自行车电动车行人队伍，和东海空阔的街面两个世界。当和我坐一起的装潢设计项目的侯同学指着我们所在的高架桥右边楼群中的一座椭圆形建筑说"看，就是这里"的时候，我已经被晃得要吐出来。我尽量往远处看，但楼太高，也看不远，紧接着闪过高第街多少号餐厅、什么美容整形医院等几块大招牌后下了高架，在我以为要到地方时，车子过了路口，开足马力，向南上了又一座高架桥，各式各样却又来不及想哪里不同的高楼大厦呼啸着从我眼前掠过。我的胃先是耸动，而后收缩，最后，我实在无法忍受，快速拉开背包，哗啦啦吐了进去。

吐完，我迅速拉上拉锁，谢绝了马千里老师让司机老师找地方停下车休息下的好意——我不愿添麻烦，尽管已经添了麻烦。隔着两排座位的戴维走过来问能不能坚持，我点点头。紧闭着嘴，抓着前边的座位，好不容易坚持到了地方。

比赛的地方，正是刚才在高架桥上注意到的省高科园制造研发基地东北角的那座椭圆形半球状透明建筑。我顾不上别的，抱着包跑下去，我要赶紧找个卫生间，清理一下我的背包。

我能感觉到戴维跟着我，进了男卫生间，我在洗手池前打开包时，他则在我身边停留了片刻，走进了厕所。我把包里的水杯、笔记本、钱包、洗漱用品一一掏出来，冲洗掉上面的污物，又把包翻过来，放在龙头下冲洗，边冲边干呕——

几个同学过来，我更惭愧，感觉添了麻烦，又让人嫌恶。我开大水龙头，尽量冲得干净些，最后把滴着水的东西重新塞进水淋淋的包里，我说，好多了。

当然，现在我知道，那时还是心理压力太大了。虽然心底里认定了要当个好工人，但此前幻想了无数遍的庄严的大学坠在背上，坠得我直不起腰。

等戴维带着我们三个看完场地出来，才知道马千里老师带着另外五位同学早已经离开了，原来两个项目的比赛在这里，其他的分布在另外四处。技能比赛不像普通的考试，非专业化场馆不能胜任，因为搬运和安置各种设备，也需要大量的人力物力财力。戴维不无得意地说，培养一名优秀工匠比培养一名优秀大学生，投入大了去了。听他这样说，我好像好受了些。

那天，我都躺在床上放松心情，恢复体力，一闭眼，脑子里全是数字化扫描、测量扫描、CAD 和 CAD 设计、CAE 构建分析，然后是后期处理、测量、扫描、成型，平时训练时的测量、计算、设计，一些琐碎的算不上某个步骤的细节，这时在我脑子里放大了。我有点心慌，下床喝了杯水，掏出手机给孟小小打电话，我说，忙啥呢？孟小小嘻嘻笑了两声，说，还没比赛呀？紧接着又说，复习呢，快考试了。我说，晚六点半就有一场。孟小小就说，晚上就开始呀？时间够紧张的。我说，是。就想不起再说啥了，电话那头窸窸窣窣响了一阵，像是书页翻动，我就说，你快学吧。孟小小还是没说话，我的手指快点上手机屏下部的大红圆点时，只听孟小小在那边说，啊，我看了下天蝎座这三天的运气，都超好哟，今天的幸运色是灰色噢，你记得穿灰色 T 恤呀——

我不信这个。

但一挂了电话，我还是迫不及待跳下床，打开行李箱，把那件蓝灰相间的 T 恤拿了出来，蓝的多一些，但也有灰色呀。

我把它抖开，挂起来，感觉有了力气。不想再躺着了，就打开笔记本，把最后几天戴维强调的那些事项又看了一遍，看到最后一条"沉着"时，看看手机，四点半，想不如去找戴维聊聊。

戴维正在打电话，虽然听不清对方说什么，但一听就是姚曼老师，戴维关上门，说，有事儿了，过会儿再聊。

戴维喝了口水，说，你笑啥？

我笑了吗？我摸摸自己的脸，我没笑啊。

鬼头，戴维说，过会儿晚饭，少吃几口，吃太饱大脑会变迟钝的。

我应着，问，你不把我们叫到一块再嘱咐嘱咐吗？

戴维点着头，想了会儿，说，就不制造紧张气氛了。技术比赛比普通的考试更需要沉着、细致，你这项还好，在电脑上完成，那些纯手工活儿，通讯、制造、个人服务的那些项目，有时候一把下去，就没修改的机会了，放平心态，把平时能达到的水平发挥出来，就算胜利。

哎呀，还是喝杯咖啡，欣赏下好景色吧。戴维说着从包里掏出两条雀巢速溶咖啡，拿眼神儿示意我去洗杯子，我把杯子洗好，他的水还没烧开，我拿起一条撕开撒杯子里，说，平时没见你喝咖啡呀，老大。戴维嘿嘿笑了两声，佯作轻描淡写，说，你姚老师给的，说晚上比赛时提提神，你带上两包吗？

我就带上了两包。

戴维站在门外，说，你得比好啊，得对得起你姚老师的咖啡。

两天下来，三次预赛，三次正式比赛，一次决赛，我拿了我们组四十五个人中的第二名，比我自己预想的要好。戴维显然比我更开心，说，好样的，进全国赛没问题了。第三天下午，另外三个地方五位同学的成绩也出来了，戴维和马千里老师即时微信沟通，说，还行，还行。

我们这边其他两位同学，分别是各自组别的第七名和第十一名。无缘全国赛了。但戴维仍说他们发挥得很不错。

我收拾好了行李，拖着到戴维门口，其他两位同学也在门外，我们敲敲门，戴维卷着衬衣袖子打开门，看着其他两位同学说，一会儿车过来接你们。我看看戴维，戴维说，我们得留下来就地集中培训备赛了。

30. 阳关大道

是的，这一回，我不是只代表我们学院了，我是代表省里，要去参加全国的比赛了。这是我梦寐以求，同时又似乎是做梦也不敢想的。

我回房间放下行李，和戴维一起到楼下看着面包车载着老师和同学们汇入路上的车流，转身回房间，边走边给孟小小微信留言：谢谢你的幸运色，我留在济南集中培训备全国赛了。想你。

发完，我盯着屏幕，看着自己刚刚发出去的绿底的两行字，想象着它们底下会出现的什么话。果然，没多久，孟小小发了个兴奋的卡通表情过来，说，耶，良真棒！

我复制了留言的后一句话，发给姐姐，姐姐秒回了：哇，天哪，我的弟弟，还真是不一样啊！紧接着转了个五百二十元的账。

姐姐说，这是从外甥女嘴里省下的奶粉钱。听吧，听到了吧？饿得哭了。姐姐发过来一个九秒的语音，我打开一听，果然是宝宝哇啦哇啦地在哭。我问，怎么啦？姐姐说，不怎么，听到舅舅出息了，激动的。

我发现，姐姐比以前幽默开朗多了。

——在重振家族产业中成长成熟开阔了。

我秒收了，接着转给孟小小。孟小小收了后加倍转给我了，说我在外比赛，用得到钱，回去后用劳务偿还。

我没等她说完，就点了接收，开心得兀自笑出声。

我其实很想给父亲也发个信息，但想来想去，还是没有发。

晚餐时，我收到了我至今都保留着的短信截屏：祝贺你，成良！在济南注意安全，潜心研习，我们在东海等你们凯旋。秦厚朴

得到院长的关注和祝贺，当然是件非常幸运的事，但在当时我没有意识到，这件事对于学院，对于我自己的重大意义，这份无与伦比的幸运，直到五月份在上海比完全国赛回来，在学院的表彰大会上接过常玉生书记手里的鲜花，听着广场上老师和同学们暴风雨般的掌声、呐喊和口哨，我才感受到了作为一个东技学生、一个技术工人应有的尊严与荣耀，还有希望。

让我大跌眼镜的是当天晚餐后，戴维带着我到培训场馆，我按照培训手册，进了比赛时的3号厅28号位，我坐定，左看右看不见戴维，我向指导老师报告后先去了厅里的卫生间，不在，又出了大厅，三个休息区都不见人影儿，卫生间也没人，我只好电话他，一接通我就问，你去哪儿了？

没去哪儿啊。戴维说。

那你没过来，开始了。我说。

是啊，开始了。戴维说。

我越听越感觉不对劲，真是怀疑戴维喝醉了。

快来3号厅啊，我在28号位，开始培训了。我又重复一遍。

我为什么要去3号厅，我在1号厅啊。戴维也好像纳了闷儿。

我实在受不了这种没头没脑的对话，想挂了电话，又感觉没说透，索性大声说，我们在3号厅啊，你怎么去1号厅？

哦？戴维顿了下，说，什么叫我们，你是你，我是我，你的训

练场地是3号厅，我的在1号厅，我们不一个工种啊。

——我的天哪！

直到那刻我才知道，原来戴维不是来带队，而是来参加比赛的。他参加的项目是数控铣，他的老本行。到现在我还想不通的是，他的所有时间好像都用在了钻研和为我们讲解增材上了，他用什么时间培训自己呢？

这个世界，真的是一切都有可能啊！

两个多月后，我们列队进入上海国家会展中心虹馆，我看看我右前方，身穿鲜红T恤的戴维一改平日里给我们上课时的绵羊状，雄赳赳气昂昂地甩着膀子大步向前，真是有种穿越感。

比赛的过程高度紧张又极其繁复，赛后，我们以各自组别全国第十名、第二十七名的成绩回到学校。欢迎晚宴上，常玉生书记问我们比赛时什么感觉，戴维朝我动了动下巴，我想了想，还真不好说。常书记就说，直观地，简单地概括下嘛。我看着墙上羽状花纹的米黄色墙纸，脑子里一片空白，到末了，我听到自己说出一句话：就是按照平时训练的步骤，再完成一遍而已。

常书记点了点头，重复了一遍我的话，端起酒杯，说，此言极是。

秦院长郑重敬了戴维一杯酒，祝贺之后面露遗憾之色。大意是这些年戴维的付出与成绩，有目共睹，自愧弗如，只因身份问题无法到更重要的岗位，也未能获得与成绩相符的收入，说他与常玉生书记都认为，现有的用人机制确实存在只以学历论英雄的僵化之处，他们已经到人事和组织部门口头协调过，领导们非常支持他们的想法。院里已经开会讨论了，很快会以正式报告的形式报到组织部门，精神就是在今后职称评审及职务提升工作中，把实际工作成绩作为最重要的评价标准。与人事部门现在职称和职务评价体系中不相符的情况，由学院向相关部门报批，在绩效工资中调济，职务提升由学院"一人一议"原则单独向人事、组织部门提出申请。

总之，秦院长说，今后在我们学院，评价我们工作的只有一个标准，就是以实际工作业绩论英雄。

戴维这回没有谦虚推让，而是同样郑重地回敬了秦院长，表示感谢。戴维说，我要代现下和将来各系和我同样情况的老师谢谢你，也代所有选择了职业技能学校的孩子们谢谢你，这不只是职务的问题，也不只是收入的问题，这是尊严。

我看到常书记用力点了下头，举起杯说，对，是尊严。让我们为尊严干杯吧。

我有些累了，返校的第三天下午，我打车回了家，扑在宽大的沙发里，想起这大半年的训练比赛，比赛训练，和做了场大梦一样，头晕。我说，我只想睡一觉。

姐姐哄宝宝睡着放进婴儿车，坐到我身边，理了下我后背的衣服，说，比完了——

虽猜不透姐姐的未尽之意，但我的心却一下子酸了起来。一种烟消云散的虚空蓦地把我罩住了。

我睡着了，梦里一直在考试，考英语、数学、物理，不是找不到笔就是涂不上卡，求助无门，急醒了。

姐夫不知道什么时候回的，这时已经把饭摆好，满室饭香。我掀开身上我睡着后搭上的一条婴儿纱线毯，从沙发上爬起来，头重脚轻，睡前的那种心酸还在，也仿佛有些明白了姐姐"比完了"三个字后面的那些话。

但这是我自己选的路，这个成绩，我满意，这门技术，我也越来越喜欢。

我抓起一块大骨头使劲啃，满嘴流油。我喝一口肉汤，喷喷香，我夹一大筷子丝瓜，清甜无比，我一口又一口，不一会儿把肚子塞得满满当当，我感觉生活又美好起来。

姐夫拿出几只杯子，倒上啤酒，说，我们得喝一杯，说着先向姐姐举起杯子，说，来，咱俩先敬你姐，这一年多，我对你姐真是刮目相看，促生产抓销售，里里外外一把手啊，我眼光好，买到绩优股了。我现在甘愿为贤内助了。

哇，我看着姐姐比上次见面时更黑了一层的脸，说，成总威武！

确实威武。姐夫告诉我，我姐一接手，盘点了固定资产和外债，把所有债权人请来开了次会，请他们宽限，向他们保证，将来一定会把所有欠款连本带利还清。债权人中一大部分是和我们一样破产的轮胎厂，根本不相信姐姐的话。姐姐把与傲马橡胶有限公司的合同出示给大家，他们拿出老花镜再三鉴定，还是不相信，最后，姐夫把傲马厂的创始人，也是总经理侯安忠接来了——没有一分钱外债的侯安忠和他的傲马，几乎是当下所有轮胎公司竞相联合的对象，但他在合作、合资等事项上，一直没有松口。

姐夫告诉我，姐姐开出了别人开不出的条件，我们以现有的比他大三倍的厂房、部分设备投资，前五年的利润，我们一分不取，前五年的亏损，全部算我们的。

我脱口而出，问，那真亏损了怎么办？

不怎么办，就是我们认下，我们还。姐姐说。

你这么有把握？我想不明白。

有把握，姐姐说，我和那天那一帮子老板们最不同的是，他们都想赚钱，我是想做一只好轮胎。这也是老侯选择了我的理由。

做一只好轮胎。我重复了一遍姐姐的话，向姐姐竖起拇指，真牛！敬你一杯。

我端起酒杯说，但是，如果我毕业后不能回来帮你，怎么办？

姐姐拉下脸来，想了想说，还想考啊？你们这技能等级证书，教育部门承认吗？

我说，我还真搞不懂承不承认，但我相信就算现在不承认，将来有一天，也一定会承认，因为我们坚信，技术技能人才，与普通高校培养的人才，对国家，对人民，一样重要。

姐姐哈哈笑起来，说，我的天哪，你在念课文儿啊，还是在讲话呀？

哈哈哈，我说，实话实说嘛，不过，我暂时还没有想再考的事儿。

那为啥不能回来，有人高薪诚聘哪？姐姐撇了撇嘴说。

我看着姐姐，心说我不能回来，但有许多许多技术好、有担当的年轻人很快就会来。

我说，保密。

第二天一大早，我坐上城际公交回了学院，我没让姐夫送我，他们都很辛苦，我想让他在家多哄哄宝宝，多陪陪姐姐。

我回到学校，进门时与保安老师打了招呼，进校门朝北转，穿过花间小道沿着雁栖湖北岸往东走，在两年前"跳湖"的地方坐着吹了会儿风，然后踩着湖沿的碎石继续向前。假期里，夜晚的校园不见一个人影儿，我进了超市，从后门上了二楼学校一直为我们勤工俭学的学生准备的"度假公寓"，打开灯，打开电脑，打开文档。

——我要备课了。

——下学期再开学，我就按照学院和系里的安排，代替戴维，教授学弟学妹们增材制造。

学长教学弟学妹，倒也更进一步符合学院这些年学生自管的精神了。我暗下决心，把我对专业的认识，切身的体会，一些细碎得非"过来人"无法体会的心路历程，都写进教案里。我站到窗前，看着楼前明镜般的雁栖湖水，看着空阔安闲的鹿鸣广场，看着阳光下的花草树木和楼宇——曾经让我看成监狱的地方，现在成了我的家。

吃过午饭，我稍休息了会儿，然后到学院超市和面点房买了些食材，今晚，我们423兄弟们约好在我宿舍吃"散伙饭"。本来我们都愿意在423宿舍，但我们宿舍的负荷低，用不了电热锅，我们还要吃火锅呢。这段时间，各种散伙饭已经吃了好几回，但我们423的还没吃过，我们特意邀请了朱子康，一个都不能少。

三点多钟，我买好东西回到宿舍，那五块货已经全到齐了，两张拼在一起的桌子上已经摆满了熟食、寿司、水果、鱼罐头，全是我爱吃的。我拈了条小酥鱼放在嘴里，陈浩南说，哎，洗手洗手，不带恶心人的。我乖乖去外面公共卫生间洗了手，彭浪把一张纸递到我手里，说，快，快学学，看还赶得及吗？原来，我出去比赛的这一段时间，他们几个，还有朱子康，竟然排练了一支歌，《恋恋风尘》。嘿，我说，这首歌我会。我摆好姿势唱了一句，一直没说话的马纯坐在上铺，耷拉着两条腿，说，我感觉咱们组织得有点早了，应该推迟到八月底，那时候，天下已定，说不定我大学通知书都收到了，那时候再聚，多带劲！

妈的，朱子康说，你直接说你就是想折磨我呗。

马纯嘿嘿笑了，说，拿着那么高的工资，你也太矫情了吧。哎，说真话啊，说不定我要向你借学费呢，到时候你可别害怕说吃不上饭，还有你。马纯说着朝我仰了下下巴。

看到马纯开朗了许多，我心里由衷地高兴。我说，放心，我把你银行卡收藏在微信上，随时准备给你转账。马纯冲我竖了下大拇指，又冲朱子康说，瞅见了没有？朱子康说，还不知道你们俩，狼狈为奸，说不定到时候给我截个他转款的图，骗我打款过去，再把他的还了，你们俩再分了我的。想得美，我最喜欢的就是钱了，谁也甭想从我这里抠一分去。

彭浪正在倒水，倒了一半，弯腰开开一瓶锐澳，捡起一瓶，说，我先喝个这不行吗？为啥这么死心眼儿。说着打开仰起脖子灌了一气，打了个嗝，说，我们六个中，老朱最精了，他姓朱，但猴儿精，看，长得就跟大圣似的，看着吧，在大成汽车铸件厂（大成精密铸造有限公司，校企联办单位）干不了几年，就得升职。

对，生，生一窝，生三窝，陈浩南哈哈笑着说，我们俩离得最近，反正，我要想吃个撸串儿啥的，他跑不了。

你俩最近，为啥你俩最近？我奇怪了。

哈哈哈，彭浪笑得前仰后合，说，你不知道，这小子要复读了，考砸了。人班花考得好着呢——懂不，危险了！彭浪说着朝我挤了下眼。

陈浩南咧了下嘴，说，唉——她不是那种人。

彭浪说，听这语气哈，唉——她，不，是，那，种，人。你要这么确定，你唉什么？分明感受到了悲惨命运的气息。

陈浩南说，你滚，凭你这话，我这一年的饭票有了，天天上你那儿蹭饭去。

我说，为啥上他那儿蹭饭，他留校到食堂帮工了？

哈哈哈哈，陈浩南笑出了猪声。

马纯说，他去那啥，城里（由于我们学校在郊区，我们习惯上

414

管东城城区叫城里），去城里作文培训学校当老师去了。对了，对了，忘了说了，这小子近来在好几家大刊上发了小说，都请了我们两回了，你让他自己说。

到彭浪的高光时刻了。

彭浪转身从椅子后的包里翻弄一通，捧出《山东文学》《时代文学》《小说世界》《小说家》——彭浪捧着一大摞杂志站在窗前，身影被窗外的阳光打上金边儿。彭浪说，文学没有负我，我也不负文学。

彭浪说，他在被退了三百零五稿后，终于在《山东文学》上发了一篇短篇小说，之后，竟像开了挂，其他几家他早就不抱希望，以后是退了稿的投稿，都给他发了用稿的短信和邮件。

我们不知道彭浪写了这么多。当然，他说他写得比这多得多，只被杂志认可了这么多。

耶，托尔斯浪！

我们一齐喊起来。

王一凡则从角落拽了只大电热锅出来，说，甭整这些臭氧层子啦，来点实在的，把咱们的火锅先煮上，这是底料哈！

王一凡说这是他到厂里后亲手组装起来的第一只电煮锅，说今天用后送给我，让他好好拍个照片，当作以后在课堂上给学弟学妹们的励志资料。王一凡说，你别忘了告诉他们，我们"鼎呱呱"多功能锅，将来那是要上市的。

王一凡撕开两包火锅底料，我们加了水，在等水开的空当我们七手八脚地一趟趟跑卫生间，洗了青菜，生肚条、羊肉、丸子啥的涮物。看着锅里的汤水沸腾起来，陈浩南把六只纸杯一字摆开，倒满锐澳，马纯一样样地把涮菜加到锅里。

这不行，陈浩南搅着锅里的菜抬头对我说，看，这缺盆子少碗的，用一次性杯子喝酒，也不够美。这样，明天你就去城里，把咱们这伙人聚餐用的锅碗瓢盆的买好，以后，你这里就是根据地啦。以后我们哪个想回母校看看，不都得来你这儿，你说是不？

哎哟，我说，你想得怪长远啊，你这是想复读几年？

哈哈哈哈，我们又笑起来。我们笑着，捞着，吃着，喝着，打着，闹着，回忆着像梦一样的三年技师学院时光。望着窗外渐起的夜幕，朱子康举起筷子，说，好，吉时已到，该我们上台啦！

我的兄弟们迅速站起来在我的床铺边列成一排，啊，我终于反应过来，赶紧跳过去站在队尾。

好，来，唱吧。我举起手，准备打拍子。

哎，不对，不对。陈浩南弯腰探出头来说，这样就没效果了。那几块货马上明白了他的话，左瞅右瞧的，接着一个站到了椅子上，一个站到了床上，两个站到窗边，马纯指着门口，让我站过去。

对，这样，音效可能就出来了，站太近了，不行，来，试试，试试。陈浩南跑到门口关上灯，站在椅子上举起一听手，哦——哦——，预备，开始！

哦——哦——呜——呜哦——

大家一起哼起前奏，我慌忙随他们哼起来，我一次都没有排练过，只好远远地站在门口，眯起眼盯紧了他们的口型，跟着他们乱哼，乱唱。我突然明白他们为啥让我站在门口了。我哼着哼着笑了出来。但他们很严肃，谁都不理我，马纯还指了指我，吓得我赶紧收起笑脸，站直腰，认真跟着他们哼起来。

他们的前奏合声高低起伏，错错落落，陈浩南还动用了他的假嗓子，哼得纤细悠长，如蝉鸣，彭浪微张着嘴，啊——的声音宽阔而绵软，像条缓缓流淌的河，马纯低低的呜咽声让我心里一阵感伤，朱子康站在床上，哦呜哦呜的，让我想起一匹朝着月光长嗥的野狼，但又和其他几个人或缠绵或忧伤的嗓音异常契合，王一凡是透亮的啊声，像清水抚过白沙，长风穿入竹林。我从来没有听过这样奇异而美好的声音，不由得忘了发声，直到朱子康朝我指了下，我才又赶紧张开嘴，唱起来。

那天，黄昏
开始飘起了白雪
忧伤，开满山岗
等青春散场

有主唱，有合声，当然，也有我这个"乱声"。我的身心，一下子进入过去三年时光的点点滴滴：初入校门时的愤恨与茫然，心动时的甜蜜与慌张，课堂上的拖沓与惆怅，运动场上的汗水与呐喊 —— 所有的一切，涌上心头。

午夜的电影
写满古老的恋情
在黑暗中，
为年轻歌唱

未来已在我们脚下，即将踏上征程的兄弟们啊，我会将你们记在心里。他日，我们再重逢，会一起回忆这一刻，回忆月光中每个人的脸庞和身影，回忆我们闪着泪光的心声。

走吧，女孩
去看红色的朝霞
带上，我的恋歌
你迎风吟唱
……